汤世杰散文选

横竖都要面对时间与河流

卷中

汤世杰 著

作家出版社

汤 世 杰 作 品

目　录

淡墨素纸笺

暮春为国文先生寄茶小记 / 3

深爱是个永恒的秘密 / 7

青藤书屋 / 13

梅先生的情趣风致 / 16

许心以石 / 28

游进庄子《至乐》篇的末尾处 / 37

夫子笔墨 / 41

以"书"为邻 / 45

那些盈溢着生命液汁的山川 / 50

"推门"之际 / 54

献生古意 / 58

艺术的视看 / 63

恒河生死 / 67

爨碑的闪回 / 76

崖画内外的佤山 / 81

章朗光影 / 87

拉萨夜雨 / 90

纸寿千岁 / 94

青花天池 / 97

水墨峡谷 / 99

石窟与歌 / 101

携琴而行 / 120

斑斓的匍匐 / 124

伶歌有毒 / 128

粉墨未央 / 132

芬兰湾的阳光 / 135

几子湾的唢呐 / 139

在小水井听天使的演说 / 142

再读星空 / 145

黑舞者 / 148

舞　人 / 151

月色与歌 / 153

山林天籁 / 156

捣衣的和顺 / 158

临窗私读钞

温润书香有无间 / 163

冬日午后的光与影 / 165

洞穴里的博尔赫斯 / 171

初春，读一册时光 / 177

自蘸一片清溪绿 / 181

如流岁月中的水声光影 / 185

最后的人性的李乔 / 188

恒星昌耀 / 194

会说"不"的仙鹤 / 197

名士与鱼头 / 200

横竖都要面对时间与河流 / 202

现代化与文化中国 / 210

城市的文化地图 / 214

书生清澈 / 218

书生梦中秋意残 / 222

语词的包浆 / 226

名句的另读 / 230

今月曾经照古人 / 232

人面不知何处去 / 235

杖藜而行 / 238

为文字送行 / 240

简帛友人书

譬如最后的秋叶 / 245

凭谁挥笔驱紫雾 / 255

"云子"如诗 / 259

且给粤商补一份"出生证" / 262

香格里拉的现代牧歌 / 267

日暮乡关闻沉香 / 271

怀念乡村的理由 / 277

灵魂神秘飞翔 / 280

站在脆弱的鸡蛋这一边 / 282

用往事下酒的玄妙 / 288

且任涛声做语声 / 293

那年醉卧街头 / 297

一个活成他自己的"异数" / 300

小书店的微温 / 303

枕边的书 / 306

我愿是你的"郊外" / 311

一本小书的远方 / 314

在远方听那番书斋长谈 / 318

时光的履痕 / 323

在或不在红尘中 / 325

博物者的闲情 / 328

灼热只是瞬间的事 / 331

有碑或无碑的爨陶 / 335

打开一枚诗的果子 / 338

为一袭老筒裙作序 / 342

淡墨素纸笺

暮春为国文先生寄茶小记

我知道，李国文先生是喜欢喝茶的。

有些人，有些事，虽不必天天时时去叨扰，去打探，最初的印象，也会时时记得，永远记得。跟李国文先生相识至今，将近四十年了，就是这样的：没有过朝夕相处的稔熟，也少有过贴身就教的亲历，无非上世纪七十年代末一次偶遇，轻轻淡淡地聊过那么几句，转眼便是一生。尽管先生也说："人言，君子之交淡如水，我和世杰，可以说是淡如空气。"只是，那样的"空气"，也时不时会荡漾一下，起一阵小小的风，瞬时便会吹皱心湖，漾开一波涟漪。

四月初的那个下午，我突然想跟国文先生通个电话，聊聊天——当然是有点小事，更因十来年没见，有些想念了。拨的是刚知道号码不久的手机。先前，只知道先生家那个几十年都没变过的座机，直到那天想快递一点茶去，才想起问先生是不有手机。先生说有啊，便趁兴又问，有微信吗？先生也说有啊！便记了电话，加上了微信。那时才想起，上世纪九十年代初，先生便是京城不多的几位率先"换笔"，尝试用电脑写作，"新潮"的老作家了。

寄茶之前，我先用微信，给先生传了几幅照片，都是我刚刚去过的一座茶山。春日里，澜沧江边的那座茶山，云雾袅袅如同仙境，风景煞是妖娆，一看就是个出茶的好地方。那番景致，端的配得上明人屠隆所谓"芳春景，大滞人""首夏时，尤堪赏"之语。不意国文先生虽已八十多岁了，反应之敏捷仍叫我大为吃惊，图片刚传过去便回复说："大美云南，美在云上。北京很好，好在多霾。"我一看心里就乐了，先生还是那么豁达开朗，又那么风趣诙谐，转瞬之间，似乎连先生脸上那种熟悉的、宽厚的笑容，都已近在眼前。

电话拨通，这回我打定主意，要多聊一会儿。往常，比如逢年过节，打个电话问候一下，先生总说，没别的事儿了吧？没别的事儿我就挂了啊！我琢磨，他那是不想让我多花话费，大概也更不想听那些生生憋出来的无话找话的客套话。问到最近身体怎么样，先生说今年都八十七岁了，出去遛个弯儿，走多了便已觉有些费力。我说："可听您嗓音，身体想来还是不错的。"又说那之前几天，我刚从一个叫昔归的茶山回来，喝过几盅那里的茶，觉着还好，就顺便给先生寄了点去。他说："哦，昔归，这名字好，听上去很有点儿意思。"又说，"对了，十多年前，你就给我带过茶的。"先生一说，我就想起来了。

无论"柴米油盐酱醋茶"，还是"琴棋书画诗酒茶"，都离不开茶，饮茶送茶，便是既俗亦雅之事，寻常得很。唐人李郢《酬友人春暮寄枳花茶》一诗，说的正是此意。早年，我给国文先生捎过些云南的大叶绿茶，如先生所说，那茶颇有些南方烟熏火燎的味道。十多年前，云南刚刚时兴普洱茶，恰好有机会到北京，也捎去过一块茶砖。说来我对茶也蛮外行，那款茶砖还是个爱茶的朋友代我谋来的，个头不大，模样也不起眼，用粗硬的笋壳包着，外面马马虎虎地捆着两道细铁丝，像极了一种郑重的敷衍。在朋友那里喝那款熟茶时，见汤色红亮，茶香浓郁，回甘长久，依我这样不懂茶的人看，就该是款好茶了。我喝茶向来随缘，从不生着法子专意去寻好茶，碰到什么就喝什么。总觉着特意去寻茶，辛苦，累人。况复万一寻来的茶并没想象的好，免不了太多失望。喝那款砖茶时朋友问我茶味如何，我说还不错。其实我说得不错，无非自己的一点感觉，与种种高深玄妙的茶道理论，全不沾边。朋友说我要喜欢，就给我找几片。我说好。几天后他还真就帮我弄了来。恰好不久要去北京，便带上了。

记得坐在国文先生家那个四壁书柜的客厅里，寒暄了几句，便拿出那块茶砖来，说："路远，也没带什么，就带了块砖茶来，不知您喜欢不喜欢，有空尝尝。"国文先生说，是普洱茶吗？我说是啊，普洱熟茶。先生就说，普洱茶，我也有啊。我好奇，问是什么茶？先生便起身打开冰箱门，取出一个包得严严实实的包裹，层层打开，里面竟真是几饼普洱茶，以我的眼力，还真说不清那茶的好赖。但有一点是清楚的：把普洱茶放在冰箱里，是犯忌了，冰箱里五味杂陈，茶又是极吸味的，一款好茶，弄不好就会串了味。便忙对先生说，茶还是不要放在冰箱里，最好放在干燥通风的地方。先生笑笑说，是吗？那可坏了——这办法，还是一个据说很懂茶的人教的。我听了，便与先生相视一笑，算是个交代。

那款砖茶，先生后来喝了没喝，感觉怎样，我就不得而知了。帮我买茶的朋友后来问我："你手里的那款茶还有吗？"我说还有啊，怎么了？朋友说，有人在到处收那款茶，价格已翻了好几倍！我想，既是好茶，不如留着自己喝吧。

就听国文先生在电话那头说，茶倒是好东西，人，年轻时是做加法，到了这个年龄，就要开始做减法了，茶大概是人一生中一个最后的朋友。先生这么一说，自然让我想起他的许多关于茶与喝茶的文字来。在《文夫与茶》一文中，说到陆文夫先生，国文先生写道："那年在宜兴，我记得，他既抽烟，又吃酒，还饮茶，样样都来得的。近两年，他到北京，我发现，他烟似乎压根不抽了，酒大概吃得很少了，只有饮茶如故。"早年，陆文夫先生也曾领着一帮年轻人来过昆明，至今还记得他既抽烟也喝酒还饮茶的潇洒。而国文先生由陆文夫先生的"只有饮茶如故"说开去，便有了许多感悟："人的一生，前半辈子是加法，播种，耕耘，奋斗，收获。后半辈子便是减法，一直减到两手空空离开这个世界。在这个减法的过程中，渐渐地就兴味薄了，情致淡了，追求少了，欲望低了，这是一个迟早会出现的状态。慢慢地，好像也是势所必然的趋向，喜好的东西不再那么热衷了，渴望的东西不再那么急需了，放不下的东西也不那么十分在意了，包括生活习惯，包括饮食胃口，也不那么坚持必须如何如何地，有也可，无也可地将就了。我发现，到了七老八十这样年纪的人，只剩下茶，为最后一个知己。"

是啊，国文先生说的是茶，无疑也是人的一生，在经历了种种大起大落的磨炼，尝过了种种或酸或甜的世味后，最后能追索的，无非一缕淡泊的回甘。正如先生所说："因此，以茶代酒，永远不会胡说八道。以茗佐餐，必然会是斯文客气。这世界上只有喝茶人最潇洒，最从容，不斗气，不好胜，我们听说过喝啤酒的冠军，喝白酒的英雄，但饮茶者才不屑去创造这些纪录呢！有一份与他人无干，只有自己领受的快乐，就足矣。咖啡太强劲，可可太甜腻，饮料中防腐剂太多，汽水类含有化学物质，唯独茶，来自本国土地的饮品，有着非舶来货所能相比的得天独厚之处。清心明目，醒脑提神，多饮无害，常饮有益，尤其茶的那一种冲淡清逸，平和凝重，味纯色雅，沁人心脾的品格，多多少少含有一点做人的道理在内。"而我从寄去的那款茶里体味到的，正是那样一种茶味。如此，料想先生也会喜欢那款茶吧？

收到茶后，先生用微信告诉我，茶收到，请放心。我说好的，您尝尝，看看茶味如何。先生回信说：包装极古朴，不舍得打开，先欣赏几天外观，再品茶味。

我一想，是啊，原来刚寄去的这款茶，也是用笋壳包着的。而国文先生所言，乃是真懂茶的行家之见：就像友情一样，那款普洱生茶放上几年，茶味笃定会更好。

深爱是个永恒的秘密

秋浓云愈淡。风远沙初静。大漠深处的敦煌莫高窟，天蓝得仿佛一眼就能洞穿，让人于瞬间穷尽宇宙的无限奥秘。远望，石窟深深若神眸，目光淡定润泽。想到我必也在其注视之中，便顿感一阵神秘掠过心胸：三危山上，那曾照彻千古的奇异神光如今安在？

神秘早自在心——敦煌的初创便如神话，亲临其境，神秘便越发浓重。史料有记，前秦建元二年（公元366年）的一天，乐樽和尚从中原云游到沙洲即今敦煌，面对三危山参禅入定；星眼偶睁，只见三危山金光灿灿，烈烈扬扬如千佛跃动。天地无息，却流霞如注。乐樽大惊，心想莫非是自己的虔诚终得感应？便虔诚跪拜，朗声发愿，决意在此开窟造像，长住修行，以光大佛缘。发愿既毕，转眼光焰俱失，茫茫沙原重被苍然暮色覆盖。莫高窟的千年佛灯，由此点亮且代代不息，终至成就了当今的莫高窟。乐樽此举，标志着他已由独尊释迦一佛，而至认定无限时空中处处有佛，冥冥中亦暗合了另一史实：那一年，鸠摩罗什二十二岁，在游学疏勒途中，突然弃修小乘而改宗大乘。自此，在古丝绸之路上缓缓传播的专注个人解脱的小乘佛教，也逐渐转向普度众生的大乘教。

乐樽亲见的奇异景象后来竟多次重现。常书鸿曾与日本友人池田大作谈及，上世纪五十年代，他也见过那样的情景："……三危山的背后是渐渐变暗的天空，前方是暗淡的呈茶色的沙漠，唯有照在三危山上的夕阳显出极为清晰的金黄色。在带状的金黄色背景下，山脉看上去宛若千尊佛并列而坐。"1995年夏，那是敦煌的雨季，一天傍晚，时任敦煌研究院常务副院长的樊锦诗，在现场督促工作人员垒沙包，以避莫高窟遭受洪水侵害。"这时我觉得余光里有亮光，一抬头，好家伙，天上整个都是金色的，金光万丈，耀眼，太壮观了！一会儿就没了，我就看到过这一次。"

千余载时光，亲见并讲述过那奇迹的何故仅此三人？释佛洞悉一切。奇异想必也由深爱而生。而我一个俗人，能被那样神秘地注视已是幸运，岂敢奢望有那福分？既如此，那让我越发感到浓重的神秘又缘何而来？

此刻，游人的喧闹已至尾声，紧邻沙山戈壁的古城，或正准备享用它难得的秋静。整整一春一夏，数十万人蜂拥而至，在对石窟的彩塑、壁画和经卷写本投去或重或轻的一瞥后，正退潮般远去，消弭于重返俗世之路。无论是为已然获悉石窟之秘而心满意足，还是正为花了些银两却不过尔尔纠结盘算，至少到此一游的目的已然达成，余则暂时还未及深味。在这个缺乏深度的年代，人都说他们爱旅游，爱出行，也爱敦煌——真真假假，谁知道呢？

我或不该如此揶揄，毕竟有那么多人爱敦煌终是好事；虽说这年头，"爱"已从禁忌演成滥俗，从精神圣餐沦为追猎奢欲情色的伪装，人们对想要的任何东西都冠之以"爱"，不论天价房、车，或舶来的奢侈品，甚至庖肆酒楼的一盘海鲜，几只螃蟹。至于真爱、深爱到底为何，倒不屑也无力探究。岂知同是个"爱"字，意相近，质相远。当最庸俗的电视剧也以"爱就是爱，爱无需理由"胡乱阐释时，爱好像真的从此无需理由。而我，此行既为朝圣，又为寻爱，情知真爱、深爱之圣洁，内中必有当事者不想说或不便说的秘密。古今中外，凡真爱哪能没有缘由与秘密？或因美貌，如渥伦斯基之于安娜；或因才情，如徐志摩之于林徽因；或分属世仇家族之男女一见钟情，如罗密欧与朱丽叶；或起于战乱中之忘情邂逅，如《魂断蓝桥》中之罗伊与玛拉；或因朝夕相伴日久生情，如梁山伯之于祝英台……足见没有秘密的爱，怎么都难说是真爱、深爱。但即便是有假包换的情爱，又怎与深爱相比？情爱幽曲动人，然而花前月下，关乎的唯一二男女，难成大戏；深爱却雄浑撼人，牵连家国天下，命运浮沉中，总能透见时代风云。可恰恰是大爱、深爱方有的永恒的秘密，无以言说，无须言说，只深藏于心，供奉永远。

此时，我正随队走向寻常而又神秘的敦煌研究院，去参加一个我暂不知内容的活动。以为那或是个礼节性会晤，客方拜访，主方介绍，提供点方便，多看几个石窟，如此而已。其时秋阳温煦如画，秋林摇曳生歌。研究院门口，主人正与鱼贯而入的我们执手相迎，那气氛显着亲切的庄严神秘的欢愉。可愚笨如我者，对在不觉间卷入的秘密仍浑然不察。直到走进会见厅，我才从心底发出"哦"的一声慨叹，而后方对张勇先生和汪宁女士再四称道："这活儿你们干得漂亮！"

让我惊诧的是迎面那条横幅："云南省文史研究馆大型古籍文献《云南丛书》捐赠仪式"，以及前桌上一溜五十大册《云南丛书》——恰如一抹南来的彩云，正正飞落于敦煌莫高窟秋日的晴明。神秘的欢愉亲切的庄严或由此而生。

《云南丛书》乃编纂于民国初年的云南地方郡邑丛书，收录云南自汉晋尤其是明清以来滇人著述的经史子集205种，1600多卷，为云南历史文献之集大成者，堪称"云南的四库全书"；惜乎编纂即成正陆续刊印之际，抗战军兴，功亏一篑：诸多稿本未及刊刻便束之高阁，已刊部分亦相继飘零散佚；一部最具滇地文化风貌之巨制，遂有随岁月流散无存之忧。自此半个多世纪，学人隐痛殊难言表，奔走呼号从无间断，唯期旧事重拾，无愧前哲。云南省文史研究馆亦其一员也。幸得政府支持，学人黾勉，终毕其功于一役。百年事业一朝功成，前贤终能夙愿以偿。今版之《云南丛书》由中华书局刊印，大十六开精装，全50册，堪称皇皇巨著。且闻此番整理国故，旨在有裨益于学术，所印300套成书将全部用于赠送国内外科研院所和省市图书馆，而将敦煌研究院列为第一赠送名单，既出乎我之预料，又尽在情理之中——

敦煌者，大也，盛也，乃雍容、开放的汉唐帝国的最前沿，其时中国最大的通商口岸。前有诸多名画家和千万无名工匠画师上千年的开凿与营造，后有自常书鸿先生起，至于右任、张大千、段文杰、樊锦诗等为代表的几代人的百年坚守探究，其间数万个日子乃至分分秒秒，皆可圈可点，千百个艺术信徒的皓首穷经，皆可叹可歌；百余年间，敦煌学研究历经机构的几番兴废聚散，学人的数度坎坷沉浮，终成就为中国三大显学之一，敦煌也由此而成万千艺术信徒的朝觐圣地，为中国艺术拓展出一条通天之路。后世凡有作为之艺术家，诸如张大千晚年的泼墨泼彩山水，董希文《开国大典》的人物布局和色彩运用，关山月南洋写生中的系列人物画，皆或叠印着敦煌艺术的影子，或吸收了敦煌艺术的精神。也许正是敦煌在中国文化史上高扬的引领和象征意义，云南省文史研究馆才将敦煌研究院列为《云南丛书》第一赠送名单。细察，此举既鉴于敦煌学研究的重要性，以及敦煌研究院在国内外学术界的深远影响，亦为表达云南文史界对百余年来献身敦煌学术研究之英魂精魄的仰慕与缅怀，期待《云南丛书》能早日为敦煌研究学者所见，倘有微益于其学术研究，便倍觉欢欣。敦煌研究院闻知，则以其向来的谦和、大度与包容，热诚回应了遥远滇地的盛意。

　　捐赠仪式素朴简雅，而人若非石木，那一刻便无不为之倾倒，感佩交集。深考，大至浩瀚历史时空，云南与敦煌相距万里，能让北南两地牵手紧握者，唯那同样的深爱。敦煌乃丝绸之路通往西域甚至中亚的扼关重镇，云南亦为古南方陆上丝绸之路的必经之途。敦煌学研究从王道士发现藏经洞至今已百余年，《云南丛书》从民初编纂到全书完整告竣，亦历经百年。而敦煌艺术的宏博深邃，云南多民族文化的丰沃多彩，差可互补互映，恰如"马踏飞燕"与"牛虎铜案"，虽一南一北，凝聚的亦同是华夏文明的那段青铜时光。两个百年于那个秋日在敦煌相聚，看似偶然实必然——皆源于对华夏文明的深爱。小至细微毫末，亦甚多令人惊艳之细节，谓之"敦煌中有云南，云南中有敦煌"亦不为过：敦煌学者赵声良君，乃一云南汉子，在北师大求学期间，因酷爱美术，偶见敦煌画册，惊异于敦煌艺术的博大精深，遂写信给时任敦煌研究所所长段文杰先生，一诉心愿。几年后他如愿到敦煌研究院工作至今，成就卓著。而为此番捐赠探路传情者汪宁，却是位在云南做事的"敦煌女子"。生长于敦煌亦心仪敦煌学研究的汪宁，川大学成回甘肃任教，后机缘凑泊到云南做事，不惟曾与专家、领导、同事一起为编校《云南丛书》尽倾心力，那自幼养成的敦煌情结，又让她力荐将敦煌研究院列为《云南丛书》首个捐赠对象，且深得云南省文史馆上下赞许，促成了那番盛事。

　　闻此我深有所悟：爱天下者，天下爱之。进而翩然妙想，冥冥中似有神力指引，一北去敦煌的云南汉子，一南来滇云的敦煌女子，莫非竟是两地文化间神遣的专使，天留的伏笔？我宁信其有，难信其无。而即便真为神遣，也须有修为者方可胜任。天机从来胜过心机，心机过重者唯溺爱一己，无力施爱他人。都说深爱可遇而不可求，其实不然，概因深爱从来都须付出代价。叶芝谓"人间，只是我们脚下的一片尘土而已"。栖身于这片尘土者，虽演绎的皆俗常的悲欢离合，却也不乏身覆俗尘却心迫云天者，矢志追寻着超越凡俗的真情深爱。足见深爱可求亦当求。当年，常书鸿在塞纳河畔旧书摊一睹《敦煌石窟图录》画册，便震撼不已，当即抛别巴黎直奔敦煌，在战火中创办敦煌艺术研究所，一度妻离子散，倒始终以修复保护莫高窟为使命。1944年，正在国立艺专求学的段文杰看了张大千临摹的敦煌壁画作品展后，站在画前感奋异常："我着了魔,所以我到了敦煌",一待六十年,终将敦煌学迎归故里;樊锦诗则以江南女子之柔弱之身,守护敦煌国宝四十一年,沙风漠雪将满头青丝染成霜鬓银发,虽有愧家庭、丈夫和孩子,却独独无愧于敦煌……

当云南省文史研究馆张勇副馆长将《云南丛书》郑重交付给敦煌研究院王旭东副院长时,我料想即便是轻轻一笔,那个时刻也理当被历史铭记。时光被铭记的方式素有殊异,或长至千年慨叹,或短为分秒沉吟。我身临的那个时刻,却兼有千年之悠长与分秒之倏忽。赵声良君《云冈月色》一文述及一事时至性至诚,庶几可作为此番幸会的诗意写照:有朋友谓月亮好时,在云冈石窟赏月效果最佳,而他因病而不能如愿,"终于不能体验那神秘而美好的月色。想到人生的期待与实现,其间会有多少曲折,有时就是近在咫尺,也是同样的'不遇'。所以感悟到所谓的'一期一会',在人生中是如何的珍贵"。那个秋日的期会虽无如水月色,却有秋阳般温煦的深爱。念此,明知可回昆后低价网购,我仍执意从敦煌研究院带上樊锦诗主编之《莫高窟史话》和赵声良所著《敦煌艺术十讲》,千里万里地背回了昆明——怎么说,那都是一个念想,一份深爱的见证。

区区如我者,此番恭逢盛事,亦有两件小事让我引为殊荣。先是到敦煌前两日,汪宁女士在车上问谁有电脑可发电邮,我说我有。车甚颠簸,几经折腾方将那份文件传出。以为无非为安排住行的寻常文档,到了才明白,正是那份电邮预先为那个时刻做了铺排。汪宁戏称我为业余"收发员",我乐闻其言。后在兰州与老友、作家王家达晤面,闲聊中方知,两年前京城一家出版社编辑遍寻家达兄电话不得,打电话问我方才获知,由此促成了《敦煌之恋》(后易名为《敦煌密码》)一书的再版。板桥、白石皆"甘为青藤门下走狗",我辈倘能为敦煌莫高窟之走卒,亦属大幸。雷达为该书作序说:"一支前赴后继的敢死队,有如不绝的火种,不灭的精魂,奔走在通往敦煌艺术圣殿的路途上";是"他们毅然来到死寂的大漠绝地,用热血和生命挽救了敦煌,保护了敦煌,研究了敦煌,发扬了敦煌,使莫高窟重放光华",从而"谱写了一曲撼天动地、震古烁今的敦煌恋歌"。而"恋歌"又岂止唱给敦煌?凡我域山水,我祖文脉,我族精英,我心钟爱,都当倾之以深爱,那正是我们该深爱的,对包括敦煌和云南在内的华夏古老文明,对深爱中那颇具神性的秘密之深爱。

——情知只凭我短短一瞥,何以深味乃至洞悉那深爱中的秘密?秘密之为秘密,或无须说,或不能说。寻觅于通往敦煌艺术圣殿之途的那支"敢死队",

以至历来前往朝觐的艺术圣徒与游人，无论情侣、友人还是同道，自天南地北聚于敦煌，若非心缘前定，便是天眼特选。要不，他们哪来的那番定力与坚韧？我们又哪来的这般神往与憧憬？那是他们的秘密，也是我们的秘密，我的秘密。仓央嘉措有诗谓："一个人需要隐藏多少秘密／才能巧妙地度过这一生？／这佛光闪闪的高原／三步两步就是天堂／却仍有那么多人／因心事过重／而走不动。"人问天，神不语。我渴知，而不知。其间的无尽秘密无限神秘，或永无解处？也罢，唯此，深爱复深爱，深爱方是个永恒的秘密。

青藤书屋

久居边地,去绍兴前,竟从没听说过大画家徐渭即徐文长,直到那天,顶着江南秋雨,贸然闯进了他在绍兴的"青藤书屋"——想来真是汗颜。

青藤书屋在绍兴城之西南。沿城市之中轴线解放路南行,在西侧可以找到前观巷。该巷有二,一前一后,像东西向的两根平行线;两根平行线之间,有一小巷相接,那就是大乘弄。绍兴的现代化建筑,在解放路应有尽有,大乘弄就在现代与古代之间,古屋绵延,走进去,一如走进了历史深处。巷道甚仄,石础白墙,水痕斑驳,远处危楼林立,走在两列高墙之间,如闻空谷足音。入弄不久,即见西侧有一台门,门侧墙上嵌有"青藤书屋"标志。走进石门,踏进一条曲折有致的卵石路,穿过修篁老树,便见东山墙的"自在岩",自在岩周围有芭蕉、葡萄、石榴、兰蕙、萱草,这些都是文长当年时常涂抹的绘画题材。自在岩之南,有一圆门,其形如满月,额书"天汉分源",门内便是天池。

出色的男人,总是容易受到伤害,就像一个女人太漂亮。徐文长生于明正德十六年二月四日,即公元1521年,一生穷愁潦倒,无家无屋。青藤书屋是徐文长六十二岁返回故里绍兴后的住地。他年轻时已失此屋,晚年只能借居于次子的岳父家,直至终年。后旧屋辗转易主,面貌改变甚多,明末为陈洪绶(老莲)所居,清嘉庆年间仍属陈氏,为陈永年所有。所幸先后居住于此的,皆是书香人家,对文长礼拜甚勤,天池、青藤、自在岩皆保护完好。屋中原有文长十一岁时"手植藤"一株,康熙年间遭雷击而毁,数年后逸出新枝,枯木逢春,"文革"中再次被毁。现在的一株青藤,是后来补植的。文长生前作过《青藤书屋八景图》和《青藤书屋图》，前图作于他七十岁时，后图题句为"几间东倒西歪屋，一个南腔北调人"。书屋尚有文长自联"未必玄关别名教，须知书户孕江山"，气魄宏大。北屋为陈列室，四壁橱柜内悬有文长之《驴背吟诗图》《葡萄图》《黄甲图》等的复制品，还有文长手卷《白卷书》之复本，及文长之"传呼喝道使君来"一诗。

晚年的徐文长，"捷户十年"（张汝霖《徐文长佚书序》），"晚绝谷食者十余岁"（陶望龄《徐文长传》），正如他自己在六十九岁时所说，"鄙杜门者八年矣"。所谓"捷户""杜门"，不是足不出户，也不是不离开绍兴，而是很少与人交往，尤其不愿与富贵中人周旋——既因为有病，也因为看透了世态炎凉，开始更主动地追求身心自由的境界。

在绍兴民间传说中，徐文长总是站在地方官的对立面，不与同流，甚至不时戏弄权贵，佯狂避客。知府胡某是只"空肚鸭"，到任伊始，便举行"开贺"，请诸方赴宴，广收财礼。文长为之致贺，画的是一僧一道，题款曰"僧在有道"。知府大喜，以为是寓三教九流均来祝贺之意，高悬堂上。后经人点破，方知，按当地话谐音，"僧在有道"为"生财有道"，于是恼羞成怒。当时的山阴县令刘尚之，字景孟，在山阴主政十一年。文长回绍兴后，刘前来拜望，因为坐着轿子，又带着随从，文长竟闭门不见。事后，文长写了一首诗请人转给刘景孟，题为《山阴景孟刘侯乘舆过访，闭门不见，乃题诗素纨致谢》："传呼拥道使君来，寂寂柴门久不开，不是疏狂甘慢客，恐因车马乱青苔。"

一个一无所有、只剩下门前那片青苔的人，关心的不是可借机攀附权贵，而是担心来人踩坏了门前的青苔，幽默之中，显然藏着一种清雅，一种高贵。高贵从来与金钱无缘，与权势无关。读此诗后，刘景孟才领悟到，文长并非一般地拒绝朋友，而是拒绝"传呼拥道"的官员。私人聚会，不是公务员，用得着"传呼拥道"地表明身份吗？于是换了便服，一个人悄悄前去拜访文长，主客甚为相得。文长在诗后有小注云："侯（指县令）观诗悦甚，即便服徒步往。"看来，这位县令，还算是有点儿悟性的。

徐文长的这个故事，有书面记载，我听到的，是青藤书屋的女讲解员，指着挂在墙上的徐渭那首诗讲的。其中一个细节，书上没有，说刘景孟敲门时，徐文长用屁股顶着门，高声应答"文长不在"。讲故事的绍兴姑娘，身材高挑，面目姣好，称赞徐文长的铮铮铁骨，用的却是一口吴侬软语，听起来反差很大，却句句入耳。细细品味，才能听出她的语调是骄傲的，满是深情。即便粗俗如

"屁股"之类的词语，从她嘴里讲出来，也不让人感到唐突。我不知道，她是不是真熟悉她守候的那个纪念馆的主人，但我知道，即便只有二十多岁，作为徐文长的同乡，她也不难理解生活在数百年前的徐文长的可贵。她是徐文长的同乡，徐文长是绍兴人的骄傲。在绍兴，四百年来关于徐文长的故事，不仅妇孺皆知，而且传说甚多。外界只知绍兴出过鲁迅，出过秋瑾，出过王羲之。出个把像徐文长那样的狷狂之徒，似乎是个例外。那天阴雨连绵，青藤书屋里有些幽暗，讲解员为让客人看好，特意开了灯。展室外面，狭长的天井里，一株青藤正寂寞地生长着。藤干苔藓斑驳。藤叶犹自葳蕤。人以清德孤操走完一生，谈何容易？却很少有人知道徐文长这个"中国的凡·高"，遑论熟悉这个在中国写意画方面具有开创性的大画家？然而，郑板桥曾用印"青藤门下牛马走"，表达了他对徐文长的敬重。与一般名人不同，徐文长是身后名人。身后名人与当世活着的名人不同，无法预见他的将来。徐文长身后四百余年中，每一重要历史阶段，差不多都有人为之修传，其中最脍炙人口者，数明代散文大家，晚生徐文长四十年的袁中郎袁宏道所作的《徐文长传》。

走出青藤书屋时，我想，下一个为徐文长修传的人，会是谁呢？

梅先生的情趣风致

一

正春二三月，闲暇翻书读到一个故事，其间的幽浓古趣如老梅新绽：已故台湾海基会董事长辜振甫先生，看着他收藏的那件南宋龙泉窑青瓷船形水盂，心情平静得如一汪清水：帆已掩，桨已收，那艘船只静静地荡漾在无风无波的水面上；掌舵的艄公凝视远方，海碧天青；船舱里有人盘坐下棋，气定神闲。听说辜先生曾指着那艘青瓷船形水盂说，看到它，就像窥见了先贤的日子，会在心底与先人对话，既看到了他们曾经的心血，也听到了他们无声的嘱托。那样的凝视与对话穿越时空，无尽的艺术趣味就那样完成了一次交接转换，由千年之前幽然而至当下，至此刻，想想还真有些撼人心魄。如今爱收藏能收藏的人多了去了，辜先生那样的藏家却少之又少。一件上好古瓷，换了别人，能看到精湛工艺或万贯钱财就已了得，引发辜先生感慨的倒尽皆古雅幽思。艺术趣味的雅俗文野之分，由此可见一斑。

艺术家的趣味何在，似乎早已不在我们的视野之中。然艺术趣味的雅俗高低，虽说半属天成半归学养，看似艺术家个人的喜爱偏好，倒或隐或显地决定着艺术创作的成败得失，甚而艺术生命的盛衰长短。

趣味、趣味，所指无非趣与味。趣，乃艺术家个人的兴趣、风致之谓，看似也全为艺术家的自身选择，他人无可干预，起作用的倒是艺术家的人生经历与性情感悟。其实，趣既是艺术家外在形色的个性之"表"，也是他内敛于心的修养之"里",透露的往往是引发他的艺术冲动,激发他创作欲望的节点甚至方向。味,却是艺术家借助艺术作品之趣,暗示、传达给观者的联想与回味,其中的玄秘虽难以言传,无以一言蔽之,但观者面对它时的心灵感受,无论深切细微、凝重雅逸,尽管都飘忽如烟,却绝非虚无。有趣、有味,说白了即好玩。趣属艺术家的趋向与发现,味是观赏者的体察和领悟。二者相辅相成:趣乃味所依,味属趣所由。无趣则无味。普天之下,艺术作品一旦没趣没味,便成了布道与说教,一如欧洲中世纪的宗教绘画,平面干瘪,要它何益?自然也有人不懂个中道理,不是做人无趣,便是作品无趣,甚或做人与作品尽皆无趣,写写画画一辈子,无论怎么狡黠地变换招式,到了都脱不开那股子粗痞气,终归是个无趣之人:或面目狰狞不可与交,或味同嚼蜡不堪卒读,或初初一瞥便弃之永远;反过来,一见倾心视为同道者有之,再三把玩爱不释手者有之,德高艺精令人崇敬者亦有之。足见艺术家的意趣风致所在,实不只是艺术作品由外及里,所传达给欣赏者的某种意境或启悟,更是艺术家的道德人品对人的教化与感召,怎么都小觑不得。

几年前在看过梅肖青先生的一次作品回顾展后,与梅先生多年交往的情景便一一浮上心头,让我有话想说:梅,怎么都惹人喜欢,连梅姓都带几分清雅诗情,让人不知怎么便肃然起敬,心存感念。梅是个有趣之姓。梅肖青先生是个有趣长者。虽明知那个梅字只是个姓氏,望文生义地想什么疏影横斜暗香浮动尽管有些无稽,可提到梅,眼前浮现的到底还是冬寒凛冽却梅绽枝头的劲倔拙雅;"梅"的个性好像也从来都叫人着迷:西南联大校长梅贻琦是一个,京剧大师梅兰芳又是一个。尽管说"所谓大学,非大楼之谓也,乃大师之谓也"这话的梅贻琦先生,跟一辈子在舞台上扮演贵妇粉黛百媚、抗战时却蓄须明志的梅兰芳先生,怎么都不是一回事,可后人对梅贻琦的崇仰,倒绝不次于人们对梅兰芳的追捧。梅兰芳的拥趸自称"梅党",梅贻琦的学生自称"梅迷";正如一位学人所言,"清华人对梅先生孺慕情深,像听戏的人对梅兰芳一样入迷,我们却是另一种梅迷"。

赶巧我也喜欢梅,倒既不是"梅党",也不是"梅迷",而是喜欢另一枝"梅",画家梅肖青。像许多优秀的艺术家一样,这枝"梅"潦倒过,也欢悦过;年轻过,也怒放过;激情过,也沉思过;无论生活怎样折腾磨砺,永无法从他身上夺去的,便是他心中满满盈盈的艺术情趣。不同时期的生命,皆透过他的画作,绽放出各各不同的意趣姿彩:宏阔深邃的理趣,智慧奇巧的机趣,更多的,则是在寻常日子里发现的生命温婉动人的情趣，艺术高洁幽远的雅趣。一个艺术家，能在他有限的艺术之旅中，从他的画笔下流淌出如此之多的意趣风致，实乃大奇、大幸，亦让人大讶、大喜。

二

　　艺术趣味的缺失，或如生命的重病沉疴，于艺术家怎么都是件伤心事。偶遇一位画家，多时不见，照例寒暄，问最近还好吧？答说不好，闷躁！——此乃昆明土话，心烦也。惊问何故，原来最近他被频频"请"去为某要员画画。倘画家愿画什么就画什么也罢，何况据说酬金丰厚，何乐而不为？要命的是那样的命题绘画禁忌之繁多，绝不亚于当年的宫廷画师，让画家闻之胆寒：要有云，云不可厚，厚碍前途；要有花，花唯牡丹，意喻富贵；要有海，不可有礁石；要有浪，浪不可涌起……如此种种！官员津津乐道，画家却兴味索然，于是乎"闷躁"！

　　——那当不是画家个人的错。画笔有长有短有粗有细，境界有高有低有俗有雅。物欲泛滥，消费疯狂，当今我等面对的，是商业气息日显浓厚的社会风气，世人日渐粗俗的欣赏趣味。钱乃粗俗之物，世人皆知，在物质相对丰富之后，为显摆高雅，文化修养与艺术趣味怎么都不可或缺，哪怕是装出来的，或硬凑上去的——论或买或抢，或附会生造或自封自诩，当下某些官员、老板，某些顶着艺术家头衔混迹江湖者，倒是拥有多多的资源大大的本事，做起来还真不难：办公室可摆上整架整架的豪华书刊，墙上可挂出花数百万上千万元的天价，请御用画匠按其旨意绘制的"画"作；画者沉湎于市场炒作画价飙涨，逢人便道某张画又沽了个好价，沾沾自喜；至于众多财力有限的小资，最不济也给自己弄点小儿科的艺术点缀，权充高雅。但装扮终是装扮，粉饰亦终是粉饰，若非骨血里自然流淌出的生命本真，怎么都难掩那股铜臭。艺术趣味高下野俗的沟壑壁垒，任你怎么费尽心机，绝非一时半刻能抹平的，明眼人只消一眼就能看透看穿。

　　而艺术家的终极目的，是要以其艺术创作或多或少地改变这个世界越来越平庸的趣味。艺术家在艺术创作的那一刻，或难明确地意识到这一点，或说他未必要带着那样清晰的目的去创作；他只是以他对自然与社会、生命和人生的独到体察，敏锐地捕捉艺术题材和艺术形象，再以他呕心沥血的创作去完成一件艺术作品。然艺术家一旦真的完全忘记了这一点，别看他或也自命不凡一时得意，其艺术生命没准儿就走进了死胡同，甚至是走到了尽头。

一个艺术家，真要沽售贩卖自己其实容易，看似轰轰烈烈，其实在将灵魂抛尽之后，迎来的无非一场快乐的死亡；想归守心灵完成自己却难，那是在痛苦中创造所必有的蜕变、涅槃与再生。

三

梅肖青先生向以"军旅画家"名世。有说奠定他作为一个卓越军旅画家地位的，乃油画《情报》《进驻昆明》等画作。此说听似美誉盛赞，细品却未免以偏概全。艺术，无论音乐、绘画，还是书法、摄影，说到底都无法以职业划分，概职业只是工作，艺术恰需创造；生活无疆，职业的界限并非注定是创作的樊笼。梅肖青先生的早期画作，确与他的自身经历与所处时代紧密相关。其实中国的现代绘画，发轫于对深具现实主义传统的西画的膜拜，连徐悲鸿当年也曾怀着济世救国的一腔热血，前往欧洲朝圣，回来便取材中国历史典故，将西方艺术手法融入中国画中，画出了《田横五百士》《溪我后》《九方皋》《愚公移山》等巨幅作品，满纸爱国情怀，笔笔民族忧愤，中华民族之坚韧不拔、威武不屈和对光明的向往跃然其间。那是国破家亡的年代，有识之士无不以救亡图存、强壮中国为其艺术宗旨。有趣的是，徐悲鸿最终皈依的，仍是中国深具传统艺术魅力，有着极强包容性的水墨。其实又何止一个徐悲鸿？据称，当法国巴黎的巴比松画派作为卢浮宫收藏古典名画的终结时，西方艺术家正向写实主义告别，转身于现代或抽象；此时他们惊愕地发现，该是向东方特别是中国传统水墨绘画致意的时候了。无论于时代于个人，这种普世变化中隐藏的因缘奥秘，倒是足可写成一部艺术大著。

然梅先生毕竟是军魂梅魄，非一个"军旅画家"之名便可概定。认识梅先生始于其名。画家的名字多半让人艳羡：齐白石、关山月、傅抱石、李苦禅、程十发——凝目间满眼古拙，写下来可入唐诗宋词，叫起来更别有一番清雅韵响。梅先生的名字也蛮好听，无论"梅肖丹青"，还是"丹青肖梅"，皆古意扑面，清风拂心。疑惑那到底是父母认定他要当画家给取的本名呢，还是自己迷上绘事后刻意改的笔名？结果还都不是。某个夏日午后机会凑泊，竟在梅先生窄狭却清幽的寓所探得真情：幼时私塾先生为他取名"肖清"，已沿用多年。直到上世纪五十年代初某天，早已身在云南的梅先生引颈东望，隔着万里云天放飞绵绵乡思，突然忆起他八岁时便已辞世的母亲。八年恩泽虽短，倒够他念想一生。此后十多年中，那个叫肖清的男孩孤独地走过颠沛流离的岁月，怎么都难忘怀那份慈爱，这才易名肖青——只为母亲名字中有个"青"字。肖青，"肖"的正是母亲，却又有丹青之意。梅夫人刘琦告诉我，梅先生说他的性格、脾气都酷肖他母亲，善良，温情，谦逊；他也一辈子记着母亲的遗训：待人要和善，做事要尽力；凡自己能做的，都要尽管去为人家做。

——无意间探得画家的心灵隐秘，方知梅先生当初执意要走的，亦是那条为人生而艺术的路，尽管他自己的人生倒从来都不怎么"艺术"，有的只是跋涉。人生终归无法设计，迢遥的跋涉中，多的是艰辛与坎坷，际遇、成功只会偶然光顾。窗竹摇影、野泉滴砚的少年时光转眼过去，怎么说，梅先生都属于经历过国破家碎生命早熟、金戈铁马热血奔涌的那一茬人：过早地失去母亲的慈爱，过早地面对父亲的酷严，过早地独自在外求学，过早地品尝着人生的坎坷辗转抗战的饥寒流离；1942年，那个年仅十二岁的少年，便过早地画出了版画《人与狗》，尽管稚拙青涩，却饱含激情，宣示了他对吃人世道的愤懑与不平；1949年在南昌高中毕业，想读书却没钱读，渺茫中又早早地成了解放军的一名文艺兵；甚至"过早"地显现才华崭露头角：二十三岁，一个从没从受过正规训练的艺术学子，仅凭年轻生命的艰苦热诚的努力，便以油画新作《情报》，赢得了西南军区文艺检阅一等奖的殊荣。诗人白桦当年曾专文写过这枝"梅"："他不只是会临摹一些人的面孔和身形，他懂得人们的灵魂和形象的关系，画中人和画中事有着密切的关系，使人觉得真实，给人一种强烈的感染。"昆明部队的文艺领军者冯牧先生，日后更一再携他同行滇南、佤山和版纳，一路朝夕相处，也一路鼓励敲打：《情报》画得蛮不错啊，可你要知道，有的画家一生只有一幅好画——后来便骄傲了。又奖掖似的约梅肖青在富顺居吃馆子，面对满桌佳肴不知味，梅肖青细嚼慢咽的一直是冯牧先生的话：路还长。虽说打小就从湖北到了广西，念小学时曾随校长、著名学者任中敏先生从广西步行到过贵州，后又辗转去到江西，再随部队从江西经粤、桂、黔走到云南，但真正漫长的艺术跋涉，那时才刚刚开始。

有了那样的经历，有了那种颠沛流离终于找到家的感觉，梅先生在艺术旅程的盛年，出手画出《情报》，画出《进驻昆明》那样的主题性绘画，也就在情理之中了。

四

问题在那些有着明显时代印记的主题性绘画作品，是不是也有艺术趣味可言呢？回答是不惟有，且浓烈、独到。时代的巨变总会引发艺术家的创作激情。对二十世纪中叶那场改变中国命运的战事，艺术家自然可从多个角度作艺术的表现。梅肖青先生的《进驻昆明》，画的便是以昆明金马、碧鸡牌坊为背景的大军入城式，其中包含的勇气与责任，或比绘事本身更叫人钦羡。作为绘画艺术，其实选择那样的重大题材并没便宜可占：作为人类情感的两极，喜多形于色，而悲则痛于心。传统的经典名画多以悲愤、壮烈的历史性场面入画，除非宫廷御用画家，少有以喜庆为素材的，中外皆然。而《进驻昆明》一画选择的，恰是边城昆明庆贺解放的那个喜庆时刻。关键还在那绝非一部应景之作。作为一幅油画，画家在作品中以细致入微的观察，刻画了众多人物，场面宏大，色彩饱满凝重，笔触粗犷有力，让我想起同样喜欢以市井人世场景入画的伦勃朗，或作为现实主义绘画终结的法国巴比松画派；梅肖青先生是不是研读过伦勃朗或巴比松我不清楚，也不重要；就艺术的渊源而论，梅肖青的此类创作或虽与那些西方画派有相通之处，但他深谙于心或说流淌在骨血里的，乃中国传统文化的人间性关切这一要旨，而非其他。

说到底，梅肖青作为一个艺术家，其艺术趣味远不止于展示那个场景，以纪念那个历史性时刻，而在于展示在时代、时空的重叠变幻中，人心、人性的交集起伏。变，变换、变动、变更、变化、变革，乃这个世界永恒的规律，没有一个真正的艺术家会对那样深刻的时代变动无动于衷。那幅以古城昆明迎接解放为场景的画作展示的，是艺术家透过那个场景传达出的这座城市的时代之变，更是艺术家亲历的人心之变。沧桑古老的金马、碧鸡牌坊，乃古城昆明的历史性象征；缓缓驶来的军用卡车，当地人或许早在抗战中就见过，可车上满载的解放军战士，虽是个崭新的形象，却绝非来去无踪、有着天力神道的神；挤满在狭窄街道两边的欢迎人群，也尽皆普普通通的人，引车卖浆者之流。于是这个看似不经意的、近乎写实的场景，初看仿佛一幅纪实摄影，其实倒是经过画家的精心选择和谋篇布局，显示出画家对时空交接、新旧更替的哲学思考，透露出的是画家梅肖青深藏于心的理趣。

叙事性绘画中的理趣看似简单，说穿了无非以艺术手段传达出的一点哲理，却得之不易。于画中画出那种理趣，从画中读出那种理趣，不惟需要一点对时代变化的考察与思考，未有亲身经历和深切感受者，终难为之。边城昆明解放于上世纪五十年代之初，《进驻昆明》一画成于六十年代初。应该说，梅肖青为画那幅画，少说也酝酿、构思、准备了十年之久；对任何一个艺术家而言，十年都是个不短的时间。而相比于此前近代中国所经历的百年苦痛，画家少年时期所遭遇的种种磨难，十年算不得什么，而艺术的准备也早已开始。

从南昌参军一路西行，梅肖青画过许多画。那是他作为一个部队文艺战士的工作，也不妨说是一个艺术家为日后创作所做的艺术准备。在《进驻昆明》之前同样作为油画问世的《情报》，着眼则在生活中的机趣。与理趣不同，机趣的发现或许无需那么长的时间，却绝对需要对生活中的某一时刻所发生的某一事件的敏锐观察、机警捕捉与智慧体悟，方能揭示转瞬即逝的人事中蕴藏着的艺术趣味。

《情报》看似近乎一幅命题画，在梅肖青的众多作品中，尽管当初曾为他赢得过不小声誉，日后被人提及得却并不太多，或许它涉及的是一个时代特征过于浓烈、题材似乎也容易"过时"的军民团结巩固边防的特定情景、特定故事，一旦时代场景转换，似乎就失去了意义。可多次细读《情报》后我发现，画家即便在那样有着明显政治性意义的题材中关注的，仍然是对一个突发事件造成的特定环境中人物内心的揭示。油画《进驻昆明》中的理趣，借助的是人们期待已久的一座古城的解放，那样的变动带来的欢欣，虽有其突然性，却又有其必然性。《情报》则不同，画中涉及的是一个突发事件，那个深夜传来的敌情消息，更具偶然性、冲击性甚至爆炸性，如同箭在弦上，千钧一发。画面上，幽冥的黑夜被一支火把映亮，同时映亮的，当然还是画面中的那些人，从赶来报信的少数民族老百姓和民兵，到正在听取报告的解放军战士，等等。那支处于画面中心的熊熊火把，既出于艺术构成的需要，暗示出故事发生的边疆地域特色，更象征着那个不期而至的消息对在场者的心理冲击：发现了敌情。那个特殊又特殊的场景，显示的依然是一个艺术家的机智与趣味——在看似日常的生活中捕捉精彩瞬间，需要的既是艺术的智慧，也是战士的机警，这两者梅肖青都不缺。画面充满了紧张、紧迫甚至焦灼的气氛，而它揭示的，是那个场景所包含的深邃内涵：情谊、信任和默契。

五

中国的画家，都有过一段早年师法西画，尔后随着年岁的增长和艺术感悟的自觉，从而转向中国水墨的艺术经历。梅肖青先生也一样。花是易谢的，只有果实，才可以慢慢品尝。追溯梅肖青艺术生涯中那种转变的动因，诸多说法中最让人不解者，乃曰梅先生晚年失去了他原有的工作平台，身体亦逐渐衰弱，再画那种大场景的叙事性巨幅画作，已心力不逮，精力不济。其实不然。依我之见，那样的变化更多的乃出于梅肖青先生的艺术自觉，绝非不得已而为之。当疾风骤雨式的战事结束之后，画家亲历并熟知的金戈铁马、刀光剑影的生活，已渐趋平静、平和与平常。就像爱情对每个人几乎都是一场劫，无可避免的伤痛迟早都会到来一样，艺术家也会有此遭遇，对某种平台的依傍一旦不再，也会陷入苦痛。但恰如吴冠中先生所言，画家是在苦难中养出来的。像梅肖青先生那样的画家，当然可以继续从个人经历和历史记忆中，去那种时代变动中寻求艺术灵感，但一个秉承着中国传统文化中浓郁的人间关切的艺术家，必将更多地归守心灵，面对寻常，转而去发掘看似平静的日常生活中包含的艺术情趣。

《踏破高原千里雪》向我们展示的，正是梅肖青先生在长期艺术实践中开创出的一种趋于极致的艺术趣味。较之于梅肖青先生此前油画的凝重，《踏破高原千里雪》虽仍可归为"军旅题材"，却风致大变，手法独创，不妨名之为中国传统水墨的梅氏拓展。画题中所谓"踏破高原"也好，"千里雪"也罢，画面中竟皆无直接表现，呈现给观者的，唯一大片"空白"，至于那茫茫"空白"到底是雪是水，是天空是月光，还是水墨画中常见的留白，初看皆无以得知。白，乃中国水墨画中最为独特的颜色：可以是雪，是水，是天空，也可是光，是真正的白色；或什么都不是，只是艺术家留给观者的一片想象空间。能画"白"也善画"白"的画家，是真正的大艺术家。徐渭如此，八大山人如此。梅肖青并非简单地模仿。在那片"空白"之外，我们看到的，只是两个身着棉装的战士在一堆篝火边缝补鞋袜时那份艰辛的温馨平凡的伟大。有行家称：此画极尽中国传统水墨画线条勾勒之妙，粗重者道尽棉衣质感甚至臃肿，纤细者活现出战士手中针线的轻盈；他们身下赤裸的脚板，脸上专注的神情，以及那堆篝火和那个极富人情味的藏式茶炊，无一不让我们如置身现场，为之怦然心动：生活，无处不在；生命，奋斗不息。这一切，远远丰富了也超出了画作本身预定的主题，画家深藏于内心的艺术情趣，就这样朴实而又淋漓尽致地展示了出来。

情趣，为任一成功艺术家不可或缺。无情趣则无艺术。前述之理趣、机趣，虽也包含着情趣，却是别一种"情"，别一种"趣"，与我们在《踏破高原千里雪》者体味到的情趣，并不等同。理趣与机趣中的"情趣"，更多的属于思考，属于智慧，常与时代的某种大事件相关，让观者体悟到的，也多是时代、历史中蕴含的大情大趣；而这里所说的，如同《踏破高原千里雪》中的情趣，则侧重于人间之情，常与日常生活相连。

六

至于梅肖青先生许多以边疆少数民族生活为题材的画作，则更是表达了他内心温柔的深情。《美哉傣家》《趣闻》《逆水行》等，都从不同角度显示出画家的这一艺术趣味。几年前我在一篇短文中说，水墨作为传统绘事能千年流传，靠的只是那一点写意的超然与雅淳。艺术的匠心深意，怎么都不在篇幅大小。恰如着文，精短语文能像水墨那样沉郁，写尽人生极致，斗方水墨亦可像语文那样深邃，绘尽世事沧桑。政事战事催生的是"行动"，可战天斗地颠倒乾坤终非常态；艺术虽是"静观"，倒更合乎人们平和度日的渴求，让人退守心灵，品味自然思索人生。美，是艺术家的毕生追求，也是欣赏者的普遍渴望。创造美的艺术家，人们终不会忘记。更多人喜欢、迷恋这枝梅，迷的恰是他的水墨小品：满眼生趣，满目清新，又满幅尽皆淋漓的潇洒。那时，情趣已然再次升华，成了一个艺术家归守心灵的雅趣。

晚年的梅肖青先生，其画作已近乎随心勾勒，随性点彩，连他擅长、熟悉也酷爱的人物描摹，也要不已退居于画面边缘，要不就完全消失在画面之外，自然山水风情物事突兀于前，成了画面不争的主角；处于艺术视觉中心的，不是浓墨重彩大肆渲染的云崖林莽，或雄峻山崖浓密榕荫，或肥阔蕉叶婆娑竹影，便是挥洒跳脱大笔写意的人文景致，或幽深古城风情傣寨，或雪山峡谷纵横阡陌，甚至野渡船横长堤春晓，风雨驿站塔影暮色，即便一枝冷香梅枝，数团山寨梨花，一尾翩翩游鱼，几缕盈盈风柳，尽皆生意盎然，雅趣浓郁。再绘战事，《巍巍扣林山》只是一幅烟雾山水；再写长征，《金沙江畔》唯见几只草履足痕……烈火硝烟悉数消散于画面之外，精彩细节生意犹存。当本应置身画中的人物渐淡渐远，山水林莽花鸟虫鱼一应自然物事成了绘画的主角，艺术家自身的心灵性情却愈行愈近，隐约就在我们身边，能让观者听得到他的心跳与呼吸——恰如我们在徐渭和八大山人的画中从来都看不到人，却能深切感到他们的魂魄气韵都时时在场。雅趣便由此而生。

七

雅趣或不好说是情趣的最高境界，却最能覆盖一般人众的心，触动他们对艺术的领悟与理解。其中至为重要的，便是艺术创作中的幸福感问题。

幸福感乃当下人至为关心的问题。无疑，不管在历史或现实中，艺术创作怎么都该是一件充满幸福感的事，尽管那个过程中隐藏着许多不为人知的艰辛，但一代又一代艺术家之所以乐此不疲，缘由尽在于此。艺术家酝酿和着手一件作品的创作时，在创作中和完成之后，内心理应溢满了幸福感。只靠热闹，靠宏大的历史背景和恢宏叙事，未必能保证整个创作过程中的幸福感如期而至，倒只能沉醉于价格的高沽。艺术创作中的幸福感有其来龙去脉，它和创作者本身曾经的往事一定有着千丝万缕的联系，甚至往往充满了与个人经历中的酸甜苦辣相关的诸多细节。你遭受过冰雪中的寒冷，会对一盆可以烫脚的热水充满了幸福感；你独自在外漂泊经年，会喝着母亲为你亲手做的一碗香醇的素汤充满了幸福感；如此等等。如若艺术家本身对其创作都毫无幸福感，又何谈为观者带来幸福感？那些机械地一遍又一遍地只画某一简单事物却被奉为经典的画作，那些靠着至死不变的套路百写不厌的应景文字，那些由商家重金收购的挂得满城满店的招牌匾额，那些端着相机对着山水猛拍却毫无摄影者个人情感投入的俗艳照片……如此之类，正是当下一些人毫无幸福感可言的所谓艺术"创作"的写照。那样的艺术创作带来的只是虚名与钱财，绝非幸福。近日听到个故事：一位年轻的摄影家，因从小喜爱摄影，却买不起一部好的相机，其父曾将家里最值钱的两头猪卖了，拿给儿子去买器材。当老父在八十高龄去世后这位摄影家才发现：自己拍了那么多照片，竟从来没为他父亲拍过一张照片。摄影家悔愧万分，这才想起为村子里每一位八十高龄的老人都拍几幅照片。这时，他才感到了艺术为他带来的幸福。

八

从关联社会深刻变革的理趣，到捕捉生活中偶一得之的机趣，从发掘人性、人情的情趣，到描摹自然、自在的雅趣，梅肖青先生艺术趣味的嬗变，绝非他刻意经营的某种哗众取宠的噱头，如某些画家唯时尚是瞻，按市场订单制造的画匠所为；也不是他无意透露的某种偶一得之，而是他于坎坷、丰富的人生经历中积攒的，对未来的渴望与对艺术自由的希冀的自然写照，是他时时在奉行和实践着的艺术哲学的朴实流露。那种对艺术趣味的苦苦追求，是他在孤儿院透过高高的院墙看到的外面世界的温暖、自由与精彩，是他在行军路上的匆匆一瞥中触及的大地山河的清丽、优雅与壮美，也是他在初入云南边地时对边疆一草一木的深情感悟。

画部队官兵是使命，绘山川风物是责任。大地的朝暮生活的丝缕，尽可收入尺幅斗方，传之水墨丹青；艺术家的触角从来无羁，但真那样做也难。上世纪五十年代梅肖青先生初访西双版纳，竹楼留梦铓锣勾魂，奇美的傣乡一下就俘获了他的心。无尽意绪萦绕心头，不画不快又欲画不能：身为军旅画家，画水墨小品倒多少有点儿犯忌，只能秘藏心底。传说王勃着文，须酒后蒙面酣睡打一夜"腹稿"，醒来方一挥而就文不加点。梅先生的"腹稿"却一打就是三十年。八十年代后所作《十里飘香》《晨渡》等水墨新作风致大雅，灵感却来自几十年前的版纳之行。好笔墨也像好文字，得精研细磨，用心体味。当时光的筛子滤去印象中的枝蔓与芜杂，剩下的便点点是金。《晨渡》中的那轮初阳有着胭脂般的红，伫立于整个画面中央的竹林蕉丛却浓淡相宜，粗细相间，透着宁静优雅与洒脱生机。船桨无声，水波有影。时空交融，天人合一。那是一个至雅至静的画面，更是一缕高古的心绪，一种清澈的意韵，连蔡若虹先生看了都说他"最喜欢《晨渡》"："粗与细的结合，红与灰的结合，美极了"。艺术的种子一旦播下，怎么都要开花。想想那些把水墨小品视为异端的日子，荒谬的或许不仅是过往年月的某些教条，也是艺术的某些近视吧。

拜物拜金的年头枯冷干硬，少了艺术趣味的温润滋养，心都会磨碎。读梅先生的画，我满心满眼都是辜振甫凝视那件南宋龙泉窑青瓷船形水盂的兴味与感慨，唯心里既平静如水，又温馨如春。西人道，我原想要的只是一本书，你送给我的却是整整一间书店。我原想看的只是梅先生画中的色彩、线条和笔墨，得到的竟是先生用生命注释出的浓浓情味与风致。去秋梅先生魂归天外，虽叫人感伤，却未敢叹息。想起他和他精心掩藏在不同画作中的，一个艺术家的种种艺术情味，如一壶愈品愈浓的茶，滋味淳厚，回味悠远。修炼是艺术家一生一世的功课。世上好酒何止千种？可以热烈得让人沾唇即醉，也可以清雅得叫人没齿不忘。一个艺术家到底是不是一杯好酒，要看他能不能把自己酿到看似淡而又淡，实则又饱含有无法用"名贵"二字言说的沉香。生命尽可终止，艺术终将长存。就像辜振甫先生收藏的那艘龙泉窑船形水盂一样，梅肖青先生的艺术之船，尽管亦帆掩桨收，看似再也无法前行，只静静荡漾在无风也无波的水面上，但在许多人心里，那艘飘溢着梅香雅韵的艺术之船，却一直在走，永远在走，走在世间无尽的时光中，走在人们无尽的回想中；驶向往昔，也驶向将来；穿越可见的浩渺时空，也穿越无法凭肉眼看见的心灵——千万千万，别辜负了梅肖青先生留给我们的那些画，以及画中的那些艺术趣味与风致！呵呵，说起来，像辜振甫先生百看不厌的龙泉窑船形水盂那般名贵的古董，我等收不起可以不收，玩不起可以不玩，再怎么不济，看看想想，体味体味其中的浓情雅趣，总该是可以也是必需的吧？

转身，已然一缕梅香悠远；却想与山河一道拱手，为有情有义有趣有味的梅先生，也为天下所有那样的艺术家相顾一笑。

2011年2月至3月　于昆明

许心以石

一

美国诗人杰克·吉尔伯特那两句诗写得真好：

寂静如此完整，他能听见
自己内心的低语。

读诗得有心情。恰好那会儿，我正沉浸在"完整"的寂静之中。

生命中总有些原以为无须挂心的琐屑时光，或几近忘却的零碎杂物，会在突然间触动生命的隐秘之弦，瞬时便有天籁般的乐音徜徉于心，或亦回响于世，让人听到世界亦听到自己。有时是一抹云、一块泥土、一朵花、一棵草、一幅字、一幅画，或不知何时夹在旧书里的一张发黄纸片，潦草到无法辨认的字迹，写着梦呓般的，连自己都看不懂的话……

而我那时面对的，却是黄尧刻的一方篆印，静静地置于一锦盒之中。

凝睇，摩挲，放进，取出，放进……如此往复。印石宁静无言，我亦沉默无语；有时它好像在诉说，而我在倾听。

——真难为了那段时光，幸好还有《寂静如此完整》（柳向阳译）那首诗。

二

　　黄尧未必读到过那首诗，但他肯定领略过石头暗含的那种完整的寂静。我能读到还真是幸运。寂静如此完整。完整到没有空隙，让人去回味去思考，只是凭着一点记忆，想着一些事，关于石头，关于印。

　　面对一块无言的石头，我们是不是总能听见"自己内心的低语"？

　　人有人的前世今生。印或也如此。

　　一方印，至少它的前世，无非一块石头。

　　国人爱石。欧洲甚至印度总拿石头盖房子，想想真是粗放到潇洒，中国则风雅性情得多，雕对石狮立于家门，做成巧石供于园林或案头，甚至刻成小小印章随身修行，艺术得要命，且总与生命相随。陆游那句"花如解语还多事，石不能言最可人"的慨叹，对石头情结算是注释得到家了。看来放翁不只是一味地"放"，也可收，该豪放时豪放该婉约时婉约，一旦看清花团锦簇背后的荒疏世相，姹紫嫣红之中的萧瑟人情，营营攘攘中对功名利禄的拼死追逐，甚至海誓山盟的虚幻缥缈，便转而钟情于石头的宁静与恒久。以石为友，许心以石，当是最佳选择。

　　然真堪与铮铮金石相配相知者，唯魏晋之士。印信虽非源自魏晋，可依木心之见，雄汉盛唐，诗赋万千，多大而无"我"，连私梦都任"王师"盘踞；李白韩愈，尽自了得，却难与竹林中人论气节、比风骨；六朝五代尽管烟霞满眼，却无奈凄草衰绿，气息细微；再往后，骨头都软了。回想起来，倒唯有魏晋侠士，掷地有金石声。

　　而侠士与金石，都难免孤独。

　　一方印，一个篆印者，想必正是那样，孤独而又桀骜。他的世界，或只两手双眼，一块石头，几把刻刀，却似小犹大，正好抒我浩然之气。小小一块石头，亦藏有几百上千个世纪。当其时也，一切皆不在眼前。檐间窗外，天地任阴晴，日月自起落，风雨时聚散。一盏射灯斜照，如炬光耀眼。尽管"寂静如此完整"，与一方印石的对话，无声却酣畅淋漓，不惟从头至尾都充满挑战，且有以一瞬阅尽亿载的快感。石质坚韧，刻刀锋利，二者相遇，嗞嗞之声可闻，细微火光虽难见，灵魂却必有闪烁。刻刀或缓进或冲伏，皆不可犹疑。补刀乃常见之事，只是难，稍有不匀，便叫人慨然长叹，怅然若失。至于印石于刻刀下一次小小的崩裂，则更是耻辱，甚至灾难，可致前功尽弃。

——我就那样，天马行空般，想象着黄尧如何刻制那枚印章：孤独，寂寞，却心绪浩茫，如拥千军。人虽陷入沉静，若依菩提，思却穿越古今，顷接千载。那该是桂子飘香的季节，我住的院子，不时有幽香随风潜入，逗人去寻那些桂花树。很难想象，他怎么就能心静如莲，仅凭双手与刻刀，将一枚无生命的石头，制成一方意蕴深藏的印章，赋予它鲜活灵动而又执拗的生命。那样的镂刻显然不易，却有趣，简单，而又纷繁。以我粗浅的揣测，也必是选石在前，嘱意在后，继而磨石布章，择字打稿，临字上石，精镂细刻，终于刀石相触，石屑纷飞，直至字形初具，印面草成，然后……然后……再至刻制边款，钤制印蜕，入盒安卧，如初生婴儿……每一环节，分分秒秒，都可圈可点。

思及此，瞬即便遁入玄虚——何以恰恰是他，得到那方石材？又何以正好是我，得以接受那方石印？思来想去，有时像明白了，有时又陷入迷茫，唯任"命运"二字，在眼前如山耸立。或许，一方印，牵连的不仅是以一块石头、三五个篆字、几天时间与精力造就的一个艺术品，甚至也不仅是一块石头的前世今生，而是治印者与受印者凝结于方寸之间的整个人生？

原先，我全然不知黄尧能治印，尽管早就知晓他写得一手好字。然书写与治印，毕竟是两码事。由是，拿到那方印，既欢喜，又惊愕——所谓惊喜，大抵如此。当今世上能治印者多矣，然友人所治所赠，则于精美之外，多了一份至义浓情，大不同。

说起来，古人称印为信，故曰印信。印信的赠送传递，正是古人以印为据，传承文脉交流友情文趣的凭信。这么一想，那一方以鲜亮的朱砂红钤在文稿上的印文，就不是一个简单的落款甚至装饰了。

三

江湖有云：朋友并非先来或相识最久之人，乃生命中自打来后再也没走之人。黄尧君于我，正是那样的人。相识恍惚已三十载，虽未敢自称挚友，倒是心相通、性相近，聊天谋事，常多共识。早年居同一小院，晨昏可见，冷暖相知，后虽相继搬离闹市，远隔尘嚣，好在相距非远，仍如邻里。多年来亦未常有走动，却偶有事，必相帮，甚多侠义，让人心热。记忆，在心灵的绳子上打过许多结。那些事说来悠远，怕有几箩筐，需一个结一个结地解，暂不说，只说这方印。

世人所知，黄尧乃是作家，对，又不全对。对在有作品多种，文名远播。先以报告文学《生命的近似值》名世，后凡长、中、短篇皆工，如《女山》，如《荒火》，如《江心岛》；而一部人类文化学专著《生命的原义》，成于二十世纪九十年代，二十万字，专论民族生命形态，旁征博引，尽显功力；又时有散文随笔面世，语涉中外，事关古今，意态斑驳，文风隽永，有趣，好读。偶尔甚或涉足影视，甚至为政论片撰稿，纵横捭阖，让人惊诧。足见他作为作家之纯粹，思绪之丰沛。不对者在，君之所好非仅止文学、文字。不说抱负宏远、学养厚足，仅涉世之深广，诸般坎坷、万般折磨，所炼成他性格中之聪慧与坚忍，亦堪称道；且断人谋事，常有创见；谊结四方，仕人庶子，皆有人脉。初交者多以为他太过严谨，难得亲近，其实君之豁达随意，风趣多谐，却少有人知。至于为文之外的兴趣雅好，就更非世所多闻了——包括我。

说来还是去秋，友人王必胜打京城来，告时间仓促，当天到，次日便返，连邀请方的晚宴也懒得去，宁可吃碗面条，留出时间见朋友。如是，当晚便邀黄尧前往一会。必胜事先便说灯红酒绿处一概不去，想想便去一朋友处小聚。朋友一套二百余平方米的套房似同雅集，五六个厅室皆陈设别致，满目书画雅玩，看上去古色古香，却又真假莫辨。进门那厅甚大，宽、阔皆近数丈，中置一长四米、宽二米、厚近二十厘米之大板为案，据云产自非洲，辉煌富丽。背墙中部设有主座，我们三人皆与主人相向而坐。主人倒是殷勤，虽不至如东坡先生所谓"客至汲泉烹茶"，倒也恭候多时。既进，立马让座，沏茶，一一亲为，不让人插手。言谈间涉及屋内陈设，主人再三询问布置如何，料想无非想得到一点夸奖。必胜无语，我对此也全然外行，黄尧稍作沉吟道：陈设倒是好，只是你那张座椅稍觉欠妥。主人惊问是哪里不对，黄尧道：既是中式陈设，倘主、客座椅为同一样式也罢，现在的主座，倒是一把灯挂椅，按旧例至少也该是一把圈椅。主人不解，问何为灯挂椅？黄尧道：灯挂椅是旧时分列于主人两旁的下属座位，椅背两边各伸出些许，多成对或与方桌配套使用，拆单待客尚可，主座则不宜。主人听罢，连忙捧出几本砖头般厚的明清家具陈设图谱，仔细核对，终于认可，便拱手道："黄先生真是懂行专家，失敬失敬，日后还请多指教。"黄尧说："寻常事理，你再三问及我才说的，不恭处请勿在意。"

必胜当晚赠黄尧与我以新著线装本随笔集《浮生札记》一册，古雅端庄，甚精美，恰与那个线装的《秋夜》相配：竹青的封面和扉页皆有自题"浮生札记"墨影。黄尧笑道，既为线装书，当以毛笔签名钤印。必胜说，印倒是带着，只没印泥。我说，待去朋友家看看，或会有。此时便问主人有印泥否，答有。少顷印泥送达，却为公司办事之普通印泥，只能将就钤之。主人想必心存怪异，目光不断往这边扫。我知必胜随身仅带了两本书，便说，要不将原拟送我的那本先送主人？他说甚好。于是签名、钤印。黄尧凝视必胜名章良久，忽出言允为必胜和我各治闲章一方，请即告印文。必胜当即写下"诗酒浮生"，余告曰"向晚雅静"。答：好。又问：需备印石否？答：家中尽有，不必。那个夜晚，虽未焚香慕道，倒真是以一杯茶、一本书、一份闲暇之心，于滚滚尘世中修得了半份清闲，让人舒服。惦记的，只有黄尧允诺的那方印。

四

此后却多时未见动静。余甚期盼，倒未探问。有天在网上问及亦善金石的书家郭伟如今还治印否，郭伟说："封刀二十余年，已为门外汉矣。"我说哎呀可惜了！曾在一位画家那里见过郭伟所治闲章，漂亮得很，方寸之间，气象万千。郭伟却说："有什么可惜？眼睛不饶人，非自身可以做主的。况且，能刻且刻得好之士多矣。以有限之精力眼力全放在书法中，或可还能有些许进步。兄以为如何？嘿嘿！"那么，我说，黄尧呢？黄尧说他还能刻，我怕伤了他的眼睛。郭伟道："黄尧兄，非常人也，我坚决相信他还能写刻。"一颗心这才放了下来。

琴棋书画诗酒茶，乃古代文人的七件雅事。古来中国文人，无论贫富都潇洒，少见只会造句为文而别无才艺的，除世人皆知者外，常有另一些隐秘雅好，多不示人。工诗文者或善书画，善书画者，或通音律，或善金石。那样的人会玩，也好玩。成天死死读书为文者，三句话不离本行，大多呆而无趣。史载嵇康乃铁匠，却有妙绝文章；黄公望乃卜者，亦擅淡雅水墨；陶渊明"性不解音"，书斋里倒常置一张素琴，弦徽不具，谓"但得琴中趣，何劳弦上音"。木心更称："真正的艺术家，应该有一种'自我背景'，深不可测，涵养无穷"，但"他们的才智能量远远不是他们表现出来的这点东西：'肖邦是杰出演员，梅里美能做极好吃的点心，舒伯特会在琴上即兴画朋友的肖像，安徒生善跳芭蕾，剪纸艺术一流，颜真卿书法艺术以外，武艺高强……'"及至近、现代，鲁迅喜木刻版画；闻一多抗战时在昆明，曾以刻石收取润格以贴补家用；李叔同填词的歌曲

"长亭外，古道边……"代代传唱，直到如今，都是佳话。即便身边友人中亦不乏多才多艺者。研究电影的陈墨，闲暇读金庸，一读便读成了"金学"专家，写出十多部大著；画家李秀的私房菜，看似家常，倒好吃得要命。

　　但艺术家的种种擅长，并非都要卖弄，生怕世人不知。木心谓曹雪芹："精于绘画、书法、工艺、烹调、医理，《红楼梦》中稍微涉及，有的从来不提（他擅烹调、工风筝，都是一流）。这就是艺术家的贞操、风范。"现在不同，贞操丧尽，风范全无。某些搞书法者，常常误抄唐诗宋词，因为他不懂，字尚可观，但不懂诗词，照猫画虎都画错。如今以篆刻为业者多矣，但真风雅者尚有几人？一个自称喜欢篆刻的小官员，竟至在名片上盖了七八方印，只能让人哑然失笑。据称当今篆刻者队伍蔚为壮观，人数、规模都远超明清，遑论二十世纪二三十年代！网上鬻印者如今少说也有几万，或粗制滥造，或自恃名家，润格奇高，一般人玩不起，唯望洋兴叹！稍许收点费亦自当然，但动辄一字数百元，甚或一方印要数千上万元，三五日便可交件。偶在网上与鬻印者交谈，便知篆刻早已被单纯看作技艺高低、镌刻好坏，重技术而少审美，忙制作而少心象，趋于商贾而非艺术。缺少的唯独金石精神，大师更几近绝唱。而艺术家该坚持的，除了木心所说的"贞操、风范"，还应是曾在新英格兰当过鞋匠、教师和农场主的美国诗人罗伯特·弗罗斯特所谓，"胜于岸对海的忠诚——执守一种弯曲的姿势／默数永无止息的涛声"①。他的另一首诗《未选择的路》更足以让人警醒：

　　　　金色的树林里岔出两条路，
　　　　可惜我一个人，不能同时
　　　　两条都踏上。伫立良久，
　　　　……
　　　　而我——
　　　　选人迹稀少的那条去走，
　　　　一切从此便有了差别。②

　　某些艺术家，到底选择哪条路呢？不知道。我不知道，他自己或许更不知

---

①② 李晖译。

道。其实我知道，他自己却不知道。

五

恍惚多时。到去年底，闲暇中往黄尧家叙聊，见其平日所写各类书品遍及满屋，幅面从信札、斗方到长卷，从蝇头小楷到大楷到榜书，无所不有，成沓、成卷、成捆，方知所耗精力之盛。便一一观赏，遂大饱眼福，且趁机向他讨教。知我偶尔也在习书，道：习字养心养性，不为成家，至少临场不露怯矣。临行，赠以整令宣纸、毛笔。余甚谢，仍未提治印事。

又一日，告：欲在原拟印文"向晚雅静"后添加三字，合之则为"向晚雅静意自适"。闻之甚好，恰合心意。"向晚"二字，本源自李商隐"向晚意不适，驱车登古原"诗，续以"雅静"，唯想反其意而为，续上一句"意自适"，便让人从太过功名却终究妆残粉薄的唐诗中跳出来，搭上宋词月白风清的小舟，意兴大增。不日，与黄尧君共赴友人邀聚，途中他拿出一锦盒，淡淡相告：刻好了。又说：眼力已不如以前。匆匆一瞥，喜不自禁。说声谢谢，黄尧竟然无语。

回家细品，愈见精美，愈加珍惜。印石尺寸为2.8厘米×2.2厘米×7.0厘米，寿山冻石料，通透圆润，抚之若玉，无纽而四面皆覆以薄意山水，刻工精细。且山水画图皆依原石之金斑而为，迎光细观，熠熠生辉。边款刻"世杰兄嘱壬辰冬至黄尧制"，字意潇洒。印文乃铁线篆，布局工整适意——想想还真亏了他那双老花眼。至今除试钤一次外，仍未敢奢佇。偶尔取出赏玩片刻，摩挲一番，仍复小心装进锦盒，如婴儿安卧于襁褓。

而此石到底出于何处，如何称呼？遍查不得。询之黄尧，稍后便有短信回告道：

> 此石非名贵印材。亦不见石谱。十多年前购得二枚，大小各一，大者兄持也。彼时卖家有说，但福建石贾言辞夸饰，多不可信。为何如此多印材，偏爱如是？且见其印面有砂钉，为治印者最忌，然钉为闪亮金属钉，贾称"夹金冻"，姑妄听之，但非黄斑砂钉是实——故不取优取其异也。查邓散木《篆刻学》（印材节），检得青田石之"风门蓝"，曰："产风门山，含蓝钉蓝带，质粗不适刀锲"；又查寿山石之当洋绿等，似合似不合。此石有"冻"（透明）质细腻，惟钉阻刃。但

决心破之，宁损不屈！而钉坚如铁亮如银，此一绝，石谱皆不载。而石贾若弃如顽劣，绝不会费工"薄意"。此又一惑——总之名之无名，无异此世界！通透兼顽韧，不掩些许光辉亦吾辈之真性，何不许之？黄尧。

——黄尧文字一向如此，可浓郁凝沉如满幅泼墨山水，叫人如对满眼江山风雨将至；亦可如金石篆刻，即便寸方之间仍疏密有致，不惟字字精镂妥帖，且会有几处留白，让人心能于其间悠闲地踱步沉吟。足见文如其人，印亦如其人。也恰从那时起，我才试着去品味一块石头、一方篆印中深藏的丰润情感。

因自来不擅书画，此前我对篆印一直不甚留意。此时一想，多年间无意积攒下的几方印，概莫如此。最早有的一方名章一方藏书章，得于二十世纪八十年代中，乃一青年诗人所赠，说是他醉心篆印的同学所治，当时未问姓甚名谁，又因无边款，至今不知到底出自何人之手，刻工稚拙青涩，正如热情却马虎潦草的青春年岁，难得的是那番炽热心智。而作家周勇，曾约请永昌书家马骍先生为治名章、闲章，则谨肃、端庄、厚重，恰如先生学养人品。前年冬日去津门探访亲友，临行时内弟送我一方狮钮巴林石名章，言乃津门画家、篆刻家王秀琪连夜刻治，仓促间却有深情内蕴。而此前，散淡诙谐的老楷兄所赠几方小印，如同他的字，皆率性而为，愿怎么刻就怎么刻，反倒有真性情隐藏其间。近日，书家何再林约请他千里之外的乡友、书家周玉杰君为治名章、闲章各一，古拙中潇洒潜隐，率意中功力深藏。而画家郝平请蒲崇智为我所治的两方印，却简洁明快。艺术的目的之一，是让观者持有一份对自然天成的敬畏，一份对人生冷暖的敏感，以能从一片飘零枯叶中发现率性真情，从一块无言石头里领悟盎然生趣。可惜于早先那几位篆印者，或多未谋面，或虽见过亦未曾深谈，何如于黄尧君那样知其秉性，能从他一言一行中了然就中深藏的心意？

余即回信道：劳君详解。回信已如一篇上佳短文，不惟解我之惑，更让我深悟兄之品行、情谊！日前读《见字如面》一文，亦添不少见识。足见金石书画确非一般玩物，其中亦大显性情也！

不日与黄尧见面，再询之。黄尧道：当时定下为兄治这方印，想想，柜中大小石头无数，最先想到的，便是这方印石；再看别的印石，看来看去都觉不对，终于定下，就是它了——看来，它等了我十多年了，那倒正合三毛那句话:"刻意去找的东西,往往是找不到的。天下万物的来和去,都有它的时间。"

呵呵,夫物不在贵,而在性情与情谊之间也。一块无生命的石头,至此便与我结缘,那里面有寄托,有期许,有嘉勉,有激励。肯定还有许多,待我慢慢地读——木心不是说,"清澈的读者便是浓郁的朋友"吗?

——转眼,已是桂子花落,蜡梅初绽。

游进庄子《至乐》篇的末尾处

初读陈绕光先生画作小样那天,正值晚秋晴日,窗外云天有着庄子《秋水》篇一样的明澈;而我心倒因突来的惊喜而波诡云谲:那真是陈绕光先生么?在如此喧闹的年代,一个艺术家,何能将自己藏得那样深邃幽古,那究竟是个怎样的所在?这世上,原来总有一种风流,无须吆喝,亦不用炒作,只在自家心田的拙政园里,徐徐地走独,便随水而润王土,随风而渡天下。

与绕光先生相识多年,倒从没听他说起过自己的画。偶有问及,总说梦想了一辈子,教了一辈子绘画,终归没能画出什么,尽管从小就喜欢。便想他或早将自己的心智才情悉数给了他的学生、朋友与亲人,是蚕,丝已抽尽,是炬,也蜡亦熬干;轮到自己,空余赠人玫瑰的双手,及一点年轻时璀璨的梦想;且不说他成就了李秀、陈海、陈流三个著名画家,一辈子教书,弟子千百,仅上世纪六十年代他教了五年的那个班,也有好几位画家颇有成就。那就是他的作品。半生授业于人,那似也够了。他一直都在背后,在艺术喧哗之外的沉静之中,在艺术光环之外的荫翳之中,自得其乐。乐于艺术,也乐于生活;甚至不求发表、展出,更不炒作,一生默默然。由是我很难将突然看到的那些画作小样之精美,与他憨厚腼腆的笑容联系起来:几十年讲台上娓娓道来,日常中却拙于言语,那腼腆便更显魅惑。至于那魅惑到底是什么,一时半会儿我还真说不明白。

几天后胡乱翻书,董桥文中谓一位学者不惟是个"雅道中人",且"稳健的举止遮也遮不住十年寒窗孵出来的一缕腼腆",这才悟到腼腆的真谛。当今要想知道一个学者、艺术家是不是有点真货，或许该细看看他那张脸上他的眉宇间，还有没有发自内心的"一缕腼腆"。如今我们能看到的，多是那种两眼放光、满脸油滑、自得狂傲的艺术家。一问，无非得过什么什么奖，作品被什么什么机构收藏过，艺术真实的终极目的已被忽略，似可包打天下。而一个真正的文化人该有的那"一缕腼腆"，难得有，更难得装，须得对学问与艺术，一生都存有敬畏之心。何况孵出绕光先生那满脸忠厚和"一缕腼腆"的，不惟十年寒窗，更是差不多半个世纪的潜心养成。那背后，隐藏着一个艺术家学识修养瀚海般深厚的广博，艺术造诣星光般闪亮的精微。至此我不免既吃惊又脸红——方明白我们有时是何等无知，便深叹了一口气：你，我，他，我们所有的人，心里还有那"一缕腼腆"吗？

几日后得闲，去绕光先生家中小坐，喝茶，读画。虽无知堂老人所谓"喝茶当于瓦屋纸窗之下，清泉绿茶，用素雅的陶瓷茶具，同二三人共饮，得半日之闲，可抵十年尘梦"之雅境，但一番交谈，终知绕光先生之不易。便想，我们很不幸生活在一个传统被腰斩的时代，却万幸因了有那些不愿抛头露面随波逐流的艺术家，才葆有了那些珍贵的艺术传统，就中事理耐人寻味。至少在我看来，在绕光先生不显山不露水的心性举止中，顺着那逶迤可见的两条神秘的艺术小径，一直可追溯到的，恰是最优秀的欧洲绘画风格和最传统的中国文人绘画。

学画乃绕光先生孩提时就有的梦。唯其太小，出身名门望族的祖父恐其未能在术业有专攻前便沉湎于些小"淫技"，曾厉声喝令"不准"。而一个人的兴趣与天分，到底难于遏制。绕光先生仍痴迷不疲。也算有幸，从孩提直到成人，从启蒙到长成，在苦苦追求艺术的大半生中，他碰到且至今难忘的，乃是几位留法归来的大艺术家：在高中教过他三年、后任海南艺专教授的符拔雄先生；曾在海南艺专、湖北美院任教的杨炎先生、郑昌中先生。政治与艺术一边倒的年代，身处艺术流派夹缝中的那几位师长，尽管都不得志，却悄悄将欧洲艺术的微茫星火，传递到了绕光先生手中。

上世纪六七十年代，配合中心的主题绘画盛行，亦有"高人"指点绕光先生将一幅写生习作加上些语录、标语之类，以应时需。绕光先生弄来弄去总是别扭，索性作罢，从此不追潮流，不赶时髦，无心引人关注，人与画尽在性情之中；只在带学生下乡采风时，捕捉生活的瞬间场景，现场画些小画：一座山，一湖水，一棵树，一丛花，一个人，一只狗……或水彩、油画，或炭棒、油棒，素描、写生；或风光，或肖像；尽皆意韵生动，让人能感到有山风轻拂，有草香弥漫，有泥土湿润。而有几幅画，竟然于不经意间，显露出典型的印象派技法。

那些创作性的写生习作，其鲜活之姿，明媚之态，总让我想起凡·高辈的追求，诸如《向日葵》《鸢尾花》之类——当其时也，谁会看好那样的作品，那样的艺术家？直到多年后，在另一时代，才被人认识与理解。而一旦为人知，你便懂得什么是真正的艺术。任一时代都需要大画，但画的尺寸无关画的价值。史诗的架构，若无性灵与血肉的注入，无非空壳；由是，当今某些听命型巨幅作品，亦难抵一幅质优上佳的性情小品。真正的画家关注的，唯自然的生命状态与生命的自然状态，而非其他的附加值。绕光先生的小幅肖像与风景，多得于室外，偶见一人一景，一道光线，一个物体，寥寥数笔，便将一个鲜活生动的人、一个意韵万千的场景推到我们面前。物资匮乏的年代，那些即便可视为大幅山水的画作，也都画于随手得到的片纸碎布之上，现场气氛浓郁。总有几个小如芝芥的人，或坐或行——都在日常之中，在有着中国传统文人画的意味：隐逸、淡泊、随性、隽永，追索的是一个画家的内心感受。而有几幅以包装纸为媒的画，甚至让我想起唐宋画图，意韵古雅，却仍能让人感受到时代气息。云南的山山水水他几乎走了个遍，处处留有他的艺术履痕：香格里拉的高山草甸，风雪牧场；洱海边的渔舟桅帆，村庄田园；哀牢山里的苦聪村寨，茅屋炊烟……所到之处，"落花深一尺，不用带蒲团"。行于该行之行，止于当止之止，席地而坐，便是画室；随手扯张新闻纸，即有丹青。那样的画室天大地大，而他所取，常常只是小小的一点，勾勒点染，唯让性情散发，不求其他。难怪也是留法归来的画家刘自鸣先生早年见到他那些小画时悄悄说：我喜欢你那些画，非常喜欢！而著名画家钱绍武先生为绕光先生的题字"君子如玉"，则更是精准、透彻得到家了。

艺术界有时也是个名利场，不知有多少人扭曲挣扎于其中，至今出来不了。忠实于自己和内心真的很难。政治上说成则为王败则寇，艺术界倒并非如此。自古英雄总寂寞，自视甚高者却不为人知；自甘无名者却胸有块垒：那是真英雄。遍寻热闹处，都找不到他们。他们在哪里？置身于怎样的所在？不知道。许久许久，翻来覆去地读绕光先生的画，仍难确认他的家园何在。直到读到闻一多先生那句话："中国人的文化上永远留着庄子的烙印"，才恍然大悟：或许，绕光先生早已游进庄子《至乐》篇的末尾处："至乐无乐，至誉无誉"，人为地强求只能造下灾祸，一切皆要顺其自然，"是之谓条达而福恃"，名实相符，义理相适，方能条理通达、安福常在，而真正的至乐恰在于无为。

眼下已是初冬。再读绕光先生的画，眼前似总有一位头戴箬笠身披蓑衣的渔夫，执一自制钓竿，临于浩瀚烟波中，笨拙得有些叫人心疼，又心爱；细想，兴许那才是一位智慧的钓者？或许他钓得的都是些小鱼，却都是活鱼、好鱼。一生守候，粟饭藜羹，且当美酒佳馔；梅梢花坠，亦如沧海巨变；雪落滇洱，映入眉浅；人在横断，只为情深。那倒真是个自在至乐、安放心灵的好去处！

2012年12月6日　于昆明

夫子笔墨

"蒹葭苍苍，白露为霜。"时近中秋，渐有新凉，却恰宜收获，宜怀想。独坐凭窗，凝望空中世间的白云苍狗之变，便想起年初的一次出行。当无数瞬间印象一一闪过又拼成长卷，顿觉与友人结伴出行，或是了然其性情的良辰吧？何况那次我与赵浩如先生，赶巧是一次长达十余天的异国同行。反身回望那些星夜霞晨，竟恍若一次旅途长谈，或曰深读——不惟赵浩如先生这个人，还有他那些看似朴拙却意蕴深藏的字。

如今的出行，尽管动辄飞机大巴，早没了"竹杖芒鞋轻胜马""一蓑烟雨任平生"的雅逸，也没了"鸡声茅店月，人迹板桥霜"的野趣，然既是人在旅途，一路总会有的风雨行色，怎么都会让人显出本真的性情做派，也叫人悟出其人自然的语态颜色。杜甫所谓"醉眠秋共被，携手日同行"的意境，自是赶不上了，但那些日子，借着泰戈尔故居的半窗夕阳、恒河岸边的万盏灯火、喜马拉雅日出的一片霞彩，抬眼或回头间，都能亲见赵先生的身影举止：家常到一身随性衣装，一顶显旧的旅游帽，及一双寻常旅游鞋的穿戴，平匀到无论何时都如闲庭信步的笃定，舒缓到无论庄重闲暇皆从容不迫的逍遥，洒脱到有酒便小饮一盏，虽从不备烟碰到有人递烟偶或也来上一支的散淡……真有学问者，不重衣装。零散印象一经组接，终让我对结识多年，偶然也西装革履却始终无法清晰对焦的赵浩如先生，打心里叫出了一声：哦，先生看来是位真夫子！

细斟人与人的交往，或先识其人后识其文，人熟而心性相通，其文自在关心之列；尽兴展读间，便仿佛有过对谈深聊，友情亦日渐深邃。或先识其文后识其人，人虽不熟却屡见其文，久之便一似老友，一旦得见其文其作，便亦似相聚。那时你会猜他是甚模样、性情，其文其作是否与你的猜度相符。日后得见，那些猜想便会在回想中平添几分滋味，想想倒也好玩。与浩如先生的相识既属后者，又像前者。早先读过他的字，略知一点他的书风，人虽偶有接触，到底不深。直到那次同行回来一想，先生不活脱是个夫子吗？做派、心态、才情，都像——古时对文人的称谓有三：君子、夫子、才子，分指有德、饱学、多才多艺之士。我谓浩如先生为"夫子"却不好归类，或兼而有之吧。

人海茫茫，识人不易，结谊识心则更难——有时一步之隔，竟也如万水千山。陌生者迎面而来，匆匆一遇间未及对个眼神，已擦肩而过。回头所见，唯喧喧嚷嚷醉生梦死的人间。那些稍有成就者，你明知他就在那里，甚或与之面对面，没有机缘却难靠近。机缘看似如秋日落叶，遍地皆是，其实非也。机缘不是会议、餐聚，不是诡异的巧遇刻意的骤然——真正的机缘，倒是心性相投者，迟早都会在路上的相遇与同行。

我所谓的"路上"，既是真实的世间长路，亦是生命的迢遥行程。一个人在那两条路上到底有过怎样的修为，终会在他的所作所为中打上印记。比如书法。人生何等匆忙何等繁杂？书法事小，就中却有大道在焉。走得快不一定走得最远。能走多远，要看他与谁同行，受过谁的指点！细读赵浩如先生，方知凡艺术家者，皆不能仅埋头从艺，须得先有一番治学的历练，强根固本，以待日后的葳蕤繁茂。匆匆地照猫画虎，到头来也就一工匠耳。而一个书家的艺术履历，也绝不止于开几次个展，出几部作品，有多少作品被收藏、沽售，而是他从小到老的整个人生，包括他生命浮沉间的飞翔与跌落、求学路上面壁苦读的困惑与顿悟、治学途中古佛青灯间的孤独与发现。台湾画家、诗人蒋勋说得真切："汉字书写，对于我，像一种修行。我希望能像古代洞窟里抄写经文的人，把一部《法华经》一字一字写好，像最初写自己的名字一样慎重端正。我不断回想起父亲握着我的手书写的岁月，那些简单的'上''大''人'，也是我的手被父亲的手握着，一起完成的最美丽的书法。"一句话：风月无古今，情怀自深浅；乾坤有成毁，品行论高低。

而真经历过那番历练者，竟有几人？历练不惟苦心临帖一类，亦须先了然历朝历代之书家，生于怎样的文化氛围，受过怎样的文化熏陶，有怎样的文化出身、文化根基。而今人在意的，唯书艺品相，反将其文化修行撇在一边。赵浩如先生非职业书家。书写于他，曾经只是求学、治学的工具，用之于笔录、教案、板书、批改、撰著；发之为艺术，则是后来的事。而这，恰是古来书家之正道。

　　字写得好的古人，如今堪称大书法家者，其时皆鲜见以"书法家"自居。或潜藏于民间，躬耕讲读，偶以书作示人，不过为抒性明志，以成雅聚；或即便为官，也以实现文治为人生抱负，写字不过行使公文，或闲暇消遣。回望二十世纪所有的艺术大家，累可见个人的生活经历、治学方向，与其职业多有不同者，而恰恰是他们在人生、操行、学问方面的探寻与行走，确定了其艺术的方向，成了他们生命的执意所在。经历过无数叩问内心的治学过程，方才成就为一个个鲜活的、个性分明的艺术大家。足见浩如先生这样的书家笔墨，既是技法，更是品性学养，呈现为作品，无非一张静冷菲薄的宣纸，深藏于中的则是其自然生命，是心的轰鸣血的沸腾，是生命中曾有过的惊涛骇浪。

　　艺术从来都不止于纯技术操作，作品亦从来都是艺术家本人生命的写照。职业书家尽管长年累月浸淫其间，技艺精进，少了文化层面的支撑，仍难成大家。文人书家，技法、布局或稍逊于职业书家，倒贵在有学养滋润有性情流露，知此，方知所谓文人书画作品何以走俏。而时下究有几人，真能以学养为滋润，以多年磨砺为功底，尔后却散淡而为，执着于生命与艺术的翻山越岭，跋涉前行？傅山在《霜红龛集》里有云："字与文不同者，字一笔不似古人即不成字，文若为古人作印版，尚得谓之文耶？此中机变不可胜道，最难与俗士言。"当今"伪书"盛行，或自称名家，或在某界混得一点虚名，便将一笔臭字称为书法，美其名曰"创新"或"个性"，弄得书风日下，让人笑到齿寒。心无对艺术的敬畏，说穿了无非暗藏于心中的孔方兄作怪。与诸如赵先生那样的书家相比，岂可同日而语？

　　身为大学古典文学教授，浩如先生不惟对先秦文化下力研究，有《诗经选译》《楚辞译注》《汉魏六朝诗一百首》《历代楹联选注》等十余种著作。以此为根基、为视点，去读历朝历代书家，从"二王"到李邕直至米芾，读的岂止书艺，更是历史与时代，生活与艺术，眼光自不同于他人。那些在探寻学问中行走时的汗水与劳累，在他挥毫书写时，在我们品读《赵浩如书法》《赵浩如草书前出师表》等作品时，难以得见，却点点滴滴都凝于纸面，渗透纸背，须用心读方可领会。先生草书之《前出师表》，虽已有论者谓之既"通过精致的字形选择而达到既秀逸又健朗的两全效果"，又"保持字体基本构架和激活整体潋泼流畅之间的妥帖处置"，更在于书家以一管纤毫万滴浓墨，将几为国人家喻户晓的智者诸葛亮那番忠诚与壮烈、恭谨与虔诚，尽情泼洒于纸面，其笔力劲道十足，却仍显灵动，其风致飘逸秀丽，而不失厚重。细细展读，欣赏到的便不惟书艺本身，更是一个血肉鲜活的历史重臣的智慧与豪壮。

看花人独立，听泉心自在。难得更在读浩如先生作品，无须正襟危坐，随性即可。恰如聆听某些新世纪音乐佳构，古典已注入新意，深邃亦融进愉悦，心绪随时都可与他的笔墨同步。他展示的，是我们每天面对枯燥与繁杂所应有的洒脱，他以他舒缓、流畅却暗藏玄机的笔墨，带给快节奏生活中的人们以向往的豁达。夫子之道，要做的唯有放松，任笔墨的韵律缓缓地由眼入心，畅溢全身，在血脉中轻快地奔流，如略带寒意的春山之水融化浮冰，浸润我们枯涩已久的心灵。

再望窗外，银杏渐黄，枫叶欲红。一路走来，再一路走去，生命渐老，人生正熟。再有机缘与浩如先生一路同行，不知竟在何时——人生的、行旅的，当然还有艺术的。

以"书"为邻

人生神秘。好些事除非不想,一想便觉着既蹊跷又好玩,正应了"人类一思考,上帝就发笑"那句希伯来古谚。那天再次翻读《会心集》,闪念间便突生诧异:字写得难得入流,怎么倒总喜欢看点名家法帖,且走到哪儿都会与书家为邻?说不清。好像打小就觉着汉字漂亮,爱读也爱看,偶或窥得一点灵感玄思,便觉大启心智;转眼几十年,字虽无大长进,但百世书艺潜隐的风起云涌,万千书家彰显的才情匠心,到底也让古雅文脉的缕缕熏香浸润身心,料定以"书"为邻,或能让人心静、气定、神闲吧。

沉甸甸一册《会心集》,跟几册名家法帖一起,一直放在案头书柜伸手可及处,一如我的左相邻,不时拿出来翻翻看看,便可顿消心中那股无来头的烟火气。硬面笺装,赭黄底飘雪仿缎封面,满幅凸压的自刻篆印隐约斑驳,端庄古雅。"会心集"三个钟鼎文烫金大字端居左上,"郭伟书法作品集"一行小号黑体字顺势居下;扉页上"会心集"三个古爨大字,却是书家自题,下署"乙酉中秋郭伟自署",皆白底黑字,清醒明快,如雪地块垒。好重好沉,翻读时只手难持,须双手相捧,或径直将上端靠在书桌上,方可尽兴展读。那样的分量,不惟用料考究厚实,复因书家多年心血积淀其中——没磨秃几大捆笔挥洒几大缸墨耗费十多二十年生命,何能至此?何况图录前有同为书家的赵浩如先生一篇《古的传统与新的意象——郭伟书法论叙》,洋洋洒洒数千言,尽皆友人掏心窝子的话语,行家透深意的品鉴,道尽郭伟艺术行旅的真谛和回荡于心的感喟,读来酣畅淋漓,让人遐思无尽。

读书、写字，乃国人打发蒙读书就要研习的两门功课。会读书不会写字断然不可，会写字不会读书同样不可。古时，兼有诗、书两绝甚而诗、书、画三绝者多了去了，近代风气有变，书写的实用性与艺术性分道扬镳渐行渐远，真能把几件事都做好者为数寥寥。偶见当下一些文坛大家，或也诗韵铿锵文采斐然，只是那手字怎么都难叫人恭维。还别说毛笔字，连题赠"某某指正"的四个钢笔字都写得东倒西歪。我也好不到哪里，书读了几本，字横竖都写不好。几次起心练字，非妄想成家，只为不致太过寒伧。可那支绵软的毛笔倒死活都不听话，怎么写怎么别扭。于是见别人把字写得龙飞凤舞，既心生艳羡，又面有愧色。偏偏又常常与"书"为邻，那样的尴尬与纠结，想想还真让人揪心。

　　幼时尝见一街坊老者在街头卖艺，近视，人称傅瞎子；想必少时也曾读书习字，以图经国之大业。然时事变迁，以字取仕的年头早已过去，只好混迹江湖，当街以手抓一把白色灰沙，信手写出满地的字，皆空心隶书，疏密有致，大小间杂，看上去竟像幅画——原来字也可以那样写。上初中时，同学间传看一册行楷手抄唐诗，字迹于工整中略显飘逸，便常趁课间时先生不在，拿先生们留下的粉笔头，在黑板上边念边照着抄本板书。也幸好有过那阵恶补，要不我笔下恐至今还是一堆火柴棍、满纸鸡爪印吧？念高中时，举家迁居一平房新区，所住皆贫民，家家温饱难保，遑论风雅文墨。不料紧隔壁居然有个罗老夫子，早年或也是书香人家，其时虽家徒四壁，却心气桀骜，从不与邻人多言少语；却每到年关，便在门前贴一副自撰自书的鲜红对联，看得我心生艳羡与悔恨——怎么就没学成一手好字呢？弄得日后一篇文稿不知要抄改多少遍，生怕那手乱字扎疼了编辑的眼睛。

　　以"书"为邻，也不止民间。上世纪六十年代末我初到滇地，经高人指点，曾往爨宝子碑前伫立默望，一时便心绪起伏：幽古的两晋，那出于偏远云南的爨氏古碑竟与王右军同为一代，既镌刻着变动年代的历史风云，又记录着汉字书写由隶向楷演绎的沧桑行迹。即便历经千百余载的掩埋沦落，一朝出"土"，也无法不让人质疑王右军《兰亭序》的真伪。艺术，究竟有着怎样一种坚韧的品性呢？都说盛世文昌，可那末世政治的悲怆呜咽，到底也阻止不了艺术美学的欢快婴啼。传说那碑早已失传，乃一读书人偶在买来的豆腐上看到字迹，惊为天赐，顺迹苦寻方得发见。原来那碑被一老者用去压豆腐，所制豆腐于是蔚成拓片，早已飞得满街满城。

　　最意想不到的，则是多年后竟与书家郭伟门楣相依，再次与"书"为邻。

此前正盛行印制名片，心想再好的铅字也难比手书，便不管会否碰壁，去求郭伟——其时郭伟已研习大小爨碑多年，自称"滇人"，早自成一家，名声大噪，欲求其字者众。郭伟倒二话没说，用几小片宣纸写好给我，看得我满心欢喜，沿用至今。不久又请他为我参与的一份刊物题写刊名，他满口答应，不日取回，那由康有为《广艺舟双楫》称之为"端朴若古佛之容"的类爨字体，笔画质拙凝重，古朴苍劲，为那份刊物增色多多。我于是越发喜欢他那手脱胎于爨宝子碑的字，既古拙朴雅，又生趣盎然。许多年过去，再看那字，构架谨严，主用方笔，笔画多呈方棱或锐角，如铁打铜铸，既劲道十足，又苍润葱郁！原只想此生能见到这样的字已然知足，孰料竟会真与他门靠着门，比邻而居呢？平日上上下下，各忙各的，见面也无非打个招呼。不久冬去春来，过年了，他家门口赫然贴出一副春联，洒金红底，两行草书灵秀洒脱如风影水流，让人顿觉春光扑面，连我家门楣一时亦春意盈盈。转眼元宵已过，那副对联依然惹眼，心想那么好的字任时光磨损弄得风尘仆仆真可惜了。有天遇到郭伟我随口笑说，要不让我揭下来略加装裱，供于堂前？郭伟说那哪使得？那是闹着玩儿的，又是红底，使不得！

——其实在中国，下至庶民百姓，上至文人学士、庙堂天子，有的是痴醉书艺的书家。说中国文化，就离不开汉字、汉字文化。深具凝缩性与含蓄性的汉字书艺，早已超越了文字的书写，成了汉字文化综合性的艺术表达：是丝缕，牵连着我们对先祖的记忆缅怀；是纽带，维系着几十个民族、数百种方言的共融相通；是砖石，垒就成华夏文明的万里长城。鹅管笔太硬，钢笔太冷，何似一管羊毫的柔韧兼具？电脑虽可加快汉字的录入速度，却到底无法替代我们对美的追求：横平竖直，标示我族坐标；左撇右捺，一如立足根基。点类足印，提状臂举，卧弯钩恰如凤翔，折弯钩神似龙舞——一笔一画，怎么都是美。而篆字古雅，隶书刚劲，楷体端庄，行书潇洒，草体狂放，在昭显着我族文化进取的心路历程。放在世界范围看，汉字书法不啻艺术中一个绝对的异端，一朵不凋的奇葩。除却以中国书法艺术为代表的东方，尚无一族一国，会把文字书写当作艺术代代追求；无数醉心书法者，倾尽毕生精力，也不过为写得一手好字。去秋在敦煌，得知生于敦煌的"草圣"张芝，"凡家中衣帛，必书而后练（煮染）之；临池学书，池水尽墨"；时人珍爱其墨甚至到了寸纸不遗的地步。汉字早已成为一个民族的精神维系与文脉所在。而除却那些以胡写乱画忽悠世人的所谓书家，真崇尚书艺的习书者，谁又没有过一段临帖摹写的寂寞时光？就如当年研习大小爨碑的郭伟，在那段时光里，也曾以参禅悟道式的虔诚，面对浩瀚史籍中那些用艺术化的汉字编织的时代，沐浴在先贤的艺术光辉之中，感受着创造的艰辛与光荣。如郭伟者，或更是在对爨碑的研习中，深味着艺术的创新是怎样的艰难；以至他信手所写，皆十足爨宝子，又非爨宝子，这才有了他日后在书艺中的怆然独步，执着前行。

自来书画一家，遂有"画法兼书法，书法兼画法"的意笔文人书画，追求同以毛笔为工具，同以宣纸为载体，同以松墨为颜料，二者之真谛也庶几相近，难有大逾。石鲁早年学西画，晚年却跳出西画理论桎梏，谓国画当以书法为基础，而非素描。此话或有偏颇，但其道出的书法与水墨之内在关联及共通本质，倒是真知。有次去画家朋友郝平家，本想看他正潜心研习的线描水墨，不意他一面墙的硕大画板上，整幅草宣竟密密麻麻的尽皆习字。反之，既然"书为心画"早由书界奉为圭臬，书法或当以水墨为范也就成为自然。郭伟的《听松》《识心见性》亦书亦画，越看越让人为之倾倒：《听松》中，以浓墨古篆变体书写的"松"字为一树形，下削直，上葱茏；繁体的"听"字则作人状，弯腰，曲身，侧耳，酷肖一个倾听者模样；前者高直挺拔，后者安然侧坐，一高一低，一静一动，说是书，亦是画；而以红墨书写的那首自度六言古诗，则如悠扬禅音飘逸回旋："静夜钟声不住，石床梦想俱空，开眼不知何处，但听满耳松风。"而这一切，全然基于书家深厚扎实的功底，而非空中楼阁似的瞎折腾。

艺术的高贵有时就是适度的"保守"，既有扎实的传统功底，又不墨守成规，或盲目"前卫"；而艺术的成功，便是适度的"保守"加上为创新而必需的，如飞天长袖飘飞般的艺术灵性。中国书画的创作尤须恭谨，不妨离市场与功利远些再远些，苦心修炼；一俟炉火纯青，偶遇机缘便可顺手而出，鲜须刻意而为，随意挥洒皆见性情，皆成佳作。黄宾虹自幼浸淫于传统文化凡八九十年，终至功力深厚，方臻艺术高峰。齐白石少时当过木匠，功底虽不可谓厚，然他学诗文，学书法，学传统，半个多世纪不从政不从俗，到八十高龄方自成一家名逾四海。所以我至今难忘郭伟门口那副随性而为的对联。

久未见到郭伟，听说他搬到一偏远亦远离红尘之处，难找。好在《会心集》在，我仍可以"书"为邻。其实，再远也远不过时下与一个泱泱大国的古文明相隔的天河之遥。以"书"为邻，或就是与古为邻，与中国古文明的辉煌为邻。那些曾经为包括古老汉字书艺在内的东方艺术之传承弘扬倾尽心力的艺术家，无论显达潜隐，笔下那由淡泊襟怀与从容性情浸淫出的素美沧桑，到头来怎么都会颠倒天下苍生，让他们引先贤的智慧为自豪！有此，文脉断毁的俗世感伤，或不至一朝成为文化挽歌的哀怨填词。听说如今小学校也重开写字课了，我更多了个小小的"左相邻"——刚上小学的外孙女笑墨那天趴在桌上写字，我说你这个字怎么写成这样了？笑墨看看说，哎呀这个字我画错了！那个"画"字让我一惊：明明是"写"字，怎么成了"画"字？再一想，她好歹学过几天画画，无忌童言，不定倒正好暗合了"书画一家"那句真言吧？一笑。

那些盈溢着生命液汁的山川

山川无言，万物有灵，乃云南诸多民族世世代代的信仰。女画家李秀，就从奉持那种信仰的族群中，一步步朝我们走来，素朴，安静，而身后，是苍莽高原的如海群山……

——那画面，那感觉，相识了多久，就有多久，一直在心。某天李秀突然邀我去她家玩玩，说已备好晚餐。笑问邻里邻居的，是有朋友雅聚吗？回说没有，就是约你来聊聊天，完了吃个饭——人总要吃饭的啊，你不知道吧，我喜欢做饭呢！这理由倒坦率得新颖：一个喜欢做饭的人，请友人去吃她做的饭，岂不理由十足？况复近为邻居，余又生于楚学于湘，好吃得很，几句推托之辞想说都言不由衷，就莫装样了，去！再说，不定还能看到她的新画呢！美景养眼美食诱人，美文可心美图畅怀，有幸数美兼得固然幸运，退而能得其一二，亦属美事。

说来惭愧，那一去就成了她家常客。

文人几乎都好美食。据说吃的不惟食品，倒是文化。汪曾祺先生写昆明"菌子"如数家珍，读来让人直咽口水。陆文夫的《美食家》里，最后上的汤是不放盐的，道是前面的菜早让人腻了，汤再放盐必定嫌咸，不放反倒鲜美。如今，所谓"舌尖"体正大行其道，借写美食而浪得虚名者亦大有人在。而文人既好美食亦擅烹饪者，倒属罕见。画家而兼会做菜，更让人匪夷所思。印象中的画家，能以满身油彩换得一纸丹青，可观可赏，倒绝不能吃。何况好的菜肴，光好看不行，要在有好味道，这就难。李秀以版画名世，多年的修行，对艺术，心中早已自有块垒。偶尔寻思，她喜欢做菜，跟她擅长绘画，有联系吗？这问题已近乎哲学，想来想去，一直不甚了然。

其实那些菜都家常得很，难得的是那种家乡的味道。《娑罗馆清言》主人屠隆有谓："菜甲初肥，美于热酪；莼丝既长，润比羊酥。"如李秀所告，她做的虽是家常菜，细品倒既有记忆中她母亲传承下来的那种老味道，也不乏她自己对烹制菜肴的独到拿捏，称之为私房菜亦绝不为过。偶尔问她那些菜名，绝无满汉全席那样的唬人，听上去只像一幅幅素描：虾酱竹叶菜、沙拉鲜笋、素炒青头菌或见手青、虾皮白菜汤、腌嫩姜丝、茨菇汤、春四季豆、石屏鱼、石屏臭豆腐、木耳午餐肉烩丝瓜……要多家常有多家常，却每回都让人吃到实在不能再多吃一口，方才罢休。

日子一长，隔三岔五地去李秀那里做客，似也慢慢悟出了一点门道：她做的菜，无论荤素干湿，肉眼能见与否，怎么都满溢着一层美味的液汁，甚至早已浸润进菜肴内里，成了那道菜不可或缺的一部分。

有天吃完饭，我说能去看看你的水墨画吗——暗忖那才是她私房菜里真正的大菜吧？李秀惊问，你看见那些画了？我说当然。说那话时，她已从我们同住的院子，搬到一处新宅子，画室轩亮，厨房宽敞。画室在二楼，而餐厅、厨房却在一楼。从她家大门进去，先到的恰是二楼新辟的画室。画板足够大，占去大半边墙。一眼望去，见是几幅正在绘制中的水墨，满纸墨痕，一派烟云，万千峰岭攒动，数杆老树遒劲，画幅撑得满满当当，笔墨浓重，却又湿润润的，如饱含着生命的液汁。那些山啊水啊树啊，都既潮润又轻盈地，像要从画幅中飞了出来，直扑眼前。

我立马想起的，是傅抱石先生那幅《西陵峡》，画的正是我梦中那片古老家园。借助那破笔散锋的"抱石皴"，先生将西陵峡画得苍劲雄健，水墨淋漓，意境浩瀚，让我呼啦一下，转眼便回到了记忆中几十年前的老家——那个壁立千仞的巍峨峡口，那道一泻万里的浩荡江流，那个罨合了无数童年旧事的老家。那既是一方儿时生长的空间，又是一段从懵懂到知事以至长成一个青涩少年的时光。所谓老家，既属空间概念，又是时间概念，二者融合，方成就了每个人心中的故乡。在一个远离家乡多年的游子心中，存于内心的老家，早就在透过世事烟云对故乡的无尽回望中，被满满当当地抹上了艺术的色彩——虽非画家，但心灵之笔谁人没有呢？老家一经怀乡之情那管彩笔几十年的反复描摹，亦早就成了一方艺术品。

不意那样构图饱满大气磅礴的画面，竟转而到了女画家李秀笔下，倒还真叫人称奇。

我无意拿傅抱石为李秀作譬，而是说艺术的终极目的，从来不在记录，倒在以它源自生命的滋润，去抚慰人心。北宋画家郭熙曾说："君子之所以爱夫山水者，其旨安在？……观今山川，地占数百里，可游可居处十无三四处，而必取可居可游之品。君子之所以渴慕林泉者，正为此佳处故也。"而当下对于自然的毁坏，让"艺术成为人之精神家园"的愿望愈加迫切。绘画与美食一样，讲究的都是艺术家特有的那股"味道"。而能达臻此境界者，自当先付出自己的心灵。日本果农木村秋则种苹果二十年，坚持不用化肥农药不除草，只种些黄豆以改良土壤，增添肥力，他甚至视苹果树为跟自己一样的生命，常常与之交谈，为它抚摸，苹果树十年才开花，然后结果。那样的苹果，是富含"生命"的苹果：不仅仅是苹果的生命，也是木村的生命。

可生命是什么？贾宝玉说，女儿都是水做的。作为女画家，李秀亦自有水一般波漾明澈的女儿情怀，那既可是柔媚江南的温婉，亦可是大江东去的浩荡。系上围裙操持烹饪，李秀是母亲的女儿——我常猜想，她做饭做菜时，或总会想起她的母亲，拿起画笔作画，她是大地的女儿，彝家的女儿。作水墨，烹佳肴，都要有水。其实，在李秀的淋漓水墨和她的鲜美菜肴里，端的都有那些盈溢着生命液汁的山水。李秀画室里，挂有一幅沈从文的条幅，小字如栗，古拙娟雅。便想起沈从文曾说："浓厚的感情，安排得恰到好处时，即一块顽石，一把线，一片淡墨，一些竹头木屑的拼合，也见出生命洋溢。这点创造的心，就正是民族品德优美伟大的另一面。"李秀以自己的生命之水，调制成浓郁的艺术液汁，悉数奉献给了那些看似无语却有生命的山川与菜蔬。奇怪只在，烹饪时的精细用心，与绘画时的豪放纵情，到底哪才是这位女画家性情的本真所在呢？或许，这是位可放亦可收，能将精细与豪放兼于一身的画者。说到底，李秀只是以她的生命去体认山川大地，也以她的生命去侍奉米粟果蔬。于是每每面对她的画作，便如苏轼《儋耳》一诗所谓："霹雳收威暮雨开，独凭栏槛倚崔嵬。垂天雌霓云端下，快意雄风海上来。"一幅水墨，幅面再大也有限，透过画幅看到的世界却至大无极。想想，那正如久居斗室中人，偶尔倚窗凭栏，便可深情地面对的大地山川。

哲人柏拉图曾做过一个比喻：我们的想法正像鸟儿，一直在大脑的牢笼里飞来飞去。在柏拉图看来，为了让鸟儿安定下来，有时我们需要的，恰是一段漫无目的的平静时光。倚窗凭栏，提供的正是这样的机会。那时所见，尽皆窗外的世间万物：一片杂草在风中坚守，一座灰塔在细雨中隐现。我们会于刹那间为独立于人世外的大自然的生动呈现而震惊，却不需要对此做出任何反应，当其时也，我们无须做什么，只需聆听我们内心隐秘的颤动，就像晚上万籁俱寂时，倾听教堂的钟声。

　　面对李秀的水墨，情形恰好如此。与进餐时李秀会不时地讲述那些米粟果蔬的鲜美与营养，仿佛是在感恩上苍将那一切赐予她时的激动不同，读她的画时，她几近无语。那自是别一种感恩。在她笔下，那是些自在自如的山川，来自自然与亲历，多出于云南原乡。她的水墨，既不沿袭传统水墨的程式，又非搬弄西方绘画的抽象。偶尔一起出行，虽不见她写生，却总能得见她的兴奋。她属羊，进入山野林泉，便如一只回到大自然的岩羊那般自由。后来听说，回到住地，她常会在心里分析、整理那些山川图影，留作日后之用。那样的图像记忆，省去了写生的时间，却让她有更多时间去思考、审读、咀嚼那些山山水水。如此，在作画之前，山川云树都早已在她心里打过几个滚儿，烂熟于心。她所做的，只是为自在自如的山川，满满地奉上她作为一个画家个体生命的颜色。她甚至不以为那是她的创作，而是上天对她的赐予。而我，却在一次次的揣度中，深知那样一些以生命绘就的画，历经的是怎样艰难繁复的提炼、孕育、分娩与养成，方最终赋形于一张薄薄宣纸。你尽可以专业的眼光，挑剔它可能尚存的瑕疵，但那种震慑人心的气势与让呼吸畅快的气场，绝非他者可以摹写。它只属于会做菜也会画画的李秀：或雄峻险奇，千万年的寂静让人敛声屏息，无形的神明震慑得我只能放慢脚步，唯任目光小心地携着灵魂，静静地一路行去。或苍茫磅礴，独自攀峰越岭，脚踩泥石苔藓，直上云霄，面对苍山如海、冥念天地人生，让似已干涸的心湖转眼风起云涌，恣肆汪洋；或氤氲蒙蒙，画廊般的峡谷，幽深得让我的身心无处躲藏，只想重返童稚，放肆地淋一场水墨的豪雨，湿透身心。或温暖恬淡，远离尘世喧嚣，让人把心静下来，再静下来，帘卷一屋幽静，壶沏半盏淡茶，忘却那些喧嚣的人和事，享受大自然超然世外的轻松与洒脱。

　　凝望。凝望。对李秀水墨的凝望，总会让我沉静，转而又让我沉静后的内心再次大风飞扬——关于自然，关于艺术，关于生命……

"推门"之际

那笃定是个让人惊诧的意外：于冬日细雨霏霏中，推开一道无形亦无邪的"门"，缓缓走进深圳版画创作基地，看到的，竟是个古色古香的村子。意识中各类所谓"基地"，不是新楼架屋叠床，便是机声轰鸣震耳。若非一路行去，看到的尽皆是些乡居民宅，青瓦斑驳白墙晦旧，小路蜿蜒杂树参差，而那些老旧门楣上，却多挂有某某工作室之类小小一方铭牌，定以为是走进了一处岭南老村落。

绕来绕去，终于发现，那里还真有两个古村落，一名"大水田"，一名新围场。大水田环境优美，是凌氏客家人的聚居地，距今已有三百多年历史。凌氏客家人的祖先先是从河北关县迁徙到广东开平县，清中期又辗转迁徙到现深圳观澜湖大水田。此处过去有一大片水田，水田旁有棵参天大树，因而得名大树田，后又改称大水田。现存古建筑两百余间，多为土木石结构，建于清晚期至民国初期，包括大水田村的两座古碉楼及附属房屋，凌氏祠堂，一口有三百来年历史的大水田古井。新围场村包括其碉楼及附属建筑，陈氏祠堂，水井，"龙门世居"大门，角楼及大门等。

是谁有这等眼力，推开两个古村落的"门"，建起了一个版画创作基地？

何况，绝非徒有其名哦——小小村落，盯着的倒是整个世界，往小里说，至少也是整个版画世界。每年，经过自愿申请、专业遴选，一茬茬来自世界各地的版画家，男男女女，老老少少，就在这些村子里画画。

当然是版画。

友人、画家郝平，在这里，一待就是三年。

干吗？"推门"！

有了郝平的《推门》，方有我之"推门"。

次日，《推门·境界——郝平版画作品展》，便在古村落附近的深圳中国版画博物馆举行。透过热烈而不张扬的开幕式，面对郝平的近四十幅版画新作——幅幅都有两扇中国传统的大格子门——我想到的不仅仅是那些画作的新颖创意，超卓技法，盈盈哲思——这一切，以我对郝平的了解，都在预料之中，他有这个能力。

我想到的，是人，是人之何以为人，是一个文人何以成为一个文人。

一个风骨文人的成熟，须以其一生去历练，去造就。与"士"相对，在中国，画人，诗人，都属文人，其心不在庙堂之高。书画与诗文一样，无非一种性情挥洒，生命表达。如此历练中的人真需要的，除了对技艺苦心孤诣的追求，更多的或是向他人请教，在人中学习。一个人的某种成就，往往不仅仅是技术或艺术上的成功，而是做人、为人的成功。

除了荒岛上的"鲁宾逊"，构成一个人的，是好几个人：作为生物体的自然之人，作为生存者的社会之人，作为思索者的思想之人；而一个艺术家，当然还应该是个追求艺术之美的艺术之人。

早年在北京，去中国美术馆看过一个"米罗艺术大展"。迎面读到米罗的一句话："总之，我需要一个引发点。即便是一粒灰尘，或是一道亮光。它的形会孕育出一系列东西，尔后又生生不息。"径直往里走，是件造型作品，名为《我和我的朋友们》，密密麻麻站着上百个"人"，有总统、艺术家，也有作家、名人，更多的是普通人，神色各异姿态万千，或微笑或沉思，或庄重或戏谑，或伸手欲握或怒目而视，或大步走来或转身离去……而在他们之前，米罗坐在一把靠椅上，笑意盈盈，悠闲得如在自家的花园阳台观赏风景。

这是什么意思？有天突然读到一句话：生活就是我们的花园。于是再次想起米罗的那幅造型作品。或许在米罗眼里，密集的人群就是他的森林，向他投来的道道目光就是他的阳光，而由形形色色的人构成的千姿百态的生活，就是他的花园？他接触他们，观察他们，了解他们，亲近他们……世上没有一模一样的两棵树，也没有一模一样的两个人。一人一世界，只要你不拒绝任何一个准备跟你打交道的人，你生活的天地就会骤然阔大起来。

日本电影导演是枝裕和也说：筹备电影《空气人偶》时，我收到了在仙台放映会上认识的一位学校老师寄来的信，信中夹着吉野弘先生的诗《所谓生命……》：

所谓生命
仅靠自身无法被完整创造出来

诗从这一节开始，描绘了世界上每一个生命之间的牵连，然后在下面这一节鲜明地点出主题：

生命自有缺陷
需要他人来填满

"填满"郝平人生的，竟有谁人？有广军先生那样"智者见'痣'"的导师，也有著名画家张道兴先生那样深谙"人生在于分寸"的师长，还有天南地北一拨"死党"般的老同学，几位在云南，在深圳，他称之为"至死铭记"的生死至交。当然，应该还有许多我认识或不认识的人。如此一想，"推门"，推的就是生命之门，"境界"则是人生的至善之境！

人之一生，从生下之日起，就开始了他的推门之旅。生命的长或短，不惟在年寿几何，还要看他对生命的理解所能到达的深度。以为自己业已做成了一点事或几件事甚至好多事，便已然打开了某道终极之门秘密通道，便或沾沾自喜轻轻飘飘如一片无根的秋叶，或洋洋得意飞扬跋扈到不可理喻之狂妄，真不知他飘些什么，又狂些什么？偶尔的一点小建树小成功，其实恰恰不是艺术的终结，更不是做人的终结，而是另一段路程真正的开始。终结之后紧跟着的，正是重新开始，永远如此。门之后有更多的门，有更多你尚不知晓更别说推开了的门。做人和从艺之路上，门是永远存在的，那是进入殊胜之境必须经过的过程。

郝平花费三年时光推开的，是他已经意识到的一道突破之门，人生的，也是艺术的。

人不能媚世。艺术不能媚俗。

媚世与媚俗一样，都意味着独立人格的丧失。艺术上的从众随流所以不可取，不惟显示了才干的高低，更是人格的高低。而创新之成为可能，首要在人格的独立。在这个意义上，郝平《推门·境界》的系列版画，恰恰昭示着艺术家摆脱了因循的旧路，踏入了一条不仅别人没走过，连他自己也未曾走过的艺术新途。它与国内特别是云南传统版画的佼佼者的区别，不仅在于风格、形式的不同，更在于从风光、风情的虽不是信手拾取，却十足是感性奔放的表达，转而走上了当以"仰君子之风"一语以命之的，对传统文化经典的致敬。何谓"君子"？高人也。郝平已然是位思考型画家。《推门·境界》系列版画的每一幅，透过推开的那道门，看到的，都是一幅相别于浊俗之世的清雅之境，唯有一幅为"空门"，门外空空如也，似在等待观者作为世人的进入。有人建议，每幅画中的门，或可从生活中提取更多不同形制的门，以显画面变化。郝平答曰：不是不为，是不须为；在这里，在每幅画里，"门"都只是一个引发怀想的符号，出现繁复不尽的门，反倒会冲淡理性的意义。

我信然。在那幅画前我伫立多时苦思良久，而后"推门"而入，看到了一片精神的风景——深圳推开了城市的艺术之门，郝平推开了版画创作的新门——那笃定是让人惊诧的另一个意外，至少对我是这样。

2016 年 3 月 15 日　于昆明

献生古意

出行当有良伴。最终把"献生古意"读作"献身古意",还得多谢那回去北方,得与王献生君同行。

其实我心深处,北方一直是一个梦,斑驳而迷离,而悠远。悠远不止于路途迢遥,更在内心陌生——梦虽模糊不清,倒总有我不耐的酷寒、枯干与飞沙,以及一无遮挡,让眼睛舒服到疲惫的空阔,日复一日难咽的面食。说来也知晓,北方该还有些我不知却想知也应知的种种,尽皆在远方招引着我,到底是什么却说不上来。生命短如一瞬,再怎么了得的人生,较之偌大世界,亦如福克纳所言,无非小小一张邮票,幽闭如枯井,何况我等?如此便笃信,似我这般久居南方者,生来让南方的潮润与绮丽喂大,倒真该去北方走走,会会那枯索的壮阔与古老的新鲜。

何况打小就知道,这片幅员辽阔的大地,北方和南方,到底是不一样的。年轻时曾有机会在东北、西南中二选一,想到冷,想到面食,终于选了西南。但对北方,倒从来都有一种探秘的冲动。或许早在中学念历史时,便有了那样的好奇,何况还那么迷恋过唐诗宋词呢?任一人文景象,都与其生长的那片土地相关。想象中,北方地理上"风吹草低见牛羊"那般无垠的辽远与平阔,性情中"胡儿吹笛戍楼间,楼上萧条海月闲"的粗犷与豪壮,与南方"千里莺啼绿映红,水村山郭酒旗风"那样多蔽的幽曲与秀雅,人性中"银烛秋光冷画屏,轻罗小扇扑流萤"的幽婉与缠绵,怎么可能一样呢?已是人到暮年,要去就赶快去,再晚就来不及了。

直到前些年，终有机会先后去了东北、西北，虽因大队人马而有些浮皮潦草，但对北方总算有了点感觉：河西真有走廊，丝路真个悠长，戈壁亦真是浩瀚，关外的冬日还真个积雪皑皑，长白山天池也真有惊人之美。自知所见依然皮相，不满更在透过那些景致，我究竟看到了些什么？除了了却行万里路的夙愿，寻求身心感官的饕餮，还另有一份朦胧的隐秘，如海市蜃楼，几次似已抵达，却终未抵达。直到前年再去内蒙古、山西，总算把"三北"粗粗看了一遍，且因了与来自江南古越的王献生君同行，才算将早先对北方的朦胧印象，渐渐勾画得清晰起来——原来，那样的冲动，无非是为寻访这片大地上渐渐消弭远去的古意。

与王献生君相识已十多年。记得初识那晚，一干友人在翠湖边相聚，他笔下那些即兴而为的，看似清淡却意韵丰润的画，一片青荷，两枝白莲；那些看似并不豪壮却骨力深透的字，一撇一捺，一点一画，倒怎么都让我看得满眼文气氤氲，清雅到了绝尘，满心喜欢——喜欢当然是句外行话，原因在喜欢与否从来都无法言说，是件纯个人的事。多少名书家名画家，明知他功夫了得，却未必喜欢，献生的字画，至少于我，头一眼就入了心，近乎一见钟情。日后读过他更多书法画作，甚至金石篆印，与当年相比，多有精进。而得与朝夕相处，并明了他如何将一支轻柔羊毫运出千钧力道，倒是那趟凛冽秋冬风雪中的内蒙古山西之行。

其时，从鄂尔多斯成吉思汗陵，到呼和浩特昭君墓，从塞外雁门关到大同石刻到风雪五台山，一路我都在寻思，一个那样的北方，到底在向世人诉说着什么？从古到今，北方那些踏在马镫上的剽悍民族，又在怎样影响甚至改变着这个古老国家的历史进程？进而更想知道，一部中国史，离开了北方，还能不能写？又怎么写？从满眼经幢的五台山下来，路上曾亲历过一次北方大地的寻常日落。那片看上去一无遮挡的大地，平阔单调，少的是南方山水那种近乎作秀似的起伏、迂曲与躲闪，却恰恰由此成全了她的雍容大气与低调奢华：大地暗转，将坠的落日溅起满天红霞。四野悄寂到能隐约听到大地的轰鸣。天空矮得近在咫尺，仿佛伸手就能拥以入怀。"大漠孤烟直，长河落日圆"，那由无数边塞诗人亲历过吟咏过的苍茫暮色，于那一刻直让我看得如痴如醉，心思浩茫。以为那感觉多少有些奇异，不意跟同行的献生君说起，他竟有同感：要论古意，南方有，北方也有。往日言语不多的他，这时竟目光炯炯侃侃说道，凡习中国书画者，为寻古意，必要北方南方都走走看看，方能真正领略中国书画之古意真传。

听他一言，我自然记起，所谓"古意说"，乃宋末元初画家赵孟𫖯首倡的书画主张，旨在扭转北宋以来画界古风之渐颓，呼唤自然朴素格调的回归："作画贵有古意。若无古意，虽工无益。今人但知用笔纤细，傅色浓艳，便自为能手。殊不知古意既亏，百病横生，岂可观也。"原来，唐与北宋之间的过渡期，史称"五代"（907—956年），短亦短矣，却是中国山水画确立历史地位的重要时段。此前的汉唐之际，只以北方雄奇的画风为主流。从那时起，原本意义上的"山水"，即我们身处其间的大自然，不再只是先民休养生息的家园，亦作为"道"之载体，被加以描绘。当其时也，荆浩和关仝代表的北方山水画派，开创了大山大水的构图，善于描绘雄浑壮阔的全景式山水；而以董源、巨然为代表的江南山水画派，则长于表现平淡天真的江南景色，着眼于风雨晦明的些微变化。画史将五代至北宋初年"荆关董巨"并称，实则是对荆浩、关仝与董源、巨然分别代表的北方与南方山水画派的总结，对了解山水画的风格史极有助益。自此，北派山水画在北宋多有传承，名家辈出；南派山水画则因文人士大夫的推崇，在元代获得极大的尊重，及至明清，凡论山水画，言必称董、巨。其实，北方壮阔博大的"全景山水"，与南方幽曲秀雅的南方山水合在一起，才真正构成了中国书画的"古意"。一个南方画家没到过北方，或一个北方画家没到过南方，对"古意"的寻觅，则怎么都有些跛脚。

那么一聊才了然，为什么每到一处，至约定的集合出发时间，几乎总是不见了王献生。原来，他时时处处都在寻访"古意"。他的平板电脑上，满满当当地，拍下了一路上或我见过或被忽略的各朝佛像，各型器物，各种碑刻、拓片……许久之后读到献生的一句话：写完心经再临帖，一天不临古帖便觉去古又远。何绍基一生对《张黑女墓志》用功之深，尝被传为佳话，其《跋张黑女墓志拓本》中记曰："余自得此帖后，旋观海于登州，既而旋楚，次年丙戌入都，丁亥游汴，复入都旋楚，戊子冬复入都，往返二万余里，是本无日不在箧中也。船窗行店，寂坐欣赏，所获多矣。"献生说，他临《张黑女墓志》亦达也之久。可那次北方之行中，他手上没笔，却以那样潜心的朝拜，在心里默默地临着大地山川那幅阔大深厚的古帖，也在那样的临写中，向先贤讨教，与古人对话，思索着一个现代艺术家承担的责任所在。如他所说："学习书法要学会'悟'。其实万物都是被'气'所包围着的，是有生命力的。要学会体会风的声音、雨的声音，体会在自然境界中自己内心的空蒙与宁静。"才明白，所谓"临帖",即是对古意的凝望与怀想！在他心里，佛像经卷是帖，碑刻拓片是帖，摩崖是帖，铸鼎是帖，竹编是帖，木杵是帖，渔网是帖，猎叉是帖，飞云是帖，流水是帖，风声是帖，雨丝是帖，天地山川都是灼耀古今的头号大帖！隔着数千年时光，我们的目光仍能穿透或明或暗的沧桑变故和人文烟霞，因凝望的欢喜或痛楚，而像归巢的飞鸟那样神往，我们的心旌也会因感受到在冥想中迎面扑来的古风，而像新点燃的夜行火把一般灼然明亮……

沈从文先生曾谓："凡事都有偶然的凑巧，结果却又如宿命的必然。"献生早年在浙江大学，学的是液压机械传动专业，看似现代到与"古意"八竿子都打不着。命运却将他送到一农机部门，一晃多年，专业知识竟怎么都有些施展不开。艺术尽管"无用"，光阴却不能虚度，他自小喜欢书画，在大学读书时就做过学生书画社社长，自此便索性一头扎进了那漫漶无边的"古意"。

在当下这"日新月异"的时代，那是必需的吗？在献生看来，自属当然。先贤创造的文化，一直滋润着后来者，如此，方有了我们所谓的传统文化。而文明的长河在穿越一个又一个时代后来到今天，尽管愈加恣肆汪洋，却也泥沙俱下。如何寻到大河的源头，从根子上承继这份遗产，事莫大焉，凡从艺者，对此都该有一份自觉。文化学者王鲁湘有谓："从书法绘画到园林建筑，无论形式如何变化，载体如何迥异，中国艺术始终贯穿着一脉相承的理念和意蕴。一种艺术所蕴含的真精神，并不简单地来自艺术本身，其所立足的真正本源，是民族文化的精神内核。在传统艺术领域，儒家精神以艺术襄助道德的成就，道家玄理则由澹逸的人生引出澹逸的哲学和艺术。"时代的忧虑也恰恰在此：我们本该将"中国画比作炎暑中的清凉饮料，视之为疗救现代人精神紧张的良药。然而，在过度商业化、娱乐化的当下中国，儒家的仁礼与道家的冲逸，似乎都已太过遥远且隔膜。中国艺术的未来究竟当着落何处？我们又该向何处寻找充实当代中国人艺术心灵的真精神？"

创新，无疑永远是时代前行的动力，包括艺术，然胡来乱来的所谓"创新"，绝非真正的艺术。依王献生之见，当代书画即存的理论，可分别名之为"心性学"和"构成学"，且讲究构成和强烈视觉冲击的"构成学"正大行其道，他则更倾向崇尚古意的"心性学"。此"心性学"非宋明理学之"心性学"，即"书为心画"也。蕴雅之美，并非把好东西直接展示予人，而是静静地藏起来，让人欲探又止，慢慢品味。当下的审美却多为暴力式的，赤裸裸的，不少甚至以丑为美，令人咋舌。说来，崇尚古意与创新并不矛盾。回望历史，我们每一次对古老文化家园袅袅炊烟的深情打量与注目仿习，每一次对辽远"古意"的大声呼唤和谦恭致意，都没让我们茹毛饮血赤身露体，反倒让艺术在接续了古意的原始基因和血脉，饱尝了古意的单纯和朴拙之后，踏上了向明天行去的勇气和自信。唐宋八大家如此。赵孟頫如此。当下，自然也只会如此。

这么一想，方知所谓古意，既为粗犷古拙，亦为清丽秀雅。前者，是先贤在艺术初萌时略显幼稚的蹒跚脚步，如崖画、简牍、帛书是也；后者，却是些未经近世奢欲功利染指，而依然葆有生命中之童真率性的那种清纯，一如从土地里刚刚抽出的嫩绿新芽。献生的书画金石作品，多是拙中见雅，雅中藏拙，亦拙亦雅，古意盎然。而对传统或说"古意"的追索，个人能力虽小，但有或没有，做或不做，则大不一样。献生乃千万追索者之一，更多的人亦至今仍在默默追索之中。近读《沈从文的后半生》，方知先生的后半生庶几无涉文学，世人也总为他未能获得诺贝尔文学奖耿耿于怀，殊不知始自1948年，沈先生即从时代转折关口的精神危机甚至崩溃中站起身来，找到了他后半生重新安身立命、成就另一番事业的位置——他始终没放弃对物质文化史和杂文物的研究，并以超越常人的卓绝努力，于1981年出版了经十五年撰著而成的一部《中国古代服饰研究》，也无非是对麻衫布服、丝披锦袍的一份剔扒梳理，顶礼膜拜！倘说他年轻时曾以一支诗性的笔，抒写过家乡的那条长河，后半生他以生命抒写的，却是那条历史文化的长河。

至此，我终于能把献生"古意"，读作"献身古意"了。身为南人，我该谢的，当既是壮阔多姿的北方，亦是秀雅多情的南方，以及与我一起在那条"长河"边同行的王献生君，是他和这片大地一起，让我了然了我们该献身的"古意"，既在北方，也在南方，在这片南北相融，尽管不无疮痍，却依然生生不息的大地上，不妨拼尽一生，舀取那千古长河之一瓢，狂饮而醉。

艺术的视看

几幅画，挂在老作家李乔的客厅。二楼，光线不算好，眼前却突然一亮。画的是一些鱼。简朴的客厅，"鱼"是唯一的装饰。从小在长江边长大，对鱼我熟悉且敏感。画上的"鱼"，从没见过，浓重如墨，我喜欢。坐在客厅里，边聊边看着那些鱼。忍不住，起身一看，署名陈流。我知道，那是老作家的外孙。八十年代末，为纪念李乔八十寿辰，我主持的一份刊物，登过乔公一幅肖像速写，作者就是陈流。那时他还是个孩子，正在学画。从此我记住了这个名字。

画家之眼，非常人之眼。对于画家，视是创作的全部，既是艺术，也是方法，是创作的出发与归宿。恰如梅洛·庞蒂所说："无论如何，他画画是因为他看见了，因为这个世界，至少有过一次，在他的头脑里刻下了看见物的密码。"（转引自《画家的眼睛——梅洛·庞蒂与艺术创作活动中的视看》，下同。）没有"视看"环节，绘画就不可想象。鱼普普通通，游进陈流的画，便成了一个寓言。画里是鱼，又非常鱼。平时看到的鱼，不在齐白石的画里，就在池塘里，餐桌上。或闲情雅趣，或美味佳肴。作为一种绘画表达，陈流的"鱼"流淌出的，则是别一种思绪。"鱼"都处于鲜活态与死亡态之间，处于生与死之间。画家捕捉到的，是生命即将脱离躯体的那一瞬。鱼都张着嘴，像弥留的亲人，拼命呼气，喘息，挣扎。《鱼之八》，一条鱼，嘴巴张成圆形，成黑洞，散发出死亡的恐怖。对于生命，那个时刻充满哲学意味。哲学的最高境界，生命的全部奥秘，就是生与死。看来，陈流展示的，并非鱼的自然状态。鱼都会面临生死。"鱼"不是对自然鱼的生死记录与描摹。那些"鱼"都在某个容器里，竹篮，瓷盘，裸露坚硬的碎石地。《鱼之七》里，鱼被抛进一个长方形盘子，周围堆满螺母、螺栓和金属构件。工业化的碎片。尽管废旧，依然坚硬冷漠。这一思索，在以报废汽车为对象的那组画里，已成了自觉。"工业化"挤压着生活，"鱼"在死去，大地在死去。人类赖以诗意栖居的大地，成了垃圾场。画家剥开汽车的美丽外壳，让我们看到了汽车那些龇牙咧嘴、坚硬冷漠的躯壳、部件，就像一群魔怪。惊心动魄。忧虑与痛心，无可掩饰。

有时，高贵就是适度的"保守"。艺术也一样，既不墨守成规，也不盲目"前卫"，方能成就艺术大家。陈流的画，看似写实，却"超写实"。写实显示功底，超写实透露思索。"鱼"很好看，又不止于好看。好看在它确实是鱼，笔触的精细，甚至超出摄影；不止于好看是它有思索，思索让对象从现实中浮出，成为艺术。"只有灵魂才能达到灵魂"，而"风格是给思想抹上起防腐作用的香料"。(《布罗思散文选》) 优秀的画作，首先是一幅画，具备优秀画作的全部要素。然后，才是画家的思索、思想，借助形象的表达。这一过程的完成，有赖于画家"艺术的视看"。在艺术的视看中，艺术与思索同时启程，如华贵的双辕马车，轰然而至。"眼睛看见了世界，也看见了世界要成为绘画所缺少的东西，更看见了绘画要成为它自己所缺少的东西，以及在调色板上绘画所等待的颜色。"(梅洛·庞蒂语)

陈流的画，色彩都重。"鱼"和报废汽车组画，充满青色。与其说画家准确捕捉到了那种颜色，不如说世界呈现出那种颜色，被他准确地选择。选择依靠判断。判断需要功力。青色被强化后，最终成为思索的表达。因为"只有青色才能如此深刻感人地表现出那种悲伤、绝望和忍从的情态"。(东山魁夷《青青世界》) 别的颜色，如黄，如金红，出于构成需要，只作为青色的对比而存在，青色于是变得更强烈。生命的鲜活不再，剩下的，是对生命的喟叹。

对生命的思索，是陈流的一贯。花瓶里，荷已干枯畸变，像木乃伊。中外古今，以荷花入画者众。与传统静物花卉不同，陈流的《荷》，再次摒弃了荷的鲜活态，选取了垂死态。生命流程终止。美丽的荷，成了丑陋的荷。美的凋谢，是生命的无奈。与某些病态艺术不一样，陈流的审丑，并非缘自审美旨趣的畸变，而是借此发出警示：包括人类自己在内，生命既坚韧，又脆弱，须百倍珍惜。如他所说："'美'之外的世界有着强大的生命力，通过它我们能看清事物的两面性，看到真实的事物的本质，从而更有力地把人们从理想化的世界中唤醒。"(陈流《审美之外的世界》，《艺术生活空间》艺术家丛集〔十〕)

《松赞林寺》同样好看。在几乎纯黑的背景上，松赞林寺一片火红。没有视看经验者，以为那纯出画家想象。其实不然。"人间一切艺术，不过是大自然的艺术副本"。看上去，松赞林寺是清晰的，离人世也不遥远，让人难以看透的，是它背后深邃神秘的黝黑。无论去过松赞林寺多少次，那片神谕与人工合力的建筑，总在不同季节和不同时辰，幻化成一片非人间景观。有时，当整个建塘古城还没从夜梦中苏醒，一道曙红的阳光，会早早地、不偏不斜地、独独地打在松赞林寺上，将错落的殿堂、僧舍、石级融成一片赤金，流动着，融溶着。那时，它更像是一个梦，一个想象中的所在。事实上，香格里拉就是一个梦，曾经存在，已然逝去；被重新忆起，将它返还大地。没有这样的视看体验，无法画那样的画。但艺术家并非大自然的三等秘书，只作记录，而是要赋予其灵性。《松赞林寺》融进的，正是一种人类的理想，纯净的梦幻。创造始于视看，又超越日常视看，变成了艺术。

绘画对象一经注入画家的思索，最终便完成了梅洛·庞蒂所谓"艺术的视看"。画家孜孜以求的，"就是揭示形形色色的能见方法，而非其他的方法，通过这些方法，山在我们的眼里便成了山"，鱼便成了"鱼"。这些方法虽然并不只限于画家的"视看"环节，但"能见方法"显然必须也只能从视觉而来。画家的视觉捕捉到的，是被称为光线、明暗、阴影、反射、轮廓、深度、色彩等等非现实的存在，梅洛·庞蒂将这些非现实存在称作"幽灵"："在普通意义上的可见物忘记了它的逻辑前提，它停留在一个有待于再创造的完整的可见性上面，而可见性又释放了囚禁在它身上的那些幽灵。"画家要找寻的，正是造就各种视觉体验的秘密。正是这种找寻使画家得以再造出可以引发可见性的"相似物"：绘画作品。这些"幽灵"对于不懂绘画的人而言，"正是绘画的入门，并不是人人都能看得见它们。画家的注视是在询问这些研究对象如何使它们一下子产生出某种东西来，这东西正是用来构设世界的奇妙法宝，使我们看见可见之物的秘诀"。

自然不等于艺术，不等于绘画，原因就在视看的不同。日常性的视看，鱼是世间姿态最优美的动物，最美味的食品。鱼的灵巧和自由游动，鱼作为与最自由的元素——水相处最为紧密的动物，却让艺术家浮想联翩。传统文化中，对鱼的文化视看，甚至有了神性。传说中的鱼，是鲲的祖先。"北冥有鱼，其名为鲲；鲲之大，不止其几千里也！化而为鸟，其名为鹏；鹏之背，不止其几千里也！怒而飞，其翼若垂天之云。"鲲正是由鱼演变而来。鱼因此是自由的符号，是飞翔的前身，是人类理想的寄托。陈流对"鱼"的视看，则从熟悉中看出了异常，看出了隐忧，看出自由的缺失。鱼之将死，灵动变成呆板，自由变成禁锢，如缕忧思，其悲亦深。

即便日常的视看，也不会胶着于某个固定的点，艺术的视看，更需要视点的不断推移、挪动和提升。一辈子画同一幅画，卖同一幅画，是画家的悲哀。视看的角度和高度，固然没有高下之分，却能反映画家思索的角度与高度。如果《鱼》是近观，带有童稚的率真，少年的惊恐；如果夕阳下的老村、回光返照似的红墙和凄冷寂寞的道路（《后院》《雨霁》《黑·白·水》《路》等）是远眺，透露出乡土的亲切，如一曲往昔的挽歌；如果《香格里拉》《松赞林寺》是平视，表达的是对博大精深的藏文化的讶异与惊叹……那么，《破碎的天空》和《城市上空》无疑就是俯视了。它提供的，是另一种非日常的视看体验，新鲜又陌生。这时的视看，由平视提升为俯视，熟悉也变成了陌生。平视时，看到的是建筑物，钢筋水泥，大地被无情地遮蔽。俯视时看到的，则是大地的宏阔，山岩的裸露，高楼的森林……这时的感觉，远非能以"诡异"一言以蔽之。说是"破碎的天空"，实则是"破碎的大地"。正是大地的破碎，造成了天空破碎的异样感。天空之上，是一只蜻蜓或蜜蜂，酷似飞机，或 UFO，暗示着视点的出处，更标明视点的属性，一种非人类的目光，来自地球之外；人类忙碌着，无暇关注大地。大地将芜。家园将芜。——这已近乎哲学。

艺术需要观念的介入，观念却从来不是艺术。梅洛·庞蒂看到，画家与作家、哲学家不同，后者总要以各种形式，担负起对世界发言的责任。画家在作品中似乎缺少这种负责的"野心"。然而他们仍然具有一种迫切的任务，塞尚在画下一笔之前有时要沉思数个小时。陈流的思索，从"视看"中长出，有根有叶，葳蕤蓬勃。料想他的创作，必有一次次日常性视看，触发了思索，让他难忘，最终才完成了这种艺术的视看。而视点的变化，思索的升华和艺术品的最终完成，其间包含的，正是一个青年艺术家成长的全部秘密——那只有陈流自己知道。

2003 年 4 月 17 日　湖光里

恒河生死

一

有艺术相伴的出行，总会让人多一份雅逸的快乐。倒无须动辄就嚷嚷着去巴黎看《蒙娜丽莎》，到俄罗斯读《安娜·卡列尼娜》，到美国读《喧哗与骚动》，到哥伦比亚读《百年孤独》，那或太夸张太奢侈。可有些机会总是有的，比如到北京读《红楼梦》，到绍兴看徐渭读鲁迅，到南昌看八大山人读《滕王阁记》，到上海读张爱玲之类，说来倒也并非难事。

——诗酒浮生七十秋。挟一本书一册画悠然上路，早成习惯。那样的书，或早早就已装进背囊，或直到收拾行李的最后一刻，才能确定。然后，或边走边读，或走走读读，或虽读过，只为去寻艺术的源头，体验、印证，怎么都是诱惑。即便书不在手只在心，情形也一样。乐趣不惟在一方山水人文带来的视觉飨餮，更在借由艺术的另一双眼对世相的洞察，带给人的心灵滋润，足足是双倍的收获。

彼时彼刻，身体和灵魂一起，都在路上。那些或堪称经典或有独到发现的艺术作品，无论文字、绘画还是摄影，其所呈现、描述的场景、故事与细节，会从作品的单薄平面一跃而起，在眼前如花绽放如云舒卷，成为立体的呈现，而借助眼前的风景，文本中许多原先未完全读懂读透处，亦会因有亲眼所见而愈加丰盈饱满，瞬即让人对艺术家的创造，亦对自个儿的所见所闻，有豁然开朗的洞悉与了悟。失望或诧异也有过，所谓不过如此，但大多时候，却是对艺术家劳作的信服或感叹，打内心生出那种真实、由衷的敬意。

而我的那趟印度之行，恰有鲍利辉的一组印度摄影作品相伴，想想还真有些缘分。

二

旅行的遗憾，从来也永远都是嫌日程太紧，除非有一段闲暇小住，不然，再充裕的安排，也总有走马观花的遗憾。有所舍弃，方有所收获。事后想想，此原则于瓦拉纳西似乎全不适用，在瓦拉纳西的整整两天，什么都可不看，可恒河的晨昏倒怎么都不容错过——幸好当初就意识到了这一点。都说恒河是印度人的生命之河，生生死死的一切，都跟那条河息息相关。而生生死死，怎么都是人生大事。

如是，我到瓦拉纳西的当晚，扔下行李，便心急火燎地去探望恒河。

通往恒河边的那条小街窄狭拥挤，像条拧得紧紧的麻绳，摊贩云集人头攒动，机动车一概禁行，其实，即便不禁也无法通行——我们后来才领教了印度高速公路的毫不高速，从德里去阿格拉的两百来公里高速公路，居然走了八个钟头。但在瓦拉纳西，无论傍晚披一身晚霞坐一辆人力三轮前往恒河边，还是清晨顶着满天星光小跑般步行前往，那条小街都是必经之路。看来看去，满目混乱与喧嚣，凡胎肉身的我，对瓦拉纳西恒河边的风景、风情，怎么都无法读透，遑论读透印度人的生生死死！

坐上瓦拉纳西的三轮车，一场意料之外的生死突围便告开始。那完全是一场冒险。回想那段行程，至今仍难免心惊肉跳魂飞天外。车行如飞如入无人之境，七弯八扭一路蛇行，险象环生生死未卜，几次似乎都已到了奈河桥头，不意却累累化险为夷安然通过，惊出我阵阵冷汗。

转眼间，恒河边的喧天乐声、怪异人众与绚丽灯火便接踵而来，让人应接不暇，却怎么都无法读懂：年轻艺人在巨大的露天舞台上纵情歌舞的激情奔放，苦行僧旁若无人肃然修行的静默庄严，练瑜伽者悄坐一角静若莲花的安然从容，玩蛇卖艺者炫技时令人惊恐的从容与怪笑，卖花女跟踪兜售的执着与无奈，前来朝圣的沐浴者浸泡于恒河之中，面对漂浮着垃圾且颜色怪异的河水时的泰然与圣洁，恒河岸边的火化场诡异莫名的火光与浓烈呛人的异味——真不知夜色中上演的，到底是日常场景的片段拼接，还是一部环环相扣的连台大戏？

生命确乎是欢乐的，我却在那时突然想到了死亡。地狱阴森的入口，轮回漫长的通途，似乎就在瓦拉纳西的恒河岸边，在那一派黑黝黝的河水中。奇异在即便真是死亡，也是欢乐的死亡，一切仿佛都是生命最后的狂欢。人从四面八方拥来，争先恐后地拥向那段恒河之岸，那道地狱之门。乐声、歌声、笑声、锣鼓声，与燃放烟花的硝烟味以及从火葬场散发出的异味搅和在一起，让人有一种奋不顾身、前仆后继的错觉。那场关于生与死的话剧声色斑斓，光耀炫目，就像那个夜晚的深色背景上偶尔泛出的几点亮光，时有时无，闪烁不定，如同灵魂对人世的最后一次回望。那和我曾经面对过的死亡场景截然不同，没有哭泣，没有哀怨，甚至没有悲伤。在那样奇异的瞬间，我似乎看清了什么，结果是什么都无以看透。

清晨就好些吗？其时的恒河边像换了一幅场景，宁静得一如圣婴降临。隔夜的种种喧闹与斑驳光影如水退去，一切都纯净透明得近乎于无。乘一只小船在恒河上漂流，静待日出，时光顿时显得金贵而又漫长，分分秒秒地流逝，成为愉快而又熬人的等待，心跳的节律代替了如同伦敦大本钟那样的轰然嘀嗒声，就在耳边。眼见太阳一厘米一厘米地从恒河东岸升起，那种纯朴的壮丽与炫美的清寂，变成了对生命的一次无须回答的长考：没人叫你回答，但你必须回答你自己心灵的叩问。南亚的太阳羞怯得像即将远嫁的新娘，满脸绯红着，从瓦拉纳西的恒河东岸冉冉升起。静候于河边的当地人，似乎并不像游人那样充满了期待——迎候那样的日出，已是他们每天的功课。而跟那轮太阳一起升起的，或许还有他们对于未来的信念。

而就在那时，我当即从他们圣洁的脸上，从他们清澈且充满期待的眸子中，觉出了我们作为观光者的粗俗与凡庸——那或许正是朝圣与观光的区别所在。观光算什么呢？只有朝圣，才能与恒河日出那圣洁的一幕相匹配。甚至，回想起来，或许我们很多人，包括我自己，已很久都没有那样看到过每天都在升起的太阳。而他们，有的从千里之外赶来，只是为了一睹那庄严的一瞬，有的竟通宵达旦地在那里等候了整整一夜。大地和恒河的新的一天，与他们自己的新的一天同时开始。生命以那种与我们既熟知而又完全不同的方式展现于眼前，清醒明白却又让人百思不得其解——我在想，在那一切的背后，什么才是印度人生命的本质？

就在那时，我想起了鲍利辉那些拍摄于印度的作品。

三

——在恒河边的瓦拉纳西,置面光怪炫目的南亚底层世相,我既兴奋莫名应接不暇,又因眩惑不解而陷于困顿。真不知那些衣衫褴褛显见穷困的人,哪来那么多快乐?他们脸上几乎看不到悲苦。原应显现的悲苦,换作了庄严、神圣、静穆,至少也不过是一脸苍茫,唯独没有悲苦。怎么能以如此淡定的心禅坐莲花,拈花微笑?似曾相识间骤然想起的,恰是行前刚读过的摄影家鲍利辉的一组照片。记得行前,友人对印度的介绍,与读到的鲍利辉作品已有龃龉,疑惑便在心中翻腾。

其时,读照片时的平面印象,与眼前浮现的世相百态,既如出一辙又大相径庭,当初惊叹的,尽皆鲍利辉那些"街拍"作品中虽未标明却深藏于中的一个个"天"字:天然的精致画面,天成的油画效果,天堂般的静谧,天使般的微笑,却与眼前人间生存纷繁的脏乱、怪异的喧腾反差太大。一时,真说不清手里随身带的那个相机,突然间到底是变得轻了呢,还是变重了?至少,自觉那样的反差,恐远不止于肉眼,倒更在心思:艺术的拍摄,任何时候恐怕都不只在画面或风情,而是要拍出场面即生活背后的奥秘。我的惶惑在于,到底是艺术家有意无意地美化了,还是我没能读懂凡间人生的真义?意识到此,那种由亲切的震撼引发的对意外发现的质疑,便在刹那间让思索重启,即:生,到底是怎样的?死,到底又是怎样的?

生生死死的严峻课题,悲悲喜喜的生命历程,居然会在恒河边的晨昏间,在一次原应轻松惬意的旅行中扑面而来,还真让我有些措手不及,转而又惊喜不已。也许那是上帝早就安排好的一堂生命课程,特地留到那时才给我讲授。我自当上好这堂课。而我的固执在于我不甘任由艺术俘获,我极力回到并认真对待我所面对的那种真实的世相,先将鲍利辉的那些摄影作品暂时扔到一边。可惜我未能成功:越是那样,鲍利辉那些几近唯美的照片,便越是顽强地浮现于心头。也是赶巧,回来不久,便收到鲍利辉包含有那组照片的摄影作品集《印度时差》。于是再一次地,将曾在眼前的恒河边的众生万象,与摄影作品集里的幅幅画面交叠互印,体悟便又一次穿透斑驳的生活表象,感慨关乎的也便不惟生命的真义,也是艺术的恒久了——最初,我以为,在生活与艺术之间,胜利的好像是艺术;想想不对了,胜利的该是生活;还是不对,胜利的仿佛既是生活又是艺术——我说的，当然是真实的生活，真正的艺术。

四

　　一如国人对长江、黄河的眷恋，印度人对恒河不惟一往情深，更是顶礼膜拜，视为圣河。当我在瓦拉纳西目睹印度的男女老少在那里朝拜他们心中的圣河时，心里真是既感动又惊诧——或许，我们对长江、黄河那样的母亲河，多少还是有些怠慢了吧？我们吟诵"黄河之水天上来，奔流到海不复回"，惊叹的是它一泻千里的惊艳气势；我们唱着"一条大河波浪宽，风吹稻花香两岸"，感叹的是它哺育我们这个民族的悲悯与丰饶。而在恒河边，在印度人视为圣城的瓦拉纳西，从富裕人家到普普通通的老百姓，朝朝暮暮，都在那里跪拜他们心中的圣河。那样的虔诚与执着，在世界别的地方，在任何一条别的河流边，我从没见到过。

　　发源于喜马拉雅山麓的恒河，几乎全程都是由西向而流，唯独在印度的圣城瓦拉纳西，恒河却是南北向的。于是，站在瓦拉纳西的恒河西岸，朝向的便正是东方。

　　生死事大，千百年来一直困扰着人类。君主帝王欲长生不老，庶民百姓亦欲五代同堂。科学已经证明，生命无非一个过程，有生必有死，有死亦有生。难在科学认知与生活实际总是相悖而行。人生再长，无非百年。生命对于我们到底意味着什么？世上，几乎所有人，从圣贤、学者到普通人，几乎都在思考这个问题。那样的终极思考，似乎至今都没有答案。也许永无答案。

　　想一想，在人生的旅途上，我们皆是赶路的众生，泪笑掺杂，悲喜交织，苦乐兼具，没有谁的欢乐可以永世长久，执手再紧亦将曲终人散。人生原本一场罪，痛苦的人，不过是自得其所；幸福的人，也只是苦中作乐。只有真切地哭过，绝望地累过，钻心地痛过，无言地悔过，此生才算完整。路边的万千景色，艳阳高照繁花似锦是美，阴霾满天枯萎凋零亦是美。人生路上的那样一些瞬间转眼即逝——说起来，曾被批得体无完肤的所谓人生如梦，也并非全然消极，其真义或就在于此。

　　而能留住生命的是什么呢？唯有艺术。

五

艺术是什么？在这个经济战车轰然前行的年代，艺术对大多数人，都已不那么重要。而苏珊·桑塔格却说："接触文学，接触世界文学，不啻逃出民族虚荣心的监狱、市侩的监狱、强迫性的地方主义的监狱、愚蠢的学校教育的监狱、不完美的命运和坏运气的监狱。文学是进入一种更广大的生活的护照，即进入自由地带的护照。尤其是一个阅读的价值和内向的价值都受到严重挑战的时代，文学就是自由。"

——只要稍稍改动两个字，把苏珊·桑塔格这段话里的"文学"换成"艺术"，完全可以说艺术就是自由。

但具体到每个艺术家，"自由"却并非唾手可得。当他们面对艺术的自由时，同样也面对着不自由。书法家面临着纸、笔、墨的不自由。画家面临着色彩、光线、角度的不自由。诸如此类。而对一个摄影家，镜头让他的目光得到延伸，却也同样让他面临着局限与隔膜。镜头本身就是限制，一个摄影者，只能以镜头里出现并摄取的画面表达心声，而不能借助口和笔。镜头能装下万千世界，但是否能装进一个摄影师的心，从来都是个巨大的疑问。

当代摄影器材的突飞猛进，已让摄影的门槛低至仿佛抬脚即进，似乎任谁都可于转眼之间，变成摄影家。而对艺术无知带来的那种"无畏"，正成为这门艺术的巨大陷阱。我们常看到的，正是那些有场面而无心灵的照片。空洞、漂亮的场景，并非生活的全部真实，何况，镜头的存在不只为呈现美好，更是要我们将生活的本义看得更清。镜头好坏、分辨率高低、像素大小什么的，不是看得清看不清的理由，更不是唯一标准，关键正如鲍利辉在谈及他那些作品时所说，你必须蹲下——向生活、向信仰、向生命蹲下。

鲍利辉所谓的"蹲下"，当然不仅是身体，更是一个摄影家的心。将身体放低，也将心放低。早年，为把临终关怀的善举推向社会，他曾在医院一"泡"就是四年，而按下快门的时间加起来还不到四秒。为探索西南山地民族宗教与外来宗教关系的历史与现状，他跟踪采访了十年，且至今没有结束。而印度，十年前他随一个贸易代表团去过一次，拍过一些照片，却因来去匆匆，总觉不甚理想。十年后再去，他终于捕捉到了印度人的真实人生。

那是一些"街拍"，据说可遇而不可求。有论者在谈及鲍利辉那些作品时说，那些作品"近乎神迹,不可思议的场景一次次地出现在鲍利辉面前"。关键是,在"遇到"之前,你是否在场,是否对随时可能出现的情状有所准备?

——我的疑问在,那期间到底发生了什么?鲍利辉想了些什么?做了些什么?

思绪一下子飘出了那些照片,飘得很远很远,想得也很多很多。

美国著名战地摄影师,台儿庄战役的目击者罗伯特·卡帕有句名言:"如果你的照片拍得不够好,那是因为你离炮火不够近。"而要离战火更近些,是要冒生命危险的,因此他说:"战地记者的赌注——他的生命——就在他自己手里……我是个赌徒。"然而,他赌赢了。在当年五月出版的美国《生活》杂志上,他感慨地说:"历史上作为转折点的小城的名字有很多,滑铁卢、葛底斯堡、凡尔登……今天又增加了一个新的名字——台儿庄。"

美国作家、《麦田里的守望者》的作者塞林格说得更彻底:"一个不成熟男人的标志是他愿意为某种事业英勇地死去,一个成熟男人的标志是他愿意为某种事业卑贱地活着。"

——东方,似乎永远是隐忍的。尽管恰如沈从文先生所说,在某些暗黑的年代,人是只能"将一切情感的挫折,肉体的痛苦,一例沉默接受,回报它以悲悯的爱",但真做到那一点岂是易事!沈先生一生写信无数,仅《沈从文全集》便收信1476封,最该得珍视者,乃"文革"期间写给亲人的信。其时他已被无端剥夺了发表权,只能借私信展示自己的内心。记得读《沈从文家书(1966—1976)》时,我的内心一下子便陷入了沉重,明了了那些风雨如磐的晦暗年代,到底是如何摧毁了中国人的意志,逼迫人放弃尊严和梦想,苟且着活下去。而说那话时,先生心中的信念,必透过阴霾看到了终会到来的日出。而瓦拉纳西恒河边的那些人,显然不是沈从文。连他们是否读过泰戈尔,也无以确认。那些最普通的芸芸众生,到底经由了怎样的修行,方能达到诗圣那样的境界?而一个摄影家,又怎么能拨开世界纷纭斑驳的表象,寻到那样的恬淡与静美?

六

何况鲍利辉遵循的"蹲下去"原则,既非要你英勇地死去,也非要你卑贱地活着,只是要你仰望人生中现存的一切:那些最寻常的生与死,那些最常见的悲与喜,那些最世俗的苦与甜……

据说，一个又一个摄影家，一直在寻找着突破。问题是如何突破。所谓"突破"，无非是"变"。鲍利辉的系列摄影作品都"牛"，他曾明言"从来没想到改变"。关注底层生存状态的初衷不会改变，关注人性的真善美不会改变。唯一改变的，是他自己。恰如有论辩者所言，他放弃了纯粹记录底层人群的无奈、无助和无望，转而将自己的注意力对准了他们在逆境甚至潦倒之中的努力、自适、追求和希望，显得更加积极、温和，甚至还有几分幽默。在整理他的"关怀关怀"组照时，他把原先所谓有"穿透力""震撼力"的图片统统拿下，只留下一幅有阳光、有大树的图片。生死之间，相隔无非薄薄的一堵墙，甚至一层纸，几乎一步便可跨过，而也正是生生死死的周而复始，成了这个世界永远不变的规律。人生之变，其间有无数偶然，旦夕祸福，何时何地撒手人寰，皆无定数，唯一能把握的是生，是过好自己的每个日子。如此一想，泰戈尔说"生如夏花之灿烂，死如秋叶之静美"，其实大有来由矣，他和他的民族，那些即便衣食无着者，好像也是这么想的。

人生之大爱，无非对生命的爱。生命从来都与爱联系在一起。心境之变带来的，必是对象的不同。说到底，鲍利辉早先的图片并非不好，而一个艺术家，如果只是展示生命的绝路，不能给人以希望，倒是最大的失败。展示穷困、不公是出于爱，展示希望与未来，同样是出于爱。那样的感受，恰如我们在听史诗电影《日瓦戈医生》主题曲时，最初都像在冰天雪地里被火灼痛一般，那种异样的愉悦与伤感，来自我们对遥远的俄罗斯大地和心灵的熟悉。尽管冰雪覆盖着太多的血迹和尸骸，然而经历无数苦难之后，真正且唯一能闪光的，依然是生命与爱——历史已经证明了这一点，相信还将继续做出力证！

人的表情与灵魂有关，而灵魂与历史有关。表情既然是灵魂的外在气质，也必然会是历史影像在生命中的沉淀。国人脸上的悲苦、呆滞与冷漠，恰恰是近百年来种种肮脏、丑陋与罪恶的积淀，有时，那样的表情让我们感到恶心，悲从中来。人们的经验是，在一些国家，人们态度友善，脸上总是洋溢着笑容。而在某些经历过苦痛而已重获自由的地方，人们脸上依然布满怨怼和冷漠。而印度，是个宗教传统浓重的国度，有着尊严洁净的生活习惯。鲍利辉的第二次印度之行捕捉到的，正是那样一些底层表情。当国人正津津乐道于"幸福感"这个话题时，鲍利辉用他得于印度的摄影作品做出了回答。仅仅用宗教去解释那些表情是不够的，有时甚至是偏颇的，那样的表情与那片大地的历史的再现，让我们不由自主地想起甘地、想起泰戈尔。

艺术之美，展现的应是生命尤其是灵魂的自由之美。反观当下的艺术领域，艺术之美似乎在逐渐缺失，取而代之的是媚俗乃至恶俗。生命被五花八门的服装层层包裹。灵魂任各种名目的欲望紧紧纠缠。一位真正的艺术家，如何才能秉持艺术的真正理念，坚守作为一位艺术家的最基本的独立精神与良知呢？如果说美是"自由的理念的感性显现"（马尔库塞），那么艺术家正是实现这一"自由理念"的最直接秉持者，由是甚至可以说，放弃了"自由的理念"的秉持，就意味着放弃了一个艺术家存在的理由。

濯巾沧浪孤舟远，过眼浮云五岳低。鲍利辉这种不变之中的"变"，全然出于一个艺术家对生命本质的再认识与升华：生命是苦，更是快乐。生生死死，乃生命必须经历的过程。今生今世，在生命的红尘里遇见另一个生命、另一种生存状态，是鲍利辉的幸运，也是所有人借由他的镜头，在时光的隧道里颠簸了千载万年的期盼。那或许是上苍对鲍利辉多年来执着修行的刻意眷顾，是在他付出了一次又一次艰辛甚至眼泪后，上苍对他那份爱的加倍偿还。因了贫富不均的仇富心理，因了忙于应付生计，因了票子、房子和孩子而对自身生命有意无意的忽略与慢待，因了人与人之间太多设防而缺乏信任，甚至因了对未来的忧虑，国人总是活得太累。而鲍利辉和他在那些照片中张扬的美丽、善良与恬静，必会风一般地吹动我们的生命之帆，甚至让我们的心也为之荡漾，让那些至今仍对生命充满痴情与真爱者，以及那些曾经的失意者，去装扮他们的似水流年。

爨碑的闪回

一

时光无形却锋刃凌厉，轻舞之间，便于无声中将世事人生消磨得个七零八落。来云南五十年一晃而过，转眼老去，早已从盛世俗世落荒而逃。孰知初来云南见过的那块碑石，虽经千年风雨阅世无数，倒依旧年轻，巍巍立于人世——我说的是那块爨碑，小爨，爨宝子碑。

世界大到难以想象。冥冥中与一人一地一物有无相识的机缘，谁能预料？心仪多年至死缘悭一面者有之，眼睁睁错过失之交臂者有之，金风玉露一相逢从此天人两隔者有之，"梦里寻他千百度，蓦然回首，那人却在灯火阑珊处"者有之，而一朝相识便与之淡淡相处牵挂终生者，亦有之。快乐与忧伤，尽皆生活的密谋。如我，近五十年岁月，虽非朝朝暮暮，竟得以三次拜访俗称"小爨"的爨宝子碑——相比那些慕名此碑却终生不得一见者，怎么都是运气与缘分。

如此，小爨于我，已不纯是一块刻有汉字的石头，而是一个老友了。

二

五十年前，一叶扁舟从楚地顺长江而下，再坐上因武斗刚刚通车，车头架着机枪的火车到云南时，孤零零的昆明火车站，尚被大片田野包围着，满脸怆然如同遗孤。穿过田野，塘子巷一带街楼外墙上，大小枪眼望之让人惊心，黑暗的子弹似乎随时会呼啸而来。更仓皇的,是茫然不知未来究在何方。混沌世事,于一个懵懂学子,无异于溺水者浮于茫茫大海,连抱得一块救生木板的机会都没有。当一周时日终在揪心的等待中逝去,一个陌生地名骤然扑到了面前:曲靖。

此前的云南于我已是天边,曲靖似还在天外。于是再次搭乘一趟慢车,向着与来时相反的方向,去曲靖。一路想象曲靖的模样——其实又无由想象,再丰润的想象亦无法抵达那片真实。终于到了,眼前是座比昆明火车站更显孤凄的简陋站房,曲靖城则还在四五公里外的云深不知处。

又一次等待,等待又一次分配。那时的人命,庶几如当今的包裹,须经层层交接多次转运,才能抵达无常指定的位置。听说我真能去的,无非一个比曲靖更僻远的地方,日后也许连再到曲靖也是奢望?无所事事中,问一位早我两年来此的上海大学生,曲靖有无好看好玩去处,回说是什么都没有——两条小街,十分钟便可从头走到尾。问该怎么去,他说走路,或坐马车。我选择了走路,省钱,临出门他又叫住我说,对了,有块碑你可以去看看。一块碑?对,爨宝子碑。他以手为笔在灰扑扑的桌面上,画出了那个"爨"字。爨,他说,是个古老姓氏,爨宝子是个人,官至将军,生卒年代相当于中原的两晋,这些都无关紧要,倒是那碑上的字刻得不错。

于我,爨碑乃是无明之物。走路前往。荒野杳寂。尘土飞扬。随口问过几个路人,倒找到了。那碑很随意地立于曲靖一中校园,一个简陋的风雨亭,四周空空荡荡。秋日午后,斜阳枯黄,爨宝子碑落寞亦自在,如在庆幸它命大福大,没在惨烈世事中像无数名碑一样被砸碎。可惜我并不了然碑上那些刀劈斧凿般的文字的价值——除了幼时作为功课描过几天红,我对整个汉字书写史几乎一无所知。那碑够大,够巍然,于我却仍是无明。

三

年轻的好处,在有的是了无深意的激情。原只为打发时光随便去看看玩玩。默然凝视间,却隐隐觉出它正以它低调的华丽尊严,鄙视我的无知。那是以它的简洁素朴呈现出来的。一块碑高大如此,却并无繁复装饰。一千多年前边地古爨人的智慧,让人震慑折服。它素简如初,何需繁复?是了,素简是通行中国的古老美学,春秋、两晋、汉唐,《诗经》《史记》《汉书》,都是素简的。花哨繁复是后来的事,时至今日,已成膏肓之疾。每天,我们都会遭遇海量的新名词新术语，不知来处，如从天降，生硬，干涩，生硬，从没在文明的泥土中自然生长过。优雅素简的汉语，被弃之如敝履。每时每刻，我们都在遭遇文字与语言的灾难，文明的灾难。

而"爨"与我无关。一方那样的碑，原先与我全然无关。身在荆楚，我不知有"爨"。在遥远的长江边家乡小城，我只知道一个叫"乌龟碑"的地名，碑和龟早已不存，那方碑只是个没有内容的传说。爨碑不是。它突然出现在我眼前——突然缘于我的冒昧与无知。

回去后我问那个老大学生，你练书法吗？他说不，就喜欢点旧东西，老东西。那你怎么知道那块碑？他说是听人讲的——民间传说，那碑的发现，是当地一官员见家里食用的豆腐上有字迹，寻迹而去找到的——其实，一件旧东西、老东西，时间久了，便已成了神明。想象那些印有爨字的豆腐如传单如碑帖一般撒遍曲靖乡野，倒也有趣。

与爨宝子碑的初识到此戛然而止。后来我会偶尔想起那块石碑，像想起一个相忘于江湖的友人。所谓的碑，作为石艺、书法、篆刻等艺术的集大成者，无非一块刻上文字画图，以纪念某项事业、功勋或作为标记的石头，初意实为让其所记人事万古流传，但最终流传下来的，倒是那块石头，以及石头上的文字和画图。真与那块巨石相知相亲的，不是碑石文字记叙的人事，倒是隐身于历史暗处的石匠，及碑文的书写者与篆刻者。他们从不在石碑上留名，却以无形留在了碑上。如今想来，当初面对那种无形无明，我怎么会思绪浩然？如今方知，土耳其伊斯坦布尔广场上两方巨大的方尖碑如此，巴黎的埃菲尔铁塔亦是如此。林徽因的侄女、美籍华裔建筑师林璎二十一岁时设计的越战纪念碑，最终也成了她本人的纪念碑。头一次见到的爨宝子碑，告诉我的就是那块碑本身，镌文及所记人事，看了一眼，仍不了了之。无明。

四

在离那块碑一个多小时车程的铁路小站工区，我一待数年。工余得闲，跟着工友四处瞎逛。某日在车站附近一个小村子里，偶遇一个邋遢无行的乡人。喝酒聊天，聊着聊着，他便聊起了小爨。我大吃一惊，断定他或是个隐士。十多年后，当我尝试把爨碑和那隐士般的老头请进文字时，又去看过一次小爨。初识时的些许感慨已风消云散，那次我在意的，是它的来龙去脉，方知其全称为"晋故振威将军建宁太守爨府君墓碑",东晋安帝乙巳年(公元405年)刻,用笔结体与《中岳嵩高灵庙碑》极相似,在隶楷之间,康有为评其:"端朴若古佛之容","朴厚古茂,奇姿百出","已冠古今"。堪称东晋碑版书法中的明珠星辰。自1778年出土于云南南宁即今曲靖市后,即为世所重。碑之正文计13行,每行30字,后列官职题名13行,每行4字。

其时我已听说,在云南,无数人正以爨碑为帖,研习书艺。他们醉心的,是碑上那不知出于何人之手的字。镌刻着那些字的石碑,已然成了他们的神明。

五

五十年后,又是秋日,再去曲靖。面对爨碑,感觉如野石上的枯苔遇雨复活。以为爨碑于我已不再是无明,然日新月异的曲靖已变得我无从辨认。欢喜又心疼。记得当年有一次我路过曲靖车站,一列运送上海知青的客车刚好停在站上。一个知青迎面走来问我:进城坐哪趟公交车?我说哪趟都可以。他说:"你什么意思?"我说没什么意思,没有公交,只有马车。现在我跟那个知青一样,休说公交车,连东南西北都分辨不清。

那里已不是一所学校,成了一个爨碑园,如同当今所有的园林,林木整齐干净,建筑焕然一新。简陋的风雨亭早已不知去向,面前是一座四周封围得严丝合缝的碑阁。当拆迁横行中国大街小巷时,围堵正在对中国的文物古建施行合围。我心有恐惧焉:小爨变成什么模样了呢?给古建刷上通红油漆的事屡有发生。那是曾覆盖过整个中国的红油漆。雕花门终于打开。万幸那样的油漆只刷在碑阁的廊柱门窗上,没让小爨变成个古怪的大花脸。

面对它我依然如对神明。它当然只是一块石头,一块一千多年前被打凿出来,刻了几百个爨体字的石头,往早里说,也只是一块上千万年前已存在于世的石头。一块那样的石头,粗砺,笨拙,沉重,左下角略有残损,暗示着它历经的苦难。而碑外不知何时出现的那个油漆通红的碑阁,仍让爨碑陷于无明。原意或是要保护那块碑,可惜那风格形制与爨宝子碑完全不搭界。小爨无需那样的碑阁。逼窄的空间,俗气的装饰,外加几道钢箍,让人难受得紧。那当然不只是曲靖之错。时代浅薄。世界浅薄。我们浅薄。相比于爨宝子碑们,那样的园、阁、亭、楼,宽而无当的马路,怪模怪样的城楼,各式星级酒店,各种洋盘的住宅区,都太幼稚太浅薄!我和小爨一起迷失在那样光滑的"新"里。

建筑学家黑川纪章就说:"建筑是一本历史书,我们在城市中漫步,阅读它的历史。把古代建筑遗留下来,才便于阅读这个城市,如果旧建筑都拆光了,那我们就读不懂了,就觉得没有读头,这座城市就索然无味了。"刻制爨宝子碑的艺术家如果还在,眼见那块石碑被关在那里,会不会气得咳唾成血?

这次我请人给我跟小爨拍了张合影。不是要跟那个碑阁合影,不是要跟爨宝子合影,是要跟那位工匠那位书写者篆刻者合影。可能是一个人,或许多人。他们就在那里。我知道。隔着一千多年时光,我知道我身边站着许多人,宽袍博带头冠高耸,穿着晋朝的衣服。别处已碰不到他们。他们中的许多人都姓爨,一个南中大姓。虽说那些石匠的名字一个都没留下,但他们的生命已嵌进石头的纹络,嵌在碑上一笔一画的凿刻之中。

可怜的是我们。

六

五十年一晃而过,小爨依然。我们呢,看似生活平静,亦日渐富足。当年在曲靖百无聊赖的日子已一去不返。初次见识的边地文明,让我此后一直怀着虔诚之心,怀想谙然与落寞中的微光。可真能心安理得了吗?我们的内心,仍一直处于某种紧张不安之中。一种看不见却能感受得到的不安。像来自天空深处,或某种华丽如丝绒的幽暗。运动,革命,拆迁,重建,保护……我们似乎做了很多,但真关乎它本身的,却又少得可怜。我说的是一种氛围,一种精神环境,一种从根子上对那种文明的敬重。那无关园林,无关廊柱,无关碑阁,而是一种发自内心的虔诚。君不见,不时地,我们还会受到一些惊吓。幸好爨碑依然平静,默然相对世事风云。十多个世纪过去,爨碑比一块普通的石头更加平静。它不应只是一处地方文化的装饰点缀,倒是我们不可稍可忘怀的生命原初。从哪里来,向哪里去,我们或该不时地回头看看它,想想一路走到今天,丢失了些什么,承续了些什么。

——时光无形却锋刃凌厉,轻舞几下,便会于无声之中,把世事人生消磨得七零八落。在世间兜了一圈,我们自以为成就了些什么,其实也就白白耗费了几十年光阴,转眼我们都已老去。生命落荒而逃,而那块爨碑倒依旧年轻。那石头是大地的纸张,是大地留给我们的信札,须细读慢品深味——千万别等到了天堂门口,才想起去探究一个老友的内心。

崖画内外的佤山

崖画里的小叶苞

　　山林与庙堂的勃豀怎么都是文人心中的千古纠缠。无论面对长城、故宫还是秦陵兵马俑、敦煌石窟，感念倒一样：正是无数那样承载着先贤智慧的古艺术，构建起我们民族文化的精神骨架。不堪倒在成千上万艺术家的名字早已无从查考，想感恩都找不到对象：它们的创造者到底是谁？他们有后人吗？有又在哪里？答案通常是没有，或有也模糊、空洞——那样的无奈想想都让人揪心。

　　这回是在云南沧源。心心念念去看沧源崖画好多年，直到这个初夏才算成行。一路颠颠簸簸来到"帕典姆"崖画山下，已是下午五点，正是看崖画的好时光——当地人活灵活现地说，崖画中人中午都要出去干活，看家的少，等太阳落山人回来了，见到的人才多。站在山下，于满眼苍翠中寻去，浓绿中远远只见一处褐黄崖壁，倒怎么都看不清崖画。那就上山吧——远观无益，看什么都得到近处才看得真切。石砌的盘山小道细藤般飘向山顶，残霞一抹，时暗时明，看看都让人眼晕。听说以前上山是没路的，通往崖画山的路直到近些年才修，政府出的钱不多，山下崖画村的佤族村民便自己出工出力，尽心修路，铺路石尽皆他们一块块背上去的，连小学生都作为半劳力，背石头上山。于是走在那条山路上，既感慨深山悄无声息的变化毕竟跟上了时代的脚步，又疑心踩着的是些热汗淋淋的脊背，忐忑中又有一种沉甸甸的微温。

　　路走了不到三分之一竟有些走不动了，大喘如牛，想歇歇再走——朝圣似乎总有一份辛苦。待气息初定，见面前竟站着个佤族小女孩，脚下摆着两个小布袋，一袋是炒好的蚕豆，一袋是豌豆，熏熏黄黄，粒粒如金。那女孩儿个子娇小，脸更瘦小，好看倒好看，甚而惹人爱怜，只是怎么都找不到印象中阿佤人的那种粗犷强健。问你这是在干吗，卖炒豆吗？她说："啊，一块钱一杯，你买点吧？"也不知怎么就想起突然问她："修这条路时，你背过石头吗？"她说背过啊，背了十天，一天背二十趟。我一惊："这么重的活，还不把你累坏了？"她说："老师说，我们都要出点力，再说背一趟能得一块钱，十天得了二百块钱，都给阿爸阿妈了，我还有个六岁的弟弟也要上学了……"我本已平匀的呼吸转而急促起来，初时心想还是赶快走吧，身高六尺，难道还不如一个小女孩？可脚倒有些挪不动，临走到底转过身去，要了她一杯蚕豆，看看没零钱，掏了张十元钞票给她。她说我没钱找，我说那就不用找了。她抬起头看了看我，脸上闪过一丝几乎察觉不出的谢意。走了两步又回头，问她名字，她说叫叶苞——这名字好，她正是花苞般的年龄。问名字是谁起的呢，她说是老师，叶子的叶，书包的包。哦，原来竟不是那个花苞的"苞"。问你认得那个字吗，花苞的苞？叶苞说认得。怎么不用那个漂亮的字呢？名字是老师给我取的，我听老师的——我喜欢上学，也喜欢这个字，书包的包。生活现实与艺术美之间，在我面前突然出现了一条不大不小的裂隙，有些深不可测。面对那样一条裂缝，小叶苞看来是一抬脚就轻松地跨了过去，她只能选择现实，为了她喜欢的那个书包的包，她以她幼小的身躯，背负起了本应由成人背负的重量。也许她是对的，没有对现实的跨越，又怎能去追逐她的梦想？我呢？在艺术与现实之间，会不会为了选择艺术，而放弃对现实的承担？鼓足劲再往山上走时，那个问题一直在脑子里萦绕。随手丢了颗蚕豆到嘴里，硬邦邦的倒怎么都嚼不动——嘴巴里涌出一股挥之不去的滋味，说不清是甜是酸，想想，就像那番有关"裂缝"的思绪。

　　终于就到了崖画前。阳光倒依然是好，在崖壁上闪烁蹦跳。林树把浓密的树荫也投到崖壁上，遮遮挡挡。千年古崖裸露着，那些原本赭红的崖画符号尽管晦得雅致，却有些模糊难辨：不独画符已浸透了三千五百年的边关风雨，更兼面对它时我的那份苍茫怀想已草丛般杂乱。想想那一带已发现的15个岩画点，共1200多个岩画符号，尽皆来自佤族先民筚路蓝缕的原初，既叫人难以置信，又让人心存感激：正是那种原始的艺术，让我们懂得人类童年的智慧与艰辛，至今还在滋润现代人荒芜的心灵，也在拷问着我们的智慧：到底，生活与艺术孰轻孰重？艺术自有多种：为艺术的，或为生活的。沧源崖画看来是"为生活"的，抽象写意的崖画符号，尽管印证了"人生不沾艺术等如虚度"一说，记录的却是跟他们的日子相关的一切。那是与女人添酒回灯武士挑灯看剑一类梦回前朝的侠骨琴心迥然不同的大回首：部族迁徙的路线，日月升降的轮回，千里狩猎的奔袭，日常聚会的劲舞，与野物角逐的酷烈，跟牛羊同处的亲昵……不管娴静出尘还是铁马金戈，静谧的场景中似都能听见生命原始朴拙的吟唱与呐喊，让人有回肠荡气之慨：生活离不开艺术，艺术又何尝离得开生活？这由千万艺术家证明过千万次的真理确凿无误，难在到了我也摆脱不了对那些无名艺术家的追问：他们到底是谁？他们的后人在哪里？

久久地凝视冥想让我终有些恍惚，看着看着，叶苞的模样似乎已叠映在斑驳崖画上，也成了崖画上的一个符号，模糊而又清晰！真不知她是怎么走进崖画的，或说她是怎么从崖画中走出来的！想想，现代"文明"人有时真是粗心无知，难道她不正是苍茫崖画中一个鲜活得有血有肉的符号？读六年级的叶苞不久就将小学毕业，她喜欢书包，喜欢读书，想上中学——那梦想倒是崖画中人没有的，尽管到时那梦能不能圆怎么都难说，她却在实实在在地努力着，艰难却让人动情。难怪她说她喜欢那个书包的"包"，没了这个"包"，哪来那个"苞"呢？以她那样坚韧的努力，我想那幼小的生命，定然会如花绽放吧？时代的每一步前行，无论是令人惊喜的统计数字，还是像崖画村那条上山小道的尺寸延伸，内里都充凝着千万无名劳动者的汗水热血。艺术其实正是对过往生活的怀想和再思。那样辛苦的劳作，包括小叶苞为修路连续十天每天二十趟背石头上山，包括她此刻在半山上与两袋炒豆一起守候行人的细节，或会在对我们身处的这段历史的宏阔叙述中消失，却怎么都会在她对往事的回望中显出它的价值。庙堂与山林孰轻孰重至此已不言自明。尽管徐渭说"一室之中可以照天下"，"一梦觉而无不知"，但解开我心中那千古勃谿的，却不是那"一室""一梦"，倒是山野，是大地，是那幅无论新与旧都有佤族女孩叶苞的"崖画"。

嘴里那颗蚕豆终被我"啪"的一声咬开，顿时满颊浓香飘溢，朋友惊问："哦，你在吃什么啊，这么香？！"炒蚕豆，我说，路上找一个佤族小姑娘买的，对了，她叫叶苞。朋友说他怎么没看见？我故意说，那不是吗？就在对面的崖画上。他疑惑地看了一阵，终于明白了我的意思，说没准儿她会走进另一幅崖画，一幅新崖画！是吗？我问。他说难道不是吗？原先这里没有崖画村，佤族山民都住在分散的破旧茅屋里，崖画村是这几年才建的，外观式样依旧，倒一律都是瓦屋了。他说得不错。那个新的佤族村子，其实正是那幅新崖画里的一景啊！朋友伸手找我要了几颗蚕豆，边嚼边问多少钱买的。我说十元。他想想说，便宜！这东西好啊，经得起嚼，下山时我也买一点。返回路上却不见了叶苞，没准儿她是回到崖画里去了吧？是回那幅古老的崖画了呢，还是走进了那幅新崖画？不管怎样，两幅崖画里都有我将永远挂牵的佤族小姑娘叶苞——还是叫她叶苞的好，这个字既美，也有她喜欢的书包的"包"。

让河流回到水纹下面

——真不知怎么那么喜欢这句诗！读诗于我尽管早就奢侈得叫人疑惑，好诗倒从不会放过。比如这句，出自一位青年诗人之手，虽说初出道，名不见经传，倒真是好诗。那几天我正等得焦急，不知佤女安色的烦恼到底怎么样了，她心中的"河流"能回到水纹下面吗？好诗就是这样，总让你心里一动，既让你读到诗心，也读到人心。诗人多至情至性，但无论怎么潇洒、浪漫，到底也须深藏于生活之中，甚而生活之下，如此，诗歌的"河流"方能回到浮泛、华丽的"水纹"下面。可真要按诗人之意，让波翻浪涌的"河流回到水纹下面"，还真不容易，别说家事国事天下事，谁心中还没有一条自己的"河"？或大或小或隐或显，你有、我有、他有，就连遥远的翁丁佤寨那个看上去无忧无虑的佤女安色心中，也照样有。

　　头次去佤山的那个清晨，我们天没亮就起来，要赶往离县城不远的翁丁寨，结果到底晚了，半道上太阳就已探出头来；同行的多是"好摄"之徒，眼看最好的摄影时光就要过去，满车人最初的兴奋顿时化作失望的沉默。幸好佤山的晨雾那天迟迟没散，拐过一个弯，车在一阵惊呼中甫一停下，满车的摄影人便炮弹般冲了出去。远远的山坳里，翁丁寨仿佛刚刚降生尘世的精灵，如金的霞光硬是把晨雾缭绕的翁丁寨装扮成了一个真实的童话，一个粉红色的梦。寨子宁谧得如是原初，四周林木葱郁，我倒似能听见雾中枝叶水珠滴落的声音，柔弱的清脆一如静夜钟磬，每一声都让人心一颤。晨雾乳白如银，既黏稠浓重又翻拂自如，世界真像在孕育之中，那种混沌的清晰凝滞的萌动怎么都让人感慨：在大自然这个最伟大的雕刻师手中，一个普普通通的佤寨竟至那样美轮美奂！摄影家们手持长"枪"短"炮"，跑上跑下忙成一片，生怕稍有闪失，错过了千载难逢鬼魅般变幻的黎明光影，我却在想翁丁寨的人们，如今到底过着怎样的一种日子：住在那样的寨子里，他们的日子富足吗？畅快吗？他们的心境，也像翁丁寨的晨光一样宁谧吗？不得而知。

真走进翁丁寨，那种粗犷的简朴无边的宁静，倒怎么都让人沉醉：大斜面的茅屋顶阳光流溢，恰如波浪起伏；屋巷充凝着幽曲的宁静，晨雾出没，时聚时散，每走一步仿佛都会惊扰一团睡梦。短短的木篱青苔斑驳，清碧的竹涧山水欢畅，偶有一声牛铃从远处传来，叫人惊想那到底是不是天上人间。趁着那天的重头戏"剽牛"还没开始，我就那样在寨子里随心地东游西逛，想找个人聊聊天，也顺手拍几幅照片。转过一条窄狭屋巷，见一群佤族孩子正在一片空地上跟着一位年轻佤女，围着图腾柱唱唱跳跳。也不知她是他们的妈妈、姐姐还是老师？瞬即想起一位早逝却至今让人怀念的佤族女作家董秀英，想起上世纪自八十年代起，她怎么从一个普普通通的佤族女孩成了一个作家，想起她写的《马桑部落的三代女人》，还有她那篇连汪曾祺先生都连声称赞的《背阴地》，才明白她心中她笔下的佤山，为什么总么迷人，那么让人沉思。记得董秀英说，小时候她的日子过得也艰难，命运从某个有雾或没雾的明晴之晨开始改变，那天她背起书包走进了学堂，用佤语喊出了第一声"老师"。眼前那个年轻佤女，充任的会不会正是当年改变董秀英命运的那个角色？

于是慌忙端起相机想拍拍她，却惊异得迟迟没按动快门：像一缕和风，那个年轻佤女完全融进了佤寨的柔美晨光，给人的感觉就是翁丁寨给人的感觉。察觉我在拍她，回头时她的嫣然一笑还真可谓超迷人，与当今的喧嚣浮躁相比，她就像佤寨的那些孩子，静谧无尘快乐无拘，健康得像枚果子，透明得像块水晶；而怎么看，她斜挂在腰间的那个精致的小竹篓，都远胜过都市女孩时尚名贵的坤包，满满装着她的水笔、小本、手机或许还有希望，真风雅！知道我在拍她，她也没刻意摆什么姿势，依然和孩子们一起唱着跳着。待我连拍了几张，她才用汉话问我，还要照吗？我说是啊。转身她便又领着孩子们跳了起来。几片晨雾飘来，让那个时刻一派浪漫。走时我向她道谢，问她名字，她说叫"安色"。原来她还真是翁丁寨小学的老师，从民族师范毕业两年了，只不知为什么到现在都没给她毕业证。就你一个人没拿到吗？我问得小心，生怕是因为她成绩不好而致。她说不有啊，全班都不有拿到啊。好郁闷，她说。我奇怪了：并非她说了个时髦词语，是没想到她看上去那么快乐无忧，心里倒也有烦恼，说本来做梦都想当老师，现在犯愁了，要是拿不到毕业证，弄不好就只能去搞旅游，跟游人一起聊天说笑了。"那当然也好，可我还是想当老师。"她说。我一时无语，心想真不知到底是哪里出了毛病？嘴上宽慰她毕业证会拿到的，心里倒怎么都空落落的没底。我们互留了手机号，说有什么事要我帮忙，就给我打电话吧。

那是五月的事。整整三个月，我一直无法将安色和我心中那种茫然的疑惑归类，是那句诗叫我豁然开朗：到底是谁、是哪个部门的一个小小疏忽，让这个佤族姑娘内心的小河波急水涌，也让我心里的那条小河总有些发堵？人人心中都有条"河"，事业之河、情感之河、梦想之河，每条河都是社会那条大河的支流。曾经有过那样的时候，我们只准有"大河"，不可言"小河"。其实小河不畅，大河想畅也难。再说，人心中的那些小河要流得顺畅，不淤积不堵塞，关键当然在自己，但我们的社会是不是也该尽量少设些堤坝，少干些糗事蠢事，以免老是让人心犯堵，凭白惆怅？

八月初，安色突然发短信给我，说学校派她去县城学电脑了，我回短信说那好啊，到时我们就用电子邮件通信吧。不久她还真给我发来了电子邮件，说学习就快结束了，学到了不少东西。我试探着问她是不是还回学校，她说当然啦，毕业证已经拿到了，现在我是名正言顺的老师了，真快活啊！我说那太好了，等有机会我再去翁丁寨，一定去看你。她乐了：来前你给我发短信啊，我陪你在佤山到处走走！可惜至今我都没能再去，只能想象安色在多雾的翁丁寨到底有多快乐。前两天她来短信说被评为县级优秀教师了，还在学着写教学论文。这么说，她心里的那条河是不是已经"回到水纹下面"？真盼着再去一趟翁丁寨，再去看看安色，那时我会把我刚读到的这句诗送给她，那是至今都还在生产一线干活的青年诗人何志斌写的，题为《时光之下》：

　　让心回到心里
　　让山回到山的颜色
　　河流回到水纹下面……

章朗光影

　　头晚听说第二天要去一偏远山寨看什么博物馆时，我还真有点儿半信半疑——从没听说过的章朗寨居然会有博物馆。通常的博物馆，无论身居都城闹市、峨冠博带、谨严华美，或尽管规模不大，倒小巧精致、玲珑温馨，要紧的是都得有几样镇馆之宝。不说章朗的博物馆会是什么样子，它有那样的宝贝吗？朋友说，我什么都不讲，还是你自己去看吧。一夜玄想，不得要领。章朗真要有博物馆，不管对有一千四百年历史的章朗寨自身，还是带着一身俗气贸然闯去的都市人，或许都堪称奇迹。

　　冬日的西双版纳天朗气清，从景洪到勐海再拐上一条山路，章朗寨转眼就在眼前。午前抵达章朗或许既是天意，也是无意中的最佳选择——紧靠边境的那个布朗族寨子，要多寻常有多寻常，想猎奇者注定难有收获，那里除了阳光还是阳光：正午的阳光将章朗虚化成一幅高光摄影照，到处明晃晃一片，分不清哪是寨屋哪是青山，却又以浓重的阴影有意无意地突显出它的局部与细节，将一切不分巨细地淋漓展示。从那时起我一直在章朗浓烈的光与影中漂漂浮浮，看着、听着、闻着、想着的全是阳光与阴影，阳光让人沉醉，阴影叫人思索。久居边地，我已惯于追问偶尔遭遇的任何事情背后的秘密。章朗明亮耀眼的阳光，那天是不是因了某种特殊缘由，才从天外特地赶来？从没见过一个洒满阳光的寨子会那般壮丽辉煌：一如世界上最大的光瀑，汹涌澎湃，光影四溅！寨屋、广场、祭祀柱、缅寺、佛塔、金顶、人群、衣衫、歌声，都既在阳光下闪耀，又在黝黑的阴影中沉思。只是怎么都没看见来前说的那个博物馆。

在寨子的"广场"中央站定，紧靠那个不起眼的祭祀柱站上一会儿，便突生超验之感，似能听见阳光穿透衣服和皮肤进入身心层层叠叠洒落的声音。阳光洒落有声，这我早就知道。阳光洒落在这片高原的不同地方，声音皆风雅别致：落在高黎贡山上，与千年冰雪一起融化，如缕轻烟宛若耳语；落在香格里拉草甸上，如母亲的双手轻柔抚摸，温润细腻一如情话；漂荡在泸沽湖水面上，淡蓝的温馨恰似山歌，让人心轻颤如弦。洒落在章朗寨倒有着金箔似的脆响，让人想起布朗族女孩身上叮当作响的银器，老大妈耳朵上摇晃不定的耳环，年轻男人手里锋利的砍刀……它们都在诉说些什么？在世界许多地方，享受阳光已是奢侈。在许多地方，人们把大地弄脏，垃圾遍地，烟尘飞扬，天空灰暗，阳光在遥远的地方摇头兴叹。而生命一旦离开了阳光，将像小草一样枯萎凋零。人们如果再不动手保卫阳光，阳光就会变得肮脏，甚至干脆不再光临。

　　章朗充满阳光的日子看来是热烈的，尽管不富裕，而富裕并非热烈的唯一动因——历史倒有着永远的清凉，就像浓荫。终于随朋友走进章朗布朗族生态博物馆展示厅，满眼布朗族的历史与采自现实生活的"文物"，让人想到的都是略感原始的农耕年代，尽管那会让人思索这个生产力相对低下的民族怎么能走到今天，却终归有些日常，有些简陋，经不住看，更别说镇馆之宝了。问朋友："这就是你说的博物馆？"朋友不语。再问，他说："你没看门口的牌子吗？这里只是个展示厅，别的你最好先去寨子到处走走，自己看看想想。"经他一说，心想或许章朗生态博物馆还另有展厅？走出那个与典型的布朗族寨屋别无二致的展示厅，却四顾不见。

　　无奈中朝寨子深处走去。随意跨进一座清静木楼，问有人吗？没有回答。再问，里面有人答话了，嗓音好清脆："进来啊，我们在晒台上呢！"晒台不大，却足够宽敞，两个年轻母亲正边聊家常，边和几个孩子嬉戏。黝黑的皮肤，银亮的首饰，爽朗的笑声。阳光厚厚铺满晒台一角，踩上去让人有陷落之感。古老屋檐下，大树投下的阴影却如黑色绸缎，轻盈欲飞。山林环绕，暗香浮动，那是花木的芬芳。那样的悠闲看看都让人艳羡。迎客的锣鼓声夹杂着不知名的古老乐器声，从"广场"那边传来，她们似闻非闻。又走了几户人家，大抵如此。中午在一户人家吃午饭，几个来帮忙的布朗族少女一律着鲜红裹边的黑衣黑裙，那种节日才穿的盛装，再次让我想起章朗阳光下那些丝绸般的浓荫：半红半黑的搭配，正如鲜活的庄重简单的富足，证明他们的日子既简陋得如同缎子般的浓荫，又充裕得像正午金红的阳光——她们同时享受着阳光与浓荫，干净、廉价而又优雅。

吃饭时朋友问我："怎么样，找到什么没有？"我说没看到博物馆，只看到了这里的日子。他说这就对了，除了那个展示厅，正是你去的那些木楼和整个章朗寨，以及章朗人的日子，一起构成了"章朗生态博物馆"。与别的博物馆不同，这里的藏品不是人为的、经过精心打制却早已成为历史的实物和图片，而是现存的、布朗族简朴却鲜亮的活态生活。阳光从她们心里流淌而出，化作灿烂笑容；历史在他们身边小歇，如同亲密挚友；自然是他们的至爱，从来须臾难离……

至此，开头打死我也没法把一个偏僻山寨跟"博物馆"连在一起的困惑，终于解除。真是啊，章朗寨的生态博物馆，不是都市里峨冠博带的雄伟建筑，也不只是那座布朗族的民居式木楼，而是整个山寨，山林溪流，阳光空气，浓荫与清凉，泥泞与微尘，甚至一个古老民族的全部习俗、婚恋等活态的文化传承与生活方式，都是它的藏品。生活在章朗简单而快乐，而那正是死命追寻奢华、繁复的现代社会所缺少的。章朗和所有类似章朗的地方，由此成了无须建造的博物馆，也由此成了"现代化"的一面镜子——博物馆从来都是文化遗产的避难所，可它也未必不是提炼和熔铸新文化的殿堂。

拉萨夜雨

到拉萨当晚的八九点钟,听窗外下起了雨——开头也小,飘飘洒洒的,有点漫不经心的味道;渐渐就认真起来,如大队人马由远及近的行进;临近午夜,电闪雷鸣,风雨大作,桀骜、凌厉而又恣狂,便颇有些吓人了。

因了一点高山反应,兼了那异样的雨声,躺在床上睡不着,就以我的无知揣度起那场雨来。夜卧听雨,早不是头一回,况且那是夏日,倘在别处,也时常会有雷雨的;但拉萨的那场夜雨,于我却格外陌生,且显着一些神秘——午后爽晴的天空,竟一似喜怒无常的汉子,说变脸就变了;夜雨一面用絮状的黝黑和粗粗的雨绳将我捆扎得严严实实,一面又让我在水雾和夜凉的弥漫中,觉到了身心的无羁的飘浮。

那样的揣度,自然是毫无根据又想入非非的,就像那晚我对还没见到的布达拉宫和大昭寺的揣度一样。闪电不时从窗缝里挤进来,剑一般地在屋里东劈西砍;沉雷轰隆隆的,似就在床边滚动。俄尔雷电收去,雨却哗哗地来了,一发而不可收似的。就想,这雨倘真要下个十天半月,我们为期不长的西藏之行,不就全泡"汤"了吗?于是暗自祈祷,愿翌日雨住天晴。却迷迷糊糊一夜听雨,听不尽圣城拉萨的风声雨声。

天亮醒来,雨倒真停了。推开窗户,空气柔柔的,有几许意外的清新;浓艳得几有质感的阳光,将远山参差的山尖,涂抹得有些灿烂。我这才松了口气,心想在据说是万物有灵的西藏,祈祷好像还真管用的。于是好生收好了这条偶然拾到的经验,准备他日再派用场。

一早去逛八角街，见大昭寺前宿雨未干的广场上，已满是远道而来的朝佛者，藏袍大多是湿漉漉的，有的发辫衣角上，还结着昨夜的雨珠。而朝佛已经开始，转经筒在旋转着，发出的声音却有些喑哑，大约是被雨淋湿过。如此说来，莫非昨夜，当我在半梦半醒中胡思乱想时，他们就在雨中的广场上等待黎明？或者，是在牛皮绳一样的小道上，顶着夜雨雷电，匆匆赶路？我在那一瞬间感到的他们的虔诚，不意间就成了我在那块土地上领受的第一份滋养。

那天傍晚，西藏作家马丽华约我们去她家聊天。她在西藏颇有些年月了，连连有抒写西藏的散文长卷问世，近期又在为拍摄《雪域西藏》电视系列片奔走，颧骨上两块紫红的太阳斑，记录着她的劳作。原是想去听她侃侃而谈的——关于她的藏北游历，关于她在阿里无人区的最新见闻；不料她是意外的沉静，沉静中间或也露出几丝跋涉后的疲惫，却疏于言语，只抱出几大册精美的《西藏艺术》画册和她在西藏各地拍摄的照片，让我们各自去看。三大册厚厚的《西藏艺术》，捧在我们手里，感到的是一个民族的历史、艺术之沉沉的分量。画页翻动、照片传递之间，那撼人的辉煌，让我们在温暖的崇敬之中失去了话语。偶尔有了发问，她便解说几句，简捷、准确，却也掩饰不住她内心里某种深深的眷恋。更多的时候，她似乎沉浸在一种渺远而又温馨动人的玄想之中，仿佛只要看到我们津津有味地翻看画册的样子，就感到了欣慰，备尝了喜悦。后来，她突然提议去西藏画家韩书力那里看看，说他家里有宝贝。

韩书力刚从巴黎办了画展回来，又在连夜赶工，为去澳门办一个新的画展作画。却放下活计，来跟我们闲聊。那是一间无处不显露出艺术家的气质，又深深被西藏文化浸透的客厅，我的感觉，就像那天早晨我在招待所院子里，随手拾起的一块被夜雨泡酥了的土块，深黑着，却又有闪烁的晶亮，散发出某种远古的幽香和韵味。屋里的陈设看似随意，却无一没有出处：某寺庙的壁画摹本，几百甚至上千年前的陶土小佛像，甚至我们坐的沙发上铺的那著名的江孜"卡垫"……我一直望着进门右边墙上挂的两串古经页出神，那一页页已经由时光浸润成灰黄的藏文经书，如同历经沧桑的风帆，自屋顶渐次而下，正像是从天国飘来，又直往人世、人心里飞洒——画家那别致的布置意味着什么？我不得而知。转身上楼，在韩书力不大的画室，挤满了他业已完成或正在赶制的画作：《祝愿吉祥》《空门》《佛眼》……我是觉着应接不暇了。诚然地，在被《西藏艺术》画册上斑斓多姿的民间艺术作品深深震撼之后，韩书力让我们领略了从繁复、多彩中提炼出的艺术的单纯和清澈——那种让人抖落周身尘埃的境界，是绝非浅薄者或一知半解的"艺术工匠"所能达到的,那是充盈之后的自然流泻,是修炼多年之后的一朝禅悟,有几许惨淡,却绝对的精粹。

临出门,见外面又下起了雨,幸好不大,满世界响着的,是一派细密温柔的飘洒之声。天早已黑尽,韩书力以应急灯为我们照路,灯光晃动,夜空中的雨丝便如金丝银缕,十分写意。那弥漫于韩书力画室之间,又缱绻于我们顾盼之中的艺术氛围,便和那晶亮的雨丝、轻柔的飘洒声,杂糅成微醺般的亲切,让人深深地陶醉。

再到马丽华家,恰有两个刚从阿里地区考察归来的青年考古学者前来造访,于是又是一番神侃。三年来,每逢夏季,两位学者都要从四川去到阿里,风餐露宿,探古寻幽,一干就是三四个月。加起来,他们已在阿里苦苦寻觅经年,所获资料,足够他们写几大本书。问:"你们也算得'阿里通'了吧?"答说不敢不敢,西藏太大,阿里深不可测,我们顶多也就看到了一点皮毛吧。

回到招待所已近午夜。夜雨一如前夜,哗哗下个不停。到天亮,雨又停了,西藏才有的金子般的阳光铺天盖地,亮得叫人目眩。昨夜我并未祈祷,雨却照样住了——看来,这雨真有些神秘了。

一连几天晚上,西藏作家扎西达娃、范向东、周韶西相继来看我们,往往聊天直到午夜。向东家在上海,韶西祖籍湖北,谈起西藏来却都滔滔不绝,如数家珍。扎西达娃是藏族作家,对藏民族和西藏那片土地,似有更多的体察更深的沉思。我们一起谈西藏的宗教、文化和文学,谈藏胞看似沉默的生命中所包容的惊人的玄想哲思,谈他们粗砺的人生中蕴含的超然与豁达。扎西达娃后来发表的那组题为《聆听西藏》的精致散文,有些也就作为话题进入了我们的交谈。

而一连那几天,拉萨夜雨都准时而来,成为我们神聊的悠远绵密的背景。我们的谈兴也随着夜雨疏密缓急的变化,时而清丽明晰,时而又朦胧混沌。一杯清茶,续之又续,却总也浓淳似酒。听着雨声,我依稀觉得那似有灵性的夜雨,也加入了我们的交谈——它在倾听,也在述说。它的倾听谦和专注,它的述说沉稳又洋溢着激情。夜阑人静,当西藏的几个朋友顶着夜雨归去时,沙沙雨声,似还在向我讲述那片雪域,轮到我以心去聆听了。而我那些生活于斯的朋友们,必是比我听到、想到了更多的东西吧?

"不知叠障夜来雨,清晓石楠花乱流"。到次日清晨,那知晓人意的夜雨,总是悄悄地住了,招待所满院子的波斯菊,越发开得如痴如醉。我于是终于忍不住了，便向朋友问起：拉萨的雨，何故总是夜下昼停呢？

回答不一。或说夜雨有灵，认得其时河谷地带的庄稼，既需日照，又需雨水，便轮流劳作，日晒夜灌，为护佑藏胞希冀的丰收，配合得格外默契；或说因了山势及南来季风的影响，藏区普遍夜雨率高，拉萨竟高达85%——往往上午晴好，午后渐有雨云生成，入夜便风雨将至。整个夏季，便如此地循环不已。

两种回答，都甚有意味。固然任一自然现象都能找到科学的解释，我倒宁可相信，在万物有灵的西藏，拉萨夜雨也必有灵。

某日在一本艺术杂志上，读到韩书力的一篇题为《清澈，但望不到底》的文章，谈到他创作《藏女与水》系列画的感受，谈到西藏深邃博大的文化如何"润物细无声"地滋润了他艺术的想象和创造。他写道，古代的佛教典籍和现代的地理专著，都说人称世界屋脊的青藏高原是世界江河之母，黄河、长江、雅鲁藏布江、澜沧江、怒江，这些绵延流贯于我们脚下这片土地的大江大河，皆发端于此。西藏还拥有世界上最高最大的湖——纳木错和佛教徒、印度教徒心目中的圣湖玛旁雍措。由此，韩书力画《藏女与水》就是自然不过的了——艺术，最初不就起源与对大自然的崇拜吗？而藏女寓意的另一条生命之河的流淌，其幽远、神秘和万代绵延，不比那些长江大河更可歌可泣吗？

而西藏，又哪来的源源不尽的水，去注满一条又一条江河呢？或曰：西藏有的是雪源冰川，冰雪融化，聚涓滴而泻千里。那么，冰雪又从何而来？西藏的朋友说，夜雨在河谷为雨，在高山为雪。如此说来，拉萨的夜雨，西藏的夜雨，才是长江大河的源头了。

从日喀则返回拉萨的那天傍晚，在离拉萨还有几十公里的路上，我们的前方突然出现了一道斑斓的虹，它似乎就悬于群峰之上，巍峨、华美、气势非凡。其时我们所在之处正阳光满天，一车同行的人在惊喜之余不免发问：没下雨，哪来的虹呢？我眺望着那虹，心想，不会错的，拉萨的夜雨一定又在飘洒了——从远处看，它竟是那般漂亮，又那般富有灵性。

1992年11月　于昆明

纸寿千岁

凛寒突至，只好在家检读旧书——天有暑寒，书倒总是暖心的。见《娑罗馆清言》有云："修净土者，自净其心，方寸居然莲界；学坐禅者，达禅之理，大地尽作蒲团。"望望窗外浅灰得刚好的天空，竟有了一点心思。

记得年前稍有闲暇，便试着习字。幼时虽上过几天写字课，遗憾其时人小玩性大坐不住，到底没练成那份"童子功"。几十年荒疏，一时兴起，连用什么笔什么纸，都没了主意。旧报纸水写布毛边纸都试过，不惟写不好，人坐在那里，倒怎么都无以入静。有天去看老友黄尧，说起这事，他说你就不要用报纸毛边纸了，就用宣纸写，面对一张宣纸，你会别有一种感觉。问那是什么感觉，回说你试试就知道了。

回来，铺好纸蘸好墨正想下笔，倒愣住了，半天也没落下去——看着柔白的宣纸，心想那只是一张宣纸吗？凝望中，一些事便水一般洇开，菲薄的纸页，瞬即幻化成了一片坦陈于眼前的雪原，净白素雅，乃天作地合造就的纯净，莽莽然直抵远方。所谓"塞草遥飞大漠霜，胡天乱下阴山雪"，说的或正是那样一片雪原？再看，又仿佛是夜阑人静，从窗外飘来的一方朦胧月光，带着一种深不可测的玄秘神妙，引发我对清雅古意的曼妙向往。而我一笔下去，留下的将是什么？是污浊不堪的涂鸦，还是鹤行雪原的一行爪印，或夜色中那片诗意盎然的氤氲月痕？

这么一想，顿觉再宽的书房也浅，再大的书案也窄。崇尚艺术者，心里有的，常常该是整个天地——原初的素朴年月，先贤痴迷山水，原来竟有着最原始也最博大的缘由：艺术与自然间的人工隔断一旦被拆除，重新接续成一派通透，天地日月风雨星辰便汹涌而至，敬畏之心亦油然而生，一张宣纸，便于顷刻间露出了它的辽阔。

安徽泾县乃宣纸故乡，可惜未去过，倒在极边之城腾冲界头乡，亲见过一张宣纸的孕育与临盆。就想起了高黎贡山西麓的那个村庄，村庄里的那个小院，那些晾晒着的宣纸，也想起了那位抄纸女——

名为上龙寨的那个村巷像极了八卦，一阵七弯八拐后我方向尽失。中午太阳威武，水田、禾苗、牛粪、马粪、垃圾、树丛、屋瓦……整个世界都在蒸腾，湿热弥漫天地。听说那一带许多村子都是明代从别处迁徙而来，家家会用老法抄纸，想去看看，可惜路边人家都关着门，进不去。再走，终于见有一户人家的门开着，进去，院里悄无声息如无人之境。迎着大门，里屋靠墙的阴凉处，几块竖着的木板上都是纸。阳光厚厚堆了一地，满院子都是那种黄澄澄的寂寞。森林、土地和水的气息，在寂静中飘散得满天满地。

一回头，倒见一年轻女子，就在进门左手边的阴影里劳作：方脸，横格衫，长发在脑后绾个小髻，系一块胶皮围腰，像是阴影中最深最浓的一块。没想到会在那样的寂静里看到一个少妇，刹那间相互都有点儿惊吓。我的惊吓缘自意外——想象过一个满脸皱纹的老太太，独坐院中，夏天也穿着厚厚的衣服晒太阳；或一个粗服乱发懒于梳妆的中年妇人，独自在家忙于生计……那年轻女子在橙黄的寂静中陡然出现，还真让人有点儿不忍。我们的脚步声说话声或早已惊扰了她——或有个孤寂却美丽的梦已被粗暴地打断。站在那个巨大的木桶后面，她好像已被木桶挤成薄薄的一片，张开的两手指尖正湿漉漉地滴水，见我们进去像面对几个白昼入室的强人，嘴巴半张半合脸上一阵惊惶，想从木桶后走过来倒怎么都走不过来……一个有闯入者的陌生午后让她难以想象——也许往常这时候，除了她和满院子寂寞的阳光，院子里从来没人也没声音……

事隔多年，那情景仍如在眼前。今春三月正风和日暖，有幸又一次去到界头，远远就见新建的高黎贡山手工造纸博物馆，一如几本棕红封面的大书，立在那里，任由金灿灿的油菜花簇拥于花海之上，正向满世界昭告着宣纸的传奇，叫人顿生出满心的温暖。

想起那些，对宣纸的敬畏顿时充盈于心——这世上，谁能奢侈到在月光上书写，在雪原上挥毫呢？再习字，浅浅的书房深了，小小的书案大了，世界涌到跟前，盯着你的一笔一画，岂敢分心？世有万物，若只把世界当"物"看，却易沉沦。万"物"皆是大自然的恩赐，即便一张宣纸，也不只是物尽其用的"物"，倒是活鲜鲜的生命，是青檀构皮秸秆转世的精魂。都说纸寿千岁，人仅百年，面对长者，人须恭敬讨教，听它以菲薄的绵韧，传习生命的修持，也以无遮的素颜，诉说安顿生命的本真——所谓"字"，透露的正是你生命的秘密。在丑字、丑画盛行的当今，以一张宣纸习字，好或不好已不甚要紧，要紧的是须戒除功利，静心屏息，恭谨用心，方对得住那张发端于汉唐经几十道工序做出来的纸。如是，即便是在远方，提笔写字，亦是对那张纸、对长出那张纸的大地山川、那些粉身碎骨的树皮草茎、那个午后寥落得如同无人之境的小院、那些暖黄的寂寞和幽深的阴影，以及那个年轻的抄纸女的回应。手里的笔，就不会走得那么虚浮，那么慌乱了。

诚然，字写得好或不好，跟纸既相关，也无关。但就凭宣纸带给我的那份心境，庶几已可用它做坐禅的蒲团，助我于方寸间抵达莲界。尽管至今，我那不入流的点横竖撇捺，尚远不是夜里暗香浮动的飘逸月色，更不是雪原上引人追望的鹤影足印，但我终于在对宣纸的敬畏中了然，无论迷上哪门艺术，都该是一段生命修行的旅程——还是作家兼书家的黄尧说得对，他是真行家。

青花天池

满眼经济年头的花哨俗艳，堪称大美的素雅倒怎么都难寻难遇。净色当然是素，也止于素，尚难称雅。真正的素雅当是在单纯明净的色泽中，在某种底色的匀匀铺洒中，略略点缀些许别的颜色，或几点梅红，或一绺天青——比如瓷中绝品青花。

岁月倥偬。上世纪八十年代初去北京老铁西区拜望屈居一隅的李国文先生，见他案头有个白底蓝花笔筒甚不起眼，便懵懂夸口，说下次有机会来给您弄个大理石笔筒来。国文先生笑得像他的身板一样宽厚：看走眼了吧？那可是件老青花！一时窘愧无语：青花瓷听说过，倒头次见到真品。日后几番恶补，才对青花略知一二，总以为青花瓷多小巧玲珑，少有大器，硕大者更是罕见。直到那天登上长白山西坡垭口，面对天地间那个硕大的"青花笔洗"，才悠然想起与青花的初识和日后的误读。

一帮云南同伴跟我一样，那天冒着盈尺深雪踉踉跄跄攀上山顶，无非为了个心愿，没想还真能见到那样素净的磅礴：天是地道的天青色，干爽透亮，纤尘不染，多看一眼竟让人眼晕；天池水幽蓝深邃、厚实沉郁，如神秘的蓝水晶，又像南方用来染制衣物的浓浓靛蓝；昨晚刚下了雪，天池四周的山整整一圈尽皆晶莹雪白，间或露出几片铁青色山岩，倒让那雪白显得更莹泽——活脱一个硕大无朋的青花笔洗，精雅端美至极！阳光落下来压根儿就站不住，立马一个筋斗翻起来，东奔西窜得到处都是，耀眼得很，凛冽中反透出几许温润。同伴们连声大呼小叫，除此还真没法能一泻他们心中的狂喜：从南到北几千公里长途跋涉自寻的疲惫，初到山下时被告知早过了看长白山天池的最佳季节，雨雾风雪说来就来，很可能什么都看不到时莫名的懊丧，快到中午老天突然放晴，导游说可以去试试运气时忐忑的欣喜，及至后来攀爬上山时一路摸爬滚打那快乐的狼狈，刹那间全都无影无踪。回望间，一千二百多级叫初雪掩埋的石梯坎，昨夜歇宿的那幢蓝景戴斯木屋，早已都落在身后脚下。

我倒没叫，不是不想，实在是再没气力——大病初愈，硬是拼着命几步一挪歇歇走走，才慢慢爬了上去。想定定站一会儿喘口气，凌厉雪风倒挟着《青花瓷》中的一句歌词，响起在耳边，足够华彩也足够绵弱："天青色等烟雨，而我在等你。"青花瓷总让人想起江南风雨，而眼前这件天工自成的青花长白，绝无那样的纤柔与绵弱，倒是雄奇伟丽，让人一震！面对那个由火山喷发造就的青花瓷般的天池，便在心里将那句歌词搓来揉去嚼碎成泥，再黏合成形，让气势由绵弱漫漶成磅礴，从幽怨升华到至情，最终敷衍成"天青色等初雪，而你在等我"。呵呵，任谁都不是改不得的圣经——原先那句歌词也是从"雨过天青云破处，这般颜色做将来"演化而来，那是宋徽宗当年将汝窑瓷钦定为"天青色"留下的诗句。

想想，那个正在等我的"你"，就是长白山。长白山没白等，我也不想白来，要给我看到的长白山天池定定位：长白山天池的那片景致到底是什么？换个说法也对："天青色等烟雨而我在等你"。在高原我见过多少雪山？可北方的雪山跟南方怎么都不一样。青藏高原上的雪山多属神界，只能仰望，不能上，君不见玉龙雪山至今无人登顶，梅里雪山掩埋过一队队登山者？倒是北方的雪山如长白山，怎么都在人间，可让人攀爬上去，用身心去亲近体验。

回去时同行中有人问：我们怎么这么幸运？有人说那是缘分。我倒索性在心里附会到底：青花瓷的"青"来自"青料"，凡七八种，其中至少有"回青""珠明料"两种出于云南。莫非就因有了此缘，青花的长白才特意一露真身，让我等大饱眼福，收藏于心底？众人先是笑倒，随即称是。

其实我想得更远。青花瓷乃火与土的艺术，经千度以上高温烧制，纹饰千年不变，但毕竟易碎，收藏价似火箭一路飙升，我等哪收藏得起？清代官窑青花瓷珍品，十年中价格已翻了百千倍；前两年伦敦佳士得拍卖会上，那件元代青花大罐"鬼谷下山"竟以1400万英镑落槌，堪称天价；日前路过一家新开张的青花瓷专卖店，八件套中等成色的现代青花茶具，开价就是两三千元，还不知是真是假！我能收藏的，也只有长白山天池那尊在火山喷发中造就的硕大"青花"，天价，亦无价；它最后一次喷发至今已近千年，倘再过千年万年仍能流传后世，方可大慰寂寥！有机会再去看望李国文先生，不妨跟他说说这件天地造化的硕大青花——但愿先生这回不至于再说我看走了眼。嘿嘿。

水墨峡谷

　　艺术家倾心山水、师法自然，从来都不该是句空话。还别说山光水色天地灵气会滋养艺术学子的心性智慧，大自然不时小试身手，便有石破天惊之作垂耀人间。这回秋末冬初去长白山，说是旅游，倒分分秒秒都像在上艺术研修课。当今大师、名人满天飞，殊不知真正的艺术大师恰是自然，是长白山的那场初雪，在悉心指点我领略艺术的要旨和真谛。呵呵，大自然教给人的，怎么都比教科书更多更管用。幼时偶翻画册，见古人山水画中常有绝壁飞泉峭崖孤松，总疑心那纯属画者臆想，不信世上真有那样景致。多年后一次去朝拜梅里雪山，见路边千仞绝壁上飞流直下，细若银丝；而山崖岩石的褶皱肌理，竟跟山水画里的皴擦点染一模一样，方信服。而初雪后的长白山作为艺术巨匠给我上的那一课，更让我如对真佛，心有顿悟。

　　那天早起听说昨夜大雪，长白山天池恐难上去，只能去看看长白山大峡谷时，我还真有些郁闷：从没听说过，不会又是当今流行的生造景点吧？高原的大小峡谷我见过无数，在金沙江虎跳峡峡谷探过险，在怒江大峡谷乘过溜索，长白山峡谷会有多少彩头？何况我们是冲着长白山天池去的。

　　不意雪后初晴的长白山大峡谷，怎么看都像一道水墨画廊！同行的几个画家连声大叫："哎呀太美了！"扫了几眼，便悠然想起画家张仃的那句话来："白为万色之母，黑为万色之王"，黑与白，注定是中国画的色彩基调与骨架；而黑与白与各种深浅不同的灰及其之间千变万化的关系，怎么都是门大学问，真正的大手笔只靠黑、白、灰的组合变化，便能把个大千世界描摹得让人眼花缭乱，惊讶感叹！看来不管你我，无论啃过多少洋书看过多少洋画，默默中真正融进心力气血的，终归是中国艺术的精神。

　　那道天设地造的水墨画长廊如大师个展，成百上千张大写意的水墨画，就那样挂在那里！随意挑几幅都是绝世精品——那个局部就如一幅写生小品：大块面的山体，由右上方向左下方倾斜，或黑或白，黑白间杂，黑得深沉，白得晶莹；放大些看，那就活脱脱一件斗方：大块的黑，大块的白，仿佛随意地挥洒而出，大气磅礴且动感盎然；几茎枯枝还带着秋末的暗红，从画面右方斜逸而出，更显出几分苍劲；画面下方是一排尖顶的浮石，一如人工凿成，其实倒都出自大自然的鬼斧神工；镜头完全拉开，对面那个巨大山坡，就是件气势恢宏的长卷了：尽管依然是大块的黑大块的白，但黑处明显看得出山崖的肌理，而白却更加晶莹；在整个山坡上面，是一片灰褐中略带暗绿的山林；与整个清晰的山体相比，山林因雾气氤氲稍显朦胧，却平添了几分神秘的静谧……

　　边走边看，慌不停地拍了一大堆照片，才静下来想，大自然里怎么会有一道水墨画廊？再三琢磨，才明白都是因为有了那场初雪——那些白。"李可染画逆光山石树木如此，画流泉瀑布也是如此，白而发亮，比白墙白云都白，以至于有人以为用了白粉。然而李可染从来不用白粉的。"张仃说得好，但李可染不用未必大自然也不用。大自然怎么都是更高明的画家，用的是雪，也敢用雪。峡谷里本就有的是铁灰色火山石，有了雪，便"黑白虚实，看来随意挥洒，其实没有一笔不是精心刻画的"。其实大自然无时无刻不在创作：春日的花，秋夜的月，雨后的虹，雾中的树，哪一幅不是让人震惊的艺术品？就连细菌、细胞以及海洋里的无数生命，其形态与色彩的绚丽多姿，也是人工和顶级科技望尘莫及的。真要学好艺术，不走进大自然的神圣殿堂，恐怕没一个能成功。在大自然面前，人间所有的"大师"恐怕都算是凡人，须拜大自然为师，慢慢修炼。

　　从长白山回家不久，我拿几幅水墨峡谷的照片给一位来串门的画家看，凝眸多时，他说："能把这些照片拷给我吗？"我说可以啊，要几幅？他说，多多益善。

石窟与歌

一

到剑川，一脚跨进石钟山石窟，迎面便碰到了死亡。

凝视石窟，巨大的震慑让你屏住呼吸。艺术的寻访与遐思，历史的再现与回味，都是后来的事，现在，你面对的暂时还只是僵直，沉寂，是坚硬的冰凉与冰凉的坚硬；尽管视觉中的那个世界呈现着一片茜红，但在意识的层面，寂静却是一片巨大的森黑，你被巨大的黑色的寂静震慑得无言；对你来说，那是个未知的世界；几个游人与四周耸立的大山幽深的峡谷相比，几乎可以忽略不计；太阳很辣，风很硬，摇动着漫山草木，有如千军万马呼啸而来。在你注目凝视它的那一刻，那个世界到底会发生些什么，你完全无法预料。这时，你已面对着石窟，一个无声的远古的世界。你感到孤独，渺小，无望，就那样，你突然就想到了死亡。死亡像一只巨大的秃鹫，突然就扑到了你的眼前。虽说剑川石窟并不像你在西北——比如敦煌、云冈和龙门——看到的那样，总是掩藏在深不可测的土窑洞里，它就在某片山崖的表面，裸露，直观，阳光甚至能透过林荫，给它一些照射，但那一切仍像死亡一样让人从理智上对它加以拒绝，而与那同时，它也像死亡一样给人以神秘的诱惑——有人说过，世上最富于魅力的诱惑不是生，而是死。世界太喧闹太繁杂了，死的哑默，死的神秘，死的解脱，让人难以抗拒。石窟正好以死亡诱惑你走进去，走进去就再也不要出来——至少我的感觉就是如此。

然而，真正能走进去的只有我们的目光。目光进去又出来，在石窟上暂时还不被我理解的造像上试探性地停留。我以目光与它相碰，触及它，抚摸它，许久之后，震慑带来的惊恐变成镇定，进进出出的目光穿越了时空，我的目光开始有了温度，那些陌生而又诱人的石刻造像也渐渐变得温热。光线是在什么时候透进来的，我毫无觉察。那可能是上午一抹轻薄的阳光，带着那种温馨的、可人的橘黄色，但感觉似乎又可能是一缕清冷的月光，或者，最不济也是一盏油灯，跳动着，尽管有些昏黄，却充满了人间那种最普通的、家例程的温情。石窟在温热的目光的抚摸下慢慢解冻，就像微波炉让冷冻食品变得重新鲜活。最初的神圣，不知什么时候已离我而去，我的知性与思绪重新变得活跃，开始把眼前的景象与我的日常生活联系起来。我自觉我的血液正在重新流动。我的目光也在随后的凝视中缓缓聚焦，对石窟里的一切，每一个场面，每一个细节，加以扫视、打量和分辨。石窟在某一瞬间变得亮了起来，那是因了我的灵魂、我的理智和我的性情，对那一片无声的石头予以了烛照。我看到了一些千年之前的人，在千年之前的石头上留下的种种印记——宫殿与宝座。帝王与权杖。武将与文臣。朝会与夜宴。妃女与琴弦。进谏与献媚。我甚至能看清种种细节：珠宝串成的王冠，高僧手中的念珠，侍从手里的净瓶，将士身上的虎皮披肩，以及浮现在那一切之上的威仪、禅定、卑微、献媚、惊恐……语言的交流被浩浩的时间之河阻隔，剩下的便只有凝望，尽管隔着千万年的时光。

稍后，我再一次强烈地感觉到死亡。应该说，这一次不再是"感觉"，而是理智。在理智上，石窟理所当然地让人想到死亡——首先想到死亡。当帝王向某个工匠下达指令，让成千上万个工匠以数十上百年的生命，将帝王不可一世的权威，以及他身后那些媚态的男人和用以泄欲的女人铸进石头时，石头一定发出过笑声。石窟从来都是神的天下，不管是在甘肃的敦煌，在新疆的克孜尔，还是在中原的云冈、龙门，事情一向如此。可在剑川，崇奉佛教的南诏国的帝王们，却把自己等同于神，那自然会招来笑声。那样的笑声，正是对死亡者的嘲笑，连工匠也没有过预见。那是历史的笑声，借助石头——历史是会笑的，在它觉得该笑的时候。那笑声从千年之前一直震响到现在。不是吗？帝王常常是愚蠢的，他们从来听不懂石头的语言，当时的和后来的，都一样。他们只听得懂它自己的语言。在某些时候，帝王的语言看起来是世界上最流行的语言，靠着小人的唯唯诺诺，靠着佞臣的鹦鹉学舌，一呼百应，一个帝王的语言似乎转眼就成了千百万人共同的语言。其实那是假象，帝王永远是孤家寡人。帝王难以想到，一切企图永恒企图伟大企图万世流传的欲念，最终都会变成永远的哑默，永远的沉寂，甚至弃之深山，永远地不被人发现。在对石窟的长久凝视中，我听见的不是帝王的语言，而是石窟的语言。石窟是会说话的。石窟说，在这个世界上，真正的主宰者正是死亡。人的存活于世，只是一种偶然和幸运。当他体悟了死亡最终将抵达自身，才会珍惜短暂的生命，竭尽全力让生命放出光华，照耀他人，而不是成为他人的障碍。石窟昭示给人们的，正是关于人的命运的解说：死亡与无声，是世间一切最终的归宿，不管你生前是多么伟大多么崇高多么不可一世。帝王也不能例外，无论石头，还是金银，都不能为他延续生命，更不能让他死而复生——即使他们已被镌刻在石窟里。

真正能够留下来的，只有石窟，只有石窟本身。那或许正是创造了那片石窟的工匠们真正的意愿。

凝视，凝视，长久的凝视。当我近距离地面对石窟，我感到我投射出去的目光会从石窟坚硬的石壁上反弹回来，然后被我自己重新吸收。那些被我的心灵吸收的光束，已不完全是原来的、我自己的目光。在石窟里和它的周围，似乎存在着一个历史的、艺术的能量的"场"，灵魂一旦进去过，就不可能不接受那个"场"的某些信息，带上那个"场"的某些特性，让我平常的目光有了感悟它们的超常的能力。隔着上千年的时光，我与处于那个"场"中的全部来自一千多年前的信息进行着交流。我听见，时光之斧的叮当凿击，于那种凝视中在无声息的石崖上再度响起，清澈有力的点击，撞击着大地，震撼着我多少有些单薄的胸膛。岩石的碎片飞起再飞起，像骤然炸响的鞭炮，飞向天空，云彩一样地飘荡。岩石的粉末纷纷扬扬，如同冬雪秋雨的翻飞，山里雾气的弥漫。岩石般的工匠，在把帝王、高僧、宫妃和宠臣变成死的雕塑之前，先就把自己变成了活的雕像，枯干，瘦削，扭曲，畸形，浑身灰土，汗流满面。汗水与阳光一起，从他们焦黑如铜的脸额、肩膀和脊背上滚落下来，在滚烫的岩石上摔成八瓣，发出嗤嗤的声响，瞬即变成一片青烟，飘得满天满地。在那些有如根雕一样的，扭曲变形的，却像铜浇铁铸的肌体上，每一根汗毛都是湿淋淋的，它们在阳光下熠熠闪光，如同飞禽华丽的羽翼。毛孔张开着，极为细小，却如同一个个巨大的洞穴，幽深无底，藏着生命的全部本真和寓言。

对那些工匠来说，数年如一日的劳作，当然是他们的苦役，但也是他们的节日。生存的苦苦挣扎，一旦注入了创造的因子，就超越了自身的意义，难以忍受的生存之重，就变成了艺术创造的思索之轻，展翅飞翔。正像爱是一切艺术活动的推动力一样，支撑着每个工匠的，正是工匠们心中对于人类的爱。他们都是常人，对于他们来说，所谓人类并不抽象，它可能是工匠们倚门远望的垂老的双亲，也可能是他们难以割舍的妻子，嗷嗷待哺的婴儿，甚至还可能是他们自己，是他们的所有的亲人和朋友。在他举起石钎、石斧、石凿，打凿他面前的每一具雕像时，他必得有一个参照，一个可以让他感知的具体的面容。他不可能见过帝王，当然更不可能见过帝王的臣属和宫妃，他对他们的塑造，便只能依据他见过的他亲人和朋友。而他对后者，充满着难以言说的爱。石钟山的工匠们，正是这样地，怀着一种平常而又博大的爱心，一天又一天地，把他的爱，他的情，潜心融入了那些塑像。于是我们可以说，他们雕塑的并非我们现在看到的帝王、权臣与女人，而是他们自己的高堂父母，是他的独守空房的妻女——如果我们能够剥去所有那些石刻造像上华丽的服饰的话。

　　正是在这一点上，剑川石窟显出了它的独创性。敦煌石窟里有神，有佛，有仙，却没有人；有生命的造像，却没有对生命秘密的探索与诠释。在石钟山，不仅人与神，人与佛是住在一起的，是平起平坐的，工匠们甚至还特意注明了生命的出处——阿央白，一个夸张得令人叫绝的巨大的女阴。毫无疑问，那是生命的渊薮。那里面，倾注了石钟山工匠们的全部智慧和全部情感：对生命的理解，对情爱的透彻灵魂的思念。一个能将自己的全部真实情感和全部生命融入创造性劳作的人，就不再是一个工匠，而应该被我们尊敬地称为艺术家。可以想象的是，入夜，当山野悄寂，星河横斜，思恋亲人的歌声，喟叹命运的喘息，便会在石钟山远远近近的沟壑里响起，飞扬，然后沉落，安歇在石钟山的每一缕岩隙，每一蓬草丛，传之久远。那是倾心创作的艺术家的歌声，从他们的内心飞出来，抚慰亲人，也抚慰他们自己的心。篝火的毕剥声伴着如雷的鼾声，伴着野兽的嚣叫与宿鸟的夜啼，从子夜直到黎明……于是此刻，在静默与沉寂之中，石头的歌声再度响起，石头的彩带再度飘荡，柔软，多情，我们才闻到了生命烟熏火燎的气味，体味到了它被汗水和眼泪浸淫出的酸甜苦辣。那是从创造者的艺术生命里生发出的丝丝缕缕，带着星星点点殷红的血迹，让我们看到了生命如傲雪之梅那般的鲜艳与灿烂。

　　——这时，也只是这时，石窟才让人想到了生存。

　　如此看来，当起初我们误以为石窟的栩栩如生，是那些通过工匠之手造就的图像，如帝王、佞臣与宫妃自身造就时，我们已与真理相距甚远。信不信由你，在工匠眼里，那不过是一个个终归要死或是已经死去的人。工匠们镌刻着帝王，其实是在塑造着自己。那些工匠，那些真正的艺术家，不过是借助那些峨冠博带的表象，把生命赋予了石头，也赋予了他们自己。艺术的辩证法就是如此。

于是我再一次感到了震惊，真正的震惊——在凝望的那一刻，也在凝望之后。这一点似乎不好理解，但我很快就被不知名的艺术家带入了那个遥远而又清晰的情境。敦煌、龙门和云冈，那里的石窟都曾证明了一点。那已为世人所知。而我是在一个不为人知的地方。在云南。剑川。石钟山。这些名字像石窟一样，让我感到遥远与陌生。而正是遥远与陌生造就了艺术。剑川石窟以它对佛性与世俗的兼容，以对死亡与生存的大气度的包纳，证明了这一点，雄辩而又生动。

那就是艺术。直到这时，我们才能超越于死亡与生存之上，感到艺术的存在。作为艺术，那片超越死亡与生存之上的石窟告诉我的，首先是一片茜红，一片闪耀着迷人的质朴的茜红，尽管没有辉光，没有丰沛的色彩，但我们感觉到的，却是一个熠熠生辉的、斑斓的世界。茜红作为这里的主宰，诠释着艺术的全部单纯与清澈：茜红的砂岩，茜红的雕塑，茜红的衣衫，茜红的神情，茜红的宫殿，茜红的王公、佛陀、菩萨、侍从和美女，当然还有更多更多的关于一个远在西南一隅的南诏国的茜红的故事。也就是说，就在那片茜红里，甚至包容着一段历史，一个王国，一个民族，和整整一个辉煌的时代。

我静静地走上前，走近那片茜红。我的肌肤的某些地方似乎正悄悄地胀裂，像种子拱破了土地，思绪就从那里长出了芽蔓儿，那也是茜红的，朦胧，蜷曲，毛茸茸的，却生动水灵，闪着生命的能量被激活时的那种并不起眼却美丽非凡的光芒。我哑然失语。我张开了嘴，想说点儿什么，但所有的词语，所有应该用来表达我此时此刻的冲动、感悟与神思的词语，所有那些原以为是十分准确的话语，全都在刹那间因故作的从容变得无影无踪。我的脑子是一片空白，但事实上我的脑子应该是一片茜红。在通常的情况下，我并不怎么喜欢茜红，并不喜欢这种颜色，它柔媚，轻飘，缺乏质感，稍纵即逝。一个高大粗壮的男人，与一片柔媚轻飘的茜红，是格格不入的。但此时唯一能用来描述我的感悟的，只有这样一个词，一个我并不怎么喜欢的词。这似乎是一个悖论。仔细想想才明白，此茜红已非彼茜红也。这片具体的、实在的、凝结在石头里的、属于剑川也属于石钟山的茜红，包容着斑斓，包容了千万种色彩。那正是历史自身的颜色，也是那个南诏国的颜色。

二

历史选择那片茜红色山崖，似乎是偶然的，可艺术选择了那片茜红，茜红又选择了那段历史，却是必然的，它让人感到的，几乎就是前定和宿命。石钟山一带，鲜明的丹霞地貌，清寂之中，又给人以轰轰烈烈之感。站在石钟山上，俯瞰整个峡谷，大片浑圆的、裸露于草木之外的暗红色岩石，千沟万壑，皴裂纵横，如攀附着千万只巨龟。岩石于苍黑间隐隐透出的几许殷红，恰如历史对那片山崖深度的浸润。龟乃寿者，一如历史的本真，其他的一切，都是短暂，都是虚妄。

中国的纪元，历来以中原王朝为准。那样的纪元，往往难以涵盖同时代里整个中国的历史。唐王朝时，以今大理洱海地区为中心的南诏国（公元649—902年），立国达253年，几乎与整个大唐王朝（公元618—907年）同步，仅比彪炳千秋的大唐王朝短36年；如果加上紧随其后的大理国（公元902—1253年），屹立在苍山洱海边那片土地上的，乃是中国历史上历时最长的地方少数民族政权，前后竟达600年，几乎相当于整个唐、五代十国、宋、辽的历史。

细观剑川石窟，静默之中，鼙鼓动地惊天，历史的风烟滚滚而来。公元七世纪前后，唐王朝与南诏国之间那一段时而缤纷时而悲壮时而惨烈的历史，几乎全都浓缩、凝结在剑川石窟冰凉僵硬的岩石之中。

唐贞观八年（公元634年）至贞观二十三年（公元649年），唐王朝与吐蕃交好，文成公主的远嫁和亲，则进一步推动了那种关系的发展。但在唐太宗和松赞干布去世之后的一百七十年间，唐、蕃关系却时好时坏。偏于西南一隅的南诏政权，原是唐王朝为抵御青藏高原上日益强盛的吐蕃政权，一手扶持起来的。此前，南诏自身一直处于战乱与割据之中，直到第五代王阁罗凤执政时期，才完成了对六诏的统一。阁罗凤是唐朝所封之云南王皮罗阁的儿子，继位后，沿袭其父封号，在位三十年（公元748—778年），乃南诏国力最强盛的时期。

石钟山石窟所在的剑川，当年正属南诏版图，也是随后发生的"天宝战争"中唐朝军队进击南诏的必经之路。南诏国、大理国，历史上与吐蕃相连，并在政治、经济、文化上与之有着密切的联系。石窟所在的剑川，自古就是通往吐蕃的交通要道。

知晓一点历史的中国人，无人不知大唐王朝，却很少有人知道小小的南诏国。可事实上，那却是个在数百年间一直与唐朝比肩而立，让大唐天子食不知味、寝不安席的国度，也是云南历史上唯一一个让唐代诗人揪心挂肚、吟咏不绝的国度。对于剑川，人们或许是陌生的。不要紧，你至少听说过成都武侯祠前副首著名对联吧？

  能攻心则反侧自消，从古知兵非好战；
  不审势即宽严皆误，后来治蜀要深思。

  此联名震天下，而撰写此联者赵藩（1851—1927），正是云南剑川人氏。不知今剑川城边的水寨村，那条青石铺就、宽不及丈的街巷中，赵藩旧居是否安然宛在？但一道道逼窄的门脸，却掩藏着一座座古老的宅院。瓦沟蒿草深，屋脊兽吻走。漆色斑驳的雕花木门书写着久远，有石狮据守；半开半掩的镂空窗棂秘藏着往事，任修篁摇曳。门楣匾额，据说多为赵藩或与赵藩一般的文人遗墨。人道那样的宅院，不是耕读之家，便是书宦之第，宜官邸，亦宜民宅。在这极古典的氛围中，出上一个光禄大夫赵藩，也属意料中事。世人对赵藩此联甚多褒奖，论者一般以为，那仅仅源于赵藩超群的文才以及他对四川民情史实以及天下分合之势的精微揣度透彻理解，从而客观地总结了封建统治者治理政务的经验，揭示了正反、宽严、和战、文治与武功等的矛盾对立统一的朴素辩证法的深邃思想。此说当然不错，却仍属皮毛。赵藩于光绪元年中乡试举人第四名，曾是清末重臣，官至臬台，相当于今省高级法院院长并兼任盐茶道，护理布政使。此联正是赵藩于光绪二十八年（公元1902年）五十二岁时在四川盐茶道任上时所撰。其实，尽管赵藩生平干的第一件政事，是镇压大理回民杜文秀领导的农民起义和四川的反清斗争，但那时的中国，同盟会等革命党人甚为活跃，赵藩也颇受影响。吴玉章先生曾撰文指出，即使"清朝官府中的开明人士"，也"已经感到革命潮流是不可阻遏的了"，如赵藩。时赵藩在四川亲见被捕的同盟会会员谢奉琦的英勇表现，深为感动；后赵藩为营救谢奉琦不果，竟以母病为借口，挂冠而去，回到剑川。后作为"国会议员"，赵藩将他讽刺时政的诗呈与袁世凯本人，直至险遭袁世凯的抓捕。在剑川那样的古城走上一遭，听听那个南诏国的故事，就会明白那副对联正是历史对赵藩的命定。倘若不是生于剑川的赵藩，对千年之前发生在他家乡的那场震动中原的"天宝之战"有着深痛之感，要写出这样具有历史穿透感的名联，简直是难以想象的。与其说那是出于赵藩的超群才华和对天下之事的精微揣度，不如说那是他从南诏历史中总结出的治世法则。事实上，在那副上下两联仅三十字的联语中，隐藏的正是一段颇堪玩味的史实，是赵藩对中原统治者究竟该怎样治理边地的一番直谏，言简意赅，却语重心长。

随着南诏的统一，其国力不断增强，羽翼也日益丰满，统治阶级开始有了扩张的欲望，这显然与唐王朝当初对南诏的扶持相悖，相互之间开始出现不可避免的利益冲突。其时，正值唐玄宗天宝年间。玄宗沉溺于酒色之间，不理朝政，放任宠妃杨玉环的兄长杨国忠专权。而直接管理南诏事务的剑南节度使鲜于仲通则骄横暴躁，他的部属、云南太守张虔陀则是专门欺侮少数民族的墨吏小人，加之各种原因的交织，唐王朝的某些政策失误，终于在阁罗凤统治时期，于公元751年、公元754年相继爆发了唐朝与南诏之间的两次战争。这就是唐代历史上著名的"天宝之战"。

其实，对历史作这样的注释仍然过于抽象，引发天宝之战，固有时局之大势，也还有更为具体的原因，比如，基于朝廷腐败而生的人际关系的错综复杂。原来，杨国忠蛰居四川时，曾受惠于鲜于仲通。开元二十七年（公元739年），剑南节度使章仇兼琼准备派鲜于仲通前往长安，巴结杨玉环。鲜于仲通原为四川富豪，派他去，无非借助他有钱。鲜于仲通的脑子似乎比章仇更好用一些，他知道，要办这样的大事，只用钱，恐怕难以成功。为大事可成，力荐正蛰居四川的杨国忠同行。既有礼物又有人情，何愁事情不成呢？于是，杨国忠、章仇二人带着大量财物前往长安，贡献给杨玉环姐妹。果然不出所料，杨国忠自此受到宠幸。反过来，为感谢鲜于仲通的举荐之恩，杨国忠于天宝五年（公元746年），将作为一个地方官员的章仇兼琼，一举升任户部尚书，成了京都大吏；天宝七年，鲜于仲通接替刚刚就任剑南节度使不过两年的原户部侍郎兼御史大夫郭虚，成为剑南节度使。谁人若不知何为旧时官场的裙带关系，或可由此了然。这两项任命，也就为未来的战事埋下了伏笔。

于是，对南诏，杨国忠听任鲜于仲通的一面之词，也就毫不奇怪了。同时，专权于朝的杨国忠，也企图在云南安插自己的亲信。在事先未经唐玄宗批准的情况下，在南诏，杨国忠欲以阁罗凤嫡子诚节取代阁罗凤，在滇池地区则企图以爨崇道取代南宁州都督爨归王。于是，阁罗凤与爨归王联合起来，杀了爨崇道和他的儿子爨辅朝，杨国忠的阴谋才未能得逞。可见，任何时候，远在中原的天朝的决定，倘无基层的认可，都是难得行得通的。为此，杨国忠自然耿耿于怀，为征南诏，只能再生事端，另寻借口——反正，无论如何，我是非要把你给整下去的。

那时，阁罗凤为化解与中原王朝的紧张关系，曾与妻子一起，专程前往拜见剑南节度使鲜于仲通。回来时路过云南郡（今云南祥云一带），又前往谒见云南太守张虔陀。张虔陀不仅拒而不见，反派人对之百般辱骂；而与此同时，又几次调戏侮辱阁罗凤的妻女。小小一个地方官员，倚仗杨国忠的势力，不仅不许阁罗凤申明自己的苦衷，反倒要霸占人家妻女，天下哪有这样荒唐的事？问题是，这样的事偏偏发生在阁罗凤的身上。人，都是有尊严的。在那样的情况下，阁罗凤愤而离去也就完全可以理解了。此后，张虔陀对阁罗凤"数诟靳之，阴表其罪"，用现在的话说，无非是告其御状，挑拨阁罗凤与中央领导的关系。不久，阁罗凤得知鲜于仲通已派八万大军进军云南，在忍无可忍的情况下，只好出兵攻占姚州，先杀了昏官张虔陀。可见，阁罗凤并非真要与唐朝决裂，实在是出于无奈，才那样做的。得胜之后，阁罗凤立即派出使者前往谢罪，表示愿意遣返俘虏，赔偿损失。并说，现在吐蕃大军压境，你要是再不答应我的请求，我就只好归属吐蕃，那时，云南就不再属于唐朝了。鲜于仲通仍不答应，在把阁罗凤的使者臭骂一通之后，又将其关押起来。至此，事情已无挽回的余地。

果然，天宝十年（公元751年），剑南节度使鲜于仲通自恃兵强马壮，率军进逼洱海，并另派一支部队绕道苍山，试图前后夹击，一举拿下南诏。阁罗凤在走投无路之际，只好派人联合吐蕃，共击唐军。天宝十一年（公元752年），吐蕃赞普封阁罗凤为"赞普钟（王弟），给金印，号东帝"。至此，事情突然反了过来：企图对南诏前后夹击的鲜于仲通，反倒遭到南诏与吐蕃的夹击，这当然是鲜于仲通事先完全没有料到的，结果大败，士卒死亡六万多人，鲜于仲通本人落荒而逃。直到这时，阁罗凤也胸有全局，脑子十分清醒：部下有人提出要前去追击，活捉鲜于仲通。阁罗凤不允，"君子不欲多上人，况敢凌天子乎？"

杜甫《送翰林张司马南海勒碑》一诗，"诏从三殿去，碑到百蛮开"，便涉及这段史实。然而即便"边亭流血如海水"，却"武皇开边意未已"，唐朝统治者继续大肆征兵，以图再征南诏。天宝十二年（公元753年）四月，李宓率军由交趾即今越南海路远道而来，再攻南诏。南诏联合吐蕃，共击唐军，最后以唐朝军队的大败而告结束。唐代诗人高适的一首《李云南征蛮诗》，正是为那位"李云南"李宓送行而写的。

两次天宝战争，唐军十几万兵马全军覆没。如今大理新市区下关的天宝街一带,当时或许还是荒郊野地,于是,一个号称"万人冢"的大坑里,掩埋的正是数万唐朝军队将士的千古遗骸。唐代与杜甫同时的诗人刘湾,曾有《云南曲》诗一首咏及此事:

> 白门太和城,来往一万里。
> 去者全无生,十人九人死。
> 岱马卧阳山,燕兵哭泸水,
> 妻行求死夫,父行求死子。
> 苍天满愁云,白骨空堆积。
> 哀哀云南行,十万同已矣。

其中记叙的,正是刘湾从遂久(今云南华坪、盐边、永仁一带)进入云南,直达南诏太和城之沿途所见的悲惨情景:李宓的十万大军全军覆没,大理城下关一带的"万人冢"能掩埋的,毕竟只是少数。在远离城池的进军路上,在荒野山谷,唐朝将士无数战死者的森森白骨,零落地散于山间道旁,一任风雨浇淋,冷对苍天长空。孤魂野鬼,找不到回家的路途,游荡得满天满地。闻讯前往捡拾死者尸骨的亲人,面对此情此景,除了哀叹,还能怎么样呢?关于天宝之战的种种真实情景,除了唐朝军队中个别生还者的亲身讲述,恐怕更多的正是来自他们的亲人转述——由于含着满腔的悲愤,那样掺杂着生离死别之情的讲述,或许比生还者略带庆幸的回想更让人涕泪俱下。

而那时,伟大而又自负的南诏国王阁罗凤,正在洱海之滨的太和城,与他的百官以及臣民一起,庆祝他的胜利。我们能想象得到的是,其时苍山祥云献瑞,洱海碧波荡漾,喜悦浸透了南诏的山山水水。

剑川石窟第二号窟,镌刻的正是阁罗凤出巡图,场面宏大,气度非凡。在富丽堂皇的宫殿正中,阁罗凤端坐如山,威仪万端,其间的十六个人物,无论前呼后拥的王臣侍从,风流儒雅的文官,还是刚毅勇武的将领,卑躬忠顺的奉女,无不雕工精细,栩栩如生。其时的阁罗凤,正值南诏国力鼎盛时期,石窟雕刻中那种华丽的场面,宏伟的气度,正是阁罗凤执政时南诏国盛极一时的心态写照。他头戴豪华尖顶珠冠,即《蛮书》所记之"头囊",显示的是一个边地王者的极盛之尊与踌躇满志。坐在他身边的,乃其弟阁陂和尚,外着大氅僧衣,内穿袈裟,手持净瓶,头顶"扛伞",其尊严与地位,仅次于阁罗凤。《南诏野史》记载，说阁陂和尚"有神术，人马往来吐蕃，不过朝夕之顷"，两次天宝战争，传说都是阁陂和尚和阁罗凤的妻子"行妖术，展帕拍手而笑"，唐朝军队才被打败的。足见当时的南诏，佛教势力是如何的强大，在某种意义上，南诏正是一个"政教合一"的国家。

然而，对于那样的胜利，阁罗凤的心情是矛盾的。南诏的胜利固然让他庆幸，但因此而损害了南诏或唐朝的友善之交，又让他痛心甚至忧虑。一个稍有些头脑的帝王，都会明白自己的种种不足，大唐帝王的昏庸，既是造成大唐在军事上失利的原因，也是造成南诏与大唐交恶的原因。但从根本上看，那只是暂时的，大唐在军事、经济上的实力，其实远胜于南诏。阁罗凤早就从他不久前俘获的那个名叫郑回的汉人那里，知道了唐朝的真实情况。于是，在两次天宝战争大获全胜之后，阁罗凤在南诏国首府太和城内，立起巨碑一座，曰"德化碑"——看起来委实有些出人意料，其实正是阁罗凤内心世界的真实记录。在长达三千八百字的碑文中，阁罗凤再三表白他的"阻绝皇华彩之由，受制西戎之意"，说"我上世世奉中国，累封赏，后嗣容归之，若唐使者至，可指碑澡被吾罪也"。面对如今立于古太和城遗址的德化碑，尽管因掩埋于荒野之间已久，早已碑石斑驳，字迹漫漶，而我们从那北靠浩浩洱海，头枕巍巍苍山的碑石上听到的，依然是那位端坐于剑川石窟二号窟中的阁罗凤威严而又深情的诉说：一切都是出于不得已而为之。阁罗凤的心境是奇妙的，既要显示南诏的威严与尊严，又要表白自己无意反抗中原，甚至指天发誓，愿与中原王朝结世代之好。然而，不管是战争创伤的恢复，还是要让遥远的中原对阁罗凤的愿望加以理解，都需要时间。两次天宝之战后，南诏与大唐之间音信断绝达四十余年。对于中原和南诏，那都是一段痛苦的日子。

三

历史终于有了转机。

公元779年，阁罗凤之孙异牟寻继位为南诏王，异牟寻不忘祖训，决心归唐——那既是阁罗凤在世时的耳提面命，也是"德化碑"留下的遗训。即便阁罗凤已撒手西去，异牟寻也可从对"德化碑"的反复吟咏中，从郑回对他的再三劝说中，随时提醒自己去完成那个大业。

剑川石窟一号窟，展示的正是"颇知书，有才智，善抚众"的南诏王异牟寻的踌躇满志。石窟中的异牟寻高冠圆领，宽袖长袍，面目端庄慈祥，显露的正是一派治国理财的君主之相。或许是出于对历史的沉思，或许是出于南诏在长达数年的战争之后也须恢复元气的考虑，异牟寻继任后实行了一系列改革，革除了旧有的风俗习惯，大规模地吸取汉文化，重用汉人在他的政权中任职。

一号石窟中立于异牟寻左侧，穿一身朝服的汉人，正是那位郑回。郑回原是大唐王朝西泸县（今四川凉山州德昌县）县令，后为南诏所俘，长期隐于汉奴群中，先是放牧、种田，后又开学馆，授儒学，甚至与当地蛮人女首领成婚，生儿育女，却一直没有暴露他的身份。阁罗凤在世时早就听说过郑回，对其"通经书"极其"爱重"，亲自聘郑回做他的孩子们的老师——看来，阁罗凤深谙教育是根本这个道理。于是，阁罗凤的儿子凤伽异、孙子异牟寻、曾孙寻梦凑等，都曾拜郑回为师。郑回对他的学生，有极大的责罚权。他教学极严，他们不好好念书，都要挨打的。然而，受过汉文化教育的异牟寻，并没有因此而记恨郑回，反倒在他成为南诏的最高统治者后，让郑回做了南诏大臣，任"清平官"。"清平官者，蛮相也，凡有六人，而国事专决于回"，那五个清平官如果事情办得不好，也沿用旧例，该要挨打的照样要挨打。异牟寻则"每事皆咨之，秉政用事"，足见郑回的地位之高。

其时，曾与吐蕃联合抗唐的南诏国王，在与吐蕃一起分三路攻打剑南道，并企图夺取成都失败后，被吐蕃王改封为"日东王"，兄弟联盟成了君臣之属；吐蕃还在南诏地区加重赋税劳役，修筑营垒，命南诏派兵驻防，双方矛盾日渐加深。分久必合，合久必分。历史的逻辑永远如此。郑回对异牟寻说，"中国尚礼义，有惠泽，无赋役"。异牟寻虽然觉得有理，却找不到一个化解历史旧怨的恰当时机。就在此时，内外交困的唐德宗采纳了"北和回纥，南通云南，西结大食、天竺，如此，则吐蕃自困"的策略，也有意与南诏交好。从贞元三年开始，韦皋数次去信异牟寻，劝其归唐，并用计离间了南诏与吐蕃的关系。吐蕃一怒之下，极力扶持原六诏中施浪诏的后代夺取南诏王位。在这样的情况下，经郑回的再三劝告，异牟寻决心归附唐朝。

贞元九年（公元793年）四月，南诏王异牟寻遣使三路，持信出使长安，要求"内附"，与大唐重修旧好。南诏是诚心的，至少看起来是诚心的——异牟寻总共派出了三个代表团远赴长安，每个代表团都携带着许多贵重礼物。那些礼物看上去无非是些南诏的土特产，仔细想想，却都经过精心挑选，或许都经郑回一一过目，也只有谙熟汉文化的郑回，才能在那些看似无声的礼物中，寓含无比丰富的政治信息，让每件礼物都成了一种话语表征：黄金，象征的是南诏对大唐王朝金子般的忠贞；丹砂，表达的是南诏对唐朝的一片赤子之心；而用精美的金镂盒装着的帛绢，无疑就是南诏对大唐王朝像帛绢一样的柔顺。而所有这些，比起代表团带去的南诏药材当归来，显然都显得过于含蓄了：当归，当归，理当来归。总之，几件小小的礼物，简直就是南诏愿忠诚归顺的象征。

其时，唐王朝正被安史之乱弄得焦头烂额、疲惫不堪，对南诏一再表达的"内附"愿望，当然是求之不得。在天子的授意下，离南诏最近的四川节度使韦皋"恭承诏旨"，特派崔佐时为代表，前往南诏，于贞元十年正月与异牟寻会盟于点苍山神祠。抵达苍山脚下阳苴咩城的崔佐时，一定看到了那块耸立于太和城的德化碑。此时重读碑文，想必会与异牟寻有一番感叹唏嘘，就像所有负有亲善使命的使臣一样。而对异牟寻来说，与大唐王朝的重新结盟，既是遵循祖训，在政治上获得的一次极其重大的外交胜利，同时也迎来了南诏发展的又一次机遇——廓清了与大唐王朝的恩恩怨怨之后，他便能腾出手来，与南诏的另一个对手吐蕃作新的较量。果然，不久之后，南诏便以大唐王朝为后盾，出兵袭击了吐蕃驻神川驻军，重新确立了南诏在整个云南西北部的霸主地位。此后，南诏曾多次派贵族子弟前往成都留学，前后沿袭五十多年，然后有数以千计的学者学成归来，他们带回来的先进的汉族文化和先进的生产技术，促进了西南少数民族地区的政治、经济与文化的发展，也使一个统一的多民族的封建国家的西南边疆得到了巩固。

事实证明，那是一箭双雕的明智之举——至少在大唐王朝的天子看来，异牟寻是真心实意的，可信赖的，他的信誓旦旦绝不是一张空头支票，而是有其对吐蕃的军事行动作为"硬通货"支持的。至此，大唐王朝对这样一个曾与自己对峙已久的地方政权，才算真正放心了。那是需要长安作出新的安抚之举的时候。唐贞元十年，唐王朝又派尚书祠部郎中兼仰史中丞袁滋等，持节册封南诏异牟寻为云南王。

袁滋是从云南石门关进入云南的。那是贞元十年（公元794年）九月。滇东北一带已是秋末。石门关，又名豆沙关，位于今云南盐津县城南二十公里处，旧时，便是秦汉以来中原通往云南的著名通道。初进入云南的袁滋，大约已意识到了他此次出行的非同凡响，于是在石门关路边的岩壁上凿石记事，楷书八行，至今清晰可见——

大唐贞元十年九月廿日，云南宣慰使内给事俱文珍，判官刘幽岩，小使吐突丞璀，持节南诏使御史中丞袁滋，副使成都少尹庞顾，判官监察御史崔佐时，同奉恩命，赴云南册蒙异牟寻为南诏。其时节度使尚书右仆射成都尹兼御史大夫韦皋，差巡官监察御史马益，统行营兵马，开路置驿，古刊石纪之。袁滋题。

　　异牟寻对袁滋一行的到来，既非常敏感，又极其重视——自接替其祖父阁罗凤上任以来，那或许是他在政治、军事与外交上取得的最重大的胜利。现代所谓的"策划"与"操作"，从那时就能看得出来。袁滋一行进入南诏后，受到的是空前绝后的热烈欢迎，那样的高规格的礼遇，恐怕在南诏的历史上，也无出右者。只要看看以下这份粗略的日程表，我们就会揣摩出那种精心中蕴含的深层含意：

　　袁滋一行由豆沙关进入云南后，先是受到了带着二十匹大马，特意"出滇东"（盐津县正在云南东北部）迎接的南诏清平官尹辅酋及亲信李扎罗等七人的欢迎，并邀袁滋一行"沿路视事"——实际上，"沿路视事"就是当今的一路视察、检查工作，与钦差大臣无异。

　　十月十五日，袁滋一行到达安宁，安宁城使带领步骑兵千余人出城迎接。

　　十月二十一日，袁滋一行过舍川即今南华，南华各族人等数千人于"路旁罗列而拜，马上送酒"。

　　十月二十三日到，袁滋一行到达云南城（今云南祥云县云南驿），节度蒙酋物带领千名军卒，出城十里迎候。

　　十月二十四日，袁滋一行到白崖城即今弥渡县红岩，城守尹差出城迎接。同时，南诏还派大将军李凤岚亲带细马千匹相迎，客馆前，又有军民五六百人相候。

　　十月二十五日，袁滋一行终于到了龙尾关，即今大理市下关，异牟寻派其叔父阿恩相迎。

　　十月二十六日，袁滋一行经过南诏太和城（今大理太和村）时，异牟寻从父兄细罗勿、清平官李异傍、大军将李千傍等，带着庞大的马队前来相迎，六十匹战马披红挂彩，无异于当今的仪仗队。那时，在离南诏国都城五里之外的阳苴城（今大理），异牟寻率南诏政权的首席清平官郑回以及王室全体成员已等候多时。欢迎的队伍中，先导是十二头装扮一新的大象，随后是乐队、仪仗队。身着金甲，披虎皮，执双锋剑的异牟寻站在迎合队伍的最前面，其子王储寻阁劝紧随其后。袁滋到达时，簇拥着异牟寻的上千人的护卫队，一律在马上以深揖相迎。阳苴城几乎全城出动。

第二天，册封仪式和盛大宴会在阳苴城举行。袁滋受唐王朝之命，赐异牟寻以"银巢金印"——贞元册南诏印。异牟寻从此得到了大唐王朝的正式委任。剑川石窟一号窟中，立于异牟寻左侧一侍者，双手捧着一个系带方匣，或许匣中装着的，就是那枚"银巢金印"吧？

十一月七日，袁滋一行即将返回长安，异牟寻派清平官尹辅酋等十七人，向袁滋等奉表谢恩，并向袁滋敬献了吐蕃当年赠送给南诏的金印及铎鞘、浪剑、生金、牛黄——异牟寻的用意，显然是向袁滋表白，我连吐蕃当年送给我的执政凭证都归还给你了，这下你该放心了吧？那让人想起某些即将婚配的恋人，向对方出示原来交往过的男人送给她的信物。至此，异牟寻还不放心，又派大军将王各苴带三百兵士为袁滋一行"提荷食物"，一路东去，直将那些中原使臣送出石门关。

——那场声势浩大的、迎送袁滋的细致得近乎繁冗的礼仪活动，在喧嚣了将近两个月后终告结束。在那一连串的迎送、宴请、馈赠中，南诏简直不惜代价，做到了倾其所有。至此，南诏重归中国。

一个曾经让大唐天子大伤脑筋、无计可施的南蛮之国的历史，就那样地嵌在了那片如今毫无声息的石崖上，肆无忌惮地，纤毫毕露地。统治者的原意，当然是要让自己名垂青史。根据造像题记，石钟山石窟于晚唐即南诏国王劝丰佑天启十一年（公元850年）动工开凿，历经五代、两宋，直至大理国段智兴盛德四年（公元1179年），方才大功告成，历时三百多年。

——毫无疑问，剑川石窟那片丹霞地貌隐隐透出的殷红之色，正是历史自身的颜色，是天宝之战之后，南诏国大败来自中原的大唐军队，修建万人冢时，大理的土地被鲜血浸润而成的颜色；是阁罗凤以胜利威武之师在著名的德化碑上向中原王朝表白自己真情的殷殷之色；当然更是异牟寻以政治家娴熟的外交手腕，向大唐王朝敬奉忠心时的得意之色。

作为时代书记员的诗人与作家，当然不会把那场震动朝野的战争拒之于艺术之外。于是，剑川石窟的那片茜红，也是唐代的诗人们谴责帝王、吟唱生活的不朽诗篇的颜色。那是李白在《赠南陵常赞府》一诗中的愤懑之色——

云南五月中，频丧渡泸师，
　　毒草杀汉马，张兵夺秦旗。
　　至今西二河，流血拥僵尸。……
　　咸阳天下枢，累岁人不足。……

　　诗中的"西二河"，今名西洱河，仍然无声地流淌着。也是他在《古风》一诗中的哭泣之色——

　　羽檄如流星，虎符合专城，
　　喧呼救兵急，群鸟皆夜鸣。……
　　借问此何为，答言楚征兵。
　　渡泸及五月，将赴云南征。……
　　长号别严亲，日月惨光晶。
　　泣尽继以血，心摧两无声。

　　杜甫，则在他的诗中，一再地对"天宝之战"予以谴责。著名的《兵车行》，表达的正是他对于当局朝政的愤懑之色——

　　车辚辚，马萧萧，行人弓箭各在腰。
　　爷娘妻子走相送，尘埃不见咸阳桥。
　　牵衣顿足拦道哭，哭声直上干云霄……

　　即使在天宝之战后的唐元和四年即公元809年，在时过境迁、事隔五十六年之后，白居易仍在严厉地批判天宝之战。面对《新丰折臂翁》中那位二十多岁时失去了手臂的八十多岁的老人，白居易在追忆历史时，仍难以抑制他的心情——

　　新丰老翁八十八，……
　　无何天宝大征兵，户有三丁点一丁。
　　点得驱将何处去，五月云南万里行。
　　闻道云南有泸水，椒花落时瘴烟起。

大军徒涉水如汤，未过十人二三死。
村南村北哭声哀，儿别爹娘夫别妻。
皆云前后征蛮者，千万人行无一回。……

顺便说一句，唐代诗人写过有关云南诗篇的诗人，还有韩愈，以及晚唐五代的杜牧、李商隐、薛涛、温庭筠等。那时的诗人，似乎既是出世的，也都是入世的。对那场发生在眼前的战争，他们眼明心亮，似乎从来没想到去违心地歌颂。唱颂歌的当然也有，比如大名鼎鼎的诗人高适。记得幼读唐诗，高适一首《燕歌行》，曾搅沸少年热血："男儿本自重横行，天子非常赐颜色。……校尉羽书飞瀚海，单于猎火照狼山。"何等了得！然而，他的《李云南征蛮诗》，不仅肉麻地美化唐王朝对南诏的不义之战，甚至露骨地吹捧祸国殃民的杨国忠。另一位与白居易齐名的著名诗人元稹，则对唐王朝与南诏交好这一历史事件一笔抹杀，轻蔑地把"西南六诏"比喻成是"僻在荒陬路寻壅"的"椎头丑类"，认为南诏"鸟道绳桥来款附，非因慕化因危悚"。另一位诗人储光羲，在《同诸公送李云南伐蛮》一诗中，对杨国忠的吹捧更是无以复加。为节省宝贵的篇幅，此处不一一列引。文人也会堕落的。文人堕落起来，或许不会比别的人来得慢，有时甚至脸皮比城墙还厚。历史上，文人从来都既有为民众鼓与呼者，也有甘为统治者之鹰犬者。历来如此。今天，当我们谈论历史时，是不应忘记那些甘为荒淫无度的统治者走狗的所谓文人的。一切正直的、正派的文人，不当以史为鉴吗？

四

此刻，在石钟山那片茜红色的石刻造像落成一千年之后，南诏国已凝结在石窟之中，然而，石窟建造者的歌声，显然还飘拂在石窟之外。

我不能不感到惊讶：石头让人想到的，从来都是坚硬，是冷漠，是呆板——就像我最初面对石窟时感到的那样。石钟山却不。石钟山石窟却不。回头看去，随处可见那些被称为丹霞地貌的、巨大而龟裂的岩石，在千万年的风雨磨蚀之下，出落成了某种让人惊异的图案，美妙无言。那是一种看似冥顽其实却极富灵性的石头。有灵性的石头，遇到了有灵性的人，有灵性的艺术家，那是幸运，是南诏的幸运，也是剑川的幸运。并不是每一段历史，每一段生活都有那种幸运。是爱，让石头变得柔韧，变得温热，变得栩栩如生的，从中，我们感到了声音的飘拂，以及眼波的顾盼与流动。它们在向你微笑，向你诉说，也向你歌唱，甚至向你舞蹈。这是一种妙境，是剑川的石头给予我们的。这里面当然有奥妙，但对此奥妙，我们无以言说。而无以言说本身，也是一种奥妙。

千年过去，当年沸沸扬扬的石钟山沉寂了下来。离开石钟山时，我突然有些惆怅——石钟山那些伟大的工匠，都到哪里去了？该到哪里去寻找他们，寻找那些伟大的艺术家？没人回答。峡谷寥寥，唯山风自吟。然而，我不相信石钟山石窟的落成之日，就是艺术生命的终结之时。艺术不可能不延续，就像生命不可能不借助阿央白得到繁衍。我苦苦地思索，寻找，寻找着艺术传承的脉络。当我在剑川民族木雕之厂和县城附近那个木雕之乡找到他们时，我的惊喜无以言喻。看着那些精湛绝伦、散发着山野清香和民间艺术韵味的木雕，我相信，那些木雕艺术家，正是创造过石钟山石窟的伟大艺术家们的后裔。不同的是，他们已把艺术的对象从石头转换成了木头。艺术的丝丝缕缕，艺术家灵动的才情与奇思妙想，依然在那里飞扬，就像阳光与空气，笼罩着那座小小的山村。从那里飞出去的木雕，玲珑剔透地，古意盎然地，装饰和点缀着整个豪放的滇西北，成为游牧的滇西北的一种必要的补充，也装饰着几乎每个藏族、纳西族家庭的梦——藏家的神龛与飞檐，纳西的门楼与木窗。甚至还装点着故宫，装点着承德的避暑山庄。想到此，我真为那个从电影《五朵金花》中走出来的阿鹏惋惜——那个"祖传三代是铁匠"，到处寻找金花的阿鹏，那个爱情的种子，怎么会是个铁匠呢？电影艺术家或许弄错了，或许是偶有疏忽，让阿鹏有了一段铁匠的身世；剑川的阿鹏，石钟山的阿鹏，完全应该是个石匠——石钟山的石匠，或者是个木匠——木雕之乡的木匠啊。

那么，歌声呢？当年的天宝之战，曾飞入诸如李白、杜甫那样的大诗人的诗句之中，那当然是歌。从石钟山来到宝相寺，已是三弦淙淙，歌声四合，深情，质朴，散发出土地生涩又略带几丝甜腥的气息。一年一度，石宝山歌会演绎着剑川人古老的习俗——歌声是夏季的石宝山对人们最寻常也最珍贵的馈赠。高原夏日烤人的骄阳无法阻止它，石钟山中夹着冰雹的暴雨不能阻止它，任何王公的强权与世俗的婚姻，都无法阻止它。成双成对的青年男女，久别的情人，甚至辛苦了一年、儿女成行的妻子，以及至今还在梦想着青春与爱的老人，统统都来了。那并不是我们所理解的消闲。他们聚集到这里来，有着更深刻的缘由。在我看来，他们是来祭奠他们和他们的先祖失去了的爱，也来寻找他们自己心中的爱。三天的歌会，是所有有情有义的人的节日。细细听去，恍惚之中，那酣畅淋漓的歌声，正是当年建造石钟山石窟的艺术家的歌声的延续。那歌声，正是从石窟里飞出来的，飞进农舍草屋，飞进万千百姓之家。如今，又飞得漫山遍野。石窟就是一首首歌，而在同样的意义上，石宝山的歌，也是一座座石窟，它们的名字，都叫艺术——尽管前者是凝固的，后者是飘动的；前者似乎是永恒的，后者是转瞬即逝的。但在我看来，那满山飘飞的歌，就是石头，有石头的凝重，石头的坚贞，也有石头的永恒……

携琴而行

人生寂寞处，最是年后独自上路，离乡远行：阖家团聚骤成过往，车移江影，日暮乡关，原以为啜饮了足够多年享用的浓酽乡情，似也转眼耗尽，一缕乡思便再袭心头。故乡对每个中国人，都难舍难离。不止于我，对面那对中年夫妇似也神情黯然，只忙着整理行李，一无言语。满荡荡一车旅人，听上去喧囔说笑不绝于耳，心里到底是怎样一番落寞的离情，不问也能猜出个八九不离十——热闹之后的寂寞，方是真的寂寞。再好的时光都难带走，能带走的除了记忆，还有亲人腌制的几块腊味，相赠的几件小器物——物资丰裕的年代，那倒是花钱也买不来的。

正寻思着，就见那位中年男士，正将厚厚一个三支装网球包小心地搁上行李架。森黑的包上，一个"W"标记火红耀眼，倘真是天王费德勒签名版的维尔胜品牌包，定然价格不菲。他宽脸平头，身板壮实，一头乌黑短发，唯额前一撮银白，透露出他曾经的岁月沧桑，看样子不是网球选手，便是网球教练——江城自出了个李娜，网球风靡一时亦不为怪。但依他提举那个网球包时的轻松，又不像。细斟他眉眼间偶尔闪过的晶亮的睿智，倒像个学有专长的专业人士。一夜无事。翌日终忍不住，搭讪着问了。他一笑说，哦，包倒是网球包，装的却是把京胡——原有个硬质琴盒，出门带着不方便，就用了这个网球包，顺便塞些衣物权充保护；而有时，装的倒是一把二胡，或是板胡……

用一个网球包装着京胡、二胡远行？亏他想得出！智慧总来自深爱。车正行于湖湘山野，尽管满眼冬日的萧索，心里倒怎么都有着感同身受的温暖：当年,也曾想用平生第一个月工资买把二胡,终未如愿。回头再聊。原来他姓孙,五十二岁,高工;年轻时学水电,大半辈子干水电,在长江葛洲坝,在边地香格里拉的硕多冈河,在澜沧江上第一座电站漫湾,都做过工程。虽长年居无定所,那把二胡倒随身带了三十七年,这把京胡也相依十六年,几已伴他走遍大半个中国,甚至远涉重洋到过异国。这回过年特意带着,是要拉上几段给老父老母听;父母并非艺术圈中人,无非借由琴声,一诉他对二老的思念;尔后依然要用网球包带着琴去往异国,返回工地……

想着一个水电工程师带着一把琴行走于山野大地,眼前顿时出现了一幅墨重影淡的山水画卷。说来我与水电有缘:上世纪八十年代,在滇黔交界的鲁布革水电站工地,我一待数月,深味过水电工程人员之艰辛与劳苦。那是中国水电行业头一次采用招投标方式引进外国施工公司的电站,几多的矛盾,几大的压力!深山野岭,人迹罕至,帐篷工棚简陋窄狭,透风透雨;土豆白菜清汤寡水,少肉少味。夜来,墨黑的峡谷万籁俱寂,星星点点的灯光下,偶或会响起自娱的歌声琴声,无论悠扬或噪耳,都为对抗那怎么都驱赶不尽的寂寞。凡干基础工程者,无论水电、铁路、矿山、地质、石化,情形大抵如此。行踪之飘忽偏远,吃住之粗糙简陋,非常人可以想象。没了他们,社会的前行便几无可能。其间他们用以消解寂寞对抗劳苦的,除了可归结于崇高的精神,也少不了艺术的滋润。人是有情感的。情感的无以倾诉甚至荒芜与枯槁,才是那些远离城市、亲人者最难熬的关口。

思至此,问他那是把怎样的琴,是来历非凡,还是音色卓异,以至须臾难离?回说都不是,无非一把普通二胡,京胡也是随心购得。他妻子插话道,琴不在好,用久了如同亲人,也难舍难离。那倒是真话:人既有心,琴亦有意。岁月渐行渐远,许多我们无法亲历的过往日子,倒能借由古人留下的文字与器物,去想象与感受。孙工虽无古物名器,却有几把属于自己的"古琴",寂寞时拉上几段,或西皮、二黄,或《良宵》《月夜》,紧皱的心结顿时打开,心情便豁然开朗。当思念太深乡情太切,他甚至会借助视频,在异国他乡,隔着千山万水,给妻子拉上一段……

说起来任谁都一样:俗世间真实无饰的日子,少不了琐碎、平淡,甚至寂寞、无奈,总难与精彩、壮烈挨边。而人生有限,如何打发成千上万个寻常日子,怎么都不是件易事,磨人得很。于是有了艺术——艺术史家都说艺术渊源于幻想、巫术或劳作,诚是;却也未必不是渊源于为应对日常生活中那些琐碎、平淡、寂寞甚至无聊的需求：生命的存在和对生活的坚持，本就需要艺术，也创造了艺术，以延伸人类有限的感官视听，愉悦身心。伯牙奏《高山流水》，玄宗演《霓裳羽衣》，黎民百姓亦自寻其乐。人老看人难免乏味，真有意思的倒是自然：看山看水，看星星月亮，只有太阳不便看；听风听雨，听鸟鸣兽吟，唯有心声难自听。山水不常在，星星月亮不常有，鸟鸣兽吟不常闻，人于是自己动手，要把它们找回来，就有了绘画、音乐、舞蹈种种艺术，以及与艺术相关的物。那样的物都是从自然里掰下来，糅进自己的心思做成。艺术就附着在那些物上。那样的物总比人寿长，皇帝驾崩，王公作古，物却依然流传至今。一意向前的现世，难免对传统与源流有太多的忤逆与冲撞。崇敬古物乃人性中深藏的美好。而文明的传承如江河行地，源头已幽古渺远，靠说道的阵风虽能掀起些波浪，到底空乏无力，倒不如靠经实致美的物如溪流般不断地加入与嬗递，方能渐行渐宽，蔚成大河。倘"琴"非限定为一把京胡或二胡，而是伴随人生的艺术；家也非故乡的一村一城，而是我们古来的文化与艺术源流，事情或就更明白。先祖传下的物将幽古的讯息通由手、眼、心、身，融进我们的血液与灵魂，心性便会为之一变了。艺术并非奢侈。不局限于艺术而与寻常日子融在一起的艺术，才是真艺术。相比"仗剑而行"的铁血蛮野，"携琴而行"的温馨儒雅或更具情味，更滋润心灵，也传布得更其久远。吴冠中先生道，美是该渗透在生活里的："中国的艺术教育功能，一直藏在大学里边，没有跟社会生活发生关系，与民众产生互动和沟通。……我们应该拉近生活和艺术的关系。"

携琴而行的孙工固有他独自的爱好，换了他人，无琴也有情，总会以别样方式用艺术去润滑心灵。年前在小妹家，见侄女娟娟桌上有几样紫檀的几、椅、床和屏风模型，煞是好看。娟娟二十多岁，在铁路车辆段做事，单位离家远，早晚常常两头不见天日，每天面对的无非冷硬的车皮、轮对。我的诧异，在平时看她似乎大大咧咧，怎么会喜欢这些东西？她说么样不喜欢呢？买不起真的，还不能买几个小的？放在家里好看啊！想必她辛苦一天回到家，看上几眼，摩挲几番，年轻的心便也会增添几许温润与慰藉？难怪前年她到昆明，问她想去哪里看看，她说去看看你们博物馆的镇馆之宝牛虎铜案、滇王金印吧，其礼敬古物之心让我为之喟叹。说来也巧，二妹从西安回来，见面就说给我带了礼物，是侄媳乔哲特意从古玩市场寻来的。拿出一看，好个玲珑剔透的玩意儿！长仅两寸，宽不足一寸，初看无非一块厚楠竹片，细观方知是个工艺古老的留青竹雕牙签盒；正面，霜黄温润的竹簧底面上，一竿修竹婀娜摇曳，几丛竹叶葳蕤苍劲，题款、印章俱全，俨然一幅古条屏；连反面和侧面的楠竹肌理，都对得严丝合缝。而她工作在一个仪表厂，却能有那样缜密的心思与眼光，去寻一个实用又不失风雅的物件。艺术无非一种生活态度。一个人内心品位的高低，情趣的雅俗，生活的精致与否，还真与做什么工作无关；有那么一颗艺术的心，总能寻到有韵味的物，有情趣的日子，让生活与艺术同行……

　　快到终点站了。我对孙工说："能看看你那把琴吗？"他当即取下网球包，拿出琴来，道一声"献丑了"，便动手调弦、试音。细看那把京胡，真平常至极：琴筒上松香堆垒，幽黑发亮，半截琴杆满是松香粉，灰白蓬松。一把琴弓，弓杆暗褐，马尾雪白；看上去一如有厚厚包浆的古董。转而，那双不知在多少个水电工地磨炼过的手，右运弓，左抚弦，一段《霸王别姬》便在那趟飞驰着的列车上悠然奏响，刚柔兼济，悲喜共鸣。他却端坐如山，星眼微闭，沉浸在幽古的乐音之中。那琴声想必也飘出了列车，回荡在南国的山山岭岭；陶醉着他，也陶醉着我和更多的人……有了那样的琴，长途陌路也会听到有人叫你的名字，如同千年菩提永远认得它每片飘落的叶子；而每片飘落的叶子，是否至今都记得那株菩提的枝干与根基？或许，我们都该悉心检视一下生命的行囊里，到底还有几样值得礼敬与珍惜的"琴"了吧？

斑斓的匍匐

友人约聚,说专意约了她的一个朋友来:是位二胡演奏家,年少成名,如今在某艺术院校任教,依然"鸣琴流水,疑鲂鲔之来听"。说是某日,当今国内一位著名青年指挥家,演奏中场到后台,让同行猜猜她是他什么人。众人见她身材娇小又显年轻,给出的种种回答堪称奇葩,却被一一否定。指挥家这才说,禀告诸位,我是她学生,她是我的班主任。众人一片啧啧声后,竟然掌声雷动。

友人说,就不妨来聊聊天,听听琴。

好。

如此,便该是一次雅聚了。奇在饭局未启,主人倒先逼着那位单名有个"红"字的演奏家,讲讲她的一个故事,再行演奏。红推辞不过,便拉家常般,三言两语讲了,方款款落座,正身,收膝,而后起琴,旋轴,运弓,试弦,调音,随意拉响了几下胡琴,准备演奏……怪在她做那一串动作时,我多少有点儿心不在焉——屋里其时静极了,唯她的话音如风琴声如诉,我倒仍沉浸在她轻描淡写的故事之中,而浮现在我眼前的,竟是一次重返深山旧地的所见——或许是因了我刚刚从那里回来?

……光阴荏苒。二十多年后重访当年苦苦追索寻觅的旧地,走进那些曾给我滋润与教益的村村寨寨,却山川异景,友人故世,唯花树依然!那一刻,心里不由怅然而唱一大喏:人寿再长,也敌不过自然!山里的夏日,有清凉的葱郁。梅子将熟。覆盆子泛红。小道幽深,似乎都在抚慰我:你脚下的路,正在通向你精神的原乡。

　　红的琴声，却在那时响起，我笃定是在听着——我就是为听她的演奏而来的，怪在我的内心想着的，仍是那片林子。那是片我熟悉的原始森林。早年我在意的，都是那些高大挺拔、魁梧伟岸甚至耸入云天的巨大乔木，从没注意过森林里还有别的什么。那天因走累了，找了个地方坐下歇息，就在我脚边方寸之处，竟还生有各色各式的地衣苔藓类植物，形色各异，姿态萌萌，且各自构成的图案亦巧致可人，安详柔弱得让我慌忙把脚提起，不敢轻易触碰。久久凝视间，便心生爱怜。在那样的大森林里，相比那些大树，它们的存在实在有些不堪。寻思原来这世上，并非每一种生命，都须奋不顾身地昂首向天，倒可安详舒展地匍匐于地。真正的原始森林，由是方成就了一个天然、和谐、多元的生态系统，互依共存于同一娑婆世界。再一想，较之自然万物，人也无非是那样柔软的一员吧，至多，也就是一叶会思想的芦苇。那样一个天然的多元系统，对于一个个都乌眼鸡似的人类社会，难道不该成为一个参照，一个榜样吗？可惜我直到那天才读懂大自然这部经典，想想还真是笨得可以！

　　就在那时，红以她的那把专用二胡，将一曲《二泉映月》刚刚奏毕，袅袅乐音，苍凉如月幽婉如水，依然在那间不大的屋子里轻漾，脸上却因刚才演奏时的全情投入，而红晕斑斓，连呼吸亦有些急促。

　　友人这时又问，那天在湖边，你拉的也是这首曲子吗？

　　红似乎说了句什么，恍惚间我没听清，也许是，也许不是，又有什么关系？便慌忙把思绪从那片森林拉回来，回到她讲的故事之中。

　　早先，我就住在故事发生的那个湖边，早晚都会绕湖而行。湖边，时常会有以一把二胡或一把吉他，在那里卖艺或行乞者。红那天恰好路过，见湖边有个拉二胡的残疾人，琴技显见不济，以至听者寥寥。红已悠然行过，却又似有牵挂。当她再次回头一望时，竟突起一念，也未多思索，便转身走了回去，操起残疾人的那把二胡，拉了起来。

　　诗人聂鲁达曾经写道：

　　　　我们有时候有灵魂。
　　　　没有谁能让它不间断地
　　　　存在。
　　　　日复一日，

年复一年，
可能没有灵魂地度过。

忆及此，便想那时，以及当年启蒙那位著名指挥时，红都是有灵魂的。而她与那个残疾人的相遇，恰如波兰诗人维斯拉瓦·辛波斯卡《一见钟情》里的诗句所言：

他们两个都深信
一股突然的激情令他们交会。
如此确定固然美好，
而不确定仍更加美丽。
由于他们过去从不曾相识，他们认定
他们之间毫无瓜葛。
然而，街头，楼梯，走廊里是怎么说的——
或许，他们已彼此经过一百万次？

可那是怎样一把二胡啊，放在往常，她的学生也会嫌弃，但以红的功力，再破的琴，经她调校，也能拉出好曲子来。悠扬的琴声回荡在那个湖边，吸引了众多路人，也装点着那个寂寥的黄昏。最终到底拉了几曲？红自己已然说不清。直到那位残疾人面前的纸盒盛满了纸币，她才起身匆匆离去……

想象着——是的，我想象着，红那时是坐在湖边一个小马扎上，把自己放低，再放低，和一个不知名姓，几乎是趴在地上的残疾人紧挨在一起，俯身演奏着。赞许、疑惑、惊异的目光，如同透进森林的斑驳秋光，洒在她身上——那情景，没法不让我想起在原始森林里见过的，那些匍匐于地，或贴身于大树根部的苔藓地衣、无名花草，想起那样的宁静与斑斓；无非，她的四周不是耸入云端的凛然大树，而是高高低低层层围观的路人，是都市中疯长傻狂的高楼大厦，是从高处投下来的诧异目光……而那时，那个曾与国内那些一流的二胡演奏家共赴辉煌，在舞台上赢得过万千掌声与鲜花的艺术家红，正跟那个几乎是趴在地上的残疾人坐在一起。但她整个的人，她的琴声，琴声中深情流溢的爱，与她跟那位著名指挥家站在一起时一样，依然斑斓。与她曾经获奖的无数次演奏不一样，那天的湖边几无掌声：户外演奏，市声嘈杂，乐器简陋，座位低矮，却很难说那不是她此生最优雅最悠扬的琴声。

《娑罗馆清言》有谓："春衣杜陵，急管平奏，真称名士之风流；雨中山果，灯下草虫，想见高人之胸次。"谢过约聚的友人，一路寻思：昂首于云天之外是美丽的，匍匐于大地山间，亦同样美丽。红以她的"匍匐"，教我懂得了"匍匐"的真意。是了，你甚至可以忽略她的名字，只需晓得那个"红"字，记住匍匐依然斑斓，就已足够。

伶歌有毒

都说好音乐有毒，一旦致人迷醉成瘾，便无药可救——心想那或是些广告语，乖戾夸张，一笑置之即可。不意那日午后闲暇无事，想起该去奎峰那里坐坐了，顺便也听听音乐。印象中他那儿从不缺好音乐。就那么去坐了、听了个把时辰，竟陡然勾起沉睡多时的音乐馋虫，沉醉于妙音美乐之间，难医难解；随后便是一阵阵忽如其来的胡思乱想。莫非还真中毒了？

对音乐我当是"门外汉"，喜欢似属天性，只求好听不求甚解；早先迷过二胡、小提琴，皆半途而废；兴头上也哼几嗓子歌，哼来哼去就那么几首；一套旧音响从上世纪九十年代听到现在，也从不"发烧"；可回头一看，从青春年少到白发凝雪，倒都有音乐相伴。细想之，音乐虽不像油盐柴米须臾难离，可没有音乐滋润的年代着实难熬，少了音乐陪伴的人或许孤独，失去音乐传统的民族也难免不幸。但说白了，我的喜欢或与孔子所谓"知乐，则几于知礼矣"一说无干——其实那些坐拥名贵音响满嘴老柴贝多芬者，即便"知乐"，也未必懂得礼为何物。但无论怎样的人生大抵都离不开音乐，倒是真。国外有人甚至戏言：圣歌《基督信徒进行曲》就像个煮蛋计时器，将鸡蛋放进开水锅里，等播完曲中五节韵文叠句，至"阿门"二音，鸡蛋熟得刚好，不老也不嫩。看来，坐着马车去维也纳金色大厅听音乐会固然风雅，腰系围裙边煮饭炒菜边听小夜曲照样风流。

年前偶遇多年不见的奎峰，说他的小店已搬到我家附近新张，邀我去坐坐。恰有事在身，便说改天吧——这么一说，转眼又是经年。分手后蓦然想起三十年前，奎峰尚青涩混沌年纪，仿佛是在一家工厂做事，无甚嗜好，唯喜欢音乐。其时正磁带卡座机横行天下，听腻了样板戏的国人一时兴味大变，尽管街上尽皆清丽柔绵的邓丽君和手提录音机招摇的青年，一盒好磁带倒仍是稀罕物。赶巧一年轻朋友恰是奎峰亲戚，某天突然告诉我，谁谁有数百盒磁带，且尽皆古典名曲，弄得我心痒痒，便相跟着去奎峰那里听乐解馋。路上想起，"文革"那会儿住在市郊一座小山上，门前街子，窗后菜店，终日喧嚷。一日竟与一帮浪迹天涯的同学一起，将门窗关严窗帘拉死，偷偷听不知是谁弄来的一张《天鹅湖》，外面人声鼎沸，屋里却紧张兴奋，偷尝禁果似的如痴如醉，一张唱片听了无数遍，以为此生算没白活。去奎峰那里听古典那天，世道虽早非以往，却饥渴依旧。好在奎峰是个热心肠，初次相见便视为知己。任《命运》《悲怆》轮番轰炸也不嫌累不知饿，末了又求他给拷了几盒，一路宝贝似的捧回家，乐了大半年。乍暖还寒时节，《悲怆》真让人再次陷入了悲怆，《命运》则叫人不屈服命运！偶尔寻思，古典音乐怎么都是外国的？偌大个中国文脉悠远，传统深厚，为何竟没有大气磅礴的古典交响乐？想不清楚，只好作罢。一晃几十年过去，奎峰早已是HIFI业界一方专家，硬是将昔日的工余喜好，演成了当下的衣食饭碗，只不知做人做事是不是还像早先那样发乎内心，出自性情？

刚到小店门口就听一阵歌声乐韵飘来，半熟悉半陌生，却如袅袅仙声，行云流水般地，好听得要命！说熟，一耳朵就能听出是传统戏曲声腔，板眼地道，韵味十足；说生，又绝非旧戏园子里一把京胡几声锣鼓可以造就，分明有整整一支管弦乐队在忙活，音乐背景顿时超越时空，将人带入悠远深厚。歌者吐字珠圆玉润，唱词清丽，声声在耳。这年头，满世界超女快男的矫情炫技和电视晚会的俗艳叫喊，那些应时应景应命的所谓歌曲，早让人不胜其扰。究竟怎么了呢？好像是人人都能写词作曲，词，要韵味没韵味，曲，要旋律没旋律，唱起来要多难听有多难听。

眼前的歌却断然不同，带给我的，仿佛是故乡温馨的清凉祖地宁静的热烈。惊问是张什么碟，答曰《伶歌》。拿过碟套一看，雅红的封面上镶一女伶头像，夸张写意，凤眉樱唇，额间那枚半晕的朱砂痣，满满写着汉唐遗风，一头发缕半舒半卷，如旋律音符纷飞舞动，让人蓦然间便梦回前朝；手书的"伶歌"二字古雅端庄，其下两行小字，道是"弦意三弄将进酒，长啸一声朝天阙"——看来这碟果然有些来头，让人好生惊艳。跟着又听《伶歌2》。边听边细看曲目，呵，词、曲、唱几无一样不好，尽皆精妙神品，迷得死人：或曲是古曲、名曲，

《梅花三弄》《二泉映月》《江河水》之类，新添唱词却如原配，泛着古色古香古韵；或词是古诗、古词，不惟李白的《将进酒》、岳飞的《满江红》、苏东坡的《水调歌头》、李清照的《声声慢》，甚至《关雎》《悯农》皆赫然在目；配曲糅进的，倒是浓浓的戏曲或民间音乐元素；而演唱者无论老幼男女，尽皆戏剧名伶，虽也偶见他们在主流媒体登台露面，相信那种应时应命之唱，与在此碟中的吟唱无可比拟。如此，所谓"伶歌"，岂不是戏剧名伶吟唱的雅歌？可听下来又绝非那么简单。别具新意的编曲与配器，因西洋管弦乐队的加入，将清雅却略显单薄的中国器乐演成了丰厚的磅礴，而传统器乐中少见的复调处理与精湛配器，则将传统古曲的丰润深邃演到了极致。音乐既需技术的精湛，更需思想的深厚。我向来以为，西方古典交响乐气魄恢宏而少见雅趣巧致，传统的中国丝竹小品于此反让人大为可喜。倘以西方古典交响乐的技术演绎中国传统古曲，其将如何？古曲、诗词早已有之，尝试用古曲吟唱，或为古诗词名篇谱曲者，亦早已有之。然不管做什么事，好想法仅只是个开头，因实力不济，缺少定力与韧性将细节做到尽可能精致，尝试多半失败。看得出来，伶歌则在有了那个想法后，广约音乐、文学、演奏、演唱、录音各界精英倾力而为，连一般商家懒得着力的音碟文案，也做得十分用心。多年前设想过的中国式交响乐，或有望由此创建，并能像贝多芬为西方古典音乐所做的那样，让音乐从单纯的美变为崇高？

也是机缘凑合，台湾来的一位林先生那天恰也在座。沉醉在乐声中，他一直顾不上说话，这时方操着台湾普通话说，好东西啊！这样的好东西，也只有大陆才会有！原来两年前在台湾，在一朋友家初闻《伶歌》，声声在耳句句在心，一个钟头听下来，他忽觉两眼酸胀，眼泪都要流出来了。问那是怎么了，他说，文化是"闲"出来的。那边生存竞争激烈，既无丰厚如此的文化土壤，也无精雅如许的名伶精英，更少敬业如斯的业界人物，打死也出不了"伶歌"！林先生的感叹当然精到，事情总是离得远，才看得清；然优秀文化光靠"闲"恐还不够，更靠"养"，个人、业界、社会都要"养"。回家说起这事，妻说是啊，文化光靠"闲"怕是"闲"不出来吧？"闲"出来的只是"麻将"文化！

社会亦如人生，大抵不能没有音乐。孔老夫子将"礼崩"与"乐坏"并列，意在说能理解音乐的人，由此亦大致懂得礼了。有或没有音乐是一回事，有什么样的音乐，雅俗、中西，是另一回事，哪一界都有好的，也有一般甚至不好的。音乐乃灵魂的完美表现，亦乃自然与历史的话语，能流传至今者，想必皆经时间长河淘洗磨砺的真金美玉，其层层叠叠沉淀的历史记忆，<u>丝丝缕缕镌刻的温润时光</u>，或会为枯干冷硬的年代增添几许滋润与温馨。妻对音乐一向不太在意，这回竟一口气将《伶歌》听了几遍，大呼好听。六岁的外孙女笑墨那天一曲《悯农》听罢，竟跟着且唱且舞起来："锄禾日当午，汗滴禾下土。谁知盘中餐，粒粒皆辛苦。"……

　　恰如有人所说，我对音乐的要求其实很简单，只听<u>最好</u>的。而好音乐总是有毒。当下我们缺失的，不在少，而在滥，在罕有"最好"的。古雅乐艺亦如姿色，若任其凋零，文化势必衰败，包括音乐在内的古雅艺术亦会随之没落。那天奎峰听闻同一商场有卖假音响假音碟的，一时大怒，差点就要冲过去理论，看来还是早先那个性情中人，品位如昨：做音响只做一线品牌，碟架上不惟古典名曲应有尽有，连《伶歌》一类别处没有的，他也有。倘做音乐的都像《伶歌》那样做最好的，推音碟的人都像奎峰那样推最好的，听音乐的人都像林先生那样听最好的，当音乐如孔子眼里的"诗""乐""礼"三位一体，成为人们自我完善的课程时，音乐或就不再只是消遣和娱乐，社会或会呈现另一种祥和。如今我们吃的、喝的、看的、听的、闻的，真有毒的东西多得很。为那样的好音乐"中毒"不惟无妨，或许还是大幸，呵呵。

2011年4月8日　记于昆明

粉墨未央

　　老旧东西当真让人爱不释手，摩挲品鉴，回味悠长：或几枚古钱，透些许青铜绿意，或一架屏风，隐丝丝黄花木痕，甚或随心字画，日用陶瓷，都一样。历史印记、文化蕴涵、时光包浆、飘忽指痕，满满荡荡沉积其上，稍一触碰便古意幽情汹涌而至，让人沉溺其间，遥想时光的流逝与永恒，缅怀先贤的雅好与爱心。其实崇尚精致生活乃我族心性，除非温饱难保无心赏古，日子稍好过些，有俩闲钱，好古之风便悄然袭来。只是当今玩玩古瓷器古字画摆弄个明清家具什么的多，虽不好说落伍，倒怎么都有点儿滥了。电视里播"鉴宝"，见几十万几百万淘来的尽皆赝品，让人心疼；或明明一粗劣工艺品，倒宝贝似的捧着藏着，叫人心酸。看来玩什么收什么藏什么，说到底不惟在文化品位的高与低，还在文化目的的清与浊。

　　真风雅者当然大有人在。白先勇回大陆，玩的竟是六百岁的昆曲：筹重金排演青春版昆曲《牡丹亭》，从苏州演到北京再到海外；光台湾就演了两轮，开演一个月前九千张票悉数卖光。票价不菲，场场爆满，硬是用汤显祖缠绵了四百余年的生死至情，让现代观众折服。照白先勇所说，《牡丹亭》的主题全在一个"情"字，可说是一部有史诗格局的"寻情记"，上承《西厢》下启《红楼》，是中国浪漫文学传统中一座巍巍高峰。而他亲自参与的新编《牡丹亭》，完全贴近汤显祖"情至""情真""情深"的理念，给予爱情最高礼赞，爱情可以超越生死，冲破礼教，感动冥府、朝廷，得到最后圆满。可惜那样美轮美奂的演出，不惟边地无缘得见，即便是京、津、沪，能亲往剧场观赏者料也寥寥。偶尔寻思，当今有传神的高品质录音、录影，不能看，要是有音碟，至少也能听听吧？

也是凑巧。近来一头栽进音乐，交响乐、协奏曲什么的，换着换着听，直到胆机烧得滚烫方无奈关机。欧洲古典音乐固然经典，听多了照样会腻——品味也像口味，一日三餐海鲜西餐，保管吃得肠胃不适，想来点清淡家常的菜蔬米粥，换换口味——毕竟生来就是个中国胃。朋友劝我试试《粉墨是梦》。一看，尽皆京剧、越剧、豫剧、沪剧改编的乐曲，好听吗？犹豫片刻，先听那首昆曲《牡丹亭》。呵呵，一声清越古琴，拨开那道至情传奇的神秘轻纱；一记浑厚铓锣，洞穿漫长时光的层层覆盖。洞箫如人声幽咽婉转，曼声徐度，工尺谱间顿生明代光景的烟丝醉软，所谓"燕语如剪，一唱是典雅，三叹是抒情"，倒也真切。管弦乐借助西方乐器，竟也画出一幅水墨小品般的美景：小庭深院，春意满眼，斑驳的日影在藤架上静静流动，花事荼蘼，一切已臻梦境……那阵旋律乐音，直叫人听得浑身通透，爽到极致。百年甚至千年的艺术对望，靠的正是粉墨的那份老旧与沧桑；心耳传情间，对先贤的一份景仰总会油然而生。

其实我不懂戏。文化性情养成之时，恰逢老东西都在扫除之列，不敢沾。依稀记得的，是幼时恰家住一戏院附近，后门隔着一个贮木场如山的木垛，正是那家戏院后墙。做完功课，便悄悄溜出家门，邀上几个相好玩伴，翻过那道斑驳短墙，便可七弯八拐地摸进剧场，看戏去。人小，戏看不懂，喜欢的是那些花花绿绿的行头穿戴，咿咿呀呀的吟唱韵白，真真假假的舞枪弄棒，好看好听也好玩。一桌二椅当得天圆地方，移步换景便是出将入相。方才一竿竹鞭，携来金戈铁马，沙场鏖战，转眼便鸟喧林外，深宫闺阁，对镜花黄；无声亦无师的传统艺术启蒙，就在我躲在戏园子最后一排旮旯里，生怕被查票人赶走的忐忑中淋漓地进行。尽管不是戏迷，多年后再没那样入迷地看过戏听过戏，醉心的是或古典或新潮的音乐，却至今记得那个汉剧院女主角的艺名，闭着眼也能想起舞台上的热闹。看来那不多的时光，到底还是为我打造了一副地道的中国音乐肠胃，一听《粉墨是梦》那些乐曲，怪舒坦——都说一个人幼时的口味，才是怀念家乡的真理由；如是，儿时不经意间获得的艺术兴味，或就是一个人对艺术故土的真念想了。对于许多人来说，戏曲的不朽、不散、不灭，大约也缘于此，包括白先勇对昆曲的那份痴迷与狂热：为了那出青春版的《牡丹亭》，他不惟亲自筹款和改编剧本，还放下身架亲自推广，广聘各界精英一起参与，"透支了太多的人情支票"。

我听的终归是以戏曲音乐改编的现代乐曲，而非纯戏曲音乐。其实以戏曲音乐入乐而成大器，中外皆有。挪威作曲家格里格为易卜生诗剧《培尔·金特》谱写的配乐选编成的两套组曲，比原剧配乐更能显现音乐的价值。何况戏剧音乐多脱胎于民间音乐，浓郁激情精彩细节比比皆是。《卡门》中著名的咏叹调《哈巴奈拉》，其旋律据说就源自西班牙民谣。中国也一样。京剧、昆曲、黄梅戏之类，作为中国的古老歌剧，其老祖宗也无非是当初流行于民间的音乐；昆曲的"水磨调"亦由此而来。若青春版《牡丹亭》是借一出老戏的排演，完成昆曲的世代传承，诸如《粉墨是梦》一类音乐的出现，则让现代的我们能倾听过往重演前尘，唤起民族心性中那份潜藏的古典气质与优雅情怀，以那样的素朴与宁静抗衡外界的浮艳与喧嚣，当是一绝。

难怪白先勇说，保护昆曲就是在保护我们的文化长城！对于一国一族，文脉的断毁最可怕。其实也不止昆曲，一应戏曲，从国粹京剧到各类地方戏，都是那道文化长城上的砖石碟垛，历尽风雨，满眼苍苔，不下力保护还真不行！自然不是谁都有白先勇那样的才华和财力，加上时代迥异，风气暗转，或因方言阻隔，听不懂，或因节奏过慢，听不惯，能安坐戏园看戏听戏者毕竟不多。但用戏曲音乐元素加上管弦乐队打造的音乐，即便不是戏迷也能听，就像不是美食家，照样得一日三餐吃大米白饭。那种感受奇妙得很：仿佛乐器们都在票戏，不惟中国的古琴古筝古阮，还有那些锣儿们镲儿们梆儿们，与西方的琴儿们管儿们号儿们一起，以现代音乐手法，尽善尽美地复演各类戏曲的名段华章，将戏曲音乐的古雅动人更玲珑地浮现出来，韵味十足。起码像我这样的中国音乐肠胃，品尝起来都爽口，就像吃中国菜，无论老制新创，吃没吃过都又香又爽口一样。

芬兰湾的阳光

机会来得总那么突然：瑞航从欧洲飞往北京，已然掠过莫斯科上空的飞机竟发现"故障"，须返航赫尔辛基逗留十来个小时，等待另一架飞机。对此我将信将疑：既有故障，岂能再飞？我宁可相信那就是命数，天意，让我能从聂耳的故乡去到西贝柳斯的故乡。从那时起，我便满心期待着与我心仪的西贝柳斯相遇。住进赫尔辛基一家宾馆已是当地时间午夜二点，早上七点，我便在透过窗帘散射进来的煦微晨光中迷迷糊糊醒来。窗帘拉开，嗬，好一片芬兰湾的阳光，晃得我几乎睁不开眼！其时一支乐曲也在我心中悠然奏响：西贝柳斯，《芬兰颂》，庄严、优雅、深情。

赫尔辛基旅游码头既热闹又安静。好多人围在码头上的海边鱼市买鱼。紧靠我们就要乘坐的那条游船边，停着一艘跟晨光一起从海上归来的渔船。那些鲜活得要命的鱼或许就是从那条船上送下来的，银光闪闪，活蹦乱跳，仿佛刚从睡梦中惊醒。赫尔辛基堪称吃鱼者的天堂，三文鱼、青鱼、鲑鱼、淡水鳕鱼虽应有尽有，可看来鲜鱼活鱼平时也难买到——鱼市另一边有长长一排货摊，阳光透过深红或橘黄的篷布，把货摊上的鱼映得金光灿烂。从长达一公尺的大鱼到小及拇指的小鱼，全都清洗得干干净净，摆放得整整齐齐，看上去一模一样，就像是工厂里生产的同一品牌、不同规格的诺基亚手机。

匆匆登上游船，阳光便跳动起来！

尽管云南一年四季都不缺阳光，甚或会在烈日炎炎中对它发出赞美似的报怨；尽管"阳光"一词如今早已泛滥成灾，某些越是标有"阳光"的地方倒越没有"阳光";我还是没法忘怀那片跳荡在波罗的海上的阳光。原想在靠近北极的世界最北之都赫尔辛基,阳光怎么都会比别处要淡,要弱,要苍白,结果却大错特错,那是一种独特到让人咋舌的阳光:倘若同样作为音乐家聂耳故乡的云南阳光明亮如瀑,躁烈如火,西贝柳斯的故乡芬兰湾的阳光却清澈如水,温润如絮,跳跃闪动如同精魂——那怎么都让我想起和理查德·施特劳斯一起,被称作现代音乐中两个伟大"S"的西贝柳斯,想起他的《芬兰颂》。

那条双层机动游船不小也不大,由一个四十多岁的男人驾驶,他粗壮、彪悍,既是船长、舵工也是水手,叼着一支粗大的雪茄,跟每个上船的游客打着招呼。游船蓝白相间,那是大海的颜色,蓝的是海水,白的是浪花。或许我们将坐在一朵浪花上畅游波罗的海。先上顶舱,那里正好欣赏波罗的海的景色。怎么看,那个古典油画般浓墨重彩的海港,都在向我炫耀它清幽的斑烂明媚的平静:同样蓝白色相间的超级客轮静泊远处,更远的海面上,几艘硕大舰艇深黑色的船体一派威严。而近处,一艘艘造型古雅、色泽斑斓的木桅游船,桅杆整齐排列,风樯半卷,舟楫跳荡——现代与古典交融,既展示着现代化和富裕,又阐释着优雅与闲适。海鸥不时从头上掠过,甚而歇落到船上,见怪不怪地张望着我们这些来自异国的游人。

我知道,如果游船一直朝东南开,就是俄罗斯,就是历史。1809年瑞典人退出后的芬兰,一度沦为俄罗斯帝国的自治大公国,直到1917年方宣告独立。海风拂来,我没闻到文学作品中常常描写的咸腥味儿,倒在回想中隐隐闻到了历史严峻的血腥。而此刻,芬兰湾的海风清新洁净,甚至有点儿温馨。置身于画图之中,我总在想一个问题:一幅优美如斯的图画,其魂为何?又在哪里?芬兰人有许多骄傲,他们可以说,芬兰寒冷,可从芬兰拉普兰森林雪地走出的圣诞老人,每年都给全世界的孩子送去甜蜜、欢乐和温暖;芬兰遥远,可芬兰的"诺基亚"手机拉近了当今世界人与人之间的距离。若要想用一个人来代表芬兰,则非西贝柳斯和他的音乐莫属。

赶巧,当我回到下层船舱时,还真听到了西贝柳斯的乐曲——船长播放的、西贝柳斯的《芬兰颂》。叼着一支粗大雪茄的船长,正边驾船边凝神聆听。那用芬兰民歌忧伤曲调组成的交响诗,以一种不谐和的和声号召反抗,最终成了民族主义音乐的典型代表,成了号召芬兰人民反抗沙俄统治的号角,直至被沙俄政府禁止在芬兰演奏。可那举世闻名的乐声,不屈不挠地向全世界诉说着这个位于北极圈的小国为生存进行的殊死斗争,让全世界确信芬兰绝不是沙俄的附属国；据说它甚至比千万本小册子和报刊论文都重要得多，被誉为芬兰的"第二国歌"。

乐曲似乎刚刚开始。铜管乐的铿锵合奏呈现出的主题粗犷、强烈而沉重，表达着受禁锢的人民所蕴藏的伟大力量和对自由的渴望。随后节奏突然加快，在低音弦乐器森然背景的烘托下，铜管乐器和定音鼓带出一串极其刺激的节奏，将我带入那幅有着紧张的戏剧性冲突的战斗场面；一段高潮性的华彩乐章之后，低音乐器简约沉稳的音型转而成为对胜利的期待，明朗、纯朴，如同一支有着舞蹈性节奏的欢快民歌。紧接着，音色浑圆饱满的木管乐器再次呈现出的必胜信心，与胜利颂歌的主题交相汇融，一个气势磅礴的斗争场面如在眼前。铜管群低沉冷峻的怒吼，犹如一道闪光刺破沉重的黑暗。最后的颂歌庄严舒缓，神圣的光明降临。那是芬兰民族的骄傲，芬兰民族的赞美诗——历经一个多世纪，西贝柳斯的《芬兰颂》此刻听上去依然叫人热血沸腾。我不禁再一次想起了云南，想起了聂耳。

芬兰至今都没忘记西贝柳斯：大海和阳光没有忘记，冰雪和寒冬也没有忘记。独立后，芬兰政府宣布颁给西贝柳斯终身年金，鼓励他为芬兰民族创作更多更好的乐曲。他甚至被称为"芬兰民族之魂"，头像也印上了芬兰原来的马克钞票。自1950年起，一年一度在赫尔辛基举办的西贝柳斯音乐周，至今已是著名的国际性音乐节——一个没有艺术魅力、没有杰出艺术家的城市，怎么都算不上是个有文化根基的城市。1957年西贝柳斯以九十二岁高龄去世，芬兰政府高调为他举行了国葬，赫尔辛基则为他立了一座纪念碑，六百多根白色不锈钢管高低错落，形似一台管风琴，由芬兰女雕塑家埃拉·希拉图南仅用一天时间完成，每根钢管的处理都展现出芬兰金属处理的出色工艺。好玩的是，听说一位芬兰总统曾将一座西贝柳斯纪念碑模型送给来访的戈尔巴乔夫，接过那个纪念碑模型时，不知戈尔巴乔夫心里到底是甜是苦还是酸？

而西贝柳斯的家乡，赫尔辛基以北一百二十多公里的海门林纳小镇，其纪念方式却独特得到家：除了一座西贝柳斯大理石头像雕塑，小镇既没办纪念馆，也没开放故居。镇中心的奥拉湖畔森林环绕，湖水幽蓝，少年西贝柳斯常到那里用小提琴抒发他对大自然的热爱。森林给了他灵感，他亦终生热爱森林。那座建于十三世纪的"海门城堡"，厚厚的城墙、高高的瞭望塔、城堡外的护城河，历尽沧桑倒更显雄奇深邃；少年西贝柳斯和他的伙伴喜欢在那里玩攻守城防的游戏，祖国至上、独立至尊从那时起便扎根于他幼小的心灵。养育、熏陶出了这样一位伟大音乐家的小镇，并没以名人故里炫耀于世，招徕游人，一切都坚守着与西贝柳斯儿时一样的古朴、优雅与宁静——艺术源于自然与历史。想想我们有的地方总想用名人效应发财的乱拆乱建，怎么都痛心。

　　下船时我向那位船长、舵工兼水手行了个注目礼：谢谢他那一团团香得要命的雪茄味，谢谢他播放的西贝柳斯不朽的音乐——或许那就是芬兰湾阳光永远的魂。对了，船长那天带来的他那个十来岁的男孩，也一直坐在他身边，专注地听着《芬兰颂》——那个芬兰孩子的脸上，满满的尽皆芬兰的阳光。

几子湾的唢呐

那里离山野想来不远,轻轻重重的,不时有艾味野香悄然拂来。听罢一场铁路工人诗歌朗诵,正感叹如今诗在山野,豪气与灵秀也在山野,一如风、雅、颂尽在民间;主人说,晚上我们去几子湾吃农家饭。我听成了"麂子湾",问那里有麂子吗?德忠、兴无一听都乐了:哪有哇,"几子湾"原叫"几字湾",喊着喊着倒成了"几子湾"。他们都是工人,爱读诗写诗。一笑。乘车前往,进一宽宽场院,满满荡荡尽皆人影乐声,原是有人在"跌脚",说过几天要去比赛。早就听说过这彝人的歌舞:"跌脚跌得黄灰落,只见黄灰不见脚,跌出黄灰做得药!"气势了得!没想竟在几子湾碰到。一群彝家女长裙飘逸,正练得满脸通红一头汗。伴奏的是一支山雀般明丽婉转的竹笛,一把泉水般叮咚流淌的月琴,再加一支响遏行云的唢呐,声声生猛。满院子向晚的阳光浓酽如漆,竟被搅得漫漫漶漶流金淌紫。看着听着,突然就想起了另一支唢呐。

列车在金沙江边的山间轰隆前行。不堪长途旅行的孤寂落寞,临窗而坐,将慵懒的目光投向窗外,想寻一点快乐。天气不算太好,阳光也有,却淡到近乎于白。山野空寂,看不到屋树人影猪马牛羊,一如刚刚铺就的棋盘,静候着弈者铿然落子。那样的山野自在淡雅得可以入画,倒怎么都少了些生趣。倏忽不知从哪里飘来一阵唢呐声,不甚分明,心想要是一支报喜的队伍就好;细细一听,偏不是,来历不明的乐声洒向那片山野的,尽是些酣畅的呜咽飘忽的伤悲。心里便突然一紧,猜那或是一支办丧事的队伍吧?只不知那到底是一支由白旗白幛导引,一行人默默垂着头,将对不测的哀伤撒满一路的悼念者,还是一群向世人报告又一个老人走完了百年人生，世上又少了一个生命的送行乡亲。唢呐声断断续续忽近忽远，那种韧性的长叹慨然的低吟，直把一个陌路者的心也撕扯得忽高忽低忽天忽地。尽管一直看不见那支队伍，干涩的心思却终于被那无名的哀伤浸泡得湿润柔软了。在荒渺无人的山野，唢呐声像一阵带雨的风，到底吹散了人生中枯结的落寞与阴郁，叫我重温起生的可贵。车开得飞快，眼看驶出了那片哀伤的山野，到了也没看见那支唢呐那支队伍，但从此那呜咽的唢呐便成了一串落不到实处的牵挂，时时牵动着我的魂魄，偶尔还会突然一跃而起，在突然袭来的寡淡日子里亮丽地奏响，带来一番沉思，几许警醒……

不料会在几子湾面对一个活生生的吹唢呐的人！便凑过去，边听边看边想着些莫名的心事。唢呐手看上去年过六十，深紫的皱纹间掖着山野的风霜，深蓝的家机布褂却裹不住人世的沧桑。跟它的主人一样，那支唢呐也已历尽世事，木制的管身早已乌红油润，铜喇叭口也满是划痕，唯音色依然撩人。吹奏者有着鲜明的投入和陶醉，忽地昂首将唢呐指向长天，忽地又俯身把唢呐凑近大地，脸和脖子胀红着，鼓突的筋腱血脉偾张，料想周身的血液和气力都聚到了嘴边，随着两腮的鼓鼓缩缩，一支曲子就被演绎成了素朴的欢乐，直听得我魂魄飞动。几支曲子下来，吹奏者和舞蹈者皆已大汗淋漓，稍作歇息，唢呐手便端起脚边一个土碗，咕咚喝了一口，以为是水，那时倒闻到一阵酒香。等他抬头，似乎察觉了我的注视，竟孩童般向我挤眼做了个鬼脸，正想跟他说句什么话，吹奏又开始了，他抹抹嘴，撇下我一气追上去，重新加入了那一场合奏——我看见，那挂在腮帮上的酒珠，还在往下滴呢。

直到演练告一段落，在铺满松针的地上席地而坐吃罢晚饭，我才能凑上去跟他闲侃。稍一打问，他便自报家门：姓凤名官盐，年方五十。人却长得老相，看上去像六十多岁了。说是祖上几代人都吹唢呐，是方圆几十里有名的唢呐世家。家里至今还有十几支唢呐，最老者已逾百年，长长短短大大小小的，平时都供奉在祖宗牌位下，倒是手里这支常用的俗气未脱，只随手挂在堂屋的土墙上。随声我便像走进了彝家的堂屋，幽暗的祖宗牌位下烛火明灭香烟缭绕，那静泊着的一溜十几把唢呐，就像一排素朴窈窕身着喇叭形铜黄色曳地长裙的乡间少女，刚从某幅画里款曲地走了出来，出来了便再不想回去，到底还是俗世的人间欢乐——山遥水寂的文人水墨太清太淡了，那该是写杨柳枝词意的重彩年画。唯那支挂在墙上的唢呐像朵喇叭花，正头朝下悄无声息地开放。问唢呐都是自己做的吗？唢呐手说，唢呐世家的人要是买唢呐就笑死人了。说到为做一支唢呐，先要从成捆的树枝中挑一截上好的做管身，再从连天的苇丛中挑一支做哨子，更叫人神往。说到底，在满世界人工电子音响的现代，唢呐的声音恰是大自然的声音，它的音色，当是做管身的树木的音色，是做哨子的芦苇的音色，是做喇叭口的铜片的音色，皆山水大地的音色，天然天生；在做成一把唢呐之前，到底怎么才能选中合适的材料，显然并非易事。而乡野山间，倒有的是那样的行家高手，从不著书立说，也不谙线谱和声，却能听出无言草木的喃喃低语，殷切嘱托：我在暗中告诉你的，你要在明处说出来。一根树干一经选中，要成为一把真正的唢呐，又须融进制作者几多的梦想与心思？挑选，掏空，刨削，打眼，上漆，装喇叭和哨管、哨子，直至调效，试吹，以至手指掌心的长年摩挲，血脉气息的朝夕浸润，直要把它调教得能将一支曲子不管欢乐忧伤，总吹奏得能往人心里去。如此费心费力，是要靠吹奏吃饭挣钱吗？哦不，他说，图的不过是个畅快热闹，乡邻凡有红白喜事一声招呼，拎起唢呐就去，走村串寨地，将一曲曲或欢快明亮或哀怨缠绵的唢呐声，献给相识或不相识的主人。想想也是，人间有的是无以言说的心事，就都交给唢呐吧！尽管一支好唢呐据说只能吹十多年，而十多年时光，一支唢呐到底要伴随多少人家多少人生，真是说也说不清的。唢呐手的期望，无非让主人的喜也罢忧也罢，统统都发散到空中，告知亲人。谁知中国阔大的乡野里，有多少几子湾这样的唢呐，要我们去倾听去分享去分担呢？

太阳西沉，夜幕初张，该是回家的时候。想起那次在火车上听到唢呐的地方，离几子湾似也不远，想问凤官盐是不是有过那样一次出行吹奏，倒终于没问——是或不是又何妨呢？临行前我求他再吹一曲，他说好啊，拿酒来！不知是兴无还是德忠，慌忙倒好满满一碗酒递过去，唢呐手仰头一饮而尽，抹抹嘴，操起唢呐便吹。月暗星朗，河汉灿烂，万籁俱寂，一支几子湾的唢呐在天地间萦绕环回，身边荡漾的音符如群星飞迸，转眼又远逝天边。稍后，一群新的音符又像星星闪烁蹦跳……那是一支快乐至极的曲牌，或欢快激昂，或愉悦舒缓，或悠扬抒情，或窃窃私语，跟我在火车上听过的和他先前吹奏的全然不一样，里面满是大地的声音，是山、水、云彩、森林、野物与鸟儿的声音。山山水水在暗中告诉他的，他正大声明亮地说了出来：山在呼吸吐纳，水在奔泻激荡，森林呼啸澎湃，花儿舒展开放，草茎拔节生长，云彩飘升腾挪，日月缓缓运行；那些明净的欢乐幽暗的艰辛灿烂的阳光如银的月色，统统都在他的唢呐声中，一声声都是告诫：生生死死无非是一个过程，大自然永远是快乐的，充满了生气！一曲奏罢，他顺势躺倒在地，手脚摊开，大喊一声："哦，今天我醉了！"其实何止他呢，我醉了，想必几位诗人也都醉了。

在小水井听天使的演说

　　山呼、海啸，兽吼、鸟鸣，风吟、花唱……千千万万种声音合在一起，才叫地球不致像别的星球那样沉寂冷清。社会也一样，不同阶层都在用不同方式发出声音：官员做报告、发文件，人文知识分子写文章、做演讲，艺术家开个唱、出大碟，普通人法子少，也分散，偶尔发出点声音也没几个人听——他们的声音大多被遮蔽着，自生自灭。但例外总是有的。

　　那个冬日的一万道阳光，或许九千九百九十道都洒在了那个叫小水井的山凹。满眼都是那种金黄朴实的灿烂——那是真正的灿烂，绝非朝廷命妇浑身金银珠宝张扬眩惑的美艳，也不似宫廷内外雕龙画凤孤冷深幽的华丽；小水井的金黄阳光亲和入世，让人想到耕种、收获、给阳光晒透的面孔，以及农家屋檐下一挂挂黄灿灿的包谷，秋后随意丢在墙角的一堆堆南瓜。

　　大地上有那种阳光的村子不止万千，不同只在小水井是有声音的。于是开头是我的眼睛贪婪地忙碌，跟着耳朵又紧急动员起来：一下车，歌声便像从天堂传来。尽管事前就听说那是个困顿得需要"扶贫"的小山村，身着苗族家机粗布衣衫的歌者，也全无裙裾飘曳胁生双翼的天使模样，我还是吃惊不小，以为那是天使的歌声。二三十个面色褐红的山民，成两排从我们下车的场坝，一直排到远处，脸上挂着唯圣徒才有的明净如许的投入与专注，而一双双草鞋、布鞋上，从地里带来的沸沸扬扬的泥土尘埃却好像还没落定。

　　歌声就在那里响起，有着敦厚的飘逸澎湃的沉实。不是民歌唱法，像美声，声部清晰和谐，带着浓重的共鸣。料想那歌声自灵魂深处发出，在让世人听到之前，已在体内有过几次翻旋倒腾，滤去了轻浮与杂质，每一句都变得纯净如饴——此前，我只在正经的歌剧里听到过。眼前的山村却是偏僻的，他们身后古老敞旧歪斜灰暗的屋舍，是那场歌唱真实得几近荒芜的背景，没法让人把歌声的美艳和村子的贫穷连在一起。

朋友说，现在唱的是迎宾曲，好听的还在后头——他已来过多次，总嫌没听够。穿过那道歌声的长廊，进入不远处那座雅灰色建筑时，歌声一如排浪在我身边温暖地拍打，既让我心旌摇曳灵魂飘荡，霎时便享尽了俗世的欢乐，又让人无端地圣洁虔诚起来，像在接受一次心灵洗礼。进到简陋的大厅，刚在硬木条凳上坐好，"天使"们便穿过中间的通道，径直上了舞台。一个中年男子，穿着土白条纹提花家机布半长袍子，走上台去，朝听众们鞠了一躬，转身拿左手朝舞台右侧轻轻一点，钢琴声便悠然响起——看来他就是指挥了。前奏将毕，指挥双手一扬，一无装饰的简陋空间便骤然充满歌声，转眼就有了明净的灿烂。

据说平时他们唱歌也在那里。空间不大，除了三十来个合唱队员，也就百十来个听众。那离小水井合唱队初次成立已十八年。演唱者手里都有个活页夹，里面或是歌本。可我看见好几个人，比如第二排最边上那个姑娘，几乎从没低头看过。她双眼微闭，全然陶醉在自己的演唱中，说那是为了唱给别人听，不如说是为了唱给她自己听。但依写过《法国革命》的苏格兰文坛怪杰托马斯·卡莱尔所说，既然"音乐是天使的演说"，眼前这些"天使"想告诉我们的又究竟是些什么？指挥的手臂轻轻挥动。一支支歌曲在演唱着，从中外名曲到流行老歌。我认定那是他们心灵的倾诉，人类关于现世与未来的一切希望都凝结在歌声之中。恍惚中，我已看不见他们嘴巴的张张合合，歌声从他们的心灵里发出，带着他们温润的体温和轻颤的心跳。我的心变得轻盈而又沉实，除了他们的歌声，再也感受不到他们肉身的存在。偏僻山村。四声部合唱。那样的歌声飞出大厅时，一定带有光芒，就像阳光从外面射进屋子时那样，柔和灿烂。

演唱完毕后我问那个姑娘："你好像没看歌本？""都记得了，"她说，"用不着看。""你唱得真好。"我说。她抬起她的大眼睛看看我道："谢谢你的夸奖。"又上前跟指挥聊了几句。他叫龙光元，三十五岁，长相看上去倒不下四十岁。跟他握手时我大吃一惊：那双在舞台上挥洒自如的手，原想该是温暖、柔软的，却长满了厚厚的老茧，满是龟裂，热汗淋淋。我的心顿时被震颤：一个普通农民，种着十亩地，就靠那双手，每年能收获五六千斤粮食。跟小水井一百三十八家农户一样，他的日子艰难拮据。那你们的钢琴？龙光元说，那是一个来听过我们唱歌的老板捐赠的。

从那天起,小水井的歌声一直在我心中回荡。那确是天使的歌唱,却来自尘埃弥漫的底层。那歌声属于天堂,生活却在底层。小水井其实缺水,音乐就是滋润他们心灵的水。那样的歌唱,不为生存,不为票房,而是一种带有根本性意义的尝试。扪心而问:哪个人文知识分子,能像他们那样歌唱呢,以自己的方式发出自己的声音?唯对现实生活有大领悟,有大怜惜,心怀底层经验,有大爱大痛苦者,才能不断地发出真声。任何时候,声音高亢者通常都强势得很,手里有传媒,能借助财富和权势,将或高尚或卑劣的欲望艺术化到极致。问题是强势阶层不少都是社会的消耗阶层,而社会真要成立、稳定,基础却在创造和创造者。没有看似枯燥、卑贱的创造性劳动和满头灰土的创造者,任何社会想要存在一天,都不可能。创造者一旦可以发出声音,他们的日子中所包含的智慧和理性被发掘和扩展开来,社会方能生机勃勃。但他们却往往都在很深很深的底部,被遮蔽着,我们无法看到,更难听到:他们的声音很难集中,也没人代表。集中起来也难有人识。记得小水井合唱队参加一次全国性歌唱大赛时,我一直在看,在听:初赛得分甚高,我高兴;复赛却被淘汰,我吃惊。是他们唱得不好,还是评判失误?在经历过岁月、山水的重重遮蔽之后,"小水井"再次被"大赛"遮蔽。尽管如托马斯·卡莱尔所说,"世界历史只不过是伟人的传记",但我认定,世界历史说到底还是无数无名者所创造。作为社会的一种声音,小水井的歌声明丽、真实、永恒,能让人听出许多音乐之外的东西⋯⋯

再读星空

　　离我一米，最多两米，那片星空就像挂在我面前的一幅画，晶黑的底面上，斑斑点点的星星让我眼前一亮，虽明知是在剧场观看演出，那无非一幅天幕，却如对天穹。一片作为天幕的星空，当然不是通常出现在我们头顶的午夜苍穹，不是那种弧形或半圆形的，能整个儿地将一个观者严严实实地包裹，甚至能熊抱似的拥你入怀的真实星空——那样的星空我见过，在西藏日喀则，在云南高黎贡山，猛一抬头，便见河汉横斜，星云迷蒙，光华辉映；尽管离我遥远又遥远，我仍惊叹于它的浩瀚与璀璨，又止于惊叹。错在那时我只将那片真实、浩瀚的星空，当作了一片景观，无须购票便随时可看且永不消失——花费是否昂贵，似已成了当今衡量价值高低的标准。事后寻思，为什么真去思想星空对于人类的价值，反倒是在那次观看演出之后？或许司空见惯的事物一经艺术点化，其魅力往往大过它的本真。天幕上的星空较之真实星空虽小了许多，却单纯、洗练，凸现的是单个的星星，是那些晶亮如同钻石的"点"；它们既相互独立又辉映成趣，既近得伸手可触，又远得即便有几十辈子时间也无以到达。那样的星空神秘、深邃，精致、华彩，而又普通、寻常，粗拙、朴实，以致现代人类一天天又一年年地视而不见，就像我们面对水、空气、阳光和大地，面对一切看似寻常而又伟大的事物一样。

　　那一刻我的震惊无以言喻：真是的，我已好长时间没见过那么纯净的星空。准确地说，好像我从来就没见过那样的星空，明净，清澈，像一面巨大的镜子，让越来越纷乱、芜杂的人世自惭形秽！而星空从来都在那里，我们要么没有去看，要么看见的只是那个我们自以为看见了的星空。"极端数字主义"提供的网络、手机、微博、QQ和MSN，让我们自以为生活空间广袤无垠，身居斗室而无所不知，其实我们真实的生活，或许正在陷入一个越来越缺乏深度的泥沼。

好在此刻，无论远近，那都是一片我从小就熟悉不过的星空，却又陌生得仿佛第一次仰望——人类第一次自觉地凝视星空，第一次对着星空出神发呆，第一次想象星空或星空以外的世界，是什么时候？几千年前，或上万年前？不管怎样，儿时那些充满童稚的夏夜，谁不曾仰看星空，低数流萤？孩提时代对星空的仰望，多半单纯而幼稚，目光清澈得像夜空本身，就像人类对星空的第一次凝视。或许正是因为也曾那样仰望，以为早已了然于心，方导致了日后面对星空时的掉以轻心？那天我在剧场面对的只是一片艺术化的星空。那是艺术家经过观察、思索后，对上苍赐给人类的那个礼物的复制，问题是那片根据俗世生活经验创造出来的星空，那片黑天鹅绒般的夜空，密集的、争相闪亮的星星，却井然有序，一无拥挤之嫌。透明的漆黑。璀璨的宁静。雅致的素朴。星空占据了整个舞台的全部天幕背景，满满当当，仿佛从天上切割下来的一块。在看过太多花哨的、满满当当死塞硬挤着赤橙黄绿青蓝紫各种颜色的舞台天幕之后，一眼看到那幅天幕，我感到的是阵阵爽心的清凉。那种清凉让我有可能接触精神，而不致被外表的眩丽弄得失去分辨的能力。

星空或许是人类凝眸宇宙时，所看到的最初的，也是最永恒的一幕，它意味着人类栖身的这个星球，不过只是亿万颗星星中的一颗。无论远古还是当代，人类有史记载的一切，都是以这个浩瀚星空为背景的折子戏：温情或血腥的历史，繁盛或衰腐的政局，美好或悲惨的人生，经典或拙劣的艺术。背景或许还有阳光或者月夜，日出东方的磅礴，或月上中天的妩媚；但真正深邃的背景正是星空。那种透明的漆黑能让我们看得很远，也想得更深。当代世界真正匮乏的，不惟资源，而是深度。梭罗独居在瓦尔登湖畔的那幢小木屋，正是两度获得美国新闻俱乐部亚瑟·罗斯奖的思想者威廉·鲍尔斯眼中一个有着"深度生活"的场所，那是一个有深度的最理想的家，既不完全脱离社会，也不会被社会同化；也只有在那个地方，梭罗才会觉得自己能够"在天空垂钓，钓一池晶莹剔透的繁星"——梭罗面对一池繁星的沉思，想想都叫人为之倾倒。

倘说大地是人类最好的舞台，星空便从来都是人类最好的舞台背景，它们一起构成伟大艺术最好的依托和出发点。江河给我们线，教给我们柔韧和流动。平川给我们面，教给我们坦阔与博大。日月给我们昼夜明暗。万物赐予我们光影色彩。星空则给了我们点。点虽小，却能连点成线，展线成面，集面为体。有体方有万物。足见点是万物之基础。科学已将对物质的追踪深入到了分子、原子、质子、中子、中微子，所有这些"子"都只是微小至极的"点"，却构成了天下万物。艺术在那样的追踪中也没闲着。吴冠中那幅《播》中画的满天星斗，正是"点"布满太空所带来的美感。音乐亦同。再磅礴的旋律也由一个个音符组成，音符正好是点。"大珠小珠落玉盘"，白居易笔下的音韵之美，无意中凸现的也是运动中大点小点之绘画美。如真有天女散花，即便散的是纸团、碎片，同样会绘写出星空如寰宇飞花的美感。这样的美感，无不诞生于大大小小的点与点群在空间中的扩散与展拓。当我们每天的生活都从电视、电脑、手机等大大小小的屏幕开始时，却忘了偌大一个星空，正是宇宙为人类演示点与群这门科学的大屏幕、大讲堂。

岂止科学与艺术？再读星空，让我们懂得那一个个小小的星"点"其实都是巨无霸，进而知地球之渺小，知人生之短暂，知世事之倏忽。当今世界，过快过于匆忙的前行，让人总以为人类无所不能，其实大谬。无论个人、国家，妄自尊大已然成了通病——对于自然，对于星空、宇宙，甚至对于民众。其实，星空无疑是人类、人心的一面镜子。唯内心纯净的人，才看得见星空的美丽与深邃。面对它，那些膨胀的欲望、无尽的贪婪、炫目的浮华，都相形见绌，分文不值。几十年前，在某个喧哗的年代，诗人郭小川便在《望星空》中写道："在伟大的宇宙空间，人生不过是流星般的闪光。在无限的时间的河流中，人生仅仅是微小又微小的波浪。"他甚而感叹："呵，星空，/只有你，/称得起万寿无疆！"郭小川险些因此获罪。其实何罪之有？或许真"称得起万寿无疆"的，远不止于星空，还有水、空气、阳光和大地，可载舟亦可覆舟的芸芸众生黎民百姓，别的统统都是"浮云"。

面对星空，人类该学会的恰恰是自省、自哀。"秦人不暇自哀，而后人哀之；后人哀之而不鉴之，亦使后人而复哀后人也。"杜牧《阿房宫赋》里的话，我们或该永世记取。"不暇自哀"的最终结果必是悲剧。而事实上有许多事都是需要我们每个人、当今社会和整个人类自哀的。

黑舞者

　　黑暗中隐藏的秘密，总让人既有探寻的冲动又有期待的紧张。面对一场寻常演出的间隙，我恰好陷入了那样的纠结：没有报幕与灯光，也没有音乐。舞台上那片黝黑浓重深邃，叫人疑窦丛生又满怀期许。世界原初般寂静，但巨大的声响兴许随时都会爆发。期待让我心跳急促。我猜不透那片暗黑中是否真有秘密，又是怎样的秘密，唯一能做的是屏息以待……

　　一切来得比我预判的简单得多，至少开始是如此，柔韧的优雅简练的妙曼都是后来的事。足足两三分钟，作为演出间隙那实在太长。终于，一抹熹微的红光如晨曦初现，丝绸般地，从很远的地方升起，仿佛从大地深处穿透出来，纯净、柔软、轻盈，沿着我想象中的地平线波动、弥漫，水一样铺洒开去。音乐舒缓地响起，轻，而且淡。跟着，隐隐约约地，红光中现出一个人影，就像一棵荒原上的树。分不清是男是女。能肯定的是那绝不是树，而是人，是跟你我有着同样身躯的人。红光渐渐照见了那个人。一个年轻人。身板匀称，个头高挑。暂时还看不见他或她的脸。所谓年轻完全出于我的猜测，而猜测可能对错各半。至于他到底是舞者还是歌手，我更无从判断。

　　那片纯净柔软的红光继续蔓延。先前我以为那熹微的红光会一直涌到我的眼前，直到将我包裹、淹没，就像我在海边看日出时最终被霞光淹没一样，却没有；到了那个人影那里，红光便不再向四周弥漫，而是转身向上，如同涨潮般地，慢慢向上升。那个人影却如同潮水中的礁石一动不动。一个礁石般的雕塑。红光先是没过了他赤着的脚——那时我才发现，那是一双典型的黑人的脚，靠近脚掌处露出的，是与深黑色脚背全然不一样的肉白色。他的手臂像翅膀一样张开，从那时起，我开始在心里叫他"黑舞者"。然后是他的腿，尽管被一条赭红色的肥大裤子包裹着，看不见，却足够让我想象；再然后是他紧束的腰，扁平的腹，以及透过他那件敞开的无袖小褂，露出的赤裸的、完全袒露的胸脯，饱满、结实。再再然后是他铜色的脖子，他光洁的、微微前翘的下巴，他厚厚的、抿着的嘴唇，他的那片红光映亮的、金属般的鼻尖，他山崖般的额头，他短而草丛般蜷曲的头发……最后，红光终于整个儿地淹没了他，也完全照见了那个男性舞者。一个年轻的黑人，仿佛站在非洲某片旷野上等待着什么，其时霞光正从离他很远很远的地平线升起，或者那并非霞光，倒是那片大陆自身的颜色——不知为什么，我印象中的非洲大陆，从一开始似乎就是一片赭红色。

在我见过的所有黑人中，眼前那个黑舞者并不特别。他不是肌肉男，不像许多非洲人那样手大脚大，惊人地魁梧、壮实；他真的很平常，也很年轻，却有着一般黑人身上少见的深邃与干练，不仅是他的身体，还有他的神情。那神情让他比那些明星级黑人更潇洒，无论是迈克尔·杰克逊、乔丹、鲍威尔还是博尔特。他的出众在他的匀称，匀称得一眼看上去就与艺术，与那片大陆完全般配——或许可以反过来说，他本身就是个艺术品。

不用说，从黑舞者在黑暗中显现的那一刻起，我就被他完全吸引：不仅是那件无袖小褂，那条赭红色的肥大长裤，光着的脚、裸着的胸脯，更是他的眼睛，是从他眼睛中渗出来的那种神情。我说不清那神情到底意味着什么，却喜欢到迷恋。作为舞姿，无论随后他怎么跳跃、旋转、奔跑、劈跨、扭动、挣扎，都显得训练有素，协调优雅，但我近乎疯狂地迷恋上的还是他的那种神情。或许我所期待的秘密就是那种神情？那神情穿透他的肢体语言慢慢弥散开来，就像起初笼罩他的那片红光那样，完全笼罩了我：不止我的身体，还有我的内心。

我为一个来自那片神奇大陆的舞者，为他的那种神情而痴迷、倾倒。但开头我没能真正读懂那种神情。我断定他的所有舞蹈动作都是对那种神情的诠释。没有那种神情，他的舞蹈将失去意义。舞姿无须翻译，那种神情却难以言传。那种神情如同诗歌。诗歌的翻译之难，曾令西班牙作家阿索林借他人之口感叹说："我的书太西班牙了"，"是无法翻译的"；而"太过西班牙的意思是，采集西班牙的魂魄；那调子微妙，无法估量。而这些，在变成另一种语言的时候就消失了"。黑舞者正用他的舞姿翻译着他的神情，如此，我才能顺利地"采集那微妙的调子"，勉强把那种神情翻译成"生命"，只有生命才会那么微妙。那神情中包含着生命的一切：生存、自由和从容，奋进、乐观与坚韧，绝无时下常见的贪婪、猥琐、奴颜与媚骨。或许那才是我一心想探知的秘密？

　　人是人的镜子。这是个充满秘密的年代，谍战剧、探秘和揭秘节目风行，我们反倒忘记了人类自己。而这个世界真正的秘密正是生命本身，是那个黑舞者，也是我们自己，以及所有这些个体生命的情感。就像黑舞者终于穿透那段太长的黝黑出现在我们面前一样，个体生命的价值早已超越宏大叙事和精英弄权的那段间隙，站上了历史的巅峰。历史不只是甚至根本不是某些规律的被动结果，而是由普通大众情感推动的活生生的历史。我庆幸我或许读懂了那被我翻译成"生命"的神情，尽管真要完全领悟它或许要花上整整一生。

舞　人

　　说高原是舞蹈的王国大概并不过分。初看上去，在沉重粗笨的大山与如同飞瀑流泉的舞蹈之间，似乎不可能有什么联系。偏就在这样的山里，生长出了成百上千种舞蹈，成千上万个舞人。高原因而也是舞人的王国。
　　都市舞台上那些身着彩衣脸抹浓妆的职业舞蹈演员不能算是舞人，那些人另有一个高雅的名字，叫舞蹈家。舞人只是些极普通的男人和女人。他们脚大手大面孔深红，有的甚至头发蓬乱半裸着身子。他们祖祖辈辈住在山里，但白天你在那里却难得碰上他们。只有当夜渐深沉，有月亮也好没月亮也罢，你才会听到粗哑热烈的舞乐声从某个山谷传来。那可能是一面木鼓，一架铓锣，或一把三弦，一支笛子，总之乐声的单调和自负成着正比，足可牵动你好奇的脚步。你走出去时会看到篝火，那是舞人点燃的，作为他们唯一而又真实的布景。火光把舞动的人影投射在大山上，让人分不清跳跃晃动的到底是山还是人。有时是几十人，有时是几百人，被那单调而又自负的乐声连成一个巨大的圆圈，绕着篝火，缓缓地，而又不停地旋转。当然也有歌唱，只是你听不懂他们唱些什么，能感到的唯有某种旋律和情绪。那正是舞人的歌唱，驱赶着大山里终年不散的荒寂。还有他们那震撼山野的舞步，它会让你以为他们已把生死置之度外，正要去殉一项事业。往日你印象中山里人的沉默木讷和懒散这时已荡然无存，现在你面对的是红光流溢、尘土飞扬、舞乐喧天。你不知道从哪里又在什么时候一下子涌来了那么多的人和那么多的欢乐。
　　舞人只属于夜晚，正像山里的夜晚只属于舞人。白天他们为生计忙碌，要栽秧，要薅包谷，要收洋芋，要撵山，只有到了晚上他们才为自己活着。他们的日子似乎从夜晚开始，在黎明到来时结束。他们像是大山里不眠的精灵。当你真正走近舞人时，你才发现他们并不像你想象的那样充满了艺术感。事实上他们从没听说过"艺术"二字。对于他们，舞蹈只是一种游戏。他们从小就开始玩起，直至离开这个世界。他们就那样舞着，汗流浃背，吸着呛人的尘土，眼睛苍茫无神，甚至近乎木然，却被篝火映亮了，仿佛星星。他们的动作既简单又随意，就像一群歪歪倒倒的醉汉。他们的歌唱也说不上优雅，更多的时候简直像在狂喊乱叫。

——看到这一切你或许会大吃一惊，感到不可思议。

但这就是舞人。在云南的山里，你随处都可能碰到他们。出于生命的某种原初的渴望和想摆脱什么的无名动机，他们往往一跳就是一个通宵甚至几天几夜。你或许想说他们跳得好看唱得好听，以为那是对他们的恭维。其实他们是无所谓的，你恭维不恭维他们都要跳，就像不管有没有月亮、有没有饭吃他们都要跳一样。他们顶多说一句这好玩。

而一批又一批舞蹈家，不厌其烦地从城里跑到山里，到处寻找舞人，说要向舞人请教——只要从舞人那里学到一点皮毛，回去就成了大艺术家。舞人却依然是舞人。舞人永远是一群无名无姓的男女。

月色与歌

月色如水、月光如海有时还真不是想象：淡淡一片银色的幽蓝笼罩天地，山、路、树丛以及影影绰绰的山间小屋，都以某种将融未融的、毛茸茸的姿态，在海水般的月光下浮游着，晃动着。我们信步由缰，顺着高黎贡山那条乡间公路，一直往下走。记不清那是第几次到高黎贡山的白花岭了。白天那条坑坑洼洼的灰黄土路，眼下活脱用白银打造的带子，看上去年深日久，稍有些发黑；路边那些坡地，全然是上苍随手抛落的片片巨大银箔。不知道那是收割之后，还是从来就那样裸露着？反正直到那晚，我才发现土地也会闪光。月光的妙处是润泽柔和，不伤眼，你尽可以久久注视。有些地方，树丛，山洼，依然黑森森的，看上去就像一幅黑白照片——那比俗艳的彩色照片好看得多。吸引我和朋友们的，最初正是那晚的月色。文人喜欢月光，诗人尤甚。《诗经》以来，汉赋唐诗宋词元曲，字里行间月色弥漫，写尽了那轮照耀千古的月光。诗人一如人中之鱼，喜欢在如水月光中散步，原因恐怕连他们自己也不甚清楚。传说飘然太白醉后死于月光，他要去寻的，正是那轮水中的月亮。然月光如水，也如网，人"在月光洒下的网里"，到底"是飞鸟还是游鱼"？聂鲁达在《为什么太阳是一个坏透的友人……》里的发问，想想竟让人惊心。

幸运却在那晚除了月光，上苍对我们还另有款待。当隐约的歌声从下方如仙乐玄音飘来时，如水月色竟有些许漾动，转眼又平复如初。听到歌声时我们已走出去很远。月色中的歌声在夜的山野飘动，海藻般柔软缠绵；起初只偶尔撩拨你一下，让你突然心里一动，像短暂的、猝不及防的情欲。渐渐地，那些柔软的乐音的海藻已不再只在你身边扰动，它时而缠住你的手脚，时而又绕上你的脖子。问题是我完全看不到它们，那些歌声的长长的藻叶，就更显神秘。

以我的经验，我想我们是遇到山里的对歌人了。月色下，靠我们这边是一大片坡地，对面隔着一道黝黑深箐，是另一片开阔地。坡地上方树木森然。歌者或就在那些树林里面。长久的注视，让我第一次明白月光并非永远那样明亮，如同风中的油灯，它也会忽明忽暗。两片隔箐相望的坡地上看不到任何一个黑点——我说的当然是那些隐身歌者，但歌声就在它们之间飞来荡去，离我们越来越近。就像置身于一个巨大的立体声 HIFI 音响前，声源忽而在左忽而在右，一边余音未落，另一边又悠然响起，或交相应和，铿然共鸣。我索性席地而坐，满怀爱意地去看去听。常常是一男一女的对唱。听不懂歌词，也弄不清到底是一对一呢，还是随意应和。可以肯定的那就是对歌，古老而又神秘，山里的年轻男女正用那种方式谈情说爱。侧耳倾听，稍加用心，你就能深味那样的爱情，深味那种用歌唱传达出的羞涩与试探，热烈与率直，神秘与浪漫。

城市里绝无那样的艳遇。那里的一切已变得既直接又纠结，聚会、谈判早已是打理世间百事的首选：商业的，政治的，友谊的，甚至连恋爱也叫"谈"。偶尔会借助酒精增添一点朦胧与浪漫。可无论有否酒精参与，城市里最信誓旦旦的言语承诺，也可能变成最不靠谱最难信赖的虚与委蛇，即便不说它充满了谎言与欺骗。而在高黎贡，那些隔着月光隔着山箐对歌的少男少女，用的是全然另一种方式。朋友说他们都是附近村子的，早就相识，甚至早不见晚见；他们借助对歌相互了解的所有问题，日常生活中只需简单的一问一答就能敲定。但那显然太乏味了。相识后还要用那样的方式倾诉心迹和爱的秘密，城里人肯定感到奇怪，可真正的浪漫就在于此。相识与情感的相通、与爱并不是一回事。人类历经千万年演变，早已丧失了太多的艺术趣味，吃饭、睡觉、成长、爱恋等等，都只是人一生必经的程序，毫无乐趣可言。而波漾的月光、深情的歌唱，则把那个牵涉到终极幸福的人生大事，变成了一场艺术或说歌唱的山野 Party，将他们司空见惯的日常生活陌生化、场景化、艺术化。充满艺术趣味的方式，只在像白花岭那样远离城市的地方依然保存着。

糟糕的是，也许，正在对歌的山里的青春男女，此刻向往的却是城里人的那种方式。他们以为那样"现代""时髦"。我既无法理解也无法阻止那样的向往，就像我们无法阻止"现代化"进程迅疾蛮横的脚步。许久之后，当我在远离白花岭的地方，听说那条在月光下如同银子打造的山道，已经铺上了黑乎乎的柏油时，我却像当时一样，宁可深深沉入那片月光之海，让月光与歌声把身心久久浸泡。记得很想在那晚，在月色下看到怒江，可惜太远，看不到。月下的怒江，该是一幅怎样生动的景观？双虹桥，桥上的木板，铁链，桥两头苍苔覆盖的桥头堡，桥下的礁石，"那些在哗哗流水中始终平静地注视着我的锐利的岩石"，现在都怎么样了呢？

  回到住地，久难入睡。如同弗罗斯特所说，"临睡前路途遥遥，临睡前路途遥遥"。夜里的百花岭到处都是黑色的风声。"这时风在飞翔 / 芳香在飘泊；/ 颤动的枝条垂下头颅 / 似乎低声地说着什么 / 干枯的落叶 / 和凋谢的花朵。"而贝尔特朗在《夜之卡斯珀尔》里的另一句话，或许同样适用于那个依然近在眼前的月夜："这时，一只夜间迷路的蜗牛，两支触角向前伸着，在我明亮的窗玻璃上，正在寻找要走的路径。"

山林天籁

真疑心那是老天爷存心捉弄几个凡夫俗子，随手扔给我们的一道智力测验题：鱼一样潜行在那片原始森林里，要多舒服有多舒服，要多养眼有多养眼，倒是那清幽的寂静越走越让人揪心，生怕万一有个野物窜出来，弄不好就让人玩完了。天籁就在那时传来，叫人一时如入梦幻：那种混沌的明晰清脆的悠远，直叫人以为既身在天庭又没远离尘世，好听得要命。吊诡的是，倒怎么都找不到声音的出处！

直到眼前打斜里窜出来一道山涧，才恍悟那声音莫不就出在那里？循声寻去，箐底一股山泉正不知从哪里流来，逶迤跳荡成一脉春山残雪；溪边几片栽着不知名作物的田土，静得像从大师手里飘落的几方水墨小品。最怪异的是小溪边那个"小水车"，看上去像孩子用竹子做的玩具。深山野岭，人迹杳无，哪来的孩子？再走，溪水由几匹探进溪流的芭蕉叶引出，漫漶散开成一片翡翠，缓缓流进"小水车"中间那根横架着的半拉竹筒里，一俟盛满，失衡的竹筒便猛然翘起，撞在另一截紧挨它的竹筒上，发出啪啪的声响。随后那空竹筒重归原位，新的循环再次开始，直至又一次发出好听的啪啪声——每个过程相隔大约也就一两分钟，顶多两三分钟。

难怪那声音响得精致，原来造就它的那个"小水车"也那样精致。可那到底是干什么用的呢，真是孩子的玩具？不像。用响声为山里行人指路？也不像。巡山人为自己驱赶寂寞？更不像：实实在在的守山人，哪有时间玩这么小资的情调？

就那么痴痴地愣在那里，一任清悠的啪啪声不时传来，如来自天外，至纯至清，搅动着那道山箐和山箐里精魂般游动的淡蓝烟岚。索性等巡山人来了问个究竟吧，他是自然保护区的，一路给我们讲了好多故事，关于山水、人和山里那些野物——进山之前，我们心里只有自己，哪想到这静谧悠远的森林里，除了树和人，还有那么多奇异的生命！

巡山人听了我的疑问，先是一愣，旋即淡淡一笑：哈，那都是山民搞的，一种很古老的"机关"，弄出点响动，也就吓吓过路的野物，不让它们糟践庄稼。

哦，那被我奉为天籁的声音，他竟说只是一点响动！

这么简单吗？我说，听上去那简直就像仙乐。

他又是一愣：依你说，该怎么复杂一点呢？

干吗不设个陷阱，下个套子？我说，对付野物，那是最常用的办法。

哦？他说，这里的山里人倒从不那样干，人要活，野物不也要活吗？

我一时无语。想想又解嘲地说，对了，开头我还以为，那个"小水车"是山里孩子做的玩具呢！

唔，您要这么想也没大错——人，不就是大山和森林的孩子吗？

……离山箐已很远了，我问巡山人，真怪，这么远了，怎么还能听见那天籁般的啪啪声？他说这就对了，那声音，无论我走得多远，哪怕在梦里都能听见……没想这个巡山人跟山林里的天籁一样，还很哲学呢。

捣衣的和顺

无论冬夏晨昏，去和顺，先听到的总是捣衣声瓷实的清寂，而后才得眼见木杵淋漓的翻飞——似有若无，时远时近，飘忽却不虚幻，第一次听到那种水淋淋的温煦，还真让人有点儿把持不住。不知小小一片采自高黎贡山森林的木杵，怎么会有那样浓郁的、经年累月也棒打不散飘逸回荡的人文气韵？循着杵声先朝元龙潭走去也早已成了习惯：当那汪清幽潭水在眼前无声地漾开，人往和顺那座最大的洗衣亭前一站，捣衣的和顺便形神兼备地扑到眼前。洗衣亭安然若素，我心倒像亭下那个红衣乡女手下的衣物，在反复的捶打中水花四溅，若天雨流芳。低回的杵声在清幽的潭水雅静的山弯间飘动，一如旧时先生的手指在打开的大开本线装唐诗上指指点点，怎么吟怎么听，都有一种清凉的温润淋漓的徘徊。这回却不敢匆忙凑近，只远远地看静静地听，生怕一不留神，就搅破了红衣女手中的木杵起起落落的情思。

——真不知极边的腾冲和顺，怎么会有那么多洗衣亭？听说大大小小的洗衣亭，尽皆"走夷方"的男人为留守家乡的妻女而建。此去南洋仅咫尺之遥，男人外出闯荡，挣了钱，回乡铺路造桥修宗祠盖学堂，尽皆光宗耀祖的"公益事业"，唯洗衣亭为女人而建。说那是为让妻女洗衣时免遭风吹雨打固然不错，细想没准儿倒是为了自己，为了安顿那颗远在异国漂泊日渐干缩的心——想象中的捣衣声带着淋漓的水花万里飞行，或能夜夜滋润远方的游子。于是他们梦中所见便如我所见：一方方那样的洗衣亭，上有遮挡风雨烈日的亭阁，下有浮于碧水清波的石阶，洗衣人挽一篮衣物款款而来，俯首便可洗濯衣物。当衣袖轻挽，胳臂半露，清绿豁亮的潭水便成了洗衣女的镜子，可用来照见因思念征人日渐憔悴的容颜怎么都化不开的相思。飞动的木杵四溅的水花和着纷然的心思淋漓地飘舞，连平时不便当着公婆和娃娃流下的泪水，也暂且化作水花肆意飞洒。杵声自然多在午后，轻轻撩开那片边关的寂寥南国的燠热，叩问乡间间的扇扇门窗和个个心怀；有时也在夜晚，在幽幽的月色中飘忽播撒，寂寞温润，让人反倒有一种止不住的湿热。在洗衣机早不稀罕的年代，谁说那个红衣女子家里会没洗衣机呢？可诉不尽的，正是杵声表达的那种温婉的思念。有时真想走上前去请教一声：爱，到底是怎样的一种玄妙？与初来乍到者听到的或是寂寞不同，我在意的倒是那内里的炽热——每一杵每一声都是一种坚守、一种坚持、一种回味。

怪异在这偏远和顺的捣衣声，总让人想起江南，想起唐诗宋词里那些经典的捣衣意象。那是不是远在异乡的人们刻意想要的？其实和顺地处极边，杵声听上去既无李白"长安一片月，万户捣衣声"式的清渺宁谧，也非岑参"孤灯燃客梦，寒杵捣乡愁"的缠绵惨淡，倒有点儿李煜"深院静，小庭空，断续寒砧断续风。无奈夜长人不寐，数声和月到帘栊"的幽思。那么一想还真对了：和顺人多在明代迁来边地，至今仍有许多人家自称祖籍南京。料想当年十万大军从江南来到边地，遥远故里的捣衣声，无论母亲的、姐妹的、妻子的、情侣的，都会在边地屯守将士的梦中鸣响。远在异乡，怎能不想起熟稔的江南那从小就听的杵声？日复一日，年复一年，年代和时光的累积像大山一样无以逾越，想返回故里的捣衣声中已是梦想，这才尽心尽力地修起座座洗衣亭，索性把家乡熟稔的杵声移到边城，早晚听见，亦可稍稍了却一点乡愁。

即便我，听到和顺的捣衣声，想起倒是小时候跟着母亲去到长江边，帮母亲洗衣服的往事。寥廓江天，几阵杵声转眼即逝，倒至今在心中回荡。二十世纪五十年代，母亲接了几个年轻人的衣服包月洗，一月挣两三块钱。其时年轻人成天忙着革命，没时间洗衣服，母亲这才有了一份可以挣钱的事做。星期天，早早地我就帮母亲去革命青年住处取衣服。他们见到我总有些不屑，仿佛一个小孩子，不去玩不去做功课，怎么来做这事？我倒从没有过尴尬——即便身为男孩，能帮母亲做事总是荣耀的。背着一大包衣物往家走时，路人皆以异样的目光看我——那包衣物实在太大，大到跟我的身子不相称。当晚，最迟第二天下午，我去学校上晚自习前，总要背着已经洗净叠好的衣物，送到那些年轻的革命者手中——他们不苟言笑，默然以对。他们不会想到，如今当我也远在异乡时,那些曾经回荡在楚汉江天的杵声,是怎样地滋润着一个人的心,他们呢?

人总是止不住远行的冲动。一旦远行,又止不住那样的怀想,看来任谁都要给自己留点念想的根基。其实从和顺走出去的,何止几个"走夷方"的人?元龙潭离写过《大众哲学》的艾思奇故居仅一步之遥,离抗战时在和顺演出都德式《最后一课》的寸树声家也不远——他们心中,或也有那片杵声吧?乡梓、故情甚至史传渊源尽管一步就能跨出去,可听到那样的杵声时都会想得更深更远;毕竟,历史和人生就在如同亲人念叨声的阵阵杵声中绵延着,风风火火地,也湿漉漉地……

——那样想着时,杵声倒停了。当红衣女子挽起竹篮,在不知从何处悠然传来的另一阵杵声中渐行渐远时,我缓缓来到洗衣亭前:

梦魂五夜萦乡绪,
风雨一亭动杵声。

——潭水复静如初,可默咏着洗衣亭上那句不知出于谁手的联语,心里倒怎么都禁不住一阵阵涟漪轻漾……

临窗私读钞

温润书香有无间

古人做事向来风雅，寻常事一旦冠以雅称，便温润可人。譬如"书香"。书何有香？初为防蠹虫啃噬书籍，古人在书中放置芸香草，其清香气在打开书时迎面袭来，即是。文人善想象爱怀旧，进而有书香情怀之说，无非指好书里蕴藏、积淀的文化风韵、历史记忆与个人情怀，堪可品尝、咀嚼与回味。于是尽管书香到底为何物谁也说不清，心里倒都有谱。书香浓郁的好书既是文人的终生寻求，也是终身伴侣。套用元好问一句词便更好玩：问世间书为何物，直教人生死相许？

——那几天突然跟书较上了劲儿，便突然想起这事。先是午夜的清寂让十万火急的电话打破，慌忙接听，声音不熟，只问寄给我的书都收到没有；待请教了尊姓大名，忙说收到了。是四本啊，他说。我说是的，四本，谢谢了。他说，那就请您多多指教批评啊！话有点儿唐突，倒情有可原，谁出了书不想听到读者反映？我不是评论家，倒难却好意，只好说等我看看再说吧。事后想，如今的书写得快，出得也快！一年时间，此公竟寄来了四本书。开头还没在意，总以为人家爱写，出书是好事。等他第四本书寄来，我一一翻检，见尽管都有出版社名，印刷却都在异地，恐是自费印制无疑。自费出书倒不犯天条，只是据我所知，这样的书在要求上就要放松得多了。便担心，这样的书里有书香吗？

几天后跟另一朋友又聊起了书。这些年他写得不多，但有文字出来，都还受人称道，日积月累，也该出书了。问他怎么不出书，他说您以为我可以出

163

了？我说可以啊，现在不都出书出疯了吗？他向来孤傲，说那多是些假书，要出我也要出本真书，有书香味儿的！又说，若纯属个人喜好，自费出本书虽无可厚非，就像花钱买个玩物；但印数既少，也难进书店，样子是书，其实不是，谓"假书"；至于那些内容芜杂甚至苍白，空洞无物近乎"八股"的就更害人，别说书香，简直就有些臭了，白送我也不看！

想想他说的还真有理。如今什么都"山寨"得很，股市、楼市有"泡沫"，书籍出版会不会也有虚假繁荣？前两年去某地玩，朋友约我在他办公室，进去见他的办公桌收拾得干干净净，唯独左上角摆着一本书，一看，是《某某文选》，印制精美。问某某是什么人，答曰是该地一把手。他也出文选？都什么内容啊？朋友把书递给我说，你自己看。拿起书翻翻，都是些会议讲话之类。中国古来是饱学之士终于做了个官，好歹留下几本著作；如今却是先做了官便频频出书，再成博士、博士后。这类官员文章，多出自秘书之手，多少添易几字就算他的大作。梁实秋说，"书香是与铜臭相对立的"。这样的应景文章拿去出书，前靠公款挥霍作垫，后以官阶晋升作结，实乃贪腐的"儒雅"版，别说书香，其实臭得很。无独有偶，近来听说某地官员变相以公款出书，光首发式都搞了两次，奢华、排场，名人云集，捧场者众——哈哈，他们还都不怕"臭"。

湖湘近代学者叶德辉，据说乃劣绅恶行，当年曾骂毛泽东领导的农民运动是"痞子运动"，被农民协会当作"土豪劣绅"处决。但身为近代之名藏书家，其对书籍版本的稔熟，倒令人匪夷所思：无须打开一本书，也不用眼睛看，只用鼻子闻闻，就能对书的良莠作出精准判断。几千年一部著述史，既经典流传，亦赝品泛滥，虽说良莠混杂，但其好坏或可拿香臭这一标准辨别：好书，真书，必书香浓郁，有能让人以心灵感应的美妙文字，有包容天地的温润情怀，方能"直教人生死相许"。

2009 年 1 月 3 日　于昆明

冬日午后的光与影

冬日里最奢最贵的，当是阳光，焦黄熏暖，稠得化不开，也香，赶得上盼归的妻子为风雪夜归人端来的那碗酒酿里丝丝缕缕的蛋花，看一眼都馋——夜乃日之余，冬为年之余，道理都一样，辛苦了许久，这时都要略略补一补。眼下不是午夜，是午后。连日阴冷终于放晴，阳光在阳台上铺了一地。索性往靠窗的沙发上一坐，把脊背完全交出去，转眼就被晒得发烫了。不是真烫，是那种微微的、让人舒坦的烫。温暖的慵懒，从脊背向内心阵阵涌来，简直让人有些撑持不住。

手机就在那时响了起来，朋友的短信说正在郊外一片草地上晒太阳："我已经晒得松松软软的，有太阳的味道了！"看不到人，倒好像真能闻到那样的味道。记得幼时端午前后，母亲总会把经冬的被子棉絮拿到外面晒，到向晚让我去收，棉絮又泡又软，像突然长胖了，抱在胸前，也有一股那样的味道。人也可以像棉絮那样，晒得又松又软，倒头一回听说，要是朋友就在跟前，凑上去，一定能闻出阳光奇异的味道的。放下手机的一时间，那段暖暖的时光就像有了点诗意。起身站在阳台上往下看，那里也有片草地，总觉得那个被晒得松松软软的朋友，就在下面。结果看到的当然不是那个朋友，是个在小区里做保洁的工友，只穿了一件背心，裸着一双胳臂，额头脑门上亮晶晶的，都是汗。用时髦的话说，那样子好好阳光啊，但细细一想，跟我刚才享受着的那种温暖的慵懒，又全然不是一回事。就见那个工友拐了个弯，走进墙角处的一片阴影里去了。那些太阳晒不到的地方，在我想来想必还有些"冷"，但那位工友那时需要的，也许恰好就是那一点冷，于他来说，那恰是一点阴凉。心就那样像突然被什么轻轻触碰了一下，微微地有点儿颤动了。

于是慵懒着，随手拿起一本杂志，胡乱地翻看。上面有香港作家王璞的新著《项美丽在上海》。听说此书早已在北京印行，边地太远，等那本新书到这里，恐怕是几个月以后的事了。一路看下去，寻常的文字，倒真不敢恭维，不过借着一个很酷的传奇故事，自然添了几分魅力。阳光洒在页面上，跳跃着，文字也突然活蹦乱跳地，像点点金斑。世上也真有那样的奇妙，一个很偶然的机会，美国女子项美丽到了中国的上海，居然与新月派诗人邵洵美一见倾心。初初以为，风流倜傥的邵先生，或是仗着他那个希腊式的鼻子，才会有那样洋盘的艳遇，其实也不尽然。这是个与宋庆龄，与鲁迅、沈从文那一级的文人，都过从甚密的文化人。而那个项美丽，也绝非等闲之辈，真名艾米丽·哈恩（Emily Hahn），《宋氏三姐妹》的作者，著有五十二本书，还是《纽约客》专栏作家，"项美丽"一名，是邵洵美给她取的。这样一个女人，自身当然才华了得，又久经风月，怎么会被邵先生迷倒呢？所以转念又想，一个人对另一个人，尤其是对异性的吸引，外表固然重要，恐怕更重要的，还是从皮囊里透出来的那股文气。那才是更能征服人的东西，邵先生让项美丽一见倾心，就绝不至于只是因为他长了一个希腊式的鼻子。只是不知道邵先生身上，那时是不是也散发出了一股阳光的味道，让来自美国圣路易城的项美丽，一到上海就能闻到？问题跟着就来了：邵先生是有家室的人，其与夫人盛佩玉的婚姻，当初也是上海滩的传奇，他是盛宣怀的外孙，而她是盛宣怀的孙女。奇就奇在这位很天真的妻子，对丈夫的情人竟能热诚相待。而得到盛佩玉的认可，项美丽此后得以常去邵洵美家随便走动，而邵氏夫妻也常常到她家里来作客。盛佩玉甚至还跟项美丽一起逛街购物。这两个共享一个男人的女人，关系竟亲密到有些神秘奇怪，以至人们议论纷纷，猜度这里面是否包含着什么阴谋。阴谋当然是没有的。按说这个喝过洋墨水的女人，也该是很阳光的，至少也有点儿西方盛行的女权观念吧，那时居然就很宽容大度地，愿意帮邵先生把项美丽搞定，干脆娶到家里来。如此说来，邵夫人心里的那瓶洋墨水，毕竟还没能把她心里从小读过的三纲五常全都涸去，一有机会，那些深刻的字句就会翻出来，成为她的人生信条，要不她怎么会心甘情愿地，把自己的丈夫送给一个洋妞呢？要知道，邵夫人在邵家，怎么都是"大"，项美丽再美丽，也只是一个"小"而已。邵夫人身上溢出的，看来肯定不止是阳光的味道了。真有阳光味道的，恐怕反倒是项美丽。在她眼里，"小"不"小"其实无关紧要，对旧时中国的那种婚姻体制，她压根儿就不在乎。她在乎的，只是邵洵美这个人，这个男人。她喜欢他，爱他，只要能跟他在一起就好——我想说的还真不是这个有些老套香艳的故事，而是故事背后隐藏着的那种中西文化背景。

如果有研究者想以此推论，说项美丽喜欢中国的妻妾制度，一定会让人笑掉大牙。不料丢下那本杂志上网一查，一些人说到项美丽，津津乐道的倒真是她如何成了邵洵美的妾。东西方对这种爱情故事的着眼点和兴奋点，竟是如此不同。中国人写的传记里，爱说道的是邵洵美的财富和挥霍，刻意强调的，也是那位白人女子只是一位中国男人的"妾"，文辞间好似有说不出的得意。其实就算一个中国男人真有那样一个洋"妾"，所有的中国人就可以得意了？恐怕也难。外面的情形就不同了，项美丽的自传及英文传记里，她绝不是一个"被养着"的女人，她不但一直在经济上供养着邵洵美和他的妻小，还对邵洵美反复向她要钱有过多次的描写，这就完全颠覆了中国男人"养妾"的怡然自得。甚至有人指出，白人男子认为，在项美丽传记的作者 Ken Cuthbertson 的笔下，邵洵美却成了被"西方女性所欲望的'美人'"，那里面有很长的段落，专事对邵洵美容貌的描写，文字里透露出的，是一种欣赏和玩味。你不是以为中国男人"玩"了一个洋女人吗，别人倒是反过来，说是一个洋女人"玩"了一个中国男人。所以，在邵洵美和项美丽之间，到底是谁纳了谁为"妾"，或许还是一段公案，尽管那个西方女人醉心于那个东方男人的，不止是他的身体。对照中外不同的记录，通过这一桩越国的爱情故事，我们的确可以发现两者不但在事件的记载上有着极大的出入，在心态和情绪上，突显的也是东西方各自的一厢情愿。

人和人真是不同。文化的融合，是一件艰难的事，弄不好就会出笑话。北京电影学院教授吴迪，到瑞典隆德大学讲授"中国文化与中国电影"，回来写了本书，叫《中西风马牛》。他上课的方式是开放性的讨论，洋学生们尽管都在中国待过，少则五年，多则七八年，"个个都是可以到中国电视台侃大山"的准"大山"，但他们对中国的文化了解，却难以深入。外国学生看了中国电影后的种种不可思议的理解，看似让人捧腹，呈现出的却是中西方在政治、伦理、历史诸方面观念的巨大反差。比如学生看了《红色娘子军》竟会提出,让漂亮的大腿和野蛮的刀枪共舞,是想表现性与暴力的和谐吗?有个学生看了《焦裕禄》后竟然提出:中国传媒把当官的说成是父母官,为什么焦裕禄到老贫农家却说自己是他们的儿子?他是否要继承老贫农的遗产?大多数中国人都把党当作母亲,焦裕禄听毛主席的话,也把党当作母亲,焦裕禄又要做人民的儿子,那么,他就有了两个母亲。周恩来到灾区对老乡说:"我是您的儿子。"邓小平也说他"是中国人民的儿子",这时,这个母亲(党的领导人)又变成了另一个母亲(人民)的儿子,这是怎么回事?他们当中有人看到样板戏中"所有的敌人都是男性,所有的女性都是反抗者",甚至会有了一番女权主义的解读——这样的玩笑,也开得太大了些。联想到刚才那个在楼下保洁的工友,他所需要的那点清凉,和我需要的那种温暖,到底是不一样的啊。

中国旧时的婚姻,现在想起来,也真有些奇妙。多少红颜女子,就因为做了一回"小",就永无出头之日。千百年过去,如今也有人愿意被人"包"起来做"小",只是也与时俱进地换了一个名字。有一回,几个朋友聊起这事,有人突然就说,其实那样的安排,也有它"人道"的一面。我当然有些吃惊,那是人道吗?但那位朋友却说,那总比让一个男人在外面胡来要好得多吧?在那样的社会里,一个男人一旦把一个女人娶来,做了妾,就要负起责任来,至少也得供她吃穿用吧,何似今日这样,对家不负责任?

家是什么?好多年前,与母亲通电话时,我也想过这个问题——习以为常的事情,都不能细想,细想就变得复杂,要出问题。母亲那时在电话那头说,你好久没回家了,就不能回来看看我?我当然愿意回去看她,可天远地远,又没有时间,便说今年我就不回去了,去年您在西安住时,我不是去看过您吗?母亲说,那是你的家吗?我一愣,是啊,那是二妹的家。想想又说,年初我不是回湖北老家看过您吗?母亲说,那次你住在你三妹那里,那是你的家吗?那样一句话,一下子就把我给噎住了——家是什么?想了半天才明白,我说的家,是长江边的那个小城,母亲说的家,是她住的那间屋子,那间老房。话语体系完全不一样。母亲看来是个哲学家。就像诗人叶夫图申科说的,"当母体结束对我们的孕育时,家对我们的孕育就开始了"。在他眼里,家与母体——母亲同义。具体到我,在母亲眼里,家是她住的那间老屋;在妻子眼里,家是我们自己的那间小屋。看来,对于男人,家就是一座有女人的房子:孩子时,那女人是母亲，成年了，就该是妻子。

可对女人呢，家是什么？她们沉溺于家吗？问周围的女士，十有八九说不清。还是一位女作家说得好："自从有了家，女人就没有路了，她们通过自己的等待阻塞了自己的道路。自从有了家，女人就没有苍穹了，她们通过家的稳固来拒绝苍穹。这个无人看守的小小空间如一个透明的气泡，密闭，并被全世界看守着。于是女人生病。……当家的温情渐渐凝结成为一根契约的绳索，平等自由就成为童话故事，平等的奴役却如屋瓦上的日头一样成为真实。"

这么说来，男人津津乐道的家，对女人竟是灾难与痛苦之源？但女人不要家就好吗？不要家的女人是浪女，谁愿做那样的女人？但家确实又是桎梏——一个终老待在家里的女人或男人，能有什么作为呢？恋爱，结婚，做饭，洗衣，生儿育女，相夫教子，带大自己的孩子再带孩子的孩子，然后——走完他们的一生？家，既是一种依恋，也是一个牢笼；既是一个目标，也是一个驿站；既牵动着你的思念，又随时让你想着逃离；我们既需要它，又为它困惑，为它大伤脑筋——生气，吵架，一个不理一个，甚至离婚，形同路人……怎么办？不知道。还是那位女作家说得好："英雄自古就是勇于离却的，离却故土、亲朋、财产、安宁，离却家，往一个茫茫未知的世界走去，往一个神话中的世界走去，往远方走去。世界上竟然存在着远方，这总是一件令人躁动不安的事情。……上帝造人是需要一点一点生出来的，先从母腹里生出，再从家里生出，而后从精神的硬壳里生出，从旷野和大洋上生出，成为天地之间挺立的人。"

走出去的诱惑尽管"令人躁动不安"，真实行起来又绝非一件易事。放开去想，其实文化正是一个"家"。对于我们，这个家，就是我们的母语汉语造就的几千年的文化。对这个家，我们同样处在两难之中——无论是女人，还是男人。不管你愿意不愿意，承认不承认，我们都不能没有这个家——一个无家可归的人，不管是男人或女人，固然都是悲惨的，一个失去文化之家的人，就不是仅用"悲惨"二字就能一言以蔽之的了。这个家尽管不是一座有女人的房子，却住着我们的先祖，它是一种形而上，是一个让民族的魂魄与精神得到滋养得到休憩的巨大的巢。百多年来，积贫积弱的中国，总想引进一些西方的东西，让这个家变得敞亮、宽阔、富足，变得更加富丽堂皇。只不过，在庆贺我们终于走出了几千年的封建阴影之后，有时我们也会发现，我们对自己的家底并不是非常清楚,那些舶来的东西,也并不都是我们真正需要的。不仅为了摆放那些洋玩意儿,我们毁弃了太多的古董,让这个古老的家变得不伦不类;而且有时我们沾沾自喜以为是捡着了便宜的,不过是"项美丽做了中国男人的妾"这类臆造的东西,那就是个笑话了。而眼下,这样的笑话还真不少!

如此说来,家既是一份阳光,也断然少不了会有阴影。那就不妨试试看吧,不管是年轻或年老的女人们和男人们——先建立一个自己的家,用我们全部的爱与智慧;与此同时,又走出这个家,离却这个家——用我们的全部理性和勇气。今天,谁知道我们到底是在阳光里,还是在阴影里呢?冬日阳光的可爱,在于它的温馨,在于它在凛冽的冬天,为人们营造出了一个短暂的阳春。真正的夏日的阳光,或许离我们还远呢。我们需要的,是一种真正的温馨。一切貌似温馨的东西,其实并不能让我们的身心真正得到温暖。德国的哥廷根是一座大学城,据说十三万人口中,有三万多名大学生。在这座大学城里,名闻遐迩的奥古斯都大学共聘请了三十多位诺贝尔奖得主担任教席,其学术地位之高可想而知。不过,哥廷根的莘莘学子最关爱的不是别人,而是楚楚可怜的看鹅公主。在那个德国童话里,看鹅公主受尽了女仆的陷害和虐待,而今她的一座铜像,仍静静立在市政广场镂空雕花的喷水池中。一百多年来,每当该校博士班的男学生毕业前,都要前往那里,亲吻亲吻她那冰冷的嘴唇,才算真正完成了学业。或许对一个真正的人来说,真正需要的并不止是冰冷的科技与知识,而是这样温馨的传统!

往楼下看,那位工友已不见踪影,不知他是走进了阳光里,还是躲到了阴影中。在草地上晒太阳的朋友又发来了短信:晒得受不了啦,要回家了!我立马回了一封短信过去:回家?家在哪里?

洞穴里的博尔赫斯

殷勤的时光还真是殷勤，亿万年不舍昼夜，分分秒秒，总悄悄地在我们世俗的日子里建造迷宫。走出那样的迷宫需要时间，很长的时间，长到多年前的一件往事，让我至今想起仍感蹊跷疑惑：当我怀着一点儿闲适的不屑，一点儿平淡的好奇，缓缓走在那个名叫九乡的洞穴时，突然想到的却是万里之外的博尔赫斯，一个阿根廷作家——蹊跷，蹊跷得坚硬、突兀，引发出的是一阵思绪的雪崩，巨声轰响，雪雾纷飞。短暂的眩晕叫人恐惧而又迷醉。回想中，雾气般缓缓飘来的那个怪异念头，其实是陡然冒出来的，叫人猝不及防。我甚至怀疑那念头不是我自己的，倒是从那个洞穴里冒出来的，从某个看不见的暗角，带着洞穴里常有的远古气息，有点儿清凉，有点儿淡蓝、潮湿、滞重，却又恍惚，甚至飘逸。它一下子就涌进了我的脑袋我的身体，如同海水灌满一个玻璃瓶，呛得人不辨东西，既飘飘欲飞，又沉甸甸直往下坠。后来我曾一次次回想那个原始场景，试图重组其时蓦然到来的，所有可见或不可见的可能，还原那个早已成为明日黄花的彼时彼刻彼处彼地，力图从中捋出一点儿头绪，哪怕是一点儿蛛丝马迹，以确认那个念头并不是什么空穴来风似的幻觉，或是通常所说的脑子短路走神儿啊什么的，却难，甚至很难，一直没能成功。事隔多年，某一天，当我再次想起那件事时，好像稍微明白了一点，仿佛已看穿那个特警队一般从天而降的怪异念头，与那个洞穴之间存在的某种秘密联系，眼看就能解开那个秘密，但就连那一点点"明白"，也依然像那阵淡蓝的氤氲一般，忽隐忽现，来去无踪，转瞬即逝。

但我不愿也不能遗忘，如同博尔赫斯在《玫瑰与弥尔顿》一诗中所说：

  散落在时间尽头的
  一代代玫瑰，我但愿这里面有一朵
  能够免遭我们的遗忘

  说起来也真蹊跷：一次毫无目的的外出游玩，与博尔赫斯到底有什么相干？不知道。不是那种浪漫的出行，两个人一起，去没去过的地方，没有行李、背包，不带电脑、手机，想走就走，想停就停。在最高的山顶，观最后的流星，听无韵的天籁，说说闲话，吃点零嘴，偶尔深情凝视，却永如初识，当日头越过山涧，再微笑着牵手离去，直到终老在陌生的路上。不是。博尔赫斯呢？当然不可能从遥远的拉丁美洲突然光临九乡——九乡离昆明虽只九十公里，可昆明离阿根廷何止千万公里？真的不知道。朋友相约的一次简陋如同孩子玩家家似的出游，目的地不幸或说有幸地，便选择了九乡。所谓九乡，当然不是九个乡，而只是个地名，如果真是九个乡，或第九乡，那倒无趣了。中国传统，"九"为至尊。如此，那个地名便稍稍有了点诗意，何况那诗意里还藏着一个洞穴。对于洞穴，人类应该不会陌生，我也并不陌生：我们的祖先，最早最早的祖先，祖先的祖先，据说都是从洞穴走来。于是走在滇中那个其时还不甚著名的溶洞里，我满脑子都是博尔赫斯的小说和诗歌，倒怎么都有点儿意外了。

  那次在九乡我没玩好。不是那里不好玩，开头的不屑，走着走着，便因它的奇异变成了惊讶。类似的洞穴不是没去过，从我家乡，长江三峡口的三游洞，到南方的一个著名洞穴，都去过。但洞穴跟洞穴终归不一样。自视与检点就从那时开始。或许是想起了家乡？有时你会突然发觉，人与家乡间存有一种神秘的勾连。家乡那个三游洞其实不大，但位居长江三峡那道唐诗宋词长廊的尽头，却因前有白居易、白行简、元稹，后有苏洵、苏轼、苏辙父子三人先后光临，而闻名遐迩。六个诗人的诗意抵达，在那里饮酒夜宿题诗，一个小小洞穴便成了风景。那样的风景是自然的，更是诗歌的。诗词虽已失传，明代补刻的白居易的《三游洞序》至今悬于洞壁："斯境胜绝，天地间其有几乎？"三游洞即由此得名。幼时，从家乡小城去三游洞玩，得沿长江左岸徒步走将近两个钟头，先到下牢溪口，沿着与潺潺溪流相反的方向，再走进去不远便到。那时的三游洞还高悬半山，我们总是先爬上去转上一圈就出来，下山，回到溪流边。无知少年对诗歌什么的其实没多少兴趣，真吸引我们、真好玩的是那条溪流。溪流中的几块巨石是我们的天然跳台，可供人纵身跃起，在几秒钟的凌空翱翔后，一头扎进溪流中的深潭，顿时水花飞溅，水声喧哗，人落水底，直到手触浑圆卵石。从清澈见底的溪流中探出头来，半山上的三游洞总是像只眼睛那样盯着我们光溜溜的身子。一时间，唯听峡谷里溪流潺潺，满身水落滴答，而绝壁上的无名野花，转眼就飘落在眼前……

或者，是忆起了另一次令人不爽的洞穴之行？二十世纪七十年代初，我曾稀里糊涂地走进过南方一个大名鼎鼎的山洞。如今已很难想象，在那个禁锢得密不透风、暗黑得如同午夜的年代，怎么还会跑去钻那个山洞——难道嫌现世中的禁锢还不够苛严、日子还不够暗黑吗？结果可想而知，印象糟透了：光线幽暗，石道湿滑，步履维艰。那个洞穴当年的荒凉与简陋，如同那个年代，我至今记忆犹新。其时，整个民族的思维已趋于弱智，游人大声喊叫或窃窃私语的，无非这像什么那像什么，龙、凤、牛、马、猴……仿佛那是个动物园。以致后来许多年，我对洞穴、洞窟一直偏执到心怀敌意——人类到底有什么必要，去钻那些个山洞，特别是那些被人为炒作得喧哗不已的山洞呢？

可九乡既不是温馨的三游洞，也不是南方那个烦人的洞穴。整日的逗留，结论竟是我觉得我没玩好。不屑从那时开始，变成了沉思与探究。

说我没玩好，是说尽管我看到了那个洞穴中的一切，却并没真正投入到那片奇异的地下山水之中，而洞穴中万千超乎想象的奇异景观，却让我一时想入非非。那些如山岚般氤氲升起的，芜杂纷纭的思绪，刹那间弄得我几乎不知所措，以至我立马启动笨拙的思索，总想找到一个依据、一个理念，以支撑我晃荡不已的心绪，结果我满脑子回荡着的，都是跟那片山水那个洞穴八竿子都打不着的博尔赫斯。以至多年后我一直在想，那到底是怎么回事？那个洞穴，不可能与博尔赫斯有什么瓜葛。有时，我会悄悄捡拾起那些零碎的记忆，仔细回想我在九乡走过的每个地方每个景点，甚至每道石阶每挂钟乳，细细地搜索九乡溶洞留给我的点滴印象，像孩子玩拼图游戏那样，极力让它们还原成一个宏大意象，结果仍有些不妙，是的，我没找到原因。我不明白我到底为什么会在那时，在那个名叫九乡的洞穴里，想起遥远得如在天边，不，如今已遥远到生死两隔的博尔赫斯。

直到很久以后，直到此刻，我才稍稍明白了一点个中缘由。

与地面城市建筑群甚至摩天大楼相比，九乡的洞穴不惟都在地底深处，且往往路途遥远，藏于崇山，埋于峡谷，云雾袅袅，山林遮蔽，难为人见。那是时光经由亿万年的经营打造，成就出的低调的华丽。徜徉其间，但见奇峰叠峦，听闻流水声声，所感所悟，正是时光的伟大。九乡周遭大面积的碳酸盐岩地层，大约形成在六亿年前的震旦纪。麦田河两岸，在不同海拔高度多层分布的数百个溶洞，让九乡成为庞大神奇的"溶洞之乡"。时光，在雌雄瀑上奔涌，在钟乳石上滴落，在石笋上堆积，在百亩"神田"里沉积，亦在荫翠峡里徜徉，在一线天间悬挂……而洞分四层，连环叠套，上下左右，越行越深，仍路如蛛网，恍然如在迷宫，弄不好就会迷失于那片深邃诱人的暗黑的晶莹。而时光与迷宫，正是博尔赫斯倾其一生不为之改的写作主题。他迷恋的、他潜心研究的，恰是诸如时间、迷宫这样的词语，如略萨所说："他不是为后代，也不是为上帝写作，因为他对上帝的文学喜好一无所知。他殚精竭虑、一动不动、秘密地在时间的范畴里营造无形的迷宫。"而这样的宣言，无异于一个真正的洞穴的宣言。

　　后来我才想到，以为洞穴空空如也，是怎样巨大的错误。就像我在九乡那个洞穴中看到的一样，它以其琳琅满目、千姿百态，记录着时光的流逝以及世界的秘密。我们在人世间看不到的一切，洞穴中都有记录。那也正是博尔赫斯的秉性。他之一生，除了个别时期，一直都在图书馆工作，当他已然大名鼎鼎时，也依然故我，安然亦虔诚地，做着图书馆里的一名普普通通的馆员。或许他那超越常人的巨大的头颅，天生就是用来装书的。据说他童年时，其父就在家里专辟出一间图书室，装满了世界名著，小小的博尔赫斯，其时便充任了一个小小的馆员。1937年他入市立图书馆，当上了真正的馆员。1955年，当他已获奖无数，蜚声世界时，方被任命为阿根廷国家图书馆馆长。人生的怪异就在，幸福总是来得太晚，那时，因遗传性眼疾，他的双目已完全失明……

　　但恰如都在深处、在黑暗中的洞穴一样，一个真正的智者，无论睁眼或闭眼，世界都清晰地显现在他眼前。尽管他看到的世界是黑暗的，世界看他也多少有点儿模糊不清，但终于有一天，博尔赫斯的一个同事在一部大百科全书里，读到了"博尔赫斯"那个篇幅不小的条目，既吃惊又兴冲冲地捧着书去对他说："百科全书里有个人，不仅跟你同名同姓，而且出生年月也完全一致。"博尔赫斯只轻声应了一句："是吗？"回头便继续忙着整理他该整理的书籍。恰如略萨所说，"他没有世俗的虚荣心，他对他的作品的永久性抱着真正怀疑的态度。对官方的承认是否应该感到满足，他的头脑很清醒。很可能他只对阅读、思考和写作感到快乐；其他一切是次要的"。那也正是洞穴的精神：低调，低调，还是低调。凭着暗河里千百万年的流淌与冲刷，凭着钟乳石上千百万次的滴落与接纳，洞穴唯一醉心的，是在暗中打造一个晶莹、奇幻的世界，"其他一切是次要的"，根本不为其所虑。

有时我甚至疑心，博尔赫斯是否曾在某个时候，秘密地研究过如同九乡那样的某个洞穴，从此便对整个世界，包括死亡，了然于心？博尔赫斯没像人们想象的那样死在家乡，知道自己癌病已到晚期，他拖着病体去了瑞士。他把他业已营造成功的那个巨大"洞穴"或说"迷宫"留给阿根廷，却去异地打造另外一个。在日内瓦一座没有围墙的公墓里，一块拱形石碑上写着他的名字和生卒年份，却简陋到没用一字一句注明他的职业、身份或国籍，极像一个流浪汉清冷的归宿。比之智利诗人聂鲁达与其妻子玛蒂尔德那座面朝大海、春暖花开，双人床一般的大墓，博尔赫斯身后的打理，也过于低调了。而与聂鲁达花花绿绿的诗意人生相比，博氏的爱情与婚姻，则近乎一种纸上的修行——真是低调到底，如同洞穴。

"鸢飞戾天者，望峰息心；经纶世务者，窥谷忘反。"自然从来都是人类最好的导师。人世呢？"甜言蜜语虽然好听，事实却并非如此。"捷克圣女玛尔塔·库碧索娃在她母族和人生最艰难的时刻，曾这样歌唱。较之当今世界那些无知的花哨、苍白的喧哗和虚弱的炫酷，如洞穴那般"低调的华丽"，总在不为人知处。洞穴深谙此意。博尔赫斯深谙此意。上面的、洞穴以外的世界很光亮，有阳光，有风，有雨，还有歌声，洞穴里的一切却很慢，很寂寞，水滴石穿的故事，须以亿万年的时光去验证。但只要一直地滴，滴，滴，终究也可"穿石"。洞穴目睹了上面、外面的那些迅疾的生、迅疾的死，才恍然大悟。它以它宁静之姿的不屈，映照出了城市之花的恶俗；以它晶莹中的苦涩，注释着阳光下虚幻的甜蜜。它唯一的愿望，是遇见一个人，让自己成为一个有用的人。它也愿意与世界握手言和，但无论如何，原则与底线是重要的，妥协并非任何时候都可以进行。唯一可做的，是让自己松弛，从沉重中解脱，然后，依然默默地生长。无论处事做人，博尔赫斯都如此。他对那个图书馆同事的反应，正是一个优秀作家、优秀的人，所应有、所必需的。一个人人都争当明星的时代，功利而且可悲。作家和洞穴一样，或说洞穴和作家一样，都不是明星，他们对于意义的追寻永远都在沉默、寂静的文本里，而不是置于那些表面光鲜，实则肤浅的聚光灯下——那里往往是沉渣泛起、人欲横流的地方！

或许，这才是我们该到洞穴里看看，读读洞穴那本大书的理由？思及此，一如再次走进了那个叫九乡的洞穴，和洞穴一样的博尔赫斯——我，以及我的心，至此亦稍可释然，甚至庆幸，正如博尔赫斯写道的：

  在曾经有过的事物之间，命运
  赋予我特权，让我第一次
  道出这沉默的花朵

不同只在，博尔赫斯说的是玫瑰，我说的是洞穴。

初春，读一册时光

转眼新年过去，老年过去，每个人原本薄薄的过往，倏忽便又多了厚厚的一页。

唐人张说《钦州守岁》诗曰："故岁今宵尽，新年明日来。悉心随斗柄，东北望春回。"除夕夜，团年饭面对的虽是满桌佳肴，其实还有一道隐形菜点，便是那份古老亲情。这个最古老的夜，无形中，有许多关于血脉血缘的志异般的秘密，正如花一般悄然开放，料想也有些隐秘的情谊爱恋，在看似枯瘦的虬枝上，以点点新绿，延续着生命的传奇。

想起传奇志异一语，系因年前获赠国文先生新著《李国文评注〈酉阳杂俎〉》，厚厚重重的一册，封面深蓝着，望之若午夜星空，浩瀚，且幽深。许久没去看望先生了，倒是曾请赴京的朋友代致问候，也借一幅新拍的照片，得见先生依然精神矍铄，遂心有欢喜。

《酉阳杂俎》内容驳杂，三十卷，所记皆听闻传抄之唐代流行的异事，人物则上从皇帝宰辅士大夫，下到道士僧人穷书生贩夫走卒，内容更林林总总，包括唐代社会生活、文化艺术、风俗习惯、奇闻异事、文人掌故，等等，堪称唐代社会生活的百科全书；文章虽多为片段记叙，倒堪称典型的唐人笔记。国文先生是小说大家，晚年转而"考古"，《说唐》《说宋》，世人皆惊。我倒不意外。记得二十世纪八十年代初，就在先生其时位于羊坊店一带的斗室里，见过先生早年在铁路工地上，于一片片细窄如袤的材料进出记账单上，以工整字体，所记的几大册读史笔记。那天先生说，仅那段时光，《红楼梦》《三国演义》他都读了多遍，做了几大本笔记。问及其他，先生则笑而不答。先生这回俯身在另一间我去过也宽敞得多的书房里评注《酉阳杂俎》，心情笃定大不一样。那是要让《酉阳杂俎》走出学术研究的高阁，让人既瞻前，也顾后吗？

每逢年节，大抵往前、往将来看的多，往后、往昨天看的则少。其实事后慢慢翻看，那么厚那么大一本时间，时有欣喜雀跃，也常有泪流满面。想罢掩卷抬眼，仰望云天，看到的似乎唯一片浩茫星空。我在微信里说，岁月山河，风雪弥漫，该怎样回望那些逝去的时光，及深藏于中的美好与痛楚呢？翻过一个年，回望时便又多了一座关山。立马有朋友跟帖说，当然也会多了一片风景。

就想过往的那些时光，哪一片哪一段，不是可供咀嚼与品味的呢？其味或清淡，或微甜，偶尔也有一点野草般的涩。那样的咀嚼无须狼吞虎咽，倒该悠缓沉稳些，倘囫囵吞枣，还没等你嚼出真味，它便已溜走，会苦到终生——生活的真谛，往往先是一个"苦"字，苦后是否回甜，端的要看造化。

展读方知，先生以八十六高龄，评注此书时耗时耗神之巨。鲁迅于《中国小说史略》评曰，《酉阳杂俎》"每篇各有题目，亦殊隐僻"。国文先生则谓："因为隐秘，所以费解，所以好奇。"有论者谓，《酉阳杂俎》对于唐代社会的生活、风俗、文化的描写，国文先生在评注中对唐代生活的想象和描绘，都十分宏大、有趣、神秘又瑰丽。在我看来，先生以通俗话语，借古论今，那样的犀利与透彻，倒常常让人在畅快之余，陷入沉思。

记得初获此书，细细读去，一节一则，一段一句，所见尽皆生命的遗址，时光的废墟。历来做典籍评注，都是件繁缛的细活，发微探幽，披沙沥金，要紧在带引读者拂去历史浮尘，领略其中的深味与异趣。读着读着就想，看来即便俗世人生，有许多事，也是"隐僻"或"隐秘"的，偶尔挑几件出来讲讲，不惟好玩，也蛮有趣。

比如幼时对于守岁，是蛮当回事的，先立了誓言，一定要如何如何地熬到天明。到有了些年纪，守岁就只是个小小仪式了。儿女们各自回家后，宁静午夜，心想堪与谁，分享这一生的欢娱与疼痛，以及那倏忽而过的一分一秒呢？四顾无人，且独自举杯，邀来世一起共斟生命的酒吧。然偶尔的爆竹声，到底还是让人容易惊醒。时间已过了零点。毕竟，时光这穿梭山河的箭，刚刚从一个新的原点出发，就像过去一样，当你发觉它已然在无声中飞远时，你也便成了个被刺得思念成疾的人。

通信发达的时代，贺年拜春的消息汹涌而来，包括平时或也没有太多往来的熟人，出于礼节，这时都必要回复。更别说几十年未曾谋面的老友，不知从哪里找到了你的联络方式，于是一声问候，穿越时空山河排闼而来，弄得人几乎手足无措，一时竟不知说些什么才好——就像突然面对一个闻所未闻的，流于时光深处的传奇志异。那样一些过往，真是可以写进志异类书的。明季吴从先有句云："生平愿无恙者二：一曰青山，一曰故人。"此话倒甚合我心。

与老同学聊起青春，隔着想象中纷纷扬扬的雪花，恍惚觉着先前再怎么贫穷的青春，也掩不住它青涩的华丽，但说着说着，说起为了那样的华丽，我们曾忍受了多少的疼，眼睛还是有些潮湿了。

家乡那条熟悉的小巷，或也积有初雪了吧？这么多年过去，当年那干干净净的脚印，如有生命，不定已转世投生，开出许多花来了。而我命里的那场雪，此时越下越大，一下就是多年，顶着头上的这座雪山，但愿我一直走到遥远，回望中的故乡亦妍嫣依然。

从风花雪月的地方，友人午夜的长话里，飘来一阵浓浓酒香，欢乐、痛苦与半世之情，也一起飘来。如今这世界倒是真小，仿佛他就在我的隔壁，从来都没有离去。我说，生活倒给我的每一杯酒，我从来都是一饮而尽的，不管酸甜苦辣，待等哪天，我把迷魂酒泡好，也倒一杯给它试试。

尽管从日历上扯下的每一天，最后都皱皱巴巴地，贴在了我们原本光滑的额上，倒终于发现，曾以为是鸡毛蒜皮的小事，都在回望中闪出了异样光彩。走得很远之后的回眸，让心，一下就穿透了前世与今生——那或许正是与李商隐、温庭筠齐名的段成式做《酉阳杂俎》的初衷？

白居易《除夜》诗云："病眼少眠非守岁，老心多感又临春。火销灯尽天明后，便是平头六十人。"而我，早过了白乐天那时的年龄。午夜梦回，思绪踟蹰于往昔的泥泞与跋涉，竟不知何时缓缓睡去。醒来时，痴痴凝望，冬日一派空朦。恍惚间立春已过，那就道声早安吧，向所有的曾经。忽然觉着，这个从头冷到尾的奇异冬天，竟然美到了完整无缺，动不动就让人们想起往昔，想起那些至今都有人歌吟的百孔千疮，以及那些无法与人共享的短暂欢娱。

天确实亮了。天光其实每天都是一样的，不一样的，只在那些去来变幻无定的云朵，既无法约束它们的行姿，也难料它会于须臾间显现出意外的精彩。对于日子，我本偏爱那些荒芜的空白，也看好泼墨于空白的黝黑的浓郁，至于它是否能转瞬如画，我还真不那么在意。只相信，总有些混沌幽微的往昔，会拼命地穿越时空秘密生长，长成水清花明的此时。

初一在家，怕人多拥挤，没敢外出。南国春早，窗外已花开新枝，叶吐新绿。不出去也好，那就行于史籍，去寻另一番风景。国文先生在该书《导言》里，有段话堪称的论："'五四'新文学运动最大的缺失，就是将志异体文学打入十八层地狱，而白话文的新文学，九十多年来，只有正，而无异，只有实，而无虚，始终处于一种不完全，不完善，不完备，因而也就不完美的跛足状态之中。在世界文学之林中，至今无法成为一种强势文学，不能不为之遗憾。而上个世纪中叶，拉美文学得以瞬间崛起，一是正和异的契合，二是虚与实的交结，三是今与古的混同，四是新与旧的碰撞，这种复合多元的文学，远比我们近几十年平面而且片面的现实主义或写实主义，来得浑厚深邃，丰富多彩，从而产生爆炸性的文学魅力，令整个世界为之侧目。"就想，我们的日子里，到底有多少那样的"异"与"虚"，入得如《酉阳杂俎》那样的书呢？想必每个人都会有的——真做那样的记叙，想想就是件十分有趣的事了。

此时，冬天刚刚过去，我似乎也已变得柔软——除了骨头。即便冬天还没有真的过去，也不妨挺直身子迈开大步，自个儿闯进翠色——流光抹不去幽远的绝决，我的冒犯注定会发作在早春。谁也阻止不了花叶的失礼，这季节，或许怎么都会生出些红杏出墙的事来。

2018 年 2 月 28 日　于昆明

自蘸一片清溪绿

生活在作家写过的某座城里，怎么说都是一种幸运——不管那是浓墨重彩的鸿篇巨制，还是清雅素淡的精致短章，惬意的都是那种奇异的感觉：读读想想之间，那座城既现世地耸立在身边可触可观，又悠然浮动在大师笔下可思可叹——一如雨果之于巴黎，卡夫卡之于布拉格，陀思妥耶夫斯基之于彼得堡。真庆幸如今就住在这样一座城里：有汪曾祺描绘过的湖和雨，有李广田吟咏过的山和花，尽管如今这城已繁喧嘈杂到不堪，毕竟还有书里那座底气深厚清气沉郁的城让人怀想。书里的那座城尽管屋宇低矮街巷逼窄，甚至有炮火硝烟要跑警报，倒怎么都让人有一份"自蘸清溪绿"的简静——这回我说的是宗璞先生，是她那本清白饱满的《东藏记》。

恍惚间，先生的《东藏记》寄到我手已有几年。那之前先生来昆明时，正好我参与的"中外文化名人与云南"丛书刚刚印好，其中就有写先生的一本。也不知先生的昆明之行，到底是要为《东藏记》做前期的准备呢，还是已然杀青，出来散散心——想想倒是怎么都好。先生那时已年过七旬，倒依然有着明媚的矫健，几番旧地寻访后，竟意外地出现在作家签售那套书的现场，随后又匆匆去了一趟世博园。不料偌大一个园子数不清的奇花异草，先生都匆匆而过，倒在一蓬开得嫣紫如瀑的叶子花前，怎么都舍不得离去——毕竟在这城里住过，那蓬叶子花勾起的，或是先生那些素雅清幽的回忆——《东藏记》里写到叶子花的字里行间，透露的仿佛正是那天先生偎依在那蓬花前拍照时的心境。于是先生的那本书，于我便既有了一份沉郁的历史之重，也有了几分淡雅的率性之亲，几次拿起来想读又没读——总以为从西南联大校园走出去，一直走到北大未名湖边的宗璞先生的书，要读，怎么都得有般配的环境和心情：太纷乱了不能读，太匆忙了不该读，太浮躁了不敢读，直到《东藏记》得了茅盾文学奖还是没读——作家呕心沥血的写作毕竟不为得奖，何况先生写那本书时，视力已颇不济，只能靠口述，读这样的书，岂敢以得奖与否猜度呢？恰如有人所说，普通的人付出的是他们的所作所为，高尚的人付出的则是他们本身。直到终于有了整块时间，当窗外温煦的阳光照暖了这个南方的深冬，才恭敬小心地打开书，那一读，心就掉进了书中的那座城——抗战时的昆明，西南联大时的昆明，宗璞先生心中的那个昆明。

一部成功的长篇小说，经营的怎么都不止是些个人的哀伤，也不该只是些离奇的故事。《东藏记》那些看似波澜不惊的故事，主角虽只是西南联大教授孟樾的一家，桩桩件件，展示的倒是其时中国知识分子群体的生活状态、情感世界、人格操守和各各不同的性情风流。一腔的民族恨家国仇，满眼的社稷顷山河碎，即便偏居西南一隅，那些照样有锅碗瓢盆叮咚作响的日子，也不时会闪过入侵者燃起的战火。这就是那座我们熟悉的城吗？"到此暂驻文旌，痛残山剩水好叮咛。逃不完急煎煎警报红灯，嚼不烂软塌塌苦菜蔓菁，咽不下弯曲曲米虫是荤腥，却不误山茶童子面，蜡梅髯翁情。一灯如豆寒窗暖，众说似潮壁报兴。见一代学人志士，青史彪名。东流水浩荡绕山去，岂止是断肠声"；任你"怎般折磨，打不断荒丘绛帐传弦歌，改不了箪食瓢饮颜回乐。将一代英才育就，好打点平戎兴国策"。这样一本书，当是可以从各个角度去读的：或是历史的沧桑，或是文化的挣扎。我读的时候，更多的倒是感叹在那样的乱世里，文人学子依然还在勤谨地教书读书做学问，依然还在关切着他们的亲人朋友，即便"中国之大已放不下一张平静的书桌"，人心人情却从来没有因为战争的搅扰，失去了那份体贴、安然和细腻的情怀，纷乱中始终葆有的，是读书人那份倔强执着而又平心静气的内心追求。及至读到孟樾教授的那句话，让我怎么都有一种震撼性的惊艳："若能在心里保存一点自蘸清溪绿的境界，就不容易了。"

能在炮火连天的时代潮前"自蘸清溪绿"，倒真"不容易"。那种境界，岂止是孟樾教授的一份君子自道？倒更是一代中国知识分子的内心风景，也是宗璞先生的一份性情独白：人生太短，能做的怎么都是有限。远离各种带有戏剧意味的生活命运，即便面对那些惨痛的肉体和精神的折磨，那些大起大落的悲欢，也保持一份清醒，从不做出显山露水和左冲右突的姿态，倒是退回到心灵独处幽居之中的寂寞劳作和日常生活之中，让心灵在纷乱多难或喧嚣嘈杂的现代世界中平静独步，静静地体味生命的灿烂人生的真谛。他们的存在，表明了精致的精神世界和似乎总是令人有些失望的现实世界之间的一种分离，而看到那种分离，正是知识分子存在的理由。许久以来我们总是误解了他们，总要找到一些理由，把他们看作一批失去了面对现实世界全部苦难和欢乐的勇气的人，却忽视了他们内心具有的那种超常的稳定，那样的稳定甚至到了任何外部压力都难将其撼动的地步。正是凭着这份内心的超常沉稳，他们才能拒绝花花世界的种种诱惑，让生命秉持那份底气，沉着踏实地穿越一个个或阳光明媚或风雨飘摇的年代，走完他们一生的路途，那样的人生当时看来颇有些平淡无奇，倒总会在我们对历史的回头一望中，显出他们生命的全部明媚与灿烂。

其实像宗璞那样，既深受中国文化道德的浸润，又经过西方文艺复兴以来进步文学思潮的洗礼，长期生活在人与人诚挚、单纯的关系中的作家，内心始终怀有的，总是对人与人美好关系的憧憬，对人情温暖的渴求。即便受像"文革"那样失去理智的年代社会现实的触发，她的多篇作品，尽管不乏对那个兽性年代的践踏和污辱的愤激抗诉，也蕴蓄着深沉、炽烈的情感的呼唤，有着对保持自尊、自爱的人格力量的探求，对业已失落的人世间温暖的寻觅。记得当年读她的《鲁鲁》《三生石》那样描写灾难和痛苦的作品，内里那种对独立的人格力量和真挚的友谊和爱的赞叹，也让人懂得，透过知识分子看似超脱、避世的外壳，显示的倒是人们内心的那种人生的执着，对生命充满信念的光辉。他们似乎从来都没有改天换地的膂力，有的只是从不畏惧的脊背从不哀伤的胸膛，在从容和缓中迎着苦难走去，倒透出了些许伟岸和坚毅，让我们领略到一种沉郁博大的以柔克刚的美——那也正是作家的责任。

生活总有喧嚣，一如城市总离不了浮华。如今的城市，到处是那种前行的时代难免的奔涌喧腾，这样的时候，写书人怎么都该葆有一份"自蘸清溪绿"的清醒，却连一些大腕明星仓促炮制隆重推出的书，也借口生活本就是如此，以浮华为包装，将烂疮当卖点，满身的油腻污秽满眼的黑道白道，满纸斑斓的低俗廉价的浮华，难得有几本书能像《东藏记》那样，平实的文字里那些雅致的思维如秉夜烛火，照见的正是我们心中那份明明在新世纪倒渐渐黯淡的情怀？其实，一如乱世不见得都因为战争，盛世也不见得就没有潜藏的危机，乱者自乱，浊者自浊，那些颓唐、堕落或随波逐流，即便挟持了时代来作铠甲横冲直撞，到底也是泡沫。我喜欢《东藏记》这样的书，即便枪炮声代替了田园的鸡鸣狗吠，硝烟代替了农家的袅袅炊烟，倒仍旧从容淡定，醉心的是自身生命的心念和持守，在对曾经的信和念的坚定或游移之间，终于找到的那种人生与道义的力量。

  这样说来，边城昆明倒怎么也不该忘了作家宗璞——不仅因为她在这个城市住过，生活过也学习过，也因为她在高龄时完成的长篇小说《东藏记》，给了这个城市一份底气和清气。一个城市有了这样的作品，所谓成熟都市的那份从容和大气，那份超然于浮华之上的清雅幽深，就蕴含其中了。

如流岁月中的水声光影

那个秋日，小三峡大宁河的水声，尽是些清澈的暧昧，既不像古战场十面埋伏的激越慷慨，也不似浔阳江头让人闻之泪下的凄凄切切。一色的青黛满谷的清凉，一任很古典的水声浸泡着，如在梦中。人多船少，想进峡看看，要等几只蚱蜢小舟去而复返多次。参加长江笔会的新朋旧友，都在岸边等候聚谈。一回头，见艾芜先生也在河边，半敞的米色风衣，遮不住他一身凛毅的清瘦，峡里初劲的软风，揉乱了他染霜的鬓发。几个跟他闲聊的人刚刚离去，先生正专意地凝视着那条河，光影花斑，在他脸上身上闪闪烁烁——不知穿越过滇地的水墨山影，领略过南洋椰风海浪的他，那时到底是要把重重山色纳为胸中丘壑，还是要把潺潺水声融成心中长啸？刚读过劫后新版的《南行记》，眼前的大宁河，仿佛就是再版题记中流淌着的那条河。那条流淌在艾芜先生心中的河，漫漫泱泱，水汽蒸腾："人应该像条河一样，流着，流着，不住地向前流着"；"人也得像河一样，歌着，唱着，笑着，欢乐着，勇敢地走在这条坎坷不平充满荆棘的路上"；"河不吸收各种各样的流水，河会枯竭，失掉河的生命。"长江笔会从烟波浩瀚的黄鹤楼下，一直开到山拥水窄的小三峡，一路皆水声淙淙。途中好几次见先生被人包围着，想与他攀谈几句，终于没敢上前打扰，只能从远处打量打量——对一个你真尊敬的长者，有机会表达一下问候就不错了，别为了赢得日后炫耀的资本，而强求攀谈、签名甚至拍照，还是把那份景仰小心地掖在心里。这时见没人了，也不知从哪里来的勇气，忙走过去向先生表达问候。猜想先生会点点头，客气地寒暄，不料先生倒与我聊起了家常，问是哪个省的，怎么称呼，等等。我一一作答，先生听了很有兴致地说，我祖上也是湖北，又同姓，说不定是同源的本家哟。那让我大感荣幸，一下子便没了拘谨。转而说起云南，先生仍满怀旧时滇地壮丽的荒芜粗朴的人情，说几年前又去了一趟，感触良多。然后他转过身去，再次把目光投向了大宁河。心想，那或是先生结识的又一条名不见经传的小河吧？在他"漂泊"的一生中，到底结识过多少那样的小河呢？

一条生命之河，再长再宽，也无非涓滴之积，从幼小长成。天下没有生来就是大河的河。自视为一条大河，藐视甚至拒绝或大或小的河流的加入，休说能成为一条浩浩荡荡的大河，其实离一潭死水已经不远了。艾芜先生所谓必须"吸收"的"各种各样"的河，当不止云南，却包括云南。正是在初出川蜀穿过云南大地的水墨山影，吸纳了边地山野的涓涓水流之后，那条源于川西平原的小河，才渐渐流成一条大河。先生对云南那片山地的终生难于忘怀，几十年后又第二次甚至第三次南行，原因或在于此。余生也晚，有时就想，在二十世纪二十年代，除了艾芜先生，醉心云南的究有几人？天高地远重峦叠嶂的云南，多少人视为畏途。先生竟毅然从家乡出发，沿着河流的方向，一头扎进了云南的山山水水，尔后又以一部《南行记》，写尽了云南苍凉的美丽蛮野的文明，至今仍让云南引以为骄傲。在这个意义上，艾芜不仅是一位为云南留下过出色文字的作家，也是一个发现云南这片山地的伟大的文化先行者。尽管尔后屡有人称自己乃沿着艾芜先生当年走过的路，一直走到了今天，其实个中的滋味，倒是大不一样的。艾芜其时的中国，风雨如磐，思潮蜂起，艾芜以特立独行的身姿，走的是一条生死不息的民间之路——真理常在朴素的民间，不在庙堂。他以极大的勇气，独立的人格与思索，穿行于边土大地，最终也正是他，第一次以文学的方式，发现并向世人报告了云南的山川与人性之美，其功之大，至今无人可及。

2000年，云南教育出版社邀约冯永祺先生和我，主编一套"中外文化名人与云南"丛书，艾芜先生自然是首批人选。冯先生1981年在云南一家出版社工作时，曾邀艾芜先生作第三次南行，且一路陪同，与艾芜先生交谈甚深。在艾芜踟躅过的昆明翠湖边，我几次问冯先生，原在成都的那条小河，到底为了什么，才决计要冲出那块小小平原，以达济天下的呢？冯先生没立即作答。离家出走是个关口，人生在那时发生转折。而"墨痕断处是江流"，断处的空白，依稀也会传出流水的声音。"二十世纪二十年代是国家、社会的多事之秋，道耕

（艾芜原名汤道耕。——笔者注）许多想法淤积于心。"冯先生在她的《南行踏歌——艾芜与云南》中这样写，"有好友因不满成都闭塞，乘舟南下，进了上海大学，后来在五卅惨案中殉难。道耕闻讯，悲痛地写诗抒怀：'满怀心腹事，尽埋仇恨中。安得举双翼，激昂舞太空。蜀山无奇处，吾去乘长风。'"俗常的解释，艾芜是怀着求索真理之志出走的，那当然不错，他自己也说："在五四潮流的余波中，逐渐养成的一颗心，却是十分坚强的。这便决定到外面各大都会去半工半读。"事隔多年，先生第三次南行到昆明，有人问他，"1925年为什么非要离家出走？是为寻找真理，追求光明吗？"艾芜说："不，不是的。我当时在成都初级师范读书，父亲却在乡下给我定了亲。我是逃避包办婚姻出走的。若是当时不走远一点，不与家庭断绝关系，就不能表白我的心。"又说，"没有感情不是害了别人一辈子。"——先生道出了原初，足见他心中流淌的，是一条无须粉饰，却清澈透底的河流！

今年夏天，十多位来自四川，参加"纪念艾芜诞辰100周年'重走南行路'"活动的志愿者来到昆明。座谈中我说，路当然是可以重走的，但真值得我们重温且铭记于心的，或许是艾芜先生思想与情感的轨迹给我们的昭示。又想起1992年夏天我去西藏路过成都，与几位文友一起去看望艾老。那时先生已形容憔悴，气脉虚弱；但我知道，他已将一生走过的大大小小、有名无名的河流，全都汇聚于心，让自己成了一条真正的大河，丰润充盈，波澜壮阔，既像一面镜子，可照见我们的灵魂，又似一脉清泉，滋润了无数后之来者。那如流岁月中的水声光影，其实尽皆底层的斑斓人生民间的疮痍疾苦。难怪长期研究艾芜的日本长崎大学教授中田喜胜，会对艾芜先生之子汤继泽这样说："我最佩服的是你父亲的全部作品只写穷人，从不写富人。"

最后的人性的李乔

一

尽管很久以前，李乔所处的世道是戕害真人的世道，恶人恶事、假人假事反倒生长得蓬蓬勃勃，但时间并不是秋野上那片无足轻重的荒草，会对一个真正伟大的灵魂无动于衷，漠然置之。

尽管我们所处的还不是一个提倡审视自己的年代，在一些人心里，似乎每一天都是世界末日前的最后一天，他们或一晌贪欢，或利用手中的权力，焦急地、千方百计地、最大限度地为自己攫取私利，生怕"过了这个村就没有这个店"，但世界并没有真地到了它的末日，许多人还在把上帝交给他的每一天，都当作一个崭新的开始。

李乔，就是一个有着那样一颗灵魂的人，也正好就是一个随时都在审视自己，把每一天都当作一个崭新的开始的人；是一个全然不受日益严重地受到污染的世界污染的人，更是一个人性的人。一个人性的人，就是一个真正的人，一个伟大的人。

对于一个作家来说，什么是最重要的呢？李乔在他的文章中多次满怀敬意地谈到过的高尔基曾经说过："重要的是要使人相信，就是自古以来，到处都张着'摄取人的心灵'的网子，而且现在还是张着的；那些过去把人从迷信、偏见和误解中解放出来的事情作为自己工作的人，而且现在还在这样做着的人，是无论什么时候，无论什么地方都有过的，而现在还是到处都有的。重要的，就是知道在过去想使人在愉快的琐事中得到安慰的人，而且现在还这样做着的人，是到处都有的；那些企图鼓起暴动来反对污秽无耻的现实的叛逆者，而且现在还在这样企图着的人，是到处永远都有过，而且现在还是有着的。而最后极重要地，就是要知道这些叛逆者的工作；他们最后的目的是要向人们指出一条前进的道路，把他们推向这条大路，而且要战胜那些劝人和由阶级的国家、由资产阶级的社会所创造出的现实之丑恶平息与妥协的说教者的工作，因为这种国家和社会在过去和现在都想使得劳动人民传染上贪婪、嫉妒、懒惰、厌恶劳动的各种最卑鄙的恶德。"

美国进步作家马尔兹在他的《作家——人民的良心》一文中也指出，在文学史上占重要地位的作家，都是以"对人民的同情和热爱著称"的。他说："怎么能不是呢？作家是一个人，他被别人的苦难感动了。假如一个作者不采取人们的生活作为素材，他将采取什么呢？假如他的心充满同情，他的智力善于探索，他的眼光敏锐——他怎么能避免描绘一个不完整的世界呢？——或者死心塌地，不再向往一个更好的世界？从有作者开始写作的日子起，人类一直过着动荡的生活，世界一直在行动或者震荡中。没有一天平静过，每天都有人在受难！每天都有些人心在希望、梦想变更。"

人性的李乔，就是这样一位"向往着更好的世界"的作家。从他三十年代写作的那些小说开始，直到《欢笑的金沙江》三部曲，直到《破晓的山野》《未完的梦》，直到《彝家将张冲传奇》，等等，我们在这位八十六岁高龄的彝族作家的作品中，随时随处都能感到他那颗对人民充满了同情和热爱的心。我不想在这里占用过多的篇幅，去一一分析这些作品中所洋溢的源自于"五四"以来的几代知识分子崇高的人文主义精神。我只想指出，李乔是人性的李乔。他身上具有的那种对凡属与他自己有关的一切的淡漠，对凡属与他人相连的一切的关怀，正是一个作家的最为伟大之处。与那些貌似崇高善良，貌似影响很大，实则灵魂卑微的所谓"大作家"相比，与那些毫不关心他人，只知道为自己谋取私利的所谓"大人物"相比，与那些到处造势，到处张扬、炫耀甚至出卖自己，不知天下有"羞耻"二字的人相比，与那些不懂得人何以为人，不懂得感情，不懂得尊重人的人相比，与那些到处向人诉说委屈，把自己装扮成一个受害者、可怜虫的人相比；李乔是春天屹立于高山上的一棵人性的大树，那些人却只是秋天匍匐在冷漠荒野上的一丛无知的衰草。

人性的李乔，是平民化的李乔。在我们所处的这个年代，在某些人眼里，平民似乎意味着无能，意味着贫穷，意味着掉价，也意味着傻。但在我看来，平民虽然意味着普通，却也意味着与老百姓的亲近，意味着良知，意味着对世界、对人的一颗平常心，更意味着伟大。事实上，当一个平民，并不比当一个腰缠万贯的阔佬轻松，也不比当一个手握大权的官员容易。而当一个平民化的作家，他身上的责任绝不比一个当着大官的文人轻，他心里的波澜绝不比一个日理万机的政治家小；相反，他心里的热血比那些人的浓度更高，奔流得也更加湍急，他眼里的泪水一定比那些人烫，也一定比那些口口声声、假模假样地呼唤着真诚呀，美好呀，理解呀的人更有价值。因为他心里时时装着成千上万跟他一样的普普通通的人。这成千上万的普普通通的人就是人民，而人民，是我们的母亲，是作家的母亲。

人性的李乔，来自底层、做过"砂丁"、曾在台儿庄为抗日救国浴血奋战的李乔，至今还过着平民化的生活。人性的李乔，照样说他自己是"石屏布衣"[①]；人性的李乔，照样睡他的硬板床；人性的李乔，照样穿他的旧棉袄；人性的李乔，照样每天做他自己发明的健身操；人性的李乔，照样每天绕着翠湖默默地散步；人性的李乔，照样粗茶淡饭，不嗜烟酒；人性的李乔，照样每天吃几颗核桃，一点蜂蜜；人性的李乔，一个年届八旬的老人，照样为自己偶尔的一点不周到或是很周到对人诚心诚意地说"对不起，对不起"；人性的李乔，照样一丝不苟地把每篇文章改了又改，抄写得工工整整；人性的李乔，至今还拿着自己的文稿去向他的学生辈的人询问："你看看，这篇东西行不行？"人性的李乔，甚至对比他年轻许多许多的晚辈问候道："你最近身体怎么样？好吗？要注意身体……"

我是有幸听到过人性的李乔这声普通至极而又宝贵万分的问候的人中的一个。那是个下午，我正匆匆而行，好像是要去做一件什么事情。远远地，我就看见了他。我好像已许久没见到他了，听说他是到哪里去了一段时间。我想，等走近了，我要问问老人家最近身体怎么样。但是，还没等我开口，老人却抢在我之先说："哦，你好你好，你身体好吧？"我一下子愣住了。说真的，我完全没想到他会这样问我。我不知道该怎么回答这位老人。我真想对他说：这话不该您问我，而该由我来问您。可惜我没能说出来，那时我几乎已完全处在痴傻状态。我深知，李乔心里完全没有所谓的"等级"甚至长幼之分。人性的李

[①] 李乔生于云南石屏县一个贫苦人家。

乔发出那声问候时，并不是作为一个领导，尽管他也曾经是位领导；也不是作为一个老人，尽管他已是一位年届八旬的老人；甚至不是作为一个文学前辈，尽管他的文品人品在文学界早就有口皆碑；是的，那时，他只是作为一个人，在问候着另一个人；作为一个生命，在关心着另一个生命。而实际上，他是一个差不多与世纪同龄的老人，一个经历了大半个世纪的风风雨雨的老人，一个用自己的笔为千千万万与他一样受过欺凌、怀着梦想的人写出了数百万字著作的人……

他说完后转身走去，一步一步地，人性的李乔向远方走去，只留下我在那里痴痴地发呆。望着他远去的身影，望着远去的人性的李乔的身影，我的脑子里一时成了空白，却又想到了许多……我突然觉得心里热血奔涌，眼里泪水盈盈。我想，跟碰到他所认识的许多人一样，他都会这样问的。但是，我却不能，或不一定能。我顶多点个头，或是寒暄一句"出去了""回来了"之类的话。我突然发现，与他相比，我们缺少了很多东西，不仅仅是作品的数量，也不仅仅是作品的质量，而是在做人上。能与一位真正的人认识，是我的荣幸，但又感到了惭愧……我们对他的照顾太少太少，对他的研究太少太少，而我们该向他学而又没有学到的却太多太多……

在过了许许多多平庸的日子之后，在我把人生的许许多多事情前前后后地想过一遍之后，直到今天，直到现在，我才能向我尊敬的老人说一声：谢谢！这个字眼太寻常了，用在这里或许有点俗气，但这是我能找到的一个最恰当的字眼。我说"谢谢"，并不完全是为了老人那声让我消受不起的问候，也不完全是为了我那天的痴傻，远远不是，而是为了那个扛着一面大写的人的旗帜，从很远很远的地方走来，从我和许多跟我一样的人面前走过，又永不停息地向远方走去的李乔，为了那个已经成为一种精神、一种召唤、一面镜子的李乔，为了那个在无形中给了我许多启悟的师长李乔，为了那个和蔼可亲的好人李乔，为了那个永葆青春的作家李乔，更为了那个人性的李乔……

二

最后一次见到李乔，是一个月前，那时他已躺在病床上，打着吊针，双颊微红，眼有些肿，很难睁开。我怪自己去迟了，但一说名字，他还是听出了是我。一会儿他说，我这辈子没求过人，你来了，我求你一件事……我紧张起来，不知道他要我做什么，我能不能做好。我说，乔公您说吧，什么事我都愿意为您做。他说，我身上疼，你帮我把医生请来，给我点药吃，我还有好多事没有做完……那时他已卧床数月，浑身疼痛是可以想象的。他连说几遍，情真意切，我一下子被猛然触动，哽咽了，眼泪差点儿流了出来——这是个怎样的老人啊！

平时我们都叫他乔公。听说他病了，是去年深秋。那几天我染上流感，到医院打针，碰见了乔公的女公子李秀，才知道乔公前几天有一次中风，住了几天院，恢复得不错，原来不能动的左半边身子竟然能动了。我先是一惊，继则一喜：乔公又创造奇迹了。他身体一向很好，虽年逾九秩，生命力依然旺盛。只要可能，他总想跟年轻人一起出去，到处走走。他会中风，让我惊讶，他能恢复，则早有前例。前两年他不慎摔折了腿，许多人都为他担心。乔公则一如往常，但逢天气好一点，便拄杖来到翠湖边，把伤腿的裤脚管卷得高高的，晒太阳，既搓且揉。大半年后，他竟康复了，每晚照样绕翠湖散步。一个九十多岁的老人，对生仍那么执着，又那么坦然，让我不禁心生愧怍。罗素说过："我并不年轻，我也热爱生活。但我鄙弃一想到死亡便吓得直打哆嗦。幸福并不因为它必将终结而逊色，思想与爱情也不因为不能永存而失去它们的价值。"我想，对生命活剧的即将落幕，乔公是有准备的。这次虽病得重一些，有医生的精心治疗，凭着他的坚韧执着，定能很快康复。当时就想去看他，陪他说说话，但感冒太重，怕因为我让他遭受更多的病痛，终没敢去。

那天我深深感慨的，仍是乔公生命的顽强，他对他人生命的尊重。作为一位"向往着更好的世界"的作家，他的作品中，充满了对普通人的同情和热爱。他的人生，他呕心沥血的文字，早已成为云南乃至整个中国文学界的碑石。生命到底是什么，是个哲学问题。如果让我回答，我想，真正的生命，总该充满对未来之渴望，对明天的向往吧。人生在世，难免种种曲折，像乔公那样充满了人性的人，对未来，对明天，则更多一份执着，一份热烈。比之乔公，余生也晚，十多年前我所谓"人性的李乔"，不过是个人的一点感受，后来不断有人提及，但提及者对人性的真谛，又理解多少呢？

住在翠湖边时，每遇乔公，不等我开口，他总是抢先问我近况，直到那天在医院，也依然如此，语调则更有父执般的慈祥。我如实禀告，在做什么什么，他说这些年你写得太勤、太苦，要注意休息，爱惜身体，来日方长，不要去争一时之短长。这样的话，由乔公对一个晚辈说出来，自有一种特别的分量。他是老师，是长辈，云南、中国，有几个李乔？于是我感动了。感动是什么？一个在人世活了近百年的老人的叮嘱，已很难得，更难得的是那既无涉权位，也无关虚荣，更不是时下屡见不鲜的营私舞弊、相互利用，在一些人眼里很可能是无足轻重的。我心里却热烘烘的，感动了。多年磕磕碰碰，我已很难被什么打动，假惺惺的不必说，即便是好心，我也多不在意，偶有感触，也粗糙，只是些被磨毛了的心情。但乔公的叮嘱，他带着浓重石屏口音的话语，却在我心里久久回响，让我苦思良久。到了现在，当他已然远行时，我才体会到他那些话的分量——他对他的同辈友人，对后之来者的关爱，同样无关权位与虚荣。作为著作等身影响几代人的作家，他从无骄矜，依然如一介平民；作为当今中国年事最高的少数民族作家，却从不倚老卖老；我们敬重他，爱戴他，怀念他，正是因为他的为人，因为由他的生命演化而成的作品，因为他对于生的执着。二十多年前，他八十寿辰时，许多人自己凑钱为他祝寿，粗茶淡饭，表达的是对一个生命的敬重。那时，他开朗、健康，而我们的祝愿，用得着冯友兰先生的一句话："何止于米？相期于茶。""米"是八十岁，"茶"则是一百零八岁啊。

但他毕竟去了。听说弥留之际，乔公是留下了一些话的，有的堪称经典。那当然只是长者对家人的嘱咐，但我想，那也是他对一向敬重他的人们的叮嘱。他说得太好了，却说得太少了。离我们而去者，"最后的一句话、一个愿望和一个手势，任何细微的表现都在人们仔细的审视之下……日常所说的同样的话，没人去留心，但在临终之前却不大寻常：死者会不会坦露什么心声？"此刻，我真想看到他像以前那样，像有时开会发言他讲得太长无法停住那样，不去打断他，让他一直地说下去，说下去……远行前他的那些家常话，正是人性的李乔最后的肺腑之言。他关心的，仍然是人，也始终是人，诸如好人与坏人、正派人与小人，是人之为人，是人世人间，而时下，已没有多少人真正关心那些闪烁着朴实光华的生命了，何况那只是一个老人远行前的一番感慨呢！但我想，许多人会永远记住他，记住他的话的。

2002 年 4 月 25 日

恒星昌耀

家住城中一僻静处，仍难逃红尘喧嚣之累，比如关于忏悔不忏悔的争吵。其时我正将自己的心转向遥远的西部，比如昌耀的青海。从没见过他。将近二十年前，诗人骆一禾第一次向我说起了昌耀，说你一定要读读他。一读，便为他那仿佛是用石头垒就、用金属铸成、堡垒般坚固的诗歌而感动而欣喜而血脉涌流。他羞涩、庄严、不为任何诱惑而改变的诗人形象，比他的诗歌更容易打动我们。除了缪斯和真理，昌耀从不为金钱、名声、获奖、地位、官职和人们的崇拜写作。时代缺少的，正是这种纯粹的诗性。当许多人都在拼命为市场写作，当有人像演艺明星一样"出场"先要定价时，昌耀像我们头顶闪耀的星星，照亮了世界。那是颗恒星。

比如忏悔。忏悔与否的基本前提，在于先得有个"祭坛"，真理的，或良知的，我们好像还没有，或有也形同虚设。忏悔只属于良知尚存者，真理的追求者，豺狼虎豹，从来就不知道忏悔为何物！对早已丧尽天良，有奶便是娘，凶残、自私、嗜血成性的家伙，你能指望他去做什么狗屁的忏悔？遗憾的是，生活中这样的人有的至今还在耀武扬威。他们从不谈忏悔，他们摇身一变，就将过去的罪孽一笔抹去，从"被告"成了"英雄"。而真该忏悔的，正是他们。

于是我想，假如我们去问昌耀，昌耀需要忏悔吗？或者要站出来说我没有什么可忏悔的吗？昌耀也是那个年代过来的人，身上势必也打下了那年头的烙印。但昌耀显然不需要忏悔。对于时代，对于生命，对于诗神，昌耀都不需要忏悔。在他临终的那一刻，他平静、随和、安详，没欠下这个世界一分一毫，却为这个世界创造并留下了丰富的精神财富。但反过来想，（依我的猜度）一个那样的人，是时时、事事都在真理的祭坛面前忏悔自己的。一个那样的人在进行着心灵的忏悔时，面对的是良知，是真理。在真理或心灵的祭坛前，他奉上的是自己的那颗心！忏悔只属于内心，属于灵魂，那是他每日静修的功课。圣徒做了弥撒，是用不着满世界去大喊大叫说我已经做过弥撒了，我是如何如何的伟大之类的蠢话的！

昌耀甚至不必谈论忏悔与否这样的话题。作为一个个体的生命，他在他的流放地悄悄地活着，体验着人生。作为诗人，他以一种质地异常坚硬的诗歌表明了他生命的属性。当我们喋喋不休地为这或那而争吵时，昌耀不失为一种选择。选择昌耀，也就是选择了超然于世的姿势。这种姿势并不优美，在昌耀走完他的生命历程之前，昌耀的这种姿势在许多人看来甚至是笨拙的、不可理喻的，缺乏明星们那种最起码的灵活与智慧。这种姿势不仅对昌耀，对一个真正的圣徒，都是痛苦的。而采用这种痛苦姿势的灵魂，却是超然的、轻松的，因为他并不需要考虑什么忏悔或不忏悔的问题，甚至心甘情愿地把这样的问题变作报刊炒作的话题，成为报纸的明星。迄今为止，报纸上出现过的关于诗人昌耀的消息都是简短的。我记得的，有他生病的消息，有他的诗集被一些出版社拒绝出版的消息。直到前不久，报纸上才出现了关于昌耀被某个诗歌团体评了一个什么奖的消息，（不客气地说，与其说那是为褒奖昌耀，不如说那是中国诗歌界在安慰自己）最后，是昌耀结束了他的尘世生命的消息。都是他者的报道。在一个泱泱诗国，昌耀作为当代中国最伟大的诗人也仅止如此一点报道，这该让所有自称为最伟大的诗人的人，包括所有在那里说什么该忏悔或不该忏悔的人，所有像我这样每天还在"写作"的人脸红。与其大谈什么忏悔或不忏悔，不如实实在在地讨论讨论像昌耀那样纯粹的诗人，为什么会在这个大声疾呼精神文明建设的时代，被那样不合情理地冷落？

昌耀的精魂启示人们，眼下谈论忏悔与否的唯一意义，在于提请人们注意当下正在进行中的生命的质量，提请人们注意任一时代中知识分子存在的意义。社会正处在经济与文化的转型期。全球化、信息化正在让某些国家"以普泛性强势文化的价值对众多民族国家的文化进行'脱色处理'，破坏世界文化生态环境，这种行为是反人类的，其灾难性不亚于在自然界制造某些物种灭绝"（杨义语）。当人们面对可能失去作为一个民族的身份证的自己的文化时，人文知识分子们要做的事实在太多太多。而当今中国，作为社会良知存在于世的人文知识分子们，有几个在为民族的前途与未来作一点认真的、超前的、有价值的思考与研究？自视超然于滚滚红尘之外的人文知识分子们，如果置眼前的紧迫问题于不顾，去奢谈什么忏悔不忏悔，其实便再一次陷入了滚滚红尘。事情多少有点儿荒谬滑稽。由此看来，我们倒真该把用于争吵的时间和精力，拿去提高提高个人生命的质量，就像恒星昌耀。

会说"不"的仙鹤

文人自来多桀,即便读书没破万卷行路没过万里,尔后或会意历史,体悯时艰,或特立独行,昭显卓异,言行举止亦常不与人同:从放逐湘楚的屈原大夫一声声《问天》,到醉入龙廷的谪仙李白命高力士脱靴,从魏晋名士的放浪形骸,到竹林七贤的隐居山林,那些看似蹊跷的乖戾举止惊世言辞,后世好些的作为野史逸籍,叫人或于静思冥想中高山仰止,差些的也无非作为坊间谈资,让人于饭后茶余抚掌一笑;倒不知其中怎么都藏着一个以勇气与智慧铸成的"不"字——不是讥讽时政抨击丑陋,便为超越世俗遁入虚静。但不管怎么,用当今的话说,对于当时他们所处的现世,大多都敢大声说出的,正是一个"不"字。

——想起这些,实因时下也风行说"不":儿女对父母说"不",显示独立;父母对儿女说"不",拒绝"啃老";打工者对老板说"不",图谋高就;老百姓对"公仆"说"不",儆戒官员;老师教学生说"不",告当今诱惑甚多,一不小心人就成了物欲俘虏;智者更称在人际交流、社会活动中,有无对不合理的规则、要求、时限,以及对拙劣业绩和有问题的行为说"不"的能力,已是人生一门被忘却而又必须学会的艺术。看来一个简单不过的"不"字,真要说倒既易又难:为什么说?怎么说?什么时候说?皆非易事。难就难在一个"不"字牵连的,不惟个人鼻子尖下的那点利益,有时更关涉到个人尊严甚而民族未来——读书读到傅雷先生说"不"的故事,方明白这些道理。没想到,翻译过巴尔扎克、罗曼·罗兰、梅里美、伏尔泰和丹纳等诸多法国大家作品的傅雷先生,写过温馨如许、让我辈为之倾倒且受用不尽的《傅雷家书》的傅雷先生,居然会倔得那么可爱又犟得那么较真儿。

照柯灵先生所说,傅雷先生"身材颀长,神情又很严肃,给人的印象仿佛是一只昂首天外的仙鹤,从不低头看一眼脚下的泥淖"。对于傅雷先生,此论兼及表里,果然中肯恰切。在傅雷身上,历代中国士子的刚直耿介、矢志真理,表现得淋漓尽致:1958年,尽管一心只想做学问的傅雷被错划"右派",但国内一家权威出版社仍想继续印行他翻译的书——毕竟那在中国堪称首屈一指的译笔,并无第二人;只是为慎重计,请他最好当一回"甄士隐",用个笔名。傅雷先生的回答却干脆到斩钉截铁:"不"!1959年国庆前,傅雷即将摘掉"右派"帽子,此前有关部门已悄然告诉他这个"喜讯",让他有个承认错误的表态,也只是个表态,傅雷的回答依然还是那个字:"不"。他似乎全然不是一个俗世之人活在这个世间,须知,但凡俗人都懂得趋吉避凶,他却执意沉浸于自己的世界,全不管外面已雷电交加风雨大作。最后,傅雷先生索性决绝而去,即便远赴天国,也不跟你玩了!读书至此,一个足陷泥淖却"昂首天外"的"仙鹤",已翩翩然如在眼前。

仙鹤即丹顶鹤,其红冠红喙超然耀眼,其白羽黑眸素朴高洁,且体态飘逸,鸣声不俗,一如《诗经·鹤鸣》所谓"鹤鸣于九皋,声闻于野"。在中国古代神话和民间传说中,仙鹤从来都是高洁、清雅甚至长寿的象征。别说当年世道险峻,即便当今,像傅雷先生那样的"仙鹤",也早已属凤毛麟角,但老一辈文人身上那种"前朝"留下的凛然正气,传统文人的铮铮傲骨,如今到底也没绝迹——尽管那样的人如今到底少了些,也不时还会在暗处金子般闪光,比如我的一个远方朋友。

二十世纪八十年代末的庐山风雨如晦,我倒有幸在那里结识了他,其时他学业初成,倒饱读诗书,博览古今,敏思雄辨,倚马千言,堪称才俊。一晃二十多年,各各都走过了一段生命历程。如今他不惟在专业研究领域卓有建树,即便偶尔玩一把"业余",也让人刮目相看,却从来都选择平静,无心张扬。我与他堪称忘年交,每有机会见面,再忙我也想跟他聊聊天。有次跟他一聊就聊到午夜,一杯浓茶越续越淡,谈兴倒与夜色一样越深越浓。说起他生活中遭逢的几件在他人看来或是梦寐以求,他却最终放弃的趣事,比如当个什么代表啊,多带、少带几个甚至干脆不带研究生之类,他说,人生其实就是一种选择。他选择了放弃,无非忠实于自己的内心,不想戴上金嚼银鞍,任人牵着走,以期赢得生命的平静,将全副精力用于他该做、想做的事。闻之我心中暗忖:多元的时代，人人都面临选择，何况入仕、从政、经商，诱惑多多。选择是每个人的权利，个人的选择都该得到尊重；而选择须慎之又慎，一旦选择便须担当。选择后又逢人便说"后悔"，无异于作秀。如果一个大学教授选择了去做官，反倒对朋友说实在是身不由己，那就荒谬且可笑了——选择乃自己所为，错了可以重来，借口身不由己而逃责，便难称丈夫。恰如傅雷所言："真的，巴尔扎克说得好：有些罪过只能补赎，不能洗刷！"说到那里，我那位朋友说，泥淖其实随处都有，有时也难免一脚踩了进去，所谓"误入"，多少沾上点儿脏污——也不怕，人嘛，可以有点儿脏，但别太脏，太脏就不好玩了。

跟傅雷先生相比，我那位朋友自然晚了不止一辈；何况他既说不上身材颀长，平时神情也难称严肃；记得我跟他说起傅雷先生会说"不"的故事，说你也像只仙鹤啊，他忙说不敢不敢，跟傅雷先生相比，他充其量大概可算是只"企鹅"。可在我眼里，他就是一只地地道道的"仙鹤"，在人生的关键时刻，会说"不"，也敢说"不"。或许他没有傅雷先生那样颀长的身材，也不及傅雷先生那样的名气，但谁能说他不同样也是一只"昂首天外"的"仙鹤"？

如今，脚踩泥淖却"昂首天外"的"仙鹤"，怎么看都还真是不多。时代不同了，脚下的"泥淖"也早已不尽是先前的穿小鞋或下放，或也是荣耀、光环、金钱、地位。曾经的"泥淖"面目可憎，容易辨认，当今的"泥淖"光鲜诱人，却难识别。可"泥淖"终是"泥淖"，都会让自由、独立的生命套上绳索，裹足不前，甚而陷于绝境。站在那样或脏污或美丽的"泥淖"里还能"昂首天外"，潇洒地说一声"不"，虽非人人都能做到，倒总有人能做到——作古的傅雷先生能，于是成了柯灵先生心目中会说"不"的仙鹤；而我的那位朋友能，又何尝不是只"仙鹤"呢？在各种各样或鲜亮或幽暗或臭或香的泥淖里，多有些"昂首天外"敢于说"不"的仙鹤，无论于国于民，都是我们的期盼。

名士与鱼头

鱼我所欲也，却一直不会吃鱼头。每试一回，费力不少却所获不多，还糊得满手满脸，十分狼狈。偶见别的"鱼头爱好者"，情形也好不到哪里。心想吃鱼头这样的小事，或也要点"功力"吧。

那年春天在深圳创作之家小住，餐桌上几乎见天有鱼。吃饭是自由组合，那天，同桌中有位长者，个子不高，戴一顶绛红贝雷帽，童颜善目，分外和气。早听说钱谷融先生也来了，旧时读过他《论"文学是人学"》的惹事文章，却不识其面。不知怎么，就猜身边不定就是钱先生吧，一问果然。想不到与钱先生竟结识在餐桌边。钱先生饭量不大，偶尔喝杯小酒，速度便落在众人之后。眼看众人都快吃完，钱先生说，都不吃了？我可要吃鱼头了。众人自无异议。我顺手把鱼盘推过去，钱先生道一声"谢谢"，就吃了起来。我担心先生虽说是著名学者，吃起鱼头来是否也难逃我有过的那种狼狈呢？

就见钱先生左手酒右手箸，只凭只手双筷，便斯斯文文地吃了起来，儒雅得仿佛是在研究、解剖某个艺术对象，鱼头转眼被分解成了许多"零件"——竹筷在他手里犹如手术刀，挑、剔、拣、拨，干净利落，准确无误，整个过程如同一段炉火纯青的艺术表演，而他依然谈笑风生，满脸孩童般率性的微笑。余生也晚，哪见过这样吃鱼头的？一时口舌生津，竟也有了享用美味的快乐。心想古有"庖丁解牛"，钱先生"解"的却是鱼。"解"鱼如此，做起学问来不知竟是何等手段！想起《论"文学是人学"》的振聋发聩，猜想"文学"在钱先生眼里，或许也如一条大鱼，被细细解剖和咀嚼过，才尽知其中三昧罢。可见无论做什么事都需功力，而"功力"不仅在技巧，更在于性灵。那天饭前闲聊，先生每每提到"名士派头"几个字，便想起那些行事多凭性情的魏晋名士来，戏问先生吃鱼头算不算得是名士派头？钱先生调侃道：哦？也算吧！

人生一世，大多是俗，不避其俗者难，能俗中求雅者更难。吃鱼头自是俗事，能从"俗"中吃出"雅"的自无几人，就像都说生活即艺术，真把生活当艺术者却又寥寥。今人一面俗气甚重，一面又文文武武都想做名士，以为只要用"名牌"全副武装，或浪得几个虚名印上名片，便入了名士行列。其实所谓名士，既非随时名车手机非星级宾馆不入，也不是开口就是莫测高深的洋腔洋调，无非能以雅待俗、化俗为雅，且不论雅俗都出自性情，非为追名逐利，这才显出了与俗人的不同。而性情的修炼，却关乎学识与修养，决非朝夕之功。如今那些自诩"名士"者，或胸无点墨，或写过几篇裹脚布文章，骨子里俗不可耐，还要装洋作"雅"，便越发俗气冲天，叫人酸倒大牙，宁可捂着鼻子绕行。有时我想，我们这一代人，离那种俗中求雅的"名士派头"是越来越远了——吃鱼头这样的小事无非一例。

钱先生那时已是望八之人，二十四岁做大学"教员"，一做就是三十八年，八十年代初"跳级"做教授，做了教授也还是常人，并不下笔便做吓人的大块文章。但有文章面世，总让人刮目相看，声惊四座，偶尔也给他带来厄运。一生坎坷无数，他却笑对人生，活得洒脱自在，一本论文自选集，依然不屈不挠地叫作《艺术·人·真诚》。摘录进该书《后记》，写于五十年代初的一份颇似自我检查的"思想总结"，至今读来也俨然一篇散文，真诚与才情并具，真让我惊叹不已。看来名士只是一种性情，一种气质，唯一个经历并悟透了世事，看破了功利社会诸般怪现象的人，方能以安然恬静的心境，满怀生趣地善待生活。恰如苏珊·桑达所说，俗中求雅的"享乐主义"也是"高品位"，"有品位有修养的人从此得以开怀，不必日夜为杞忧所累，这是可以帮助消化的"。

横竖都要面对时间与河流

一

"翻两页书,扫几眼景,慢慢人就出了神,从书本和风景中游离出去。"

——读到《北上》里那句话时,对着那厚厚的一本书会心一笑,我也一样,"慢慢人就出了神,从书本和风景中游离出去"了。

浮云吹雪,世味煮茶。好文字多半有毒,让人经不住它的蛊惑。年复一年,著者像吐丝的蚕,蛰伏多年,方将生命里的见识行闻喜怒哀乐一点点抽离出来,用文字把那些间常无以言说的细密心思,播洒在生命行走的途中,散落在尘世的旮旯角落。那总会诱引相同或相似的灵魂飞蛾扑火,痛在其间,亦乐在其间。酸甜苦辣,滋味尽尝,却终不舍放弃。

好几天里,我一直独自面对着那条南北向的大河。那时我想说,我爱一切静心的、美好而干净的事物,也爱流水,爱一切流动着的、清澈或混沌的事物,比如,时间与河流。

却没能说出来,唯任那氤氲蓬松的气蕴,一直在心头萦绕。

二

记起那个秋日,在滇南普者黑,偶然机会,跟徐则臣一起参加了一个小活动。主人那天的安排是去爬一座小山——那里也没什么大山——说爬上去就能看到整个景区了。前晚沿着普者黑水岸走得多了些，抬头看了看那山，说我就不上去了。不料徐则臣也说，他也不上去了。于是我们找了个地方坐了下来，聊天。他沉稳有礼，我们扯了几句家常。从我们坐的地方往那座小山上看，是一条上山的小路。路边草木青葱，小路干净明澈。"多少年里无数双脚，在大地上终于踩出这一条长不出草的几脚宽的路。枯死的草，新发的草，在夜里都是黑的，只有道路明亮。"当我后来读到这句话时，突然想起了跟徐则臣聊天的短暂时光。

故事可以编织，材料可以来自历史、传说与书本，来自过去的、可以弯曲缠绕迂回甚至折断后重新拼接的时光。但任何时候，你都不能只讲个你编造出来的故事——哪怕你编得再好，再曲折，再天衣无缝起伏跌宕引人入胜！故事只是个框架。比如一张饼，我要吃的不是那个框架，那个圆形，而是经过煎、烤后外焦内香的那团面的实体，是它的质地，它的绵柔、嚼劲和味道，是它跟牙齿、舌头碰到一起时唤起的无以形容的愉悦和快乐，甚至还有隐藏在灵魂里的先祖的，或者是某些历史性记忆！那绝不是你用一个框架、一个圆形"画饼"就能糊弄过去的！

那些可以穿越国界、性别与年龄的生命感觉，编不出来，也不会凭空降临，只会来自个人生命中那些敏锐得像章鱼、水母触手一样细微却深邃的触动，而且还偏偏一直新鲜地记得，当他说出，便能轻易地直抵人心，晦暗的世界便顿时明亮起来。所谓"用心"甚至"匠心"，意或在此。不然，一本写河流的书，那或沉静或湍急或飞溅的水流，怎么会溅湿阅读者的衣衫与心灵？

三

许久之后，已是夜晚。故乡的那条大江恰在我面前无声地流淌。初夏时节，洪汛还没从遥远的雪山启程，正是大江最美的季节。而我知道，我身边还有另一条河在流淌，那就是时间之河，平匀、无声，甚至无形，人们常常忘记它的存在。当我注视着眼前那条大江，忆起徐则臣书里的那条河，以及"坐在祖先的城市里，我不觉得陌生，也不觉得熟悉。我像个二流子在祖先的土地上晃荡，晃得身心空空荡荡"那句话时，便突然想起了它。

大江在身外流着。时间却在心里流着。或者反过来。

某年某月某天，我猜，徐则臣也一样，曾经面对过他家乡门前的那条大运河，甚至也会在那时想起另一条时间之河。

时间，和大江大河一样，总会让人心深陷安然，无法也无须言语，除了凝望，一切似乎尽皆多余——那只是最初的感觉。面对它无尽的，无论是狂怒的奔泻还是无声的流淌，起初你都会哑然失语。那种近乎闲适的安然，刹那间便把生命充盈得满天满地。跟着而来的却是惊奇。一旦进入对它的长久凝望或是回想，初时的短暂无语转瞬即逝，转而会在无语中猝然意识到自己渺小且偶然的存在，想到那样无边的浩荡中，你就在其中，而竟有那么一滴水，已在自己心里化开。而那微末到不为人知的一滴，来自时间不舍昼夜的如河流般的奔行，于是你便在安然之中感到了神奇，感到了你终有一天也无风雨也无晴的归去。

那似乎是矛盾的，亦确实是矛盾的。人的一生，时时都处于那样的矛盾之中，你来自天地造化，身陷天地之间，却又与天地两隔。区别只在你是否确知。开头，你大抵很难觉察到那样的矛盾。你以为你是安然的，置身于外的，其实你却深陷于中。你越是凝望，越是深入，那小而又小的无形矛盾便越是膨大，膨大到你以为自己就是它，就是时间，就是河流，就是一片硕大的实实在在，又是一片实实在在的虚空。而生命无法言喻的精湛与玄妙，似乎就在那时开始了它明晰的诉说。

明晰自是一个无害的企图。对于明晰的追索，会让我们最终沉浸于对深奥哲学与美妙艺术的迷醉。而明晰能否真的如愿到来，既有赖天意，又靠你的颖悟。

四

思若流水。

一个在大江边长大的人，对一条大江的无形依恋，是那些没有过在江边生活经历的人，甚至是那些只面对过一条小沟小溪的人无法理喻的，至少是难于理喻的。理喻从来都需要契机，需要时间，需要身与心的长久而又不经意的投入。时间的漫漶与江流的氤氲，曾经长时间地萦绕着你，浸润着你。它们会透过眼耳鼻舌身意，深深进入你的魂魄。于是多年后不管你人在哪里，也不管任何时候，江、河、溪、涧甚至水，这样一些看似空泛的字眼，都会触动灵魂曾被江河水流溅湿过的人的神经，耳边顿时就会水声哗哗，涛声汹涌，波翻浪涌，千军万马奔腾而来！

　　一个在大江大河边长大的人，水，就是他的生命，他的命定，他的人生——就像时间一样。渐渐地，他自己也会成为一条或大或小的河。

　　偌大地球，有成千上万甚至数都数不清的河流。那些河流本质上都与你无关，我是说任何一条河流，都无暇关心你的存在，包括你在不在它的身边，是在它的上游还是下游，南岸还是北岸，左岸还是右岸。河流的目标太过远大，它根本顾不上你的踌躇与蹒跚，总是在你面前浩荡而行。

　　但你永远都在河边，在一条大江边，总会关心、注视甚至想去了解一条河流，或远或近，或大或小，或古或今，不管你是不是真在那条河流旁边。"关关雎鸠，在河之洲"。我们的肉身，几乎都不在《诗经》的那条河边，灵魂却会常在那条河边游荡。我们知道那条河，自以为还有些熟悉，其实并不真正熟识。我说的真正熟识，是你知道它的根根底底，来龙去脉，潮起潮落，冬枯夏洪。它水面的舟船桅帆，水里的鱼虾蚌蟹，以及那些来自不知名远方的冰凌与泥沙，断枝与漂木；它岸上的村寨、城市、房屋与人家，他们的世世代代子子孙孙，他们的爱恨情仇喜怒哀乐；那些纤夫与船工，舵手与水手，男人和女人，情爱与恨仇；那些用古老条石砌成的码头，看似糟朽的跳板，那些光着脊梁汗流浃背的扛活者，与那些小腿上青筋暴突如走龙蛇的挑夫……还有那些从不知哪里钻出来的异国冒险家，那些从山里流落到水边的异乡客……

　　就像一条河从来就不止是一条河，而是许许多多比它更小的溪流的汇集一样，一条河的历史，也从来都不只是那条河自己的历史，而是那条河的上游与下游、河里与河边、河面与河底的林林总总的人、事、物的历史。那既是河心的故事，也是河滩的故事；既是浪花的故事，也是淤泥的故事；既是帆的故事，也是桨的故事；既是缆绳的故事，也是跳板的故事；既是金银财宝花天酒地的故事，也是肩膀与赤足，扁担与草鞋的故事……

　　所以，你千万别夸口，别轻易地说你懂得一条河，或能抒写一条河。成千上万条河流里，你可能见过几十条、几百条，但只有一条是你真正认识的；而只有那条你真正认识的河，才是属于你的。你去过黄河、金沙江、怒江、澜沧江，甚至去过多瑙河、莱茵河、伏尔加河、密西西比河、亚马逊河，那都不算。靠着观光游览，你认识不了任何一条河。你真正认识的只有一条，也许一条都没有。

　　徐则臣认识的，就是那条大运河。那条外在的河一直在他心里流，流成了他心里的一条河，终于有一天，他把他心里的那条大运河捧了出来，于是，我们读到了那本书。

五

此刻，我坐在大江边。我说的是长江。是冲出三峡后的那段长江。

坐在江边，倏忽间你会觉着已与天地同在。暮色渐浓。对岸的山显得更加凝重。白日里青郁葱茏的生气似乎正在离他远去。它似乎也心甘情愿地没入无常的黑暗。但我断定那只是一个假象。江边那些屹立了亿万年的山，怎么会真的没入黑暗呢？不会。连正在没入黑暗的我自己，也不心甘情愿那样。

在那些大山的背后，隐隐约约，有不知从哪里透过来的光，勾勒出了大山的英武轮廓，成为那些幽然而立的大山的背景。那光，"若烟非烟，若云非云，郁郁纷纷，萧索轮囷，是谓卿云。卿云见，喜气也"。（《史记·天官书》）那样的情景，犹如一场大型演出的巨大布景，而那场演出的真正制作人，正是天地宇宙。我有幸作为一个观者，独自面对，欣赏，何其幸运？

不知过了多久，月亮悄悄地升了起来。远处有人在唱歌，深沉，缥缈。那或是一首让人沉浸到旧时光中去的温馨之曲。初听像是人心沐浴在泛黄的风中，处在一个泛黄甚至发暗的场景，看着让自己变得温柔的事物，以及那些和自己一同变老的事物。细听则发现因了视角的并不唯一，这才是所谓的天人合一。进而，于初听中似能感到的空无中有"我"，再听则发觉"我"即是空无。那旋律的主体既是一己的生命，又是所见万物的存在。旋律抑扬的速度悠闲漫漶，而渐次变幻着的，既是自己隐秘不宣的心事和飘忽无定的思绪，又是可见的风吹叶落，昼夜交替，人来人往。

——由此，我疑心我或是个不自觉的联觉者吧，对世界的感受竟然敏感到那样的程度——一滴并不太大的水珠，贸然掉入你的梦中，溅起的就是惊天浪花了。自己能有如此和蔼的心态，全要归功于长久以来都克制住了的内心的叛逆，思考了事物的规律，有一个虽然难以实现但没有放弃的人道目标。错过了青涩华年，但也看过了更多人间悲喜。现在的我，心中有爱，没有迷茫。

在细节消失殆尽的年代，只有在大自然里，还有一些蓬勃的生机，向我们讲述着生命本初的秘密。

六

对于这个世界，我们能确认的，永远都是很小很小的那么一点，对它的阔大与本质还都很无知——而河流除外。

时间与河流在形态上的相似，几乎是无尽的。一个打小生于江边长于江边，日后虽然去到了远方，却无论走到哪里，似乎都一直没有离开过江边的人，于此有着刻骨铭心的记忆。无论你走到哪里，走得再远，也在岸边。一个人如此，一个民族同样如此。

河流是你终生的梦。

而大运河，如徐则臣自己所说，正是他终生的梦。

多年前一次在杭州，一个想去畅游大运河的梦，从西子湖边一直做到了现在。终于得在那个初夏，能随着《北上》，在那条大运河上上下下里里外外沉浸了整整七天。那是一条虚构的河，却是以他在几十年岁月里，从运河边捡拾回来的真实构建。"虚构往往是进入历史最有效的路径；既然我们的历史通常源于虚构，那么只有虚构本身才能解开虚构的密码。"这算是著者本人对长篇小说这种文本的注释吧。书中那些人，无非是大运河的几朵浪花，或是溅落在岸边的三五水滴。然后它们蒸腾成了云气，四处飘荡，某个时刻，命运驱使，又再次汇入了那条大河。

足见，从邗沟开始，大运河是皇帝让开的，但运河从来都不是皇帝的。运河是那些开凿了大运河的人的，是那些人的子子孙孙的。运河也是那些对它怀着好奇存着依恋的人的。

比如我。它让我终于在生命里完成了一个对于水，或说是对于河流的巨大勾画：一个巨大的十字，东西向的长江和南北向的运河，所构成的大十字。先前我说的在岸边，是在南岸北岸，现在多了一个维度，东岸西岸。鄂尔多斯王建中笔下和镜头里的那段黄河，让我看到了这片大地上的另一横，那就近乎一个"牛"字。"牛"字这时可以读为壮阔。如是无论我在哪里，都是个江边之人。也不止我，每个中国人，都是江边之人，横竖都要面对时间与河流。

七

也曾去到对岸——彼岸，反观我那晚置身的江岸——此岸。抬眼，是我从小熟悉的小城，换了个方向，竟至有些无法辨认。四周是无边的静谧，几无游人。丝绒般的夜，柔韧深沉地呼吸着，仿佛刚从某个灾难深重的年代走了出来，却已披上华丽耀眼的衣装，近乎酷炫。仅凭那幅带有人工妆点意味的景观，我不敢也不能断定，对岸就是那座家乡小城的——那终归还是太过华丽，叫人炫目，仿佛已然不是烟火人间。那与我记忆中的故园也相去太远。鲜亮当然已经足够，甚至略略有些过了，似乎那只是一场猛然扑来的迷离幻梦，不是真实可感的俗世。真正的日子，或许并不需要那样的华丽炫目，需要的只是一点不虚的富足，一点安静的日常，一点素雅的清欢。就像后来我去到我家老住处时看到的，贫穷、衰朽和缺少治理依然扎眼。江边的霓虹自然照不到那里，至少眼下还没能。如此肤浅的感慨，或许用不着我这样偶尔回去看看的人饶舌，但对生活对历史的再度认知，也并非无谓吧！

八

世界即使在深夜里，也并没有睡着，只是藏进了某支乐曲里。

就在那时，我仿佛听见，纤丽感性的小提琴和深厚沉静的大提琴，正缓缓地流淌出一首绝唱。到底该以何种心境，或喜，或悲，或悲欣交集，盛下这饱满又空旷的心之歌？独自一人时细细咀嚼，已飞出老远的思绪被历史澈亮的长笛迅即勾回。

找到了心之所向，思绪于是再次停下了脚步。

如果一个人，不管是小说里的，还是现实里的，不能沉下心来做成一件事、一件东西，一直浮在水面希望被看见，早晚都会被浪涛卷走。

直觉十分矛盾。岁月静好只是个愿望：时间既可治愈所有的伤痛，也足可毁坏一切生命。时间和万物密切相关，又对万物冷酷无情。在一部好作品里，尤其是这样。全世界的生灵都有赖时间生存，但时间又总是不够。时间会飞逝，会缓行，也会伸缩变形。每一秒都可被劈开，也能被拉长。时间像潮汐，不会停下来等任何人，但伟大的瞬间常常会变为永恒。时间既像每个人的心跳属于个人，也像城市广场上的钟楼属于大众。只有天地堪可与时间并存，你要有伟大的情怀崇高的品格，不妨学着多与天地对话。而一条大江，河岸、流水与天空，提供的恰是这样的可能。唯有心怀悲悯者，在与天地对话中，方能破译万物，泽被苍生。

人生其实总在尽最大的努力，稀释并调和那些矛盾。

我是一缕枯萎的孤寂。在另一次对大江的独自凝望中满怀痛感。面对的是同一条大江，却是一段陌生的河岸。原以为会如期而至的泪水没有到来，它早已在漫长的期待中风干得无影无踪。那是个准确无误又模糊不清的地点，对我几已毫无意义，有意义的只是那是一片江边的土地。一段江堤略略高出了地面。江面宽阔，一眼望不到边。水流平缓，仿佛它根本就没有流动。那可能正是江中突兀着好几块沙洲的缘由。一个悠远的地方。一段悠远的往事。一个人在那里失去了年轻的生命——传说就是那样，细节阙如。认真地寻找已无从做起。那时，无边的苍茫笼罩我心。随便在堤边一块菜地里捧回一袋泥土，权且作为那个地点的替代。我把它带回去，撒在我出生的地方。行走于荒野多年，仍无法找到那片墓地，遑论墓碑！生命在那一刹那被自由放飞，我的鞠躬来得太迟，那个夏日已成传奇。未能献花的日子，那就献上一束野草、一丛荆棘吧，地里的肥力是不是已然足够支撑一排大树呢，唯愿期待常绿。

忆起马思意临终前的那段回想，读得让人老泪纵横。

"死是一件残酷的事，但世界上肯定还有比死更残酷的活着！"

九

辛波斯卡《在一颗小星星下》里写道："言语，不要怪罪我借用了庄严的词句／又竭尽全力让它们变得轻盈。"

这诗句里隐藏着的，该是怎样一种深沉的痛苦呢？

我不会告诉你，傍晚站在江边，想象自己与江天小酌时，满脸赤酡的不是江天，而是我自己，那是藏于我心的，不多的神秘时刻。

有许多人正跟我一样，一直在注视着属于他的那条河流。

而注定会有一些河流，将以形而上的方式，向我和你奔涌而来。[①]

---

① 文中引文除注明者外，皆出自徐则臣长篇小说《北上》。——作者注

现代化与文化中国

周善甫先生，于丁丑腊八在昆明与世长辞，转眼六载。记得与之告别回来，当我感到意识之中骤然出现了一个空白时，不禁再次想起了先生以毕生精力撰著的《大道之行》。

中国自古就有一些民间学者，虽未身居高位，生活别说优裕，甚而清贫拮据，却矢志思考，殚精竭虑，在学术上有过重大建树。某些时候，他们对国家和民族命运的思考，甚至比学院派学者更加独到，也更为深刻。著名纳西族学者周善甫先生，就是这样一位学人。先生本性情中人，善诗、书、画，喜歌咏，甚至涉猎过小说、文史随笔和散文的写作；八十高龄重返丽江归来，竟有《重上云杉坪》那样灵动而又极富才情的文字。但其一生，尤其晚年，作为一个思想者，更多地则是潜心于文化论著，有多种著作传世。其中，撰著于翠湖西岸一间陋室的《大道之行》，将对中国传统文化的思考与我们正在经历的中国现代化进程联系起来，把他的思考融入了一个世界性文化思考的重大课题，乃先生最具代表性的著作。先生曾几次说到，那是他毕生心血的结晶。几年前初读此书，已深感它的价值所在，此后多次重读，更发现他作为一个思想先行者，其思考既深邃博大，又温润精悯，既振聋发聩，令人警醒，又切中时事，有极强的现实意义。

现代化对周善甫这样的老人，当然不是个陌生的话题。二十世纪初，对于中国大多数知识分子，现代化似乎一直是这样一个命题：要想现代化，就必须与传统决裂，向西方学习，走工业化之路。1914年生于丽江的周善甫先生，初时走的，正是这样一条道路。早年他就读于东陆大学，专攻理工，后曾为丽江的第一盏电灯、第一所幼稚园殚尽心智。经历了大半个世纪的社会变迁之后，他的思索却发生了很大变化。我吃惊地看到，事实上，《大道之行》所关注的，正是当代海内外华人学者倾心关注的现代化与文化中国的问题。该书前六章，"检阅了自三代以迄明清以'天下'自任的历史业绩，并以之确证了中华文化传统的伟大与正确"；第七章则历数中国"自和西方接触以来的狼狈处境，和救亡图存的努力与经验"。第八章更是"于中、西文化的比较中，指出'全盘西化'的失误，和'建设有中国特色的社会主义'这一治国纲领的正确性"。（《大道之行·结语》）纵观全书，其逻辑推演的某些细节，或许并不乏可商榷之处，但所触及的问题，却是全球文化研究者共同关心的重大课题。

当代一些文化学者，尤其是一些新儒学派学者，在论述现代化问题时指出，所谓现代化，是十八世纪启蒙运动以来，发祥于西欧，进而扩展到北美，甚至远播世界各地的一个工业化、都市化、市场化和合理化运动。众所周知，在很长一段时间里，人们认为现代化就是"西化"。二十世纪五十年代，有人开始察觉，现代化似乎带有一种趋同化、同质化的倾向；到了七十年代，大家逐渐感觉到，现代化并非一定要同质化，应该充分注意现代性中的传统问题，由启蒙所带动的现代化不仅是政治、经济和社会的变革，更是一个大的文化运动。文化运动的根本问题，是社会观念的转变。而观念的转变、理念的运动，通常总是多元多样的；由此而提出了"文化中国"的话题。这一命题的提出，面对的是这样一种现实，即中华民族的再生，除了需要一种政治的、经济的、技术的力量，是不是也包含着某种新的文化信息？正如著名的新儒学家、美籍华裔学者杜维明所指出的，"就是说，世界如果要'重组'，是不是有一种新的价值可以取代竞争性非常强的社会达尔文主义和以西方为代表的弱肉强食的宰割性非常强的霸权连锁？"事实上，从世界范围的现代化进程来看，尽管不同国家不同民族都声称要走向现代化，目标相似，但道路却有所不同，因为现代性中的文化传统是不可消解的。一些学者早就指出，现代化作为启蒙运动发展的一个结果，其在西方的演进，本身就有多种形式：英国式的启蒙运动比较注意经验主义、怀疑主义和渐进传统的持续演化；法国式的启蒙则比较突出革命精神，极力反对宗教，有着强烈的理想主义。因而，为了实现作为现代化一个重要内容的民主，英、法两国就走了不同的道路，英国是渐进式的发展，法国则是革命式的。德国的民主与日耳曼的民族主义有着密切联系，美国的民主更是与黑格尔所谓的"市民社会"关系密切。如果这还不能说明问题，那么，东亚和东南亚的现代化，虽然深受西方文明的影响，但却在很多方面与美国和西欧的现代化不同，市场经济的出现，并没有导致政府角色的消解，民主化的发展和精英式教育，也没有与注重团队精神、注重义务的价值观发生严重冲突；甚至，个人的自由、尊严和价值这些现代性因子，在那里也可以在复杂的关系网络中间，在团队精神的合作中间体现出来，未必就一定导致个人主义。对作为直至二十世纪五十年代前期唯一一个将自己改造成为现代化工业国家的非西方国家日本，眼下就有学者在专门研究，日本前现代化社会中，究竟有哪些有利于日本实现现代化的传统因素。由此看来，中国的现代化，究竟要走怎样的一条路，确是值得深入研究的问题。既然现代性中的传统原则不可消解，既然现代化在不同的地区有着不同的文化形式，每一种不同的文化形式又和它各自不同的传统有着深厚密切的关系，那么，如何发掘传统资源，就成了中华民族进一步现代化必须慎重考虑的重大课题。

中国目前正在进行的现代化运动，当然让周善甫先生这样的学人欢欣鼓舞，但作为一个学者，究竟该怎样认识这场起于二十世纪末的运动？周善甫先生指出，现代化和合理化，与科学技术的发展当然有密切的关系，但又不能完全等同，不能完全从功利或者技术方面来发展。在他看来，我们对这一关系的注意还相当不够。一个复杂的现代文明，除了经济资本，还要有社会资本；除了科技能力，还要有文化能力；除了智力，还要有伦理价值；除了物质文明，还要有精神文明。但几十年来，作为我们民族赖以生存的传统文化的精神资源，已经相当薄弱；在传统资源的开发，文化能力的培养、伦理的建构和精神文明的开拓这些方面的工作，做得太少。五千年悠久的历史，和一百年来特别是近几十年来现代中国人断裂了的集体记忆，形成了非常鲜明的对比。正因为如此，开发传统资源、累积社会资本和培养文化能力的工作，尽管艰巨，却非做不可。否则，"现代化就变成了由技术官僚导引的、以市场机制为主的全球化"（杜维明语）。这个代价可能是很大的。因此，周老先生为此而日思夜虑，就并非杞人自扰了。不注意这些问题，造成的后果就是西方启蒙心态所发展出来的几个最大的弊病：一是社会解体，所有人与人关系的组合，从家庭到社群甚至到国家，中间的纽带变得松弛，盛行唯利是图；另外一个是伦理价值崩溃，没有了能够整合整个社会的润滑剂，各种形式的矛盾冲突加剧，甚而为暴力、金权创造条件；还有一个重大的危机，就是生态环境的严重破坏，直至不可逆转的地步。

在这方面，儒家的传统恰恰可以提供一些精神资源。在《大道之行》的《"仁"与"个"》一章中，周老先生详细论证了儒家的两个核心原则，一个是恕道原则，"己所不欲，勿施于人"；一个是仁道原则，"己欲立而立人，己欲达而达人"。这两个最基本的原则，可以成为人类社会重组的金科玉律，放之四海而皆准。如何对西方启蒙时期以来的一些基本的现代性价值实行内化，个人和社群之间如何实现一种健康的互动，人类和自然怎样实现一种持久的和谐，人心与天道如何达到一种互补，正是当代一些文化学者，也是周善甫先生思考的问题。《救亡百年》一章，周善甫先生在历数近一个世纪以来中华仁人志士为重振中华所做的各种努力和奋斗之后指出，"从史学的观点看，国家与民族也是具有生命的实体，其生命现象，系由其长期生活实践，凝结为文化特色表现出来，并成为富有内聚力的民族意识。历史愈悠久，则其文化亦必具有更多合理性，从而其民族意识亦愈加稳定。……'文化'虽似抽象概念，实应视为最稳定的客观存在。故持历史唯物论者，当知政治应当适应固有文化，而不可由政治来规定文化。植根如中华，就尤不可轻加否定了"。而放眼二十一世纪，将来有一些东亚的地方性知识、中国的地方性知识应该具有普遍意义，具有全球性意义。儒学本来是中国文化的一部分，却影响到日本、朝鲜、越南乃至海外华人社会，可不可以进一步在欧美也发挥一些潜力和作用？在周善甫先生看来，这是不言而喻的，儒家的传统正好可以为世界提供一些精神资源。而要做到这一点，当然是一个非常漫长的、需要很多人参与的工作。周善甫先生晚年以老迈之躯做的这一切，其意义正在于此。

周先生去世了，他的生命从此进入了一个新的境界，他的躯体将在这个世界消失，但他的灵魂他的思想作为一种精神财富，将依然和这个世界在一起——1998年1月10日上午，当周善甫先生的灵柩缓缓抬走时，想起了这些话，我眼里突然盈满了泪水。

1998年1月17日　初稿于昆明翠湖
2003年3月9日　改定于昆明北郊

城市的文化地图

边地云南,"二战"中有两件大事,值得我们永世记取。一是滇西抗战,中国军民以三年多时光和十数万血肉之躯,与日军在怒江隔岸相峙,最终发起反攻,全歼入侵之敌,惨烈悲壮,浩气长存。一件则关乎文化———各地的文人学子,齐聚战时的昆明,群贤毕至,如灿烂群星,辉映边城。他们在极艰难的条件下,传道、授业、思索、研究、写作、创造,养成了一大批学界精英,文化血脉借此得以传承延续,成就了后世难以企及的辉煌。前者为武,后者为文,一文一武,皆可歌可泣,可圈可点,专家、学者对之考证、研究、阐发者众,至今,仍时有新著问世。

余斌教授关注的是后者,所著《西南联大·昆明记忆》,一题三卷,以著者在昆明历时多年的寻访为线,以二十世纪四十年代居于昆明的文化人散落四方的住处为点,经经纬纬铺撒开去,重现诸多文化人的寓所行止,日常起居,揭示当年昆明许多鲜为人知的文化风景,一如二十世纪四十年代战时昆明的文化地图,引我们徜徉其间;眼光,是当代文化研究者的眼光,笔触则温润怀旧,如抚掌闲谈,满眼战时风雨,书生颜色,读来兴味盎然。

昆明是个奇异的移民城市,偏远也实在偏远。当年交通不便,道路滞涩,从北京、天津、上海到昆明,或一路步行,筚路蓝缕,辗转数省,或由经水路,绕道香港,风雨颠簸,都要吃些苦头。然时势所迫,数年间,仍有无数学人聚集于此。幸好当年的昆明,气度足够的大,不仅包容、融合了各种思潮,还让各种思索以它们自己的方式,在这里生长,壮大,开花,结果。一座"西南联大"，因此造就了众多科技、人文精英，至今让人唏嘘感慨。有文章说，在美国某著名大学，出身于"西南联大"的博士、教授和研究人员，占到将近一半的比例。这数字相当惊人，是不是准确，我不好说，但我相信那个大体的估计，并无夸大。而当年的条件，却极简陋，极寒伧。看来所有优秀的文化成果，从来都不出在权位之家，也与豪华别墅、妻妾如云无关。中国知识分子"价格"的低廉与智慧的超人，由此可见一斑。当年那些文化人，既无重点学科经费，也无"专家"补贴，既无藏书丰富的图书馆，也没有具有起码条件的实验室，躲警报钻地洞是常事，坐趟马车上班，已属奢侈，却一边著书立说，一边殚精竭虑地思索，一边走访民间探索调查。衣食住行都极为艰苦，庶几只可维持温饱。比如住，那些文化先驱，学界巨擘，并不都住在"联大"校园，倒是见缝插针，散居于昆明僻街陋巷，有的为避战火，求清静，甚而远遁至今仍属远郊的城市边缘。所谓安定，也非有厅堂楼阁，不过是临时租用的房子，或民宅、农舍，或古寺、旧庙，甚至是自建的简易房屋。据我所知，仅昆明北郊龙头村及附近的棕皮营、麦地村、司家营、落索坡一带，当时就有中央研究院历史语言研究所、北京大学文科研究所、中国营造学社、清华文科研究所等几大研究机构和北平研究院社会研究所的工作站，租用当地的一些寺庙、祠堂，作为研究场所。在那里住过、工作过的著名人物，据一份不完全的名单所说，就有哲学家冯友兰、金岳霖，考古学家李济、梁思永，建筑学家梁思成、林徽因，政治学家钱端升，史学家傅斯年、顾颉刚、吴晗，语言学家李方桂、王力、罗常培，文学家朱自清、闻一多、陈梦家、光未然，音乐家查阜西、赵沨，等等。在昆明的大西门、文林街、青云街一带，如今看上去毫不起眼的一幢民宅，当年也藏龙卧虎，常有风云际会，高人出入。世事沧桑，人去楼空。那些房屋，或历经风雨，朽烂拆除，或遭遇改建，面目全非。尽管这些年来，人们对那些文化人的文化建树，已多有描述与探索，但那些留下过文气墨香的老屋，那批文化人当年的俭朴生活，在那样的环境中，他们究竟怎样过日子、做学问，怎样与当地人士相处，等等，却仍少有人去涉及。

余教授乃有心之人，从二十世纪九十年代起，赶在城市扩建、大举拆迁之前，以闲暇时光，不辞辛苦，走街串巷，远赴郊野，费心费力地四处寻访，每查实一处，便欢呼雀跃，行诸文字，以昭告世人。往往他前脚刚走，拆迁大军便汹涌而至，真让人有失之分秒，便将痛然错失无可挽回之叹。初见余先生那些短文，每每惊讶余先生有那样的雅兴，也叹服余先生有那样老到、简捷与干练，又无处不浸透他温润性情的文字。不久，那批文章陆续见诸报端，编者、读者好评如潮，便是意料中事了——一个人，凡用心用功做的事，用了几分心、几分功，外人是一眼就能看出来的。随后，《云南日报》"文化周刊"记者，多次报道他们如何跟随余先生，前往探访抗日战争时期文化人在昆明的旧居。足见社会、读者对余先生的此类写作，有着怎样浓烈的兴趣。那时我想，如果按余先生的文章，将当年众多文化人的住所一一标记在昆明地图上，不就是一幅"二战"时期昆明的文化地图吗？这幅文化地图，奇特、新颖，迄今为止，在别的地方，别的城市，还没见过。一座城市，不能没有自己的文化地图。没有文化地图的城市，是缺乏底蕴的城市。余先生奉献的这幅文化地图，当然是历史绘制的，是当年客居昆明的文化人，知识分子，与昆明民众一起绘制的，用他们的生命、智慧、血性与良知。余先生的功劳，在于他锲而不舍的寻微访幽，辛勤重访，校勘订正，考察标记，才使得这幅战时昆明的文化地图，得以完整如初地奉献给当今的读者。

"礼失而求诸野"。近些年的云南，"文化地理散文"的写作风头正劲，许多作家、学者，不畏岁月湮没，山路迢遥，踏遍山山水水，穷乡僻壤，搜寻探求云南的文化渊源，出版了不下数十部文化地理散文，一时蔚成大观。这些作品，不仅出自一般被称为作家者之手，也出自社会科学工作者、新闻工作者之手。像余先生这样，专心致志就近在昆明寻访的，却也不多；或有，也止于市井里巷，风土人情，对西南联大时期的文化人生活，甚少触及。细细想来，余先生属意此事，前有多年的魂牵梦萦，继有占尽先机的天时地利人和，当是此项工作的最佳人选。

先生自幼长于昆明，青春年华，负笈远行，求学他方；二十世纪八十年代初，远在塞上，所参与之《当代文艺思潮》，发风气之先，挟雷携电，震荡域内；八十年代末回到家乡，作为学者、教授和文学理论研究专家，于教学研究之余，转而追寻二十世纪四十年代昆明的文化景观，先生此举，乃出于一个当代学者对老一代学人不卑不亢、矢志不移精神的缅怀与景仰，下笔尽管温文尔雅，看似闲情，却有真性情流露，有真见解示人。对那批文化人在昆明生活的具体环境，先生尽心尽意的描述，不仅因为他本人就是"老昆明"，可借此展示他儿时的记忆，倒是有更深一层的动因。恰如法国人文地理学"年鉴学派"早期代表人物费弗尔在其《大地与人类进化》一书中所说："地理环境无疑构成了人类活动框架中的重要部分，但是人本身也参与形成这一环境。"地理环境或空间，不只是一种自然的、与人无关的背景或舞台，人类在对某片地理环境做出最初的叙述后，便像烟云一般消散，事实上，它像空气一样渗透、弥漫在历史、文化和社会生活的方方面面，与人们每日每时的生产和生活息息相关。任何人，都会受到具体生活环境的影响，文化人当然也不例外。他们是文人，也是常人，也要吃喝拉撒睡，也有喜怒哀乐。他们能取得学术成果，既因为他们自己的天分，也因为这片土壤的滋养。如此，展示当年他们赖以生存的这片土地及其文化，意义就非同一般了。同样是这片土地，后来的情形，似乎并不怎么好。个中缘由，值得研究。如果读者从本书看到的，不仅是一些史实，还有一代中国知识分子的志向、敬业与辛劳，能给当代人以启示与借鉴，思考我们的教育该如何改造，我们的文化事业该如何建设，我们的社会该如何发展，则幸甚，幸甚。

我所知道的余先生，乃儒雅之士，性情中人，说话做事，亲切平和，从不张扬，他的写作，无论是专著、论文，还是随笔、小品，皆自主独立，属于真正的生命性写作，决不人云亦云，也从无吹捧粉饰，倒常于精微雅致之中，深藏智性的创见，善意的犀利与率性的独到。细品余先生这类文字，几乎从不见形诸于外的"用力"之处，总是娓娓道来，行于当行，止于当止，自有他泊于自然的潇洒。这样的文字，较之那些自以为可以横行天下称王称霸者，真乃天上地下。他所述的那些文化人在昆明的经历际遇，不管乖僻怪异，还是中规中矩，也多随缘任运，如水流云在，很少"做意"之痕，甚而剑拔弩张之态。所记者，不管后来只是寻常书生，抑或终成旷世才俊，如今也多如已逝之水，但在余先生笔下，他们的书生意气，学问风格，脾气秉性，一如半个多世纪前边城昆明的江湖旧事，读起来仍滋味醇厚，有睛光闪烁，有血丝粘连，有豪气喷洒，带给我们的，是智者思绪的超然飘逸，人生甘苦的深长回味。这样一幅"文化地图"，不是一幅精美却苍白的纸质印刷品，斑斓杂驳，却鲜活跳脱，凸现出的，是那一代文化精英的人格魅力、血性与体温，有着沉沉的分量。一个城市，当然不止一幅文化地图。来日若要为当代昆明绘一幅新的文化地图，余先生已用自己的方式，标明了自己的方位。这就足够了，我想。

2002 年 12 月 8 日至 12 日　于昆明北郊

书生清澈

　　世事盈沸之际，时见美丑混杂清浊莫辨。某日，便突然想起了乔传藻先生早先不时向我提及的，会泽院的清越钟声。自打搬了家，我已好久都没见到乔先生了，也不知他原先所居之处，那个晨昏皆能听到清越钟声的院子，是越发葳蕤了呢，还是已然有些荒芜？先前，先生住在校园里，我住得离他也不远，隔三岔五，晚间散步，会沿着会泽院的清亮石阶拾级而上，到他那里小坐一会儿，闲聊一番。话题其实家常驳杂，无非就着我们都在心的文字或艺术，细斟慢品一杯人生的苦茶。尔后，我便再一路穿过林徽因设计的映秋院，闻一多演讲过的至公堂、会泽院，慢慢踱回家去。其时，空气清新的校园，树影幢幢，花草漫漶，从巍然可见的那座古老钟楼上漾来的钟声，则润和清澈，总能叫人悠悠然放慢脚步，体味那钟声荡漾的夜空，有着怎样的清澈与明净。

　　日后读明人袁宏道的《满井游记》，尽管袁中郎言说的是那口"满井"，字里行间，倒正是我品味过的那种清澈。于是每读此文，就会想起乔先生，和他说过的清澈钟声。一个人，从十七八岁开始，在那院里读书、任教直至退休，一住几十年，住出了感情好理解，待出了清澈却不易。记得我曾以短文《人心之钟》，记下当时听到那钟声的一点心得。孰知不久，我们便相继搬离了闹市，各奔东西了。电话尚不普及的年代，就那样莫名地断了联系。唯那曾经叫我凝神多思的钟声，依然会不时地在我耳边心头，悠然响起。

　　乔传藻先生那时所授，乃大学写作课程。我虽没听过乔先生的课，倒听几位来自云南大学的友人说，即便所攻非为文史专业，竟也选修过乔先生的写作课——或许那正是文学热的年代,更或许是乔先生的课讲得好听,就如会泽院的月夜钟声。他自己的文字,便是明证。乔先生以儿童文学作品名世,《哨猴》《醉麂》《山野之魂》等诸多名篇,恰如袁宏道所说之满井,"清澈见底,晶晶然如镜之新开而冷光乍出于匣也","凡曝沙之鸟,呷浪之鳞,悠然自得,毛羽鳞鬣之间,皆有喜气";那只因误食了发酵野果而醉得晕晕倒倒的麂子,何其可爱?而那只忠于职守的小猴,又何其机警?明人吴从先曾谓:"人生领趣最难,雪月风花之外,别有玄妙;人生相遇最巧,趋承凑合之内,别有精神。"称这位葆有童心擅于"领趣",且"别有精神"的乔先生开创了云南儿童文学写作的新风气,由此而成为《太阳鸟》儿童文学作家群的领军者,恰是实至名归。而我一向以为,真好文字,如希梅内斯《小银与我》之类,是不分儿童或成人,尽可深读且反复读的。成人多心机太重而天机尽失,读读乔先生那些天趣盎然的文字,如对明镜,魂魄也自会慢慢清澈起来——如此,我与乔先生的相遇相识,便也称得上是"最巧"了。

只是有时就想,于我,乔传藻先生恰是一汪清澈的水,然一介书生怎么就会那么"清澈",亦有那样清澈的文字呢?相识之初究竟相知尚浅,一直不甚了了,终至成了我心中的一个谜。

直到有一年,相约同往滇西,出面招待与会者的主人,席间突然撇开客套,直奔乔先生举杯敬酒道:乔老师或记不得我了,但我至今还记得乔老师——当年,乔老师曾给我们上过课,我因此可算是乔老师的一个学生,乔老师自此也成了我们那帮小年轻的引路人!见众人惊愕,主人便说,是在"文革"中,乔先生受校方指派,要将课程开到昆明近郊一个铁路企业。那样荒唐的年代,对一个大学教师,所谓"把大学办到工厂农村去",实出无奈,敷衍敷衍,走走过场,并不为过。乔先生则不。在奇冷酷热的破旧铁路车皮里,他竟将一堂堂课讲得深入浅出万般有趣,更以文明的烛火,照亮了那些年轻徒工混沌的未来。于是那个礼节性的欢迎,便成了至今乔先生与那帮后来各自考上大学,早已是各界骨干的"学生"不时相聚的缘由。我因也在铁路做过事,认得其中几位,曾好几次忝陪末座,得以领略那段在非常日子里结下的清澈情谊。

也就在那之后,终于跟乔先生联系上了。去秋,前往滇南与众友人聚,谈及文学,先生禁不住众人之请,竟侃侃而谈两个多小时,令人大惊。原来先生平时虽寡于言语,倒是根器只在心中!说起幼时在家读书写字,母亲总是悄悄地为他抹干净了桌子,然后悄悄地走开,为他留下一方温馨的清静;讲到当年双亲居于滇南，自己独自在昆明求学，假日坐上小火车一路颠簸，下车便慌着去赶最早那趟班车时，早已哽咽不已。那是我头一回见先生在众人面前动情失态，终算听了一节先生的授课——不惟是文学的，也是人生的。

文之清，出于人之清。二十世纪五十年代，钱谷融先生曾因一篇著名文章《论"文学是人学"》而获罪。依我理解，所谓文学是人学，不仅说的是文学的写作对象是人，而文字之所生所出，来源也在于人。人是一切文字的出发点与归宿。很难想象，一个污浊不堪的灵魂，会写出清澈的文字。清澈不惟清晰明白，倒多了一点深邃，几能让人一眼看到底；清澈也不是清雅，更多了些率性自然，不是故作的风雅。真正的清澈，该是自然的沉淀，是天质的呈现。这世上，什么都可以装，唯独清澈，是装不出来的。

杜甫有句："大儿九龄色清澈，秋水为神玉为骨。"真让我了然乔先生那种清澈由来的，倒是乔先生年轻时留下的文字。先是在新浪微博上，读到他以网名"昆明老汉"发布的多则微博。每则微博限140字，乔先生就在那样逼仄的篇幅里，娓娓讲述他生活中的精彩往事，件件都是一个年青生命对世事的洞悉。继而读到他的《映秋院日记》，更是于字里行间，屡屡发现一个质朴却高蹈的灵魂，曾经经受了时代怎样的淘洗与磨砺，终至历练出那样的率真与清澈。日记，那种真正的日记，那种不是写给别人看的，深藏于心的，纯属记日记者每日的扪心自省，既映射出天光日影与月夜星辰，也记录着一个青涩学子，怎样如一株幼树那样，不分日夜地吸取着天地精华，锻造着自个枝干的结实与内心的充盈，直至捧出一树齐天的青葱。读那样的文字，如骤见一道从未打开过的生命暗隧，随清澈流水匀匀放走的，是一条幽缓漫长的时光河流，一条颠簸不已的生命小船，和一树开开谢谢生生不已的三春桃花；其间，当然也有礁石浅滩的凶险，卵石的创痕伤痛，贝壳的空寂落寞，但无论高唱与低吟，迂回与湍急，曲折与跌宕，都真实得像已然发黄却实实在在的图像，无声地灌注着我生命深渴的空杯。转眼之间，快乐装进了那么多，忧伤也装进了那么多，而我对那种清澈的淋漓浇灌，却一直地未见餍足⋯⋯

年轻时，多少人，不曾用一册自己喜欢亦漂亮的小本子，记下自己青春的梦？我也曾是其中的一员，但终因眼见无数人因日记闯祸，因日记遭罪，便早早地一弃了之。那样连将记日记也视为畏途的年代，到底已离我们远去了。那天看到乔先生保留至今的几十本日记，先是一惊，继而一喜，深感弥足珍贵。当即想起一件事来：越战期间，一个美国男子每晚都点着一根蜡烛，站在白宫前表达其反战立场。即便雨夜，他依然拿着蜡烛站在那里。有记者忍不住问他，先生，你真以为你一个人拿着一根蜡烛站在这里，就能改变这个国家吗？他回答说，我这样做不是想改变这个国家，而是不想让这个国家改变我。

忆及此，不由得想长啸一声：书生清者自清，其奈我何？

2016年3月7日　于昆明

书生梦中秋意残

秋天注定是思念的季节。立秋刚过，为饶健康先生猝然辞世强忍了半年多的思绪，终在这个秋日有了萧瑟的泛滥。年来最怕这样的伤心断肠，无论高堂仙逝友朋不测，都像泰森的拳头当胸一击，顿时心岸垮去一片，落下的残缺任谁都难填补。记得那夜我辗转反侧，无论是醒来还是梦中，眼前都是我的饶先生。眼下窗外有秋叶飘落，不定是饶先生梦中的那片秋意，终于飘啊飘地飘落在了我的面前。

饶先生教过我三年语文。初识在四十多年前，初秋的新学年我刚进高中，他是班主任兼授语文，满嘴江西口音浓得化不开，岁数不大个子还小，又害着眼疾，不像是个好老师。我心中的好老师，一是初中的女班主任老师，温情似水，戴一副金丝眼镜，说话轻声细气，一看就让人觉得不该欺负她。一是教汉语课的男老师，人长得帅，脾气也暴，课堂上，他手里半截粉笔头会像子弹一样飞出来，正正打在不听讲开小差的同学脑门上，让你疼上小半天；但他的汉语课总是让我佩服。1957年暑假后，两个老师都不见了，说是成了"右派"。真不懂，不知怎么好老师都会遭孽？要说女老师像母亲，男老师像父执，饶先生好像就什么都不是，勉强像个大哥——刚大学毕业，比我们大不了几岁。就是这个"大哥"，三年中除了上课，还领我们读《静静的顿河》，演《刘三姐》，开读书会，讲《一个人的遭遇》。缺少人性教育的年代，饶先生敢讲敢读那样的东西，想必是要冒风险的。人终究年轻，有时又变得浪漫执着。大炼钢铁，他和我们一起早出晚归，从郊区运矿石回学校，喂操场上那几个只吃不拉的土高炉；

后来又"迷"上了用泥巴做肥皂。有次他叫我去他住的地方，远远就见他窗台上摆满了那样的"肥皂"，土褐色，皱皱巴巴，全无肥皂的细润腻滑。一个满肚子文学梦的书生，那么痴迷地研制肥皂，那印象，不啻是那个悲剧年代的悲情注脚。

六十年代初我外出求学，少不更事，乡梓万里，竟慢慢把饶先生忘了——懂得父母要等自己做过父母，体味老师要等自己有了老师的经历。后来偶尔回老家听同学说，饶先生"文革"中被打成"反动学术权威"，斗得死去活来，多年组织我们读《静静的顿河》，讲《一个人的遭遇》，都成了罪名。他不承认，说他离"权威"还差得很远，于是批斗日盛。想象他弱不禁风的身子，怎么顶得住那样的凶狠呢？想到无奈处，也只有叹息。多年后我开始写作，细细一想，一个工科学生的文学基本知识，其实都来自饶先生。每次作文课，他都要挑几篇范文边读边讲，有一次轮到是我，让我得意了好几天。一个暑假，饶先生让我帮他抄一部文稿，有一天突然就讲起上大学时，他因为一篇小说习作，险些被打成"右派"的事。当时我不懂，后来想起，心里突然就有了一种痛。于是那年从云南回家，决心去看看他。问了几个同学，都说饶先生还住学校，到底在哪一幢哪一间，倒没人说得清。我就奇怪，老同学怎么好像和饶先生都那么淡呢？一路打听，终在母校后面一幢旧屋里找到了饶先生。屋子太暗，只好在他家门口的空地上，坐着聊了一会儿。我送给他一本我新出的小书，饶先生接过去时，眼里突然一亮，不知是不是想起了他也有过的文学梦？

有一次在老家，我请饶先生和几个老同学小聚，隔窗可见冬日里清瘦的长江。简陋的餐桌边回荡着侈靡的笑声，几个风雨中的同学知己，一如生命里晚来的朝暾。本是很高兴的，饶先生突然说想说几句话，于是梗在他心里几十年的一件往事，听得让人心酸。高中我一个最要好的同学，成绩优异，尤其是数学；不料头次高考竟没考上，第二年考又没考上，第三年再考，依然名落孙山。那天那位同学也在座。饶先生说，听说那个同学总以为是自己没考好，还想考，他就想让那个同学别考了，考得再好也没学校敢要你——档案上清楚地写着：此生不宜录取。饶先生说，学生的政审由学校做，跟班主任老师无关，但他看过，当时就吓了一跳；高压之下，饶先生也不敢告诉那个同学。说那话时，眼泪在他眼里打转。他说，那时他心里一直感到痛。一个做老师的，无法对自己喜欢的学生讲出实情，只能眼睁睁看着他去耗费生命，那是怎样的一种痛啊！尽管那是时代之病，与饶先生无关，但那种痛对一个书生，却像一个脓疮，真实得无可回避。说到那里，有暖气的餐厅里，突然就有了晚秋的风寒……

那以后只要回家，我都会去看看饶先生，时间或长或短，一杯茶续了又续渐成清淡，冲不淡的倒是那些新新旧旧的往事。他一直关注我的写作，我的作品只要能找到的，他都看，还在电话里跟我聊他读后的感想。那时我总会想起他在作文本上的红笔批改，密密麻麻，勾勾画画，不管称道还是指谬，字字句句，当时都读得我心惊肉跳；如今那些大红的圆圈横道，倒都显出些亲切，像人生标记，伫立在我坎坎坷坷的路上。有时很久没回家，逢年过节，也会跟他通通电话。有一次得知先生胃不好，想起云南有一种中成药，我吃了效果不错，就买了一些给他寄去，说要是有效我会再寄。去年过年，因家中一件不幸的事，心情一直不好，没敢给他打电话。独在异乡为异客，无论快乐和不幸，都要独自担待，心中多那么几分天涯飘零的客思，梦醒时才不会觉得孤冷。不料大年初三那天，饶先生突然打来电话，问我最近怎么样？说因为没接到我的电话，他总有些担心……我两眼一热，想跟他说，又想大过年的，那些叫人伤心的事，还是不告诉他为好，只说家里出了点事，等有机会回去再告诉他。谁知就这么一句话，反倒让饶先生一直挂在心上了。先生的夫人在电话里跟我说，直到去世前几天，饶老师还在问他，不知道你家里到底出了什么事？

得知先生谢世，我当即给家乡的老同学打电话，请他约几个同学，一起去先生家里看看。两天后同学回话说，他跟几个同学通了电话，似乎都没有要去先生家里看看的意思。我一时像没听懂，不明白他的话是什么意思。他又说了一遍，我才明白，那些同学是不是都还记着饶先生的"仇"呢？原以为自有了那次聚会，他们早已原谅了饶先生，不料竟是如此啊！或许那纯是我一时的胡思乱想，却怎么也挥之不去，就像秋后的冷空气，让我心里老瑟缩着一种凛冽的战栗。人世的萧瑟，或许是早就存在着的吧，为什么我非要在无意中，去捅破世情那层薄薄的绵纸呢？还是待有机会回到家乡，去先生坟前点一炷香吧。那时，先生会知道那缕袅袅的青烟，是他的学生点燃的吗？但我要对先生说，那是我和同学们一起为他点燃的——这是我自封的一点权力，代表那些曾经与饶先生一起走过那段岁月的同学，跟他一样，那些同学的青春也有着那样黯淡的灿烂。相信迟早一天，老同学们会想起饶先生，想起他跟我们一起走过的那些岁月，不再错怪他的吧？

……此时的窗外，飘落的秋叶越发多了，淡淡秋色厚了起来，看来连秋色也终会老去。饶先生的夫人那天在电话中说，下世前，饶先生刚为当地编定了一部诗集。一部那样的诗集，无非时下的地方政府部门，为彰显政绩做的事情吧？饶先生竟做得认真、投入，光是史籍，都查了上百部。一个年轻时就做文学梦的人，留下的也就只那样一本书。也不知那部书是不是已经出版？我想早些看到，料想饶先生编定的书稿里，字里行间，都渗着他心中那片浓烈的秋意吧，尽管怎么都已经残了。

语词的包浆

那段西行旅程想想真奇妙到叫人恍惚：先一头往西扎到乌鲁木齐，再返身往东，依次到敦煌、嘉峪关，到兰州、西安，又逐一往西。于是行程忽东忽西，时光交梭错杂，心绪亦时古时今，来回穿行。多年宿愿得偿，两眼饕餮得很；具象时空一时浩瀚如史，满目秋阳又奔泻如瀑，视线通达得人眼无力穿透，直看到两眼酸涩仍不敢懈怠，生怕眨眼就错过了什么。山川风物迎面而来自不在话下，在心的更是先前只在纸面上读过，以为烂熟于心却无实体支撑的语词，也尽皆立体、具象地涌来，一时如徜徉在语词的长廊，古老的新鲜苍茫的明彻，让人应接不暇欣喜不已：或是地名，天山、吐鲁番、龟兹、库车、敦煌、嘉峪关、阳关、玉门关、长安、天水、皋兰、麦积山；或为地貌，黄河、秦岭、祁连、黑山、天山、天池、大漠、戈壁……或书卷气十足，西天、丝路、石窟、泥塑、壁画、经卷、关隘、烽燧、长河、落日；或异域味儿浓郁，葡萄、坎儿井、飞天、琵琶……如是，一趟西行之旅，活脱成了飞身穿越历史长廊的语词之旅。

那念头自结识一位维吾尔族学者开始萌生：从一任冰峰、银雪、碧湖、云杉装点得恍如瑶池的天池下来，正一时难辨天上人间，便得与新疆大学阿尔斯兰教授叙谈。问及所治专业，告曰"语言接触学"。身为维吾尔族学者，他精通多种语言，为其研究提供了方便。新疆即古时西域，乃多民族聚居地，语种众多，语词纷杂，那让我想到，不同语言间原初的交流，到底是怎样产生的呢？阿尔斯兰答曰：借助宗教的传播，不同语言方能达致类似词语的沟通，由此扩展，日后的"翻译"方才可能。

闻君一言，心有戚戚焉。于我，那番叙谈无异于一次语言学启蒙，雍容博大的汉唐，既能以自身之丰厚强势辐射，也能包容接受外来词语，是何等胸襟！问题在无数古老语词何以流传至今仍温润如玉？都说青春即美，然青春稍纵即逝，怎能接替青春让美延续？当然是智慧。晶莹的智慧足可取代人面桃花，让历经沧桑者凸显出晚来的格调与潇洒。阿尔斯兰先生年近六旬，学养深厚，一身挺括西装，又让他俊朗潇洒得虽非女辈如我者，亦一见倾心。一个古老民族的语言也一样，倘无可供追溯、咀嚼的文化累积与储存，自然转眼凋零。恰如经山风漠雪打磨的阿尔斯兰脸上，镌刻着他半世生命的流逝，那些老词语老字眼，也掩隐着五千年丰厚斑斓的历史图景，凝结着百代国人曾经的悲伤与荣耀、焦虑与梦想。如今网络风行，新词汇新语体层出不穷，有好的，更多不大好的，甚至蹩脚的——僵硬空洞的官腔套话、艰涩拗口的粗糙"译文"、文理不通的"明星"博文，眼见正无情覆盖华夏民族的语言传统；及至现代人的笔误或生造，成语的窜改与滥用，也正转演成所谓"新潮"流行，细想不免叫人杞忧。凡事有度矣。一如现代建筑成为废墟后不会令人流连，新词新语也一样。虽说任何语言都处在起承兴衰的演变中，可现代汉语正在陷入的某种危机，让人不禁对一个满处语言垃圾的时代心怀恐惧：那些在《诗经》《离骚》里闪耀过，在《史记》《汉书》中淬炼过，在唐诗宋词中吟咏过，在《三国演义》《红楼梦》中打磨过的语词，正被有意无意地抛弃，弄不好便会沦为倒洗澡水连孩子也一起倒掉的蠢妇。即便用时髦话说，那些老旧古雅词语，也怎么都比那些新词新字"雷人"得多，在在皆有厚厚的历史与文化"包浆"，颇堪品鉴玩味。

所谓"包浆"，乃器物经岁月流逝与变迁，于器物表面形成的那道光泽，虽微弱含蓄，却润泽幽隐，能予人一份淡淡的亲切，有如古君子之谦和雅蔼；而细聆深悟，便觉有高僧鸿儒之隽语如诉，既清凉亦温润。幼时在长江边家乡小城，家家好用竹椅、竹凳、竹席、竹床等竹制品。新制竹器手工再好，仍难免有竹刺挂手；非用个三五年后，方透出深幽的暗红，光润如玉，幽光沉静，滑熟可喜。

好的语词亦如是。一个玉门关，倘只当寻常地名，浮皮潦草地扫一眼，拍几张照，端的是暴殄天物！此番去时，眼前虽唯剩一座黄土方城，但雄浑苍凉的气场，含蓄深永的韵味，皆拂面而来。近立王之涣诗碑虽略显生冷，所刻《凉州词》却让我有"未到关前心先叹，凉州有诗意轩然"之叹。伫立碑前默诵细吟，可怀想追忆者何止千万？有悠远史实：始置于汉武帝开通西域、设置河西四郡之时，因西域输入玉石皆取道于此得名；其时与阳关皆为都尉治所，中原与西域交通莫不取道两关，终成军事关隘和丝路交通要道。有佳话传说：唐开元年间，诗人王之涣与高适、王昌龄相邀酒叙，恰遇梨园伶人唱曲宴乐，三人暗约以伶人所演唱各人诗篇定诗名高下。三人诗作都被唱到，而伶中最美女子所唱则为"黄河远上白云间"。有精湛诗艺：同样写黄河，李白道"黄河之水天上来"，目光由远而近，目中黄河由东向西，无限延伸直入白云，属纵向描写；王之涣却云"黄河远上白云间"，目光自近及远，在水天相接处突起"万仞山"，山天相连，乃竖向描写——一个词语所包容的，已够我们品味再三。

思及近年几次出行，不管厚土中原、冰雪长白，还是阡陌湖湘、烟雨江南，尽皆文脉深厚之地，古老词语如缤纷花雨，浇得我总有淋漓的惊喜，既惊艳有如恋人阔别多年后泪眼婆娑中的执手相依，又诧异仿佛学海苦寻得与良师益友交谈的醍醐灌顶。即便在边地云南，古老词语亦常让人幽然而生崇敬之心。不说古滇国、哀牢国之久远，即便南诏国、大理国，也曾与唐、宋比肩而立，其风云变幻，堪写几部大书。而在昆明，远的不说，一条护国路，如今虽显狭窄，通向的却是与辛亥武昌首义呼应的护国起义之烈火硝烟；一座"西南联大"，虽无巍峨校舍辉煌讲堂，倒至今让人对其时云集之大师、学子高山仰止。到那里看看、听听、想想，方知其并未随岁月流逝而稍减风韵，反在历史长河的磨洗中越发光彩耀人。

文明的传承，一则依赖器物，一则借助语言。自然传承下来的物，多为当时日常生活之物器，真有艺术价值者，常不幸成为王公贵族的葬品，深埋地下，于是有了考古发掘；而语言的传承与发展，比之器物的传承更其复杂、艰难。阿尔斯兰研究的，是不同民族间的语言接触与交融，不知古今语言的传承与融汇，是否也在其视界之中？依我看，当今语言的流变，恰在历史文明与现代生活不断地摩擦与碰撞、较量与纠结、选择与淘汰中进行，时而背离时而互睐，这种细腻的纠葛绵长而深远，所产生的回思和影响也深远而绵长；触媒虽非宗教，倒是比宗教更普遍的对华夏悠久文明的认同。时下为收藏一二件古器物抛撒重金者大有人在，珍惜先祖留下的有包浆的语词，虽无须大把金钱，却需造就一种风气与自觉。珍惜它们，其实珍惜的是我族的悠远文脉。若说民众更多使用的是日常语词，文化人则应自觉地成为古老语词与现代词语兼通共济的卒子，视其为事业终生相许，直至如唐代书法理论家孙过庭在《书谱》中所说，"通会之际，人书俱老"，方能臻至化境。日前偶见一网友之个性标签，乃"芝兰生于深林，不以无人而不芳"，"读石理璞"，"即境不染心"一类，清雅到家；发帖所用语词亦清明古隽，一问方知乃一年轻女士，说只有到了域外，才了然那些古老语词之可亲可敬，无此便无做中国人的深厚底气与豪迈。信然。

漫长的历史时间决非荒凉一语可道，其中隐逸的珠宝何止万千？转眼离开新疆半年有余，在大漠戈壁间蔓生出的那点思绪倒愈加葳蕤。有机会，或该再就教于阿尔斯兰方家才是——料想他即便一身唐装，也照样潇洒。

名句的另读

"昨夜西风凋碧树，独上高楼，望尽天涯路"

凝望者从来都是辛苦的，也是孤独的。尽管已是"独上高楼"，且已然"西风凋碧树"，倒仍是"望尽天涯路"，而不见伊人。足见，孤独不在凝望自身的辛苦，也不在望来望去，却毫无结果。孤独在凝望的方式。一个人，时时都在凝望，一生都在凝望。大多时候，凝望者的目光都会投向远方，而忽视他的近处，甚至脚下。当凝望的目光死死盯住远方时，在凝望者的目光与他的高度和地平线组成的那个三角形里，有一片浓郁的"灯下黑"。倘说三尺之内，必有芳草，那么，智者或就在那里。伊人也就在那里。就在那个黑色的三角形里。可惜那位凝望者，那个身居"高位"者，已无法看见。是的，鼠目寸光固然可笑，好高骛远亦属虚妄。生活既在远方，也在身旁。

凝望。凝望。真正的凝望，多发自内心的渴望，属于精神的渴求，而无关伊人。伊人只是一个符号，一个代码，虚拟，因而也就缥缈。但有没有凝望，对一个人，到底是不一样的。如此，凝望者目光的落脚点，何不既在天涯，又在足下呢？你凝望过脚下的每寸土地，每株小草，每个卑微的小生命吗？如果连近身旁的一切都没凝望过、看清过，又何以凝望远方，甚至天涯？

"弱水三千,只取一瓢饮"

你,或者我,或许就是"弱水三千,只取一瓢饮"中,那未被舀取的一瓢。那是幸,还是不幸?反过来说,那已被舀取、被"饮"的一瓢,或是幸运的,也或是不幸的,一切并没有确定。弱水浩浩荡荡,从远方一路奔来,直至被某人舀取甚至饮下的那一刻,经历过多少曲折坎坷?那被舀取的,似乎是幸运的,但它从此就不再是自己,不再属于弱水,它从此只是某人身躯或者灵魂中的一部分,很小很小的一部分,小到可以忽略不计。没被舀取的,却未必就不幸运;它还是它,什么也没失去,仍然是那汪洋恣肆的三千弱水中的一分子,是那浩荡队伍的一员,是无名无姓的一员。但它依然可以作为弱水的代表。它并没有失去什么,顶多失去了一个同伴。你依然可以与那条弱水一起,穿越万水千山,览尽一世风情,去往浩瀚的大海。每天,陪伴日出日落,月圆月缺。

"众里寻他千百度,蓦然回首,那人却在却灯火阑珊处"

那时,你正在"灯火阑珊处"之外,我也一样。那是某人"众里寻他千百度,蓦然回首,那人却在却灯火阑珊处"之外,目光忽略或轻轻掠过的一处。或因匆忙,或因无缘,那个寻找者看到,并最终寻到的,只是那片"灯火阑珊处",从而也跟更多的所在,包括你、我,失之交臂。他没能看到你我在的那个地方,那里,很可能连灯火都没有过,当然也就说不上灯火阑珊。所谓阑珊,对应的当是先前曾经有过的明亮,甚至辉煌。你也许从来就没辉煌过,甚至,你一直都在黑暗中。别说寻过"千百度",即便寻过"万千度",无缘者仍无缘寻到你。那又怎么样呢?你还是你,在重重黑色锦缎一样的暗黑中,在即将迎来斑斓霞光的黑暗中。而那个从灯火阑珊处走出的人,此刻很可能已经没有了期待,他的一切或许已经固化,包括梦想。而你,很可能,会在某一天,从黑暗中升起来,亮起来,就像一颗星星!

今月曾经照古人

月，引发大海潮汐的月，也引发过历代诗人的歌咏吟唱，那是另一种隐性的潮汐，一代又一代，一拨又一拨地涌来，拍打着我们生命的堤岸。

何故？黑暗是俗世生命的另一种真实。生命，至少有大半时间，处于暗夜的昏睡之中，即黑暗之中。何况，有一些白昼的光亮之境，弄不好亦无非另一种变异的暗黑，它抹去一切形体的鲜明与独特，只留下一个隐约的轮廓模糊的身影。黑暗中的我们，除了自己，不见有它。入夜，孤独的我们一抬眼，便看到了月，浑身覆满了琉璃般的清澈月光。月是天外的另一只眼，她与我们相互在亿万年间的深情凝望，总让人情动于中。在那样的凝望中，我们暂时忘掉了孤独，忘掉了烦恼。这时我们才恍然有悟：不见月的暗夜，该是多么难熬！

月亮，就那样，在人的凝望、人的想象中升了起来——不仅在空间上，也在心目中！凝望之中，生命便因"人攀明月不可得"的月亮的浩然存在，而意识到了自己的存在，且是突显出了一番诗意的存在。李白于是在《把酒问月·故人贾淳令予问之》中吟咏道：

青天有月来几时？我今停杯一问之。
人攀明月不可得，月行却与人相随。
皎如飞镜临丹阙，绿烟灭尽清辉发。
但见宵从海上来，宁知晓向云间没。
白兔捣药秋复春，嫦娥孤栖与谁邻？

> 今人不见古时月，今月曾经照古人。
> 古人今人若流水，共看明月皆如此。
> 惟愿当歌对酒时，月光长照金樽里。

生命是短暂的，永恒的只有时间，而漫长的时间里，唯长驻的月光充盈浩荡于宇宙，只是有时，我们视而不见罢了。要紧的却恰在生命是否曾被月色照亮过，或说人生是否见过那样的月色。无须循着月色去寻求光亮。月意味着的，并非光亮，而是清澈。月光不同于阳光。我们从来只会说阳光是明亮的、灿烂的，不会说它是清澈的。明亮与清澈不是一回事。阳光强烈，却极易造成阴影。阳光下的万物，其"像"在被明晃晃地照亮时，"影"却会因阴而变得混浊。月光不同。月光如水，能浸润并穿透物体，使之呈现出澄明之态，成为于幽暗中打开人与物的另一个方向，另一种可能，另一条路，另一道门。

是的，柔软的月光，其穿透性确凿而且坚毅。那样的穿透，可将人与物原本并不通透的内心、内里，照成一片敞亮的雪昼。于是我们的目光这才越过万千时日，看见了过往，看见了豪饮的李白，洒脱的东坡，也看见了从古至今大大小小的吟月诗人，及诗人们笔下月华灼灼的日子，也就思念起故乡，看见了自己。那轮当年照过他们的月，我们见过吗？没有。阻隔我们的，是山河般浩荡也山河般起伏的岁月。但那轮此刻照着我们的月，也曾照过他们。于是那一抹月之清辉，让我们从黑暗中走出，也从俗世中走出，让生命转眼便有了诗性的清澈。那让我们与那些曾经被月照耀过的他们一样，转眼便从俗常中进入、升华到了另一个世界。

人的一生，岂能只是活着？李白于自问自答中，体味到的正是另一种非现世的人生。有没有那样一种人生，大不一样。孤独的诗人尤其如此。面对月色，他们在孤独的人生里，悟到了现世人生之外的这个天大的秘密。于是沧然有问："青天有月来几时？我今停杯一问之。"无孤独，非诗人。而无追问，别说更非诗人，亦非智人。没有一个诗人，会不面对月亮而自省生命的来去。孤独的李白，那冲天一问，直抵的乃人生的三大终极之问：我是谁？从哪里来？到哪里去？其实又何止是人生之问，简直就是宇宙之问。无人能答。天地无尽，时空浩茫，"但见宵从海上来，宁知晓向云间没。""宵"与"晓"，既是时间之象，亦是空间之象。孤独又渺小的人，处于无始无终的日夜轮回之中，如一叶漂浮颠簸的小舟，随时都可能倾覆。而这时，一抬眼，看见了月，也因看见了月，而想起了古人，方知我们的孤独，也是古人当年的孤独，或也会是后人必将经历的孤独。

孤独是人的宿命。深藏于皮囊肉身里的灵魂，从来都是孤独的，谁能体察它瞬息间的万千变化？谁又能洞见它须臾间的天翻地覆与惊心动魄？谁都一样，没有例外——世界从没刻意苛待过某个个人，它苛待的是所有人。所有的人，都须在那样的孤独中，走完自己短暂的一生。或许，唯有爱，能稍减那种孤独。当然该是真爱。真爱让两个或更多孤独的灵魂在孤独中抱团取暖，也相互照见。在这个意义上，爱，成了人类的信仰与追求。有幸运者，也有失意人。多少人，为此而孜孜矻矻地追求一生，也未必如愿。

然，唯有诗人发现，那样的孤独是以"但见宵从海上来，宁知晓向云间没"的空茫浩大为背景的。在那样浩大的背景里，无数的孤独者，方能因与茫茫宇宙共生而觉幸运，他们虽各自相隔千百年，竟也如浩瀚大漠中传递烽火狼烟的夯土台，相互凝视着，守望着；千万个孤独者因了那样的相互凝神与守望，而找到了同道。遥望的目光诗性而又坚毅地连成一线，穿透古今，亦连结古今，方让那空无的浩大闪烁出人性的光辉。人生之于天地间，是偶然的。诗人的出现，则更其偶然。但有了那样穿越时空的凝视与守望，孤独者便不再孤独。一句"古人今人若流水，共看明月皆如此"，抚慰着亿万颗孤独之心，而联系古今之人的正是那轮月亮，是月亮昭示给我们的清澈。

"惟愿当歌对酒时，月光长照金樽里。"李白聪慧。那"金樽"，岂止手中之杯，也是生命之杯。当月光从它长照的那个生命金樽里溢出来时，生命如月光般的那种清澈，便有了明晰的由来，也有了长久的依据……

人面不知何处去

  人都是环境中的人。环境无非天地万物，人世百设，前者乃自然天成，后者则是人依自己的需求，添置的各种大大小小的物件。如此说来，人在万物充盈的世界里，是否一直能与环境保持协调，感受那种美好，要旨便在如何处理人与物的关系了。

  美好人人向往，却非随处可得。一千多年前，诗人崔护（772—846）笔下的那次邂逅，乃一个失意士子，与一位少女加一阵春风、一丛桃花、一道门的相遇。花之艳，风之柔，门之韵，人之美，花影与青春交相叠映，美便越发地招人惹人。千百年后，当"美好"如一方抹布被撕扯搓揉得遍体鳞伤，自以为"美"到强大无比，"虽千万人吾往矣"，而置环境于不顾的人大行其道时，倒往往忘了，总须先有"美"，尔后才有"好"。美，从来都不是抽象的律条，而是真理发出的微笑，自然优雅的坦诚。在这里，桃花灼灼是真理，春风习习是真理，生生不息的一切尽皆真理。于是，十里春风是美。一树桃花是美。桃花掩映的门是美。门里穿行桃花而去的人，方跟着美了起来。那人若是独行，无桃花掩映，无春风吹拂，无门的洞开与遮挡，或虽美亦难入画，有了桃花，有了那道似有若无的门，有了春风的拂动，人便格外地美了起来，显出无尽诗意。于是，诗人这才吟道：

  去年今日此门中，人面桃花相映红。
  人面不知何处去，桃花依旧笑春风。

《题都城南庄》的创作时间，史籍无明确记载。唐人孟棨《本事诗》和宋代《太平广记》则记载了此诗的所谓"本事"：崔护到长安参加进士考试落第后，在长安南郊偶遇一美丽少女，次年清明节重访此女不遇，于是题写此诗。此说及据此编派的崔护与那位名叫绛娘的少女间的爱情故事虽周折传奇，真实性却从未得到史料印证。对于一首诗，那又有什么关系？诗就是诗，不是个人档案，更不是史。诗中营造的，只是一种惆怅之美。陆游与唐婉间那样真切的"错，错，错""莫，莫，莫"的生命感受，当然是诗意的。崔护这或许并非实事的诗句，尽管无据可查，却仍让这首诗因其艺术魅力的深邃，得以千百年流传。

　　诗也，可以兴，可以观，可以群，可以怨。历来都以为，此诗实为诗人以"桃花"之光鲜红艳，烘托"人面"之美，其实，那样的美已不尽是人之本身，而是诗人所见到的，人与桃花与门与春风同构的那个春的情境。于是诗人年后再去，面对"人面不知何处去"时那看似惆怅的惆怅，其实是在说，人不在了，桃花和桃花掩映的门、被春风拂动的门，依然是美，甚或越发地美。自然长于人生。人虽远去，风会再来，花会再开，重返它们经历过的时光。人却不能。人去年在，今或不在。即便人今年还在，也已非昨日之人，不是去年那个与"桃花相映红"的人，而是另一个人，一个可能长了一岁、沧桑了一岁、油腻了一岁的人。能否像去年那样与桃花相映，尚存疑问。于是那惆怅便不再是至少不完全是惆怅，而是对永存的桃花、春风和门的赞赏。

　　疑惑就在，已然离去的那个人，怎么就轻易忘了那丛桃花，那扇门，和那阵轻拂过她鬓发裙裾的春风，而没来与旧日旧景重聚呢？她的没有再来，如果不是担心美好去岁的难以再现，即所谓"无常"，就是对美好去岁的全然无感，身在其中，却全无察觉。世事无常，不足为奇，而无感就是一种病了。白先勇打小就对世界有一种无常感，一曲歌、一出戏，于他都会生出莫名的感动和许多思绪，所谓"美到极致，都有些凄凉"。但若换了一个对季节与花事无感者，还说得上什么"好"呢？对美的感受，是一种能力，权位换不来，金钱买不来，唯灵魂的清澈可与之匹配。诗中那个今年没来的缺席者，或是人生已有变故，另有一番隐情，想来亦不能来？但无论怎样，"桃花依旧笑春风"一语，点破的正是那惆怅里包蕴着的世事真谛——那个离开了那丛桃花、那道门和那阵春风，忘了经历之"美"，已不"依旧"的"人"，已失去了"好"。美，"依旧"微笑着，人却不知去向，这惆怅便不再是见不着人的惆怅，倒是对人间常见的对美景美物的忘却与辜负的惆怅了。诗人于是轻叹一声："人面不知何处去，桃花依旧笑春风。"

想想，崔护的气量还真是够大的。换了我，身在当下，先是无缘碰到崔护面对过的美景美物，即便不时碰到，也常常是些对天地万物与人间百设之美无感亦无知的人，恐怕连"人面不知何处去"的话都懒得说，只一句"桃花依旧笑春风"，感叹、唏嘘就都在其中了！

不惟诗中，现实中，那些"今年桃花此门中，人面不知何处去"的"人"，会不会读到崔护的那首诗呢？若读到，是照旧无感，还是陡生锥心感叹呢？其实她读不读得到，读不读得懂，都已没关系了，也对这个世界无损——无论怎么说，至少我以为，作为感知那场花事、美事的诗人崔护，不惟完成了对一场"无常"世事的悉心洞察，完成了他自己，也留给了我们至今还在思量的思量。

杖藜而行

世事万千，看似纷纭麻乱，冥冥中倒怎么都有千丝万缕的勾连；尽管有时亦细若游丝，却飘忽悠远，纵然百年秋风掠过，仍时断时续地绵延于幽夜之中，恍若一份历史的索隐，能让人循迹而去，突然发现一道窥探过往的缝隙。历史的幽夜一旦被一缕现世的光亮照耀，人便自参透玄机，顷刻顿悟。

历史已长满青苔，或本就是一方青苔。当万丈红尘落于身后，世俗喧嚣蔽于远方，杖藜而行于永仁僻远的山山水水，亦有几缕那样的游丝，不时地拂过眼前，缠于心头，让人怎么都难释怀；最终竟发现，那些既属意外又属必然的偶合，让我突然就觉着了人生中某种无可更易的前定：原以为是对一片陌生之地的游历，转眼就演成了一场朝暮怀想的故地重访，让我时时回味起过往，个人的，或民族的，熟知的，或隐秘的，意趣盎然之外，又止不住思绪万千。是的——

> 每个陌生的远方，都有
> 生命的天堂
> 哦，我能像故乡一样地爱你吗？
> 仿佛一次重访，在故园
> 翻出压在箱底的乡思，穿上
> 那件老旧却合身的衣服
> 杖藜而行，覆满青苔的前额
> 或许会说，他能听懂

与白发一样沧桑的

斑驳的咏叹

真喜欢那些老东西。没准儿我的前生，就是一块秦砖一片汉瓦，是一首唐诗一阕宋词，或是一把琵琶一管羌笛，一支羊毫一张宣纸；甚或只是一方青苔半片秋叶。

而数千年文脉的惨然毁断，已让人无法罔顾，每每面对，便满心忧愤。且细斟我们栖身的这片大地，即便相隔万里的每个小小角落，倒都处于某种总体波动的节律之中，经受过大体相似的律动、痉挛与震颤。由是，有心者总能借此管窥一豹，读出历史由古至今的走向，辨出文化起伏抑扬的节律。我并非简单地迷恋过往，亦非对过往被扭曲被糟践的实在性一直耿耿于怀，而是总能在看似幽暗的往昔中，听到一个个闪电般的名字，发现一片片初日般的灿烂，意欲召唤出"旧时光"中不可多得的优雅、圣洁与绚丽，以我微弱的吟叹，奋力彰显，呼唤庇护，重现它金属般闪亮的质感，以让今人得以聆听历史令人迷醉的余音。

记忆，尤其儿时的记忆，似也会随年龄一起生长，从青涩的混沌懵懂，到老来的晓畅练达。无论人、事、物，当初认知的，或只是一鳞半爪，一点个人的感念，最后却演成了对一种秩序的向往，对一种德行的敬重，对一种操守的景仰。

而这，或正是我所执念的生命文化发现，或说是一种生命文化的艺术印证。如此似可以说，不仅是我，无论谁人，只要用心，都能从对某一陌生之地的深究细访中，号准时代的脉象，读出某一时代原本的鲜亮，或隐秘的幽暗。

为文字送行

——想起这句话，似在刹那之间：眼见一篇小文已成，在心里熬炼了许久的文字，此时簇拥在不大不小的篇什里，只要我将其作为一个电子文档，附于邮件，点一下确定按键，就要启程出远门了。"人生不相见，动如参与商。"从此，它便一去二三里，甚或千百里，虽偶尔还能见到，毕竟已不完全属于我，而是它们自己了。

这念头以前从没有过，也从没想过我从仓颉那里，从海量汉字里挑拣出的几百甚至千万个汉字，终有一天会离我而去——所谓写作为文，好像就这么回事，你选字造句，再以句构篇，然后送给某报某刊。原以为送出去了，文字也还在那儿，不管是笔写的手稿，还是电脑的文档，都好好地还在那儿，似乎还属于我，多数时候还幸运地留有我的名字，失去了什么呢？

但那时我突然想到，不对，那些文字已离我而去了，似乎有点儿怅然若失。难道还真如老杜所吟："杜陵有布衣，老大意转拙。许身一何愚，窃比稷与契"？看上去，那些文字好像还是我的，其实已不是或不完全是我的了。思及此，刹那间我似乎有点惊慌。不是吗，那些在心里打过无数个滚儿，从心里蹦出来的字句，是带走了一些纯属我个人的东西的，比如思虑、快乐、忧伤、梦幻……也就是说，那些文字，怎么都已是我生命的一部分，有时甚至是一小团血，或一小块肉、一小把泪。一旦离开我，就再也不属于我了。那属于谁呢？读者拥有它了吗？好像也不是，或不完全是。从此，那些文字似乎就游荡、飘浮于人世间了。

这么一想，文字还真是离我而去了。

顿时便想起了古人。古人的文字，多抄成信札流传，或刻版印书、刻石勒碑。那时的人，无论是先贤，还是普通的读书人，有没有想过这事？当他们于明窗油灯下，读那样以木版印制的书，或于边关楼阁上，抚观用石头刻成的碑时，不用说，手指都会触到那些文字。如今，读书看报，照样会触到那些文字。更多时候，文字或会出现在大小不一的屏幕上，电脑屏、电视屏、手机屏。无数陌生人的手指，也会触碰到那些句子，当然也会触到我的忧伤或快乐，甚至前世今生的某些隐秘。文字出发的那一刻，一切才刚刚开始，随后便一切皆有可能。

这么一想，无论如何，把那些文字送出去，就是分手，堪称"临别"。如是，难道不该给它们添点行色吗？

况复作为文字，乃先贤创造，历史淘洗，不知拣选、捶打了多少年，多少遍。到我，从成千上万汉字里，能与它们相遇，把它们挑出来，沾上我的心思、体温与气息，实在是种缘分。如今它要远行了，怎能不给它送行呢？

固然，在我，那都是些家常不过的文字，或是些想让它们家常些的文字。我们日日道家常，以家常为至尚，可在时尚喧哗的日子里，家常已不知何时去了何处，似乎正到处东躲西藏。倚窗闲坐的遐思，布衣霜眉空山行的散淡，也都成了陈年往事。人，似乎总要在鲜衣怒马之中，方能用文字把日子解说得环佩叮当。我玩不来。最终，我那些文字，无非有的稍稍硬朗些，有的稍稍温软些，而已。

然，"彤庭所分帛，本自寒女出。"于自己的那些文字，无论何时，我终是有那么一点忐忑的——那忐忑，源于自幼就读过的，那些或倚马千言，或苦吟落眉的好文字。那就再拾掇拾掇，为它们送行吧。硬朗些的，给它们一身短打行头就好，只是要收拾得利索些，威武些。威武不为逞强，只为打起精神，去世上走上一遭。江湖多风雨，人世有风霜，那都是要直面相对的。威武也不为唬人，那只是灵魂里的一份坚贞，所谓英雄掬血，懦夫撒娇。相比那些强装的强悍，我更在乎内里的倔强。温软些的，得给它们添些钙质，叮嘱它们自信些、大度些，少些脂粉气，温润内敛，素颜行世。此一去，难料会遇到些伤怀之事，人间的飞短流长，自来就多，要经得住才好。且不要企盼到镁光灯下作秀，到排行榜上露脸，做个真实的自己，已经足够。

最终，那些文字会落到哪里，落于谁人之手，殊为难料，高山大海，戈壁莽原，温馨书斋，花前月下，都未可知——你们与我，跟你们与读这些文字的人一样，都要讲机缘的。真好的文字，必要经写的人与读的人共同经营，才会长成。人家喜欢不喜欢，当然自有道理，无须强干。说你长得好时，不必沾沾自喜，说你生得丑了，也不必叹息。就像一个人，活在这世上，不也一样吗？但有一点我们是一样的：我须做好我自己，你们，也请做好你们自己。

简帛友人书

譬如最后的秋叶

一

　　一丛最后的秋叶，灿烂着，挂在树梢。浓稠晨光，淋漓于上。人坐在窗前，目光透过去，透过夏日曾经茂密的繁杂与喧嚣，几可直抵远天。思绪涌动。遥远的海。思绪倏忽涌动。远天那么蓝，蓝得深邃，蓝到不见底。在晨光的映射下，那丛秋叶如同经过千百次捶打锻造的耀眼金箔，兀自闪耀。间或有那么几朵浮云，妖娆地变幻着，倏忽飘过，尔后不知所终。世界总是那样。凌厉的夏日已然风雨尽逝，烟火人间的喧哗也早已不再。没有风。风在海的那边。秋叶那样平静地闪耀，自在，也自足，显现的全然只是生命自身的光华。其实无涉阳光。阳光当然是在着的，但秋叶似乎无涉阳光。我的目光一直在追踪着它，从初春，到炎夏，再到深秋……一个生命，就那样平静无声又惊心动魄地变幻着，直至成为金箔，成为蓝天的确证，生命的火把……

　　将已然老去的目光收回来，把昏花收回来，落在一禾的那本诗集和早年给我的几封信上。森黑色封面的诗集凝重坚固。"我在一条天路上，走着我自己"。尔后久久凝视信页上纤细而不失柔韧的、密密麻麻的笔迹，我似乎听见了他的声音。每封信都很长。对一个年长于他许多的人，他好像总有那么多话要向我倾诉。我听着。听着。听着……当我再一次意识到，他已远行快三十年了时，抬头看看窗外，阳光已经走远，那丛秋叶已然回到了暗处，却依然明亮着，灿烂着，仿佛在向大地致敬。

桌上是他的那部诗集《骆一禾诗全编》（张芙编，上海三联书店，1997年2月第一版。）读到他的那首长诗《世界的血》时，我内心温暖激越，汹涌如冬日过后的桃花春水。世界如此浩大。诗人极目远望。思绪汹涌，溢于天地。第四章《曙光三女神》中，"第三歌"那首名为《大地的力量》，最后一节写的，似乎就是我眼前面对的这个时刻——

> 大雨从秋天下来，万物作响
> 这是大地的力量
> 一种没有门窗的巨大区域向我出现
> 幻影变化无常
> 冲刷着庄稼和钢
> "这可以穿透的事物到那里为止？"
> 大雨从秋天下来
> 向我索取着内心形象

三十年过去，想起一禾，我所怀想的，不正是我一直在反复"索取着"的一禾的"内心形象"吗？

不久前，远方有人通过电话，向我打听多年的一禾。似乎憋得太久，一时我说了许多。当他把整理好的文字传给我，说准备付梓。那时我突然反悔了，变卦了——哦，对不起！我不想经由他人转述，关于我心里的一禾，必要自己说出来，亲自说出来。

凝望着窗外。凝望着那丛灿烂于秋阳下的傲霜秋叶。晨光浓稠。晨光淋漓。天蓝得见不到底。秋叶平静地闪耀着，自在，也自足。天既可碧澄如海，叶为何就不可以灿烂如金？想必那最终也没萎弃于地者，每日里与风一起的读经，必是深秋的高洁与通透。

似乎，我听见过那样不分日夜的诵读。

二

诧异于我的记忆，以及几近失去控制的思绪的涌动：一禾好像从没在这样深浓的秋日，来过遥远的边地。他总是在春天来，或夏天来。高原的秋日，似乎与他无涉。如此，我对那丛秋叶的眷恋，究竟缘自何处？或许，那样一个美好的生命，好像自己就是秋天，是秋天里最秋天的那一部分：是秋色里最明亮的那一抹，秋光里最深沉的那一道，秋艳里最含蓄的那一方，也是秋果里最甜蜜的那一枚。他总以那样一种非凡的成熟与自信、高洁与洒脱，闪现在我已然稔熟的人间。这个世界原有太多的自以为是。我曾一次又一次地领教过那些高头讲章势如破竹的教导。也曾面对过某些人以凶狠的虚张声势表达的不屑与鄙视。哦，那些个争强好胜的年代！对答与争辩，甚至连不予理睬，都是徒劳的，当然也是不屑的。其时我正在一条看不到头的山路上走着。崎岖蜿蜒。坡度很大。虽专注，而吃力，却自信。然，四顾茫茫。偶尔，孤寂会悄悄地啃噬我的心。

云天渺渺。

然后，一抬头，那丛秋叶突然出现了——

> 这是大地的力量
> 大雨从秋天下来，冲刷着庄稼和钢
> 人生在回想，树叶在哭泣
> 公园里流着踪踪的黄叶和动物
> 一个人，一个突如其来的名字
> 有突如其来的红色
> 秋天在运走他的一尊尊头像
> 黄叶中晴朗的吊车上挂着一具诗神
> 他弯曲的尸体有如一只年轻的苍鹰

幸好，八十年代是个黄金年代，正理想主义高扬。一禾在那时的出现，势所必然。他已经在大地上生长了许久，从一丛稚拙的枝叶，终于长成了一棵大树，高挺峭拔，葱茏馥郁。

最早，是在一个春天，4月或是5月，在滇西一座春暖花开，始于汉代设郡的边城——历史总把最古老的与最新鲜的汇聚于一处。命运选择那样一个地点让我们相见，实乃大智慧。蓝天如碧。莺飞草长。我得到来自昆明的消息，说他要来，让我去接他。惊喜是自然的。我渴望着一场会见，但事先的准备仍然难说足够。直到那时，我都还没见过他。我只读过他写给我的信，他深情的文字，他对我的寻常的称呼，他那缩得很小的署名与落款；我还没听过他的声音，也不知道他到底长成什么模样。我想到过预先找一块硬纸板，写好他的名字，到接他的地方高高举起。那是一种极寻常也极时髦的方式，但后来我坚决地放弃了——既不想那么张扬，也觉着没有必要，真要那样，或会大失水准——那不是我的方式。无论怎样，哪怕河流浪涛滚滚，我想我也会从匆匆而过的万千人众里，一眼就认出那朵早已入眼且一直在心的浪花。我有那种预感。我相信我有那种能力。而更让我确认的，是他必定有的那些与众不同。

"一个人，突如其来的盗火者
死于燔火，死于借火和用火灭火的人
据我所知，他是勒死之后
又被悬挂上去的。"——大雨从秋天下来
天空中有巨大的象形文字生长
有突如其来的红色

果然，到了航班预定的到达时间，我就站在那里，等待。春风习习。等待。白云苒苒。等待。听说来自昆明的航班已经降落。好啊！乘客开始鱼贯而出。没有他。人不算很多。我打量着每一个从里面走出来的人。直到最后，我才看见了一个人，我断定那就是他——修长的个子，白衬衫，牛仔裤，一头稍长的、迎风飘扬的头发，步履轻快。一个看似随意，实则干干净净的人。一个英气勃发的人。年轻的脸上智慧闪耀。他是闪着光的，似乎"有突如其来的红色"。恰如我料，他与我那天见过的所有人都不同，与我此前见过的所有人都不同。我走了过去，迎上去。我们对视了一眼。他也朝我走来。我们在隔开我们的那条路的中间，稳稳地站住。那条路那时只属于他和我——我确信。我伸出手去，他也把手伸了出来。我们几乎同时说出了对方的名字。

我说：一禾！他说：老汤！

——两个从没见过面的人，像分别多年再度重逢的老友那样，相会于人间。

三

当然，那不是秋天，是春天。

但我的印象里，我与一禾曾经的过往，秋天都是在场的——

因一点小事去到北京，他闻讯从很远的地方赶来，忙忙碌碌地陪了我大半天，直到很晚方才归去。第二天，又约我去他工作的地方，看望他所在的那家刊物的主编——事前他告诉我，正是她，给了我一次其时甚为少见的、"不用排队"的破例。已是深秋，黄叶飘飞。那天晚上，他让我不要去宾馆。他说有地方住。他要跟我聊聊他刚刚读过的我的一些文字。他既随意又很深入地谈论着，像在谈着他自己的作品。我惊异于他的记忆力，那种记忆力早几年在第一次见面后不久，我就领教过——

在他第一次去滇西出席的一个大型活动中，他听到有人轻慢地，或说有些浮皮潦草地聊起了我的一个作品。原在与人轻声聊着什么的他，突然认真地听了起来。早先我问过他，他并没有准备说话的打算，那时却忍不住举起手来，要求发言，坚决，而且笃定。我看着他走了上去，很轻松地走了上去。我惊异于他的轻松，也惊异于他演讲般的言语中严密的逻辑，深入的解析，以及他对原作大段大段的，几乎一字不落的复述。我听得目瞪口呆，我知道就连我自己，也无法做出那样的复述。嘤嘤嗡嗡的会场，突然变得鸦雀无声。他似乎从天而降。他的声音在会场里回荡。那声音出自一个优雅的、充满智慧的灵魂。他只用了那几分钟的演讲，便完成了他在滇西高原的第一次亮相，如同惊鸿一瞥。

> 大雨从秋天下来
> 让人有所作为，留下脚印，再被夷平
> 冲刷着正确的灰和正确的尸体
> 一句句话在感动中——飞起
> 退出它的骨头
> 这是大地的力量
> 大雨从秋天下来，听见它燃烧的声音
> 现在，我要离开艺术

而北京的那个夜晚，在一个小馆子，他要了五六斤或许是七八斤羊肉，整整一箱十多瓶啤酒，以之作为一次深夜长谈的简单配置。涮——涮——涮。热气蒸腾。小小的锅子翻腾滚烫，涮着的是两个灵魂。我知道他不擅喝酒，但他喝得很努力，很尽兴。那晚他和我一起，住在他一个亲人的一个暂时没有人住的小房子里，一张小床，还断了一条腿。在世俗的日子方面，看来他并没有多少准备。他说他要去找些什么东西来，设法把床垫好，架稳。我以一个学过多门力学的人的直觉告诉他，不用了，三个支点，足以支撑起一个平面。摇晃自然难免，人生须经得住，但请放心，不会坍塌。他说是吗，这样就好。他坚持睡地铺。其实那一夜我们几乎没有合过眼。我不知道我们为什么会有那么多的话要说。文学只是那场谈话的一个轻便入口，进去就是个阔大的、万花筒般炫目的世界。我说到我在一个深山铁路小站当养路工的日子，那正好与他幼时随父母在河南农村度过的日子相匹配。文学真的不算什么，真正值得通宵达旦不睡觉也要去聊去回味的，只是日子，是尘土飞扬或冰雪凝冻的日子，是日子里那些几乎从未告诉过他人，甚至连自己都早已遗忘的点点滴滴，是在那些日子里灵魂经受过的每一道轻微的扰动，以及生命在那样的日子里经受过的炎夏与严冬无形的敲打与捶击……

> 这是大地的力量
> 从一种事物驰离另一种事物
> 一片大火和空旷在燃烧
> 大雨从秋天下来，人烟稀少
> 冲刷着庄稼和钢
> 生活的蒙昧在于它总被经过
> 人体在近处留下关系
> 大路上行人稀少，单调而无穷
> 倒映出方向和影子
> 真实的车辆在远景里越来越小
> 从人体里进入空旷

那是我第一次真正地走近他，感知他心里的大地，麦穗与向日葵，他灵魂里如高天流云般的丰润与高洁。

在世俗的意义上，他谦和，知礼，热情，周遭的人第一次跟他接触，便已然觉得他做人已做得很好，该尽应尽的职责，他都能在本分的意义上一一尽到。按说，那已经够了，要知道，多少人即便在那样的层次上，也未必能做得如他那么好。由此，作为男人，他是个懂得爱的性情男人。作为朋友，他是个可信赖的忠诚朋友。作为编辑，他对作品的处理，堪称热情、真诚，甚至周到。不同在他终归是位内心如火一般炽烈的诗人，是天之骄子，是至诚赤子，亦是大雅君子。许多时候，他总要也总能不露痕迹地把人与人之间的交往，抖落世俗的尘埃，从一般的、日常的层面，往诗意的高度推进，直至臻于灵魂级的最高层次，赤裸相见。在那样的高度上，你按俗世的处世规则想躲闪也无法躲开，想不坦诚都会莫名地羞愧。他用自己灵魂的光芒照亮着你，用他自己的生命热度温暖着你。你被他的赤诚充分地甚至完全地调动起来，与他赤诚相见。你也被完全地激发，随他一起进入那个超拔卓毅的状态。通常情形下，并不是每个人都能随时进入那种状态的，有了他，你会发现自己也开始和他一起闪亮。他做了那么多他可以不做，或说远远超出他该做的范围的事。要知道，我只是他结识的万千文界或非文界的人之一啊，为此他要额外付出多少精力和时间呢？而对于他，时间就是生命。

那灵魂，就如我此刻看到的窗前的那丛秋叶，剔透，明亮，灿烂。从此我知道了，那是个有大愿的人，有大慈悲的人。

四

再好的文字，也只是一个人对生命的表达，无论他是诗人，是工程师，是大德，还是扫地僧，或其他任何一个干着世人看得上或看不上的活计的人。对于一禾，文字、诗行，作为他生命的一部分，从他的生命里自然地溢出，根由其实仍在他生命的质地与状态。如同珍珠，文字在一个肉身里经过了漫长的处于黑暗中的生长，洇染上的是他的气息，他的血脉，他的爱与痛，他的整个生命。当我们从一个人的文字里得到享受——无论挚爱、美好、痛苦还是纠结时，其实，我们是在分享他的生命，他以实实在在的肉身亲历过的生命体验。那样的文字，因而是滚烫的，裹满了生命液汁的，直到吐露出来时还在活蹦乱跳着的……

是的，我就那么固执，甚至近乎偏激：无论那些文字究竟如何，孕育出那些文字的血肉丰盈的生命本身，才是第一位的——对于在许多个那样漆黑如深沉午夜一般的白日，或许多个亮堂如白昼一般的夜晚，那个依然让自己像灯一样亮着的人，你说他高傲，我只愿说他高贵。

我曾一次次反躬自问，很认真地问自己：你喜欢一禾这个人，这个比我小了许多、年轻许多的人，到底是因为什么？被一禾亲切地称为"爱情的发动机"

的芙子，也曾问过我类似的问题：一禾对你很重要吗？我说是的，重要。然后她沉默了，我也沉默了。隐约中似乎有人在问我：那到底因为什么？是因为他发了你的作品？想想，好像是，又不是。他发过的我的小说不假，但说我是因此而喜欢他，却是误判。在我向《十月》杂志投稿前，我完全没有听说过他。他那时还年轻，而我并不擅交际。在茫茫如大海般的虚无中，当我跟一个本地的年轻诗人聊起我刚刚完成的那个作品时，他说，你可以试试给一禾。那是我第一次听到这个名字。而那时，把一份多少有些忐忑的文稿送给《十月》，更多的只是因为我喜欢这份刊物，几乎每期必读，从头到尾。我不知道命运的安排。而恰如俗话所谓："你只需做好自己，别的上天自有安排。"十天左右，一封信打北京如秋叶般飞来。其实那是夏末，而他已然说到了秋天——秋天的第一个月，有一个看似粗粝实则香甜的果子将奉献给世人。他说他喜欢那个果子。喜欢它一眼看上去时的粗粝与开阔，喜欢细细品味时里面深藏的人性与背后隐藏着的世道艰辛。他还说，他愿意预定此后所有的果子——如果你愿意，你放心。

——我没什么不放心的。那就像一个长年躬耕于山野者，突然遇到了一个好买家，一个知音般的买家。但我知道，他绝不是要像别处的有些人那样，欲借此去做一笔大买卖，而是他喜欢你种的那些树上的果子。要说喜欢，他先得是个内行，要懂——懂得土壤，懂得种植，懂得辛苦，懂得期盼，懂得成色；或者说，他自己就是个地地道道的躬耕者。他懂得一个专心致志埋头于躬耕者内心一切的希冀，一切的辛苦，一切的劳作，一切的痛苦与喜悦。事实也正是那样。我只管种植，潜心种植，不问收获。而他一直在期待，一直在期待着。他向他的朋友说，"西南要下大雨了"。他果然那样做了，以非同寻常的方式，向外界诉说着云南，诉说着那些默默的一文不名的躬耕者，诉说着那些羞涩的躬耕者捧献出的丰美果实——

    这是大地的力量
    大雨从秋天下来，冲刷着庄稼和钢
    从一种事物驰离另一种事物
    从纸到字迹，从蜡到火炬
    从一年中驰离旧日子
    大雨从秋天下来，让我感动

冲刷着桥梁、石英和打光的砂粒

这是大地的力量

五

另一个日子，不是秋天，倒似若深秋。我去看他，在北京，在一个公墓，一个寥落到有些荒寂的世界。

在那之前，我还没等到他领我去看他的新房，那个他说贴着一张字条——必须是一张字条，不能是一卷挂轴，一副中堂——上面写着一句简单的话："你是爱情的发动机"；他也还没能看到我的新书，为了那本书，为了能让那些文字能在他所在的那本刊物上刊出，他做了许多，四处争辩，却终于没能如愿。他因此而有些愤懑。他告诉我，有人想请你去谈谈，谈谈那本书，但去不去由你。最后我当然没去。因为我感觉到，他并不觉得应该去。信赖怎么都高于一本书。然后，他先是把那个书稿交给了十月文艺出版社的刊物《长篇小说》，然后等待着单行本的面世。他说他要为那本书好好写篇文章，但终归没能等到……

那是下午四点钟。北方3月的阳光，纵然仍是淡淡的，却终已透出了一点暖意。偌大一个墓园里，没有一个人，唯一株株苹果树像人一样地立着，静得像是在另一个世界——也许那确是另一个世界。柔柔的静谧，融在淡淡的阳光里，晕合出一片透明的金色，装点着他的屋宇——门楣上，是一块黑而亮的大理石——也装点着我们相会的那个时刻。

是的，我去得迟了些。我一直不知道他去了哪里。我知道了远行的消息，却不知道他去了哪里——几次跟芙子见面，她一直不提那个话题。一说就痛！终于到了那一天，我忍不住了，我问芙子，一禾，他在哪里？

她说了。

于是我去了。

黑色大理石的方碑上，有几片枯黄的，不属于秋天的落叶。

诗人骆一禾

1961.2.6—1989.5.31

大地呵，你的儿子已血肉双寒，死亡并不是他的领地，愿他此去英武，愿他在这条大道上一路平安。

那是他的诗句。于是，我看见了他。我看见了他的那颗头颅。那里面，是个红得风起云涌惊心动魄的世界。血涌如潮。世界的血。《世界的血》……

曾经，那是诗的产床。

我知道他是怎样写诗的：或通宵达旦，或夜半惊起，或秉烛直书……我曾劝他，请有节奏一些，请爱惜自己的身体，请……

他说，谢谢。可为了拒绝怠惰，拒绝平庸，拒绝诗的堕落，人应该把自己的生命调到高潮状态。

于是我不相信那样的解释：有一根血管因为先天畸形而破裂。我不相信。因为，如果没有那些血呢？如果那些血不是那么热、那么红呢？如果不是那么热、那么红的血在某个时刻像海潮一样地涌向那片诗的产床呢？

如果……

那根血管也会破裂吗？

畸形的或不是那个头颅，而是那个头颅以外的世界。

六

转眼三十年。生命忽也尽唏嘘，天地为之久低昂。

总觉着，迄今为止，对一禾这位天才诗人和他作品的解读，还太少，太零星。恭逢泡沫汹涌的年代，秋来最叫人揪心的，自当是那些即将飘散的苇絮，自身轻薄，无力与风较劲，加之寒露湿重，难于张开的除了翅膀，更是那几缕无病呻吟的空洞秋思。它们从我们身边混沌地飘过，飘过就飘过了，从来没人会去怜惜。真正的秋叶岂会在乎冬日的降临？他们原就来自大地，归于大地或是他们的心愿，势所必然。回到大地的时候，他们会怎样证明自己呢？或许根本不需要任何证明。"除了天才，我别无他物需要申报"——王尔德过纽约海关时说过的那句话，或可用于转赠。

我知道，将那句话转赠给那丛最后的秋叶，当再合适不过。

凭谁挥笔驱紫雾

历史从来都说不上完美，再辉煌再怎么天朝盛世，仍止不住如巨人前行，尽管一路高歌，也必有左冲右突，或小心摸索，倒突遇阻截，或无畏前驱，却频遭暗算，于是伤痕累累，终至结下片片深紫的硬痂。剥开硬痂还原生命的真相需懂得治疗的时代到来，当然也需要勇气，比勇气更要紧的，或是公正、良知和深邃的思索——深紫的硬痂后面，或许隐藏着惊世骇俗的大秘密。卢作孚的一生恰好如此，半个多世纪后，浓烈的紫雾散去，"硬痂"骤然剥离，生命的本真才赫然显现——激情，纯净，诚信，大抱负，理想主义。而今人对卢氏的了解，多出于抗战初期发生在湖北宜昌的那场"中国的敦刻尔克"大撤退。其时武汉沦陷，大批人员、物质、器材集结宜昌航运码头，等待西迁，而时人与舆论断定，时日紧迫，要搬运如此之多的人员机器设备资料，几无可能。作为民生实业公司（用当今的话说，属民营企业也）总经理的卢作孚，其时却视国事如家事，从楸坪运筹，到亲临长江码头，组织公司所属二十二条船和大批职工，仅用四十天时间，硬是将全部人员及三分之二器材运往重庆。其紧张急迫，较之英国"二战"时的敦刻尔克大撤退，更艰苦，时间上也更早了一年多。幼时我在江水滔滔的宜昌长大，尽管民生公司如雷贯耳，也曾在码头上去去来来，看着上上下下来来往往的如梭舰船，只晓得那公司如何了得，对卢先生和他那番壮举倒付之阙如了，真大不敬。

而如此人物，一俟云雾天开世事清明，自然研究者众。上网搜寻，与"卢作孚"相关的网页竟多达22300项，在在涉及他的生平、著作、思想、传略与子孙。最新的一项，是作家雨时、如月的一部名为《紫雾》的卢作孚评传。俗气满世间，书卷书香似早成了兴旺发达的绊脚石，雨时、如月经潜心多年的修行成就的这部书稿，倒如秋夜庭院里那缕袭人的晚香，拂之不去，让人沉湎欣慰得很。为一个"实业家"写评传，实多有风险——评传依赖的是思想，而非故事。幸好卢作孚有的是故事，也不止是个只知道拨弄盘算的实业家，倒实实在在是"一个没有受过学校教育的学者，一个没有现代个人享受要求的企业家，一个没有钱的大亨"。比如革命，到底用什么方式改造中国效果最好，社会成本最低呢？青年卢作孚丹心一片，曾就此无数次与友人讨论、争议。朋友说："我是一颗炸弹。"卢作孚说："炸弹力量小，不足以完全毁灭对方；你应当是微生物，微生物的力量才特别大，才使人无法抵抗。"（《卢作孚文选》）这场争论发生在二十世纪二十年代，卢作孚加入少年中国学会的时候。一个世纪过去，以"炸弹方式"改造中国的故事早已汗牛充栋，无数艰苦卓绝出生入死的英雄，当然叫人仰慕；只不知用"微生物方式"推动中国进步的故事如何，从没读到过，想来也照样曲折坎坷、动人心魄吧，其间或也不乏殚精竭虑忘我忘家的干才精英，有的是可圈可点的绚丽生命，可惜我们从前多不知道。卢作孚先生的故事当属后一类。

作为卢作孚的第一部文学评传，与已往作品已多有不同。《紫雾》执意另辟蹊径，融汇时空，将传主置于人类文明进步的历史长河中，置于中国近代社会史、思想史波谲云诡的大风大浪中，由此展开了对一个灵魂的追踪、寻访与剖析。雨时、如月的小说一向好看，此番凭借多年小说创作的扎实功底，写一部有关卢作孚生平的传奇性的、好看又好卖的书，应了无问题。事实上，《紫雾》对卢作孚一生诸多关键时刻的铺陈描述，庶几可称才情兼具，起伏跌宕，催人泪下。"紫雾"一章，夜色中，卢作孚面对"战时儿童保育院"数百个无家可归的孩子，成千上万从前线下来的伤兵，竟热泪盈眶，内心激荡如呜咽的峡江。转而通宵达旦，运筹帷幄，阶前一夜听雨到天明；翌晨便直奔码头，指挥若定，将这批伤员和孩子，尽数送上了首发之船……此段描述浓墨重彩，波诡云谲，如一幕惊心动魄的活剧，读来好生受用！仅此一章，倘交给当今的电视剧写手，不弄个五六集七八集，怕不会善罢甘休。作者倒惜墨如金，如此功夫只是稍有展示，并不一味依赖故事，心心念念，在意的倒是传主那伟大的灵魂。故事被交给一个并非全知全能，只不过对历史怀有一份敬意与虔诚的叙述者去讲述。于是我们从书中读到、听到的，便尽皆卢作孚先生那颗热忱之心的轰然搏动，智慧之思的精雕细镂。作家多次以虚拟研讨会的方式，将卢作孚当年的思索，与当今学人的思考与回顾绵密地联系起来，从而拓展了卢作孚的思想容量，亦将其现实意义展示得淋漓尽致。比如革命与建设之关系，"人都以为革命问题是先破坏后建设"，卢作孚却说，"如果把革命作为一桩完整的事业，便不能把破坏与建设截成两段。必须且建设，且破坏。而且必须以建设的力量，作为破坏的前锋。建设到何处，才破坏到何处。再进一步说，必要有好的建设，然后有好的破坏。"何等精辟！早在二十世纪三十年代，卢作孚便提出：战后的"建设必须以经济建设为中心"；至于他那些要促进民营经济发展和引进外资的思考和实践，以及1950年他率先向周恩来总理提出让民生公司公私合营的建议，等等，对比当今中国正在进行的社会经济改革，即便不说是先知先行，至少也有些特立独行，让人不能不肃然起敬，刮目相看。

而这样一位有思想有抱负有作为的企业家，倒在1952年"五反"中蒙冤去世，时年仅五十九岁。新中国的建立给他带来过曙光般的希望。按说卢先生也未始没经历过大风大浪，何以竟会承受不住某些"积极分子"个人的指责批判，信口雌黄？实则中国士人的可敬与可悲，都在那个千古信条：士可杀而不可辱。对卢作孚，那样的横加指责，或许正好被视为是对他人格的最大侮辱，正直者岂能吞声容忍？临终前，他没忘留给妻子一份遗嘱："把家具还给民生公司，好好跟孩子们过"——原来，偌大一个公司的总经理，住房、家具竟都是借来的。终其一生，卢作孚亲手料理过民生公司无以数计的庞大资产，仅解放后他冲破重重封锁阻拦，从香港带回大陆交给人民的船只，就价值数千万美元；谁能相信，他却既没有股份红利，也没有债券储金，更没有名车豪宅。一个真正的、地地道道、实实在在的公仆，也不过如此。

《紫雾》的成功，在于作者的勇气与智慧。恰如饮酒，光是卢先生的故事已然让人微醺，再借作家才情之独到思索之深邃，顿时叫人大醉，竟两眼发蒙胸臆发堵。读这样的书，当浓重的"紫雾"在眼前缓缓散去，心情怎么都难以平复。诚然，如今我们总算能以平实的眼光客观的角度，用凝血的真实去还原历史了，这或是幸福。反过来一想，历史的前行尽管总是要付出代价，但此前我们付出的代价是不是太大，太沉重，"博弈成本"是不是太高？不只是被耽搁的时间，不只是不必蒙受的经济损失，还有无数无辜的善良生命，伟大灵魂，千千万万人的希望和信心。当然，据说这已算不得文学的话题，却到底还是让我们的思考也跟着深刻了起来。

当今的文学，据说佳作如潮，评论、奖项也如潮，大有云垂水立一跃千丈之势，个个生猛。雨时、如月倒是超然得很，躲在自家庭院里，自己为自己经营出一方浓荫万缕书香，只管读书写作，其淡泊神韵只关乎世道良知，不涉名利，一心实实在在做点有益的事，为历史，为当下，也为将来。恰如作家本人所说，此番他们在传记文学创作上尽管作了些许探索，但"一年多创作经历带给我们的巨大欢乐并不来源于此，我们体验到的，是那种不为文学创作而创作，不是为文学评论而创作的欢畅淋漓的快感"。说得真好！

2003年7月至2005年8月　于昆明

"云子"如诗

诗人徐芳去了趟滇西，看来看去，看到的自然多多，而我读到的，竟只是黑黑白白的一堆云子。

她喜欢围棋吗？我不清楚，原先，我只知道她喜欢诗，且刚刚得到她的一部诗集。但她的夫君李其纲喜欢围棋，倒是早就知晓的。

一个人喜欢怎样不喜欢怎样，不是天性使然便是早有定数。阅读也一样。读经宜冬、读史宜夏、读诸子宜秋、读诸集宜春——张潮说遍春夏秋冬经史子集，倒把诗给漏了。读诗什么时候都好，秋日读诗更如冬日进补，不管浏览还是细品，皆有益身心，我喜欢。暗自将此谓之秋补——人生经年，耗费甚多，真等到冬至去补恐已太晚。早年喜欢过诗，尔后的文字尽管跟诗再不沾边，可但凡新刊新书到手，我总愿意先读诗。没想这个秋天拿到的恰是徐芳的诗集，大好——沉重绵长的雨季刚过去，高原秋光晴明晨昏爽捷，边读边想，读诗也读人，灼灼诗情、灿灿文意与拳拳友情尽在其中，养人得很。

但她说到了围棋，云子。

八年前的秋十月偶去沪上，致电李其纲说想见一面，他说家远，不妨中午就近找个地方聚聚。那之前两年多其纲到昆明，一起在滇池边有过一段惬意时光，读书、赏文、游泳、对弈，情谊像那时的滇池水般清澈。那个沪上的中午我本有局，倒当即推托了一老友先前的邀约，顺口就答应了其纲——说不出缘由，都是老友，我倒更喜欢常态的生活。而另一位老友其时身为"老总"，虽也属美意，但跟纯粹的私人相邀相比，想来味道或不一样。果然，那天面对鲜纯的绍帮菜，不由生出些感慨——都说沪上人做东请客如何地小盘子小碗小碟，其纲的作派倒怎么都让我疑心他是山里人，好大碗喝酒大块吃肉。绍帮菜最终吃得我像在他家小聚，惬意得很。

记得初见徐芳，还不晓得她是诗人，那名字叫我想起的，是另一个曾在西南联大读书、老给胡适之先生写信的女诗人徐芳，恍若隔世。徐芳是否留意过那天的聚会我不清楚，可她诗集中的一首诗，却句句静如秋叶："当我们抬起头／夜晚在那里，外面／在灯光里的房间中／我们置身于一张饭桌的四周……／／当米粒掉落或饮料打翻／也请切莫打扰这种美丽的／静谧：／应该知道这是岁月之静"。从最寻常的日子里炼制出诗，对抗的不仅是城市的隔绝与冷漠，还有伪善的崇高与雄壮。

徐芳那年夏天到云南，跑了一趟滇西堪称"云子之母"的高黎贡山，回去就把"高原上被时光收藏的两枚老云子"，看成了"一黑一白的阴阳树，历经万劫而能死而复生的生命树。有了这棵树，就算是有根了，红瘦绿肥倒是不怕的，就算树叶全部掉光，第二年的春天，'碧玉''绿丝绦'照样会如期而至"，而"中国的棋道，在我看来传达的就是这么一幅万籁俱寂的景象。凡此一切，都能入棋：星星、风声、人，过去与未来……"这是文，倒更是诗。所谓"云子"，古称永子，传为以当地盛产的玛瑙和琥珀熔炼锻造；始于唐宋，盛于明清。在永昌今保山流连多时的徐霞客，曾有"棋子出云南，以永昌者为上"之叹。云子坚而不脆，永不褪色，折光柔和，白子晶莹似玉，且呈翠绿；黑子乌中有蓝，蓝里透绿。云子外形沉重扁圆，着盘声坚，冬暖夏凉。如此一想，徐芳的云子之叹，实为对滇西山水之叹了。想起其纲也是爱棋之人，偶有闲暇，两人或也会在家中对弈？而当时，她从高黎贡山回到昆明，小聚时并没说到她的感慨，翠湖边万家灯火中的那番万籁俱寂，最终却在沪上的某个夜晚演成了诗句。她是个懂得静寂之重、之美的诗人。

从早年的《徐芳诗选》到《上海：带蓝色光的土地》，徐芳写都市的风景，城市的沧桑，写住在城里的人们，包括她自己的种种奇异感受，高楼和弄堂，晨晖和夜色，家门与密室，火车与渡船，睡莲与玉兰，甚至海蜇与蚊子，无所不及，亦无所不清雅可人，有着深邃的温润。徐芳至今没被列入"城市诗人"，那还真是她的幸运，尽管她的诗里满满当当尽皆城市的元素。通常的"城市诗人"，对城市要么诅咒，势不两立，拒绝手机、汽车、互联网甚至一切与城市文明相关的"物"，只要他们天马行空的"精神"；要么一味地与城市本身同质化，成了城市非雇用的廉价吹打，怎么也弄不出一朵"恶之花"。那样的诗让我们看到的只是那个"诗人"的生活，而非那个写诗者的常态生活。其实诗人都该有常态生活。听说一个诗人去菜市买菜，跟菜贩子讨价还价——这都是常态，好理解；可价还不下来，诗人便恼怒了：再便宜点！你知道吗我是诗人！前一句仍是常态，后一句就成了一片羽毛，飘到半天云里去了。菜贩说管你什么湿人干人，不卖就不卖！好玩得很。

徐芳不，她是个常态诗人，抒写的是诗人作为人的常态化情感与常态化思索，不作秀。光怪陆离的大都市是她生活的环境，也是她的关注所在；她没想把自己总摆在诗人的位置，而是摆在女人、女儿、母亲、妻子的位置，摆在一个普通城市居者的位置，却总能在对日常生活的种种劳作、忙碌和辛苦偶尔的回头一瞥中，将她细密的思绪哗地点燃成诗。有人说常态化情感与常态化思索或有流于"俗"的危险，那危险在徐芳这里并不存在，因为她说过，"穿过黑夜，星光灿烂／在我生命中每一天／有很多时候我没有感觉／又有很多时间、地点／我只有心痛"，而"无法追寻的一切让我远眺"。这话我信。人生许多东西未可强求，良辰美景、花前月下，浩瀚星空、雄伟山川也非时时可遇。做不做得成大诗人据说须有种种条件，徐芳自称"我哪一条都不挨着，可就愿意挨着诗歌"。我喜欢这话，喜欢她那种谦逊的清醒质朴的坚决，喜欢她能把一枚云子读成诗的睿智，就像我喜欢在秋日里读读诗，什么也不为，就为了读、为了喜欢，也为了不负这片秋光。

读着徐芳的诗，心想：秋日，于南窗下置一枰，从棋篓里倒出黑黑白白星子般的云子，缓缓手谈，当然是诗。而如果知道那些棋子来自何处，是哪些山哪些水，那么拈子落子之间，起落的毋宁说是山山水水，就不仅是手谈，也是无垢的山水之谈了。

且给粤商补一份"出生证"

万物皆有来处。历史先生睿智得到家，偶尔也会弄出点幽默来，为我们俗常的日子添点噱头，好玩又严酷。幽默或大或小，都与追索生命的证据相关：小到一张出生证，纸页枯黄菲薄，文字、图案也恍若隔世，却关乎到某个生命的来历，弄丢了想确认想补办还真麻烦。大到也还是一份"出生证"，年代邈远或如云烟，细究须检阅浩繁卷帙动用宏大叙述，无论是撼天动地的鲜活史实、幽馆深阁的隐轶秘事，关乎的必是一个地域的渊源，一种文化的发端，一代风习的萌生。拿这样的"出生证"不当回事丢了、忘了的不在少数，甘愿吃苦为一段历史补办"出生证"者却凤毛麟角。

——读辛磊的《大清商埠》读到兴起，突然想起好几桩跟"出生证"有关的事来。生命似乎总需要一个证据。无论是个体生命还是民族传统、文化脉络，追索那份生命的证据都大不易。如此一想，这部百余万字的长篇历史小说，讲的还真是一个有关地域文化的"出生证"的故事。那是一份广东商埠于清代开埠的"出生证"，文化的，也是历史的，文学的，也是艺术的，甚至哲学的，大得惊人。哈哈，想想还真好玩！

索要生命证据的故事有时会叫人心生惊悸。"一战"结束，一个自称"芒然"却丧失记忆无家可归的战士被送进疯人院，报上登出照片让人认领，想认他的人倒多的是——那年头，残废军人抚恤金是众多孤寡女人的生活保障，可经核对没一家对得上，他成了疯人院唯一没被认领的人。剩下五十来家想认领他者却不肯放弃。漫长的核对由此开始，疯人院的医生做了各种测试，可他不说话，也不明白外面为何喧闹。没有存在，只有证明，生命仿佛就是这么个薄如纤毫、需要凭据的玩意儿。事情再次被捅到报界，许多人仍然希望把他认领回家——这么点生命的残羹，似乎也可以慰藉那些被命运抢夺过的人。医生却固执到非揭开谜底不可，一找十三年。1931年4月的一天，约瑟夫·蒙茹安来到疯人院，说他弟弟叫奥克塔夫·蒙茹安，1891年生，1914年8月15日在战场上失踪，最后一封信写于1916年2月6日，此后再无音信。他的证明材料让医生欣喜若狂，看来他最可能是芒然的亲属。可约瑟夫看了芒然却很失望，认定这个不再与人交流的男子不可能是他弟弟，掉头便走。医生偏偏认定约瑟夫就是芒然的兄弟，战争抚恤金部也查出1918年2月1日的确有个名叫奥克塔夫·蒙茹安的军人从德国回来，有人曾在里昂火车站月台上发现过他。只有这个线索可以找回"芒然"的过去，在索要他生命证据的执着中，人们发了疯似的要给他一个过去。几经周折，等终审判决最终确认"芒然"就是约瑟夫的弟弟时，其父、兄已相继去世。1939年"二战"打响，疯人院再次被遗忘，正常人都疯了，谁还顾得上他们？半数以上病人死于饥饿，他是其中之一。1942年9月17日早晨七点半他离开这个世界，是饿死的。他生命的故事后来终于浮出水面：他是圣摩尔村一个短工的儿子，约瑟夫·蒙茹安的弟弟奥克塔夫·蒙茹安，当兵前在餐馆做侍者，入伍十二天被俘，一直关在德国战俘营，1916年得了一种"铁丝网综合征"，从此丢失记忆。

现代人索要生命证据的故事或没那么惨烈，但"铁丝网综合征"也难一日治愈。老友王梁去秋突然从广州打电话来，问在昆明一家企业医院有没有熟人。那家医院至今还在，青涩岁月，他、我和如今也在广州的大镇都曾在那家企业做事，孩子也都在那医院出生。便说，或能找到一个两个，有事吗？王梁说孩子想移居异国，去办手续，才发现最重要的东西出生证没有了，要到原出生地补办。又问我孩子有没有出生证，我说有也早丢了，那年外出求学，也是弄了一纸出生证公证了事。王梁便感叹说，大镇说他孩子的出生证至今都在，我倒找死都没找到——当年不就凭那玩意儿买点肉啊白糖奶粉什么的吗，哪会留着？你快帮我找人，我尽快飞来！打电话问大镇，果然，说粤人古来下南洋跑国外，做不了"金山伯"，也去美国、加拿大做铁路华工，没出生证哪行？从来都爱惜得很——也没人教，就是一种传统，一种风气，在骨子里，血里！

辛磊或不惟是个爱惜"出生证"的广东人，他要追索甚至补办的那张"出生证"，无关自己、亲人，倒是清乾隆时期的广东商埠"十三行"，那是其时整个中国唯一一个由皇家钦准的外贸口岸。五年前我去广州，就听他说过这事。那年我去广东参加一个活动，结束前陈美华便说你难得来一次，辛磊这几天也在，晚上聚聚。与他们夫妇相识，还是诗情浓郁的二十世纪八十年代。他俩或刚出大学校门，到云南时曾与朋友一起来我家小叙，一杯清茶、几番清谈，回想起来却至今都温馨得让人动容。后虽再没联系，可一次我应约寄给南方一家报纸的短文，倒辗转落到陈美华手里，就此断线重续。美华一直没怎么提辛磊，我也没多问——蝴蝶在起飞前，也无非一条毛毛虫，需耐心蛰伏与孵化。聚会的那家小饭馆精致典雅，南国气氛浓得让人舒坦，恰是怀想友情初结时光的最佳去处——现在想来，那个小小饭局，也活脱为几十年前的那份友情补办了一张"出生证"。早已英武魁壮的辛磊那天说，一直无甚作为，这次怎么也要好好聊聊！于是聊当年，聊朋友，聊世事，也聊起了他正在苦心经营、几易其稿的《大清商埠》。我断定，最美丽惊人的蝴蝶就要起飞了！在有过《三家巷》《山乡风云录》的广东，又一部厚重而有价值的作品即将诞生。从此可释却心里早有的那点怪异——当整个中国到处在说这"商"那"商"时，怎么反倒没人说开风气之先的粤商呢？尽管已多喝了几杯，我还是举杯对辛磊说：等着读你的《大清商埠》啊！

跟辛磊夫妇分手后不久，王梁、大镇几个老友相聚，我问：阿明那笔遗产拿到了吗？几年前听大镇说，也是从昆明调回广东的阿明，突遇"天上掉馅饼"的美事：其父早在南洋仙逝，可当年与他父亲一起去的乡亲，说他父亲有笔遗产要交还他。赶巧那时阿明的妻子阿蓉病了，想去香港治病，为办手续，他们把偌大一座老宅翻了个遍，硬是找出了阿蓉那张早已发黄却完好无缺的香港出生证。其父留下的那笔遗产到底有多少也说不清，除修缮老屋，还足够阿明陪阿蓉去香港治一年病的全部花销。大镇那晚谈兴勃发，如数家珍：广州靠海，面对整个南洋直达欧美，与海外通商的血脉几百年未断，正暗合了当今一门热门学科"地缘经济学"；就连他老父亲，当年也曾在较"十三行"稍晚的一家商行做事多年。广州人眼里的"十三行"，其实就是"海边"——江面宽阔的珠江边。在大镇眼里，粤商乃中国第一商。若依德国经济史学家贡德·弗兰克考证近代贸易白银的流向后所说，在工业革命前，"整个世界经济秩序当时名副其实是以中国为中心的"，那时的广州便是十八世纪世界贸易中心，而广州十三行商人便是十八世纪全球最大、最富有、最具影响力的商帮！专家考证：雍正七年（1729）至乾隆二十一年（1756），粤海关的贸易额及关税已分别占四口海关的63%和62%。到乾隆二十二年（1757），乾隆皇帝索性将江、浙、闽、粤的四口通商收归为广州一口通商，全国对外贸易由此全部集中在广州十三行。原就是中国对外贸易老大的广州，此时便更是了得，由此造就出与其相应的生活方式与文化习俗，也就自然而然了。上海有洋泾浜英语，而广州"十三行"时期，也早有人编了用汉语注音的广式英语，扳手叫"司扳拿"，坐电车叫"坐呢"，等等，皆至今沿用。洋人和富商慑于朝规不许进城，只好在西门口一带大盖"西关大屋"，西关一时富家云集，豪宅毗连。咸丰六年（1856），十三行毁于广州西关大火。可当年富商修建的"海山仙馆"等私家花园，至今仍可在荔湾湖公园寻到踪迹。至于豪宅里培养出来的一批有教养的公子、小姐，也成了如今广州市民熟知的"东关少爷""西关小姐"的由来。……大镇的那番演说，让我对"十三行"，对辛磊的《大清商埠》有了更急切的期待。

那晚王梁也在，可他一个北人即便在广州多年，还在广州商会做事，听了恐也没往心里去，哪想几年后会为孩子补办出生证大伤脑筋？文化与传统的烙印，看不见，却深刻于心。两天后王梁飞来，到医院查记录，两个孩子，一个的出生记录尚在，一个生在下属卫生所，根本没记录。只好大费周折，找关系花银子，才办好二份出生证公证，匆匆飞回广州。临行前他说，你猜这次我花了多少钱？我说猜不出。他伸出一个巴掌：一纸千金啊！下辈子怎么都要保管好这玩意儿，要不损失惨重！

那不过是历史先生跟王梁和他的孩子玩的一点小幽默，真跟社会玩起幽默来，就大了。毁于大火的"十三行"，尔后也因另一种"铁丝网综合征"销声匿迹。可这三十多年的广东，好像也是历史先生导演的幽默——一部中国近代史，国门最早打开的是广东；领改革开放风气之先者还是广东。当年广东辟深圳等地为特区的消息，在我和诸如大镇、辛磊这样深谙广州历史者听来，反应相去甚远。他们会立马想到大清商埠，想到"十三行"，我却懵懂无知，以为真是开天辟地之新举。其实，没有历史上广州商埠打下的深厚根基，没有广东近几百年来与海外通商的历史源流，特区的迅速繁荣就匪夷所思。厚厚三册《大清商埠》，恰是在给粤商作传，且是百余万字的大传！它所演绎的"十三行"畸形却耀人眼目的历史，所塑造的"十三行"总商潘振承跌宕起伏又辉煌非凡的传奇人生，既别于当今流行的、越来越向庸俗化妥协的通俗写史，也不是远离历史凭空虚构、虚幻缥缈得让人心空空的历史小说，读来既让人满眼历史风云，又满心的人生况味，所思所想，皆远远超出了广东，超出了商界。把生活提升到哲学，乃至文学的最高境界。不说《大清商埠》已然有哲学高度，但至少是在努力把一段历史哲学化：封闭误国误民，开放利国利民。有形无形的"铁丝网"，都在拆除之列！

我给辛磊发电邮说：如此浩大的艺术工程，你做成了，了不得。不管外界如何评论，《大清商埠》不惟堪称粤商的一张文化"出生证"，对于你，一个写作者的个体生命，也是一份有力的"证明"。他回信说，对广州商魂生命证据的追索，还在继续：《大清商埠》的姊妹篇、话剧剧本《大国商魂》初稿业已杀青，写作到亢奋状态时竟情不自禁，冒出几句歌词来，好气魄，当年他就是诗人——

招国魂兮何方？
大风泱泱兮大潮滂滂！
举目望兮何方？
大风泱泱兮大道茫茫！

2009年4月5日 于昆明

香格里拉的现代牧歌

一个电话从香格里拉打来，说整理了几年间一些随心文字想出本书，想来想去想先请您看看。我听了说好啊，只要你不急。他说不急。那是10月底，电话里似能听到香格里拉大地已风雪初降，而想象中齐扎拉说话间白花花的热气如在眼前，让我顿有一种别样的温馨：人生倥偬，百年间无论须眉红颜，一信友一知己怎么都有些难得；偶遇之，便该庆幸那不定是多少年的因缘际会，加上文字之交，还真是人生之快了。

十多年前在香格里拉结识的齐扎拉，是一个凡人，也是一部传奇；是那片土地上最后一个土司的后裔，也是个藏族地方领导干部的儿子；"文革"中其父含冤去世，他一夜间沦为"狗仔子"；命途风云突变，亲人离散，家徒四壁，六七岁便去到牧场，做了一个流浪儿般的牧童。在风雪牧场，他睡在难挡风雪的帐篷口，吃着没有酥油茶的青稞面，喝着冰凉刺骨的山泉水，却顶着狂怒风雪寻找集体的牦牛，就着燃点杜鹃花根的"灯光"读书，听着老牧人的《格萨尔》歌声入梦；就那样跌跌撞撞地长大，成了一个真正的牧人。"文革"后，他从众多心怀梦想的年轻人中脱颖而出，通过考试成了一名乡村干部，等我与他相遇时，他已是如今的香格里拉县县委书记；但我心里仍固执地只当他是个牧人之子，听他讲过好些故事，关于那片养育了他的土地，关于他的家和他自己。或在饭后茶余，或在行车途中，他拿那些往昔当故事讲得酸酸甜甜，我拿那些回想当生命悟得浅浅深深。当我将写成的文字交他过目时，他竟泪眼婆娑泣不成声。记得那天我一时真还有些不知所措，只能任他沉浸在对往事的凭吊之中。

我知道，并非也绝非那些文字本身如何了得，无非那勾起了他对牧场、牧人和青春刻骨铭心的记忆，一时情难自禁。一旦他自己提笔将他传奇性的人生诉诸文字，那该怎样地荡人心魄?！他不可能专事写作，也没经过严格的文字训练，可说到底，文字的力量怎么都不在章句的诡异辞藻的华丽，首决倒在写作者自身的生命气质与人生体悟，在他所要叙说的一切是否真有广博丰厚的人生根基，也在他是否除了诉说与怀想，并无别的虚荣与功利；这一切齐扎拉都已具备，作为一个经过严酷生活考验的牧人，我一直期待着他以文字谱写的现代牧歌。多年后当我终于读到他的书，从探讨经济问题的《中国藏区县域经济发展初探》，到考察宗教、文化与建筑的《康藏名寺松赞林寺》，再到现在这本随笔集《亲吻雪山》，都一一印证了我的预想。

  一个人的生命，怎么都有个最基本的出发点，那是他一生最惨烈也最深刻的记忆。真读过底层生活那本百科全书，此后无论做什么，那记忆都会成为他生命的支撑和智慧的源泉。那些从心底流淌出来的文字或许还不够纯熟，让我惊异的是那文字泥土般质朴的丰沃，就像香格里拉广袤醇厚且朴实无华的草甸；是他文句篇章里山石般骨架的坚实，一如嶙峋陡峭却晶莹剔透的雪山；是飘逸在字里行间韵味的高洁，仿佛迎风而立粗壮笔直的雪杉散发出的潇洒俊逸……浸透在那种质朴、坚实和高洁中的率直热情、深沉爱恋和敏锐才思，在在显露出一个牧人之子灵魂真正的高贵。在某种意义上那正像穿着，需要的不是以装扮技巧营造出的奢华，就像一个真正的绅士，从来都不必把自己打扮得花里胡哨。我读过某些空洞无物、高头讲章式的官员范文，也领教过那些自称"最最热爱"、独此一家、极尽奢华浓情、不容许他人稍作探索或批评的所谓"地域文化"读本……那样的书读来读去，读到的无非是权力的俯视、职务的炫耀和文辞的堆砌，唯独没有那个写作者自己，怎么都看不到他的灵魂，最终才明白那些豪华包装的所谓"著作"，其实都无不打上了仕途铺路石、敲门砖的印记。可耻，也可笑。

  说到底，齐扎拉既是一个党政干部，也乃性情中人。他以博大胸襟写他的雪山，写他在感冒后连续三天输液后，如何以坚韧毅力登上哈巴雪山，一时思接千载情满八方（《亲吻雪山》）；他以那种远远超出亲情的深沉怀想，写他父亲如何从一个土司后裔成长为一名党政干部，而后又在"文革"中惨遭迫害致死的揪心往事，字里行间，既是对父亲的深情告慰，也是对历史的深刻反思（《告父亲书》）；他以兄弟般的情谊怀念那个来自远方、在梅里雪山脚下当乡村教师的志愿者马骅，个人的深沉悼念与民族的激情感恩交织交融，声声句句催人泪下（《梅里长歌悼马骅》）；他写一个牧童的梦想，写他小时候如何期盼着那个给他和牦牛一起拍照，并答应把照片寄给他的摄影者爽约至今，而如今他终于能以手中的相机，亲手拍下香格里拉美丽如画的山川，以及"吟诵着白度姆传说"的吉祥之鸟黑颈鹤的翩翩舞姿（《影缘》）——顺便说一句，本书的所有照片，都出自齐扎拉之手；他关注藏族文化，透过一个专业棋手的文字，我们得知他对神秘藏棋的一往情深，也体悟到了藏棋的黑白之阵中包藏着的深厚文化……

那让我再次想起了齐扎拉的身世，想起了深深融进他青春岁月的牧人气质：坚韧、粗犷、豪爽，却不乏机敏、智慧与沉思。我总能从他的文字中，嗅到风雪牧场的味道，看到他曾在夜里仰望过的浩瀚星空，以及留在牧场里的汗水、泪珠和脚印。真的，我相信，尽管时光已然流逝了半个多世纪，他所有的思索、情感，都是从那时开始酝酿的，要不，即便他在各地考察中留下的文字，那些谈论、思考那片土地未来规划的急就式篇章，也会隐隐约约飘散出缕缕醉人的幽香，引发人们对香格里拉未来的憧憬？多年前我就断定，"牧人的心灵豪放而又细敏，它博大如海，能包容世间万物，又敏锐如灯，能感受从每一个方向吹来的风。对上天赐给他的一切，他都持着开放的心，不管是日月星辰，风雨雷电，还是花开花落，草生草长。他的努力，不是让自己从放牧生活中分离出来，而是在新的情势上，从他的牧人生涯、牧人经验中不断地吸取养分，让自己的心智更充盈，灵魂更强大，思考更缜密。生命与那片土地血肉相连。大地从不会慢待她的赤子。一个与大自然水乳交融，在放牧生涯中忘掉了自己的牧人，终将受到大自然最大的恩惠。当都市人的灵魂迷失在钢筋混凝土森林之间，当他们因与土地的隔绝而任凭心灵荒芜时，牧人则在生命的关口，坦然地受惠于土地，那曾在他眼前、他心头驻足过的一切，阳光，风雪，每株小草的萌动，每丝云彩的变幻，都将在他心头鲜活地重演，带着冷峻的温馨，苦涩的甜蜜，给他启迪和力量，成为他思索世界、思考人生，作出选择、制定决策的依据"。

如今写书、出书的人多了去了。打工者可以写，儿童可以写，官员当然也可以写。问题是怎么写。不同人的文字因不同的人生境遇不同的出发点，差别岂止天壤！《亲吻雪山》出自一个牧人手笔，它的真实、质朴和它在真诚、质朴中透露出的高贵，让它成了一部属于香格里拉的现代牧歌。哈哈，看来多年前我说的那些话至今有效："当我在远离中甸的都市向那片高原凝望时，古老的牧歌正在飘进历史。可牧人并没有走远。云彩在他头顶飘动。粗犷的藏歌在他心里起伏。当一个又一个现代放牧者向我们走来时，我们已难于辨认——或许他们手里没有牧鞭，身边也没有牛羊，但胸中依然有一颗牧人的心，火热，博大，滚烫，凝结着他们的先祖与人民的全部智慧与力量，金子般熠熠闪光。那是一些血性汉子。他们把那颗心捧在手里，敬奉给长空大地，日月星辰，也敬奉给他的民族。那就是牧人，他们正在向未来走去，一路风尘……"

2009年11月29日　于昆明

日暮乡关闻沉香

一

疑惑甚至惊诧,从最初一直延续到后来,到现在——到底是一团怎样神奇的思绪烟云,宇宙初创般地,从混沌到炽热到冷凝再到冷凝的炽热,直至成就"沉香"那个意象,让他无以释怀,以至"无数回借助那束沉香点燃想象或暗渡诗魂,从梦里梦外先去作了神游"?一次入神的冥想,还是一次俗世的禅定?一个悠长的顿悟,还是一个圆融的惊觉?一次命运的宣示,还是一次人生的挫折?都是,或都不是。诸神汇聚于此。百念交集其间。千般萦绕,皆在化外;万籁俱寂,尽生其中。幻化成诗,成为"一朵禅意的慈光／露莲的温润　摇红／摇淡淡落月如怨／轮回的眼睛／翔动旋即沉静的纯情／再回首／独见一抹红颜／浮生于风烟上";尔后,更"倾城倾国地弹来／灵魂剪出倩影　闪逝／秋霜冷冷的长路";演绎为文,成为"我挥之不去的沉香意象,无时无处不在点燃我和灼痛我。幽帘轻卷也好,荆棘逼脚也好,形影终是无处不在"。甚而有意无意地,任其在诗丛文林中随意穿行,潜隐或者放下,点化甚或羽升。反正那一支笔不管怎么挥洒,或蘸苍茫烟水,或披微晕月色,总将个人悲欣家国阴晴的经经纬纬,借几行人人识得的中国字,织就成并非人人能赏能读的锦绣,博大的想象绵密的柔情,每每让人推书远望,发一声欢悦却又悠长的叹息。

终于,"一路的西去,蓦然回首间,山远人远,似有一缕沉香可闻。我惶见这香缕相随相依的至诚之状,怕是要惹得那位佛国神地的香严童子嫉妒?"写的明明是西去大漠那段行程的具象与实在，倒怎么都让人恍惚沉溺于一段心路历程的神圣与奇异。于是，"抬望眼，惊觉天扇裁月魂，远近高低都迷茫。微闭眼帘，出神入化，丹田一片云蒸霞蔚，眉峰聚出一颗玄珠，大漠随之旋。我轻轻把大漠的雄奇与灿烂藏于方寸间如数瑰宝，如此地却作超现实的探看，把明日的风光幻化成今日的夜景……"到最后，直道"往事如烟亦如酒。烟散可散的虚云，酒香可香的记忆。'醉卧沙场君莫笑'，一句未读罢，早已是潮打空门"；然"仍旧是月夜行，仍旧是被那根古丝越来越深地拉向大漠深处。古丝绵延，古丝从脚下的路虚幻成一缕孤烟。我又见从佛经到唐宋到如今都永燃不尽的沉香，沉水香，正香火微微，青烟袅袅"……

果真是"世人爱香者甚多，但爱沉香者却极少"，爱至如此者更是罕见。久未这样读书。久未见人能如此纠结于一个意象，对那沉实的虚拟与虚拟的沉实，执着到不弃不离，长久到无论身份如何改换，角色怎样轮转，文字怎么嬗变，到底都能葆有那份对沉香的迷恋。生也有时。文也有涯。那缕幽香，当真能不尽不绝？

二

我读，我想，我沉思。

人有人命，书有书命。积习终难改：好读好看的书不敢怠慢，总放在伸手可及处，毋须收捡，只任其高高低低杂乱堆放，唯自己知晓暗存于芜杂中的阅读秩序，不时便抽出一本，翻翻读读。书台临窗。那些书便朝有晨光斜映，晚有余晖笼罩，静夜风寒，再不济也有一缕灯光，朦胧中温馨照见那或生或熟的文字，让遐想浮沉。那是书之福，也是人之福。年轻时醉心于名家名著，近年则多是些知友新作。立新的书就放在那里。诗。随笔。诗。散文。随笔。诗。有时一首短诗读完便放下，一任思绪氤氲翻飞，半晌回不过神来；有时囫囵间一气将整本读完，仍意犹未尽。也不觉累——读书亦是读人。读友人书，妙在既无紧迫时限，又有情谊颇堪玩味，滋味便愈显醇厚，感悟亦差可共享。自然，说到底，那样的书，须自身先有那样的造化那样的修炼，经得住细品深味，反复揣摩。

说是读，不如说是跟作者结伴漫步，随心的行止，不知所来，也不知所终。同行的当然还有路，甚至时光。细斟，看似随心，似乎又一直在寻找。寻找什么，我说不清，立新也未必能说清。人生无非一次随机的旅途，无论坎坷通达，浩歌沉吟，都一样。《行者》依稀的行迹，从青涩年少时开一辆老牌卡车开始，便标志出心骛八极的古意：那是"从轩辕黄帝灵感里／诞生的旋律从此／知飞蓬而造车的传说／就独行天下／历史便安坐在／智慧的车轮上／穿越时空的隧道而来"；时至今日，"行驶的分分秒秒／总也谛听到／一种千年的旷古韵律／隐约在轮声和心音里"。于此，"行者"便超越了一个驾车者，成了一个民族思索的代言：我是行者，我是《马可波罗游记》《徐霞客游记》中继承下来的行游天下的坚韧，是以生命的价值铸造出来的意志和精神的领空。无论出发时是旭日初升还是风雨如晦，一路行去，但见《大漠无痕》，"明知的结果，我还是御风而行。三分是日久已结的缘分，七分是为了一个遥远的慧示"。晃眼《日暮乡关》，"这样的年龄段，乡愁是该来得比年轻时多了"，它总是"悄悄袭来"，"有时在你的额头紧皱的眉川夹着，有时在你眼角的泪光里闪着；而有时却是在你的心壁挂着"。可惜仍不知《天涯何处》，即便身在欧陆，心浮大海，偌大一个世界尽收眼底，而"头天被倾盆大雨浸泡过的心情，至今仍未脱离潮湿的状态。而此时忽然进入雨过天晴、疏朗峻青的别样夜空，便有魂飞不计西东的感觉"；剩下的唯有几瓣《心印》，一缕《沉香》。

　　如此，一路的山山水水人文风景，到了都彰显出一个鲜活洒脱的生命个体对人生旅途的感悟，字里行间闪现的，不是高头讲章玄妙哲理，倒只是些青铜绿意、古瓷釉彩，或几缕明月思绪、清风性灵。面对澜沧江，"伫立于兰津古渡，如果把千万思绪沉沦下来，从千古兴亡多少事的叹息里清醒出来，是可以分得清此岸彼岸的"。"渡"至此成了人生一个永恒的话题。轻舟、竹筏、溜索、长桥，无论以怎样的方式渡那道时间的长河，"临水悬空的刹那，都得有惯看秋月春风、惯看惊涛骇浪的从容"，"否则，任何方式都是无意义的"，"在任何渡口都免不了迷渡"。面对三苏祠，他揣摩着苏东坡，"想他也研佛入禅但不痴迷，只为心境服务；也入俗随尘但保持了精神的超然；也入情但情有所寄不受羁绊；也入政但能为民做事且知难而退"。恰如他所言，"云游　是以一种／明月的方式皎洁你／烟雨的心情"。

　　这是真实的旅程，也是心灵的旅程，唯寻找没有穷尽。路和时光在前面延伸，永无尽头，那是未来；也在身后消失，同样永无尽头，那是历史。作为我们的隐形旅伴，路和时光一直在给我们标定方位，校准罗盘。

三

　　却依然大漠茫茫。无情在歧路。有缘也在歧路。命运拨弄，在人生或许连自己也不知所以然的路上，偶尔会碰到另一个同在歧路者，在寂寥中相识，也在寂寥中相互致意。相逢未必曾相识。到了才明白，你与这位路人间的某段趣事，散发出的竟是某种缘分的暗香——那跟沉香有点儿相似，幽然的浓郁，让你对人生甚至命运的安排之巧妙精致顿生敬畏。

十来年前，我正在高黎贡山四周转悠，原以为除几个挚友知己，难再有熟人。孰料机缘凑合，那天赵晓东先生和作家周勇相约小聚，说今天黄立新要来。那名字听着生，或是他们当地的朋友？直到坐定，立新一席话说得我满心是惴惴的温馨：早年我听过您一次讲座，也该称您为老师的！慌忙谢辞，也未便深问，倒不因那时他已是一方要员，还对文字有盎然的兴致；只因早就引动辄好为人师者为戒。其实真正的师长，是那位隐身不语的在场者，时光。时光伴着千万人生命走过，看似了无印痕，却会在我们的生命中留下刻痕。有心者透过岁月缤纷的覆盖，总能发现其中隐藏的人生奥秘。当立新驾车在崇山峻岭中风尘仆仆地赶路时，我正在大山深处的铁路上忙活，风雨无阻。路是立新也是我每天都要面对的，尽管他面对的是公路，我面对的是铁路。但正像那天怎么聊都离不开高黎贡山一样，倘能秉烛夜谈，想必也怎么都撇不开我们都曾摸爬滚打过的底层——那正是另一片大漠。

在地理概念上，丰沃富饶的土地与浩瀚湛蓝的大海，最能引发逐水而居的我们向往与遐想。但真要说对历史发展的影响，大漠也许更重要。万里长城作证：一部中国古代史，章章节节都写着中原与北方游牧民族的角力与较量。金戈铁马，沙暴风虐，戈壁大漠对中国古代政治与军事格局的影响，甚至不亚于黄河长江。中东也一样，阿拉伯大沙漠上的游牧民族，虽地处古代文明边缘，却不时成为引导历史发展的决定性力量。沙漠上的漂泊无定，生存线上的挣扎苦斗，造就了他们的坚韧、剽勇与强悍。茫茫沙海为他们提供了迂回、休整、隐蔽与狂飙的绝佳场所，而对毫无经验的"敌方"，不惟让其晕头转向，甚或成为死亡陷阱。现代人生未必都有大漠驰骋的经历，但在人世另一片大漠上的磨砺，却怎么都少不了，那就是底层。当劫数度尽，偶遇绿洲，万千感慨汹涌而来便成自然。

难怪立新再见敦煌，便觉"在层层叠叠垒起的纸隔间，薄薄的一层忆念，交替着将六根收摄干尽"；"我只轻轻一跃，便从我的神经末梢跌落在无边无际的神通里。恍如大梦觉后的慧然独语，朔风吹沙的横空，情景自现"；"这样的时刻，已不须在独上高楼栏杆拍遍的夜声中把天涯望尽，已不用雁字回时锦书犹托的寄意来表达"。那样空灵的文字，说的是释佛圣地，换作底层人间，也无一辞一语不恰切妥帖。底层正是人间世里的大漠，供奉的岂止一座敦煌？让我们千悬万挂回味无尽的，又岂止一道月牙清泉，几番庐山烟雨？它大漠般的荒芜壮阔，沸腾般的热血道义，撼人心魄的人性人情，曾默默地滋养许多年轻的生命，包括你、我、他。当岁月暗转，回望"大漠"，我们能有的正是感恩与怀想。于是我猜，立新不舍不离的"沉香"，或就是一片供奉给那片人世"大漠"的"心香"。唯那样的"心香"，才有我们梦寐的"书香"。事实上，能为那片"大漠"留下些许文字，留下一支生命的歌，就是幸运。

四

不是每只鸟都会唱出好听的歌。有一只鸟叫"荆棘鸟"——随立新一起走进澳洲，我才真正认识了这只鸟。早年读过那本书，一经点化，立成经典："荆棘鸟一生从不轻易鸣叫，而一旦要歌唱，就预示着将是它生命的最后时刻到来"；那时"它会舞弄清影，用最坚硬也最尖利的刺穿透身体，把自己钉在荆棘上发出生命的绝唱"。

世事千载。人寿百年。所谓生命的最后时刻，从时间和空间上打量，无异于对天涯何处的追问，对人生旅途终极何处的追寻。如此，在多日缱绻于旅途的沉迷之后，我们终于可以聊聊让立新梦萦魂牵的"沉香"了。

过往的一切都是历史。历史虽是一堆时间的废墟，却绝非冰凉，有心者将思绪的手指慢慢探进去，总能触到它尚存的微温，甚或触动古老凝重的时光之弦，引发出让人心颤的旋律。在某种意义上，那就像沉香木本身：沉香木树心部分因密度甚大，入水即沉，被唤作"水沉香"；唯树心部位受过外伤或真菌感染刺激，才会大量分泌带有浓郁香味的树脂。

幸福的缘由，本就是承受必要的痛苦，不经历痛苦而幸福，是运气而非常态。今天你承受的所有的痛苦，都会成为未来幸福的缘由。痛苦并非仅仅缘自剧烈创伤、心灵挫折和外来打击；长久寻觅而不得、不知，是另一种令人无助亦无奈的痛苦。人世间的寻觅恰恰如此。《沉香》一书中那些描摹寻常人家、日常生活的文字，让我读得倾倒：琐细得如数家珍，淡泊得像极闲聊，倒情浓意切，珠光四射。《姐妹早点店》以家常般的记叙，道尽尘世间普通人的种种酸甜苦辣，作者那颗体悯之心，体察之意，亦跃然纸上；《没有站长的小站》中那个让作者往日从没怎么放在心上，却在突然悟到某种玄机而想见到他时，永远地失去了看到他的机会；作者的伤感与失落，格外温婉动人；《日暮乡关》怀想母亲时那种朴实的亲切，和对李白面对黄鹤楼上的题诗深感"题不得"的悠远联想，让人明白其实无处不乡关，无处不乡愁，乡关日暮、乡愁萦怀，由此便成了生命意韵的和弦，时时萦绕在耳边心头，成为人生交响深阔淳厚的底蕴。乡关便是大地。有乡关处便有乡情。立足于此，立新的诗风文风，现代与古雅兼具，蕴藉与热血共存，从不重言粗语，亦不铿锵豪迈，更多时候它甚至是柔软的，柔软得正好能击中人的心腑。那样的撞击虽不让人受伤，却能恰到好处地让另一颗心也像沉香水木那样，分泌出浓郁的幽香。

五

写作好玩，又不能乱玩。如今常见多心中学问越小，笔下胆子越大，似乎随意乱写，怎么混都尽皆天下华章。美国幽默作家罗伯特·本奇利却说，他写了十五年才发现他根本没有写作天分："可惜我已经太有名了，没办法封笔。"从那话里，我读出的是一份清醒的了悟与自嘲，甚至是对文字的敬畏。出几本书其实容易，尤其现在。但写作的终极，是以伟大的汉语炼成文字的"沉香"。日本汉字学家铃木修次在《汉字》中说，汉字有"凝缩性""含蓄性"两大优点。完全用平假名或片假名写文章，日语不但无法速读，还会失去美感。汉语并非母语的日本如是，中国如何？德国汉学家顾彬甚至偏颇到说，内容算什么？语言才是关键——此话虽当不得真，但那份对文字和语言的敬畏，倒也会让乱写胡写者知道何为天下。

说到底，文字有雅俗之别，就像沉香有档次之分。人生一世，真遇到上品沉香，乃三生之幸。最名贵的沉香名曰伽南香，有最古典也最深沉的香韵。台湾香学大师刘良佑先生说起棋楠即伽南，语重心诚：香中极品是沉香，唯地球南北纬40度之间的橄榄科、樟树科、瑞香科等四科树木有产，此即极品沉香之两个前提，第三是这些树上必须有足够严重的伤，重到伤口渗出的树脂能凝结成似木非木的树瘤，方能结出，遂更其难得；甚至必须在伤口结出树瘤之前，有蚂蚁、蜜蜂来做二次破坏，香味才会更其丰润醇厚。他说的是自然界的沉香。文字的沉香或也该如此？

怀念乡村的理由

　　那年在紫溪山一带游历，为的是寻访高量成家族的踪迹。高家几代人先后做过大理国相国，几经政坛风云变幻，最终流落楚雄一带山野，正应了"旧时王谢堂前燕，飞入寻常百姓家"那句老话。同行的张方玉先生乃外省人，年届七旬倒醉心山野痴迷文史，且自称"山大王"，彝州的事紫溪山的事，没他不知道的。年轻的李明峰话虽不多，眼里倒总透出些明澈的忧郁，可他就是楚雄人，行走在乡间，那份本乡本土的自如与亲切还真叫人叹服。那里虽离州城楚雄不远，却到底已是乡村。雨季的天空忽晴忽阴，路也忽长忽短。说是寻古访幽，倒十足是一次乡间的徒步旅行。村庄房舍掩映在树丛中。泥泞小路在脚下啪嗒啪嗒响成一片，时不时就会惊起一阵鸡鸣狗吠。偶尔天开云霁，乡间那一派古老的簇新黝黑的青绿，让人怎么看都养眼养心。风带着淡淡的火肥味儿吹来，让人沉醉于久违了的农家的温馨……谁能想象，那样寻常的乡村里，竟会藏着大理国一段叫人感叹唏嘘的往事？总是这样：历史的辉煌大戏收场后，那些碎片便散落在偏僻乡间，成为热烘烘的村庄里饭后茶余清凉的谈资。寻访是顺利的，历史让人警醒，乡情让人迷醉，乡行一路的愉悦和发现历史真情的惊喜，怎么都让人流连。

　　晃眼多年，虽又有过好多次乡村经历，我还是会想起那次山行。对于现代人，乡村远不止是一片风景。经济起飞的年代，什么都在变大变宽变强，变新变硬变冷，似乎只要人能想到的就能做到。但有一件事我们始终无能为力，那就是拿自己的心没个放处。于是生方设法，总想让内心变得柔软些、丰富些，免得那颗心老在胸膛里撞得咚咚咚地响,闹得白昼惶惑静夜无眠!亲近和怀念乡村,这才成了眼下最时髦的事。城里人但有三两天假期就往乡下跑,赏自然之景,吃农家之饭,怀想着那些并不熟悉倒频频闯入梦境的遥远的山野、山水与村庄——尽管最后他们还要回到城市。说那是矫情有点儿冤,去是真,回来也真——不管自觉不自觉,多少都已意识到乡村是跟大地联系在一起的,而我们怎么都已离大地太远。

记得那两天跟明峰闲聊,他也有同感。他的怀乡倒不为赶时髦,他就是从乡村走出来的。一个很偏僻很遥远的乡村叫旧村山,村子下边有一条河叫资郎河。小时在那里长大,到城里读书,后回乡教书,再到城里做事,成了十足的城里人。没想到一旦走出乡村走进城市,他会生出那么多的尴尬和感慨:住惯也住腻了乡下的木板房,等他好不容易住上砖房,到处贴了瓷片,城里人又开始满屋子地铺地板贴木板了;穿过太多的家机布衣服,等他穿上西装,城里人又穿休闲装了——有意无意,城市其实是在想回到乡居的年代。而明峰在城里住得越久,就越是想念他的乡村。要说,人其实就这么回事。人对乡村的思念也就这么回事。

说到底人都是从乡村走出来的。从乡村通往城市的每条道路,都是联结我们生命与大地的脐带。人的历史、血脉与记忆都在乡村。城市新鲜却又陌生,让人总有客居异乡之感。怀念乡村,其实就是怀念自然,怀念大地。乡村的本质正是自然。大自然"包涵着我们又控制着我们","谁也跳不出她的掌握,更无法参透她的心意;而她,却往往一下就攫住了我们,把我们扔进她那狂舞的漩涡"。歌德如是说。大自然就那样创造着生活,创造着文学艺术,疗治着我们的心灵。真正的作家、诗人,不是来自乡村,就是受惠于自然。我的经验是,心情不好时不要企图求救于人,最好是走出去,领受领受大自然无言的教诲;即便一朵在原野里悄悄开放的野花,一枝在风中摇曳的毛茸茸的狗尾巴草,一片在蓝天缓缓飘去的白云,一群在林间唧唧鸣叫的小鸟,都会给你带来一片好心情。无怪中国仕人自来动不动就爱归隐山野——宦海天气冷暖无常,人爱生病,有一份浓浓的乡情垫底,或能抵挡些风寒感冒,偶有小恙,回乡间回大自然疗养疗养保准就好——怎么说那都是世间一味最好的药。

这一点,深爱也深谙着乡村、自然的明峰明白得很:"不敢与参天的樟木和流泻的山泉相比,就扶一段树杈,曳一挂山藤,也感觉自己生命力的弱小"。我相信,他能在城里把事情做好,尽到一份责任,力量怎么都来自乡村。有些人变得势利、贪欲，从根本上说正是忘了他出生的乡村，忘了这个世界上还有那么多生活在乡村里的人。世事繁杂。乡情搅人。心绪不宁时，他尝试把那份思念与感怀变成文字，时不时就弄出些乡情的"狂舞的漩涡"，那浓郁的乡思与青涩的热烈，让人既迷醉又鼻子发酸。即便写乡村外面的人事，到了也还是那种更大也更深的乡情——那样的乡情已近乎哲学。写作于明峰虽说纯属业余，但他对乡村对自然的那份感情倒绝对专业。而写作从来都不完全是一种技术，更在于热情。

2006年7月17日　于昆明

灵魂神秘飞翔

翻开长篇小说《水乳大地》，哗哗的书页声，总叫我想起茶马古道。马帮从千山万壑走过，穿过皑皑雪山，莽莽江河，流成一道生命的风景。尘埃呛人的鼻息中，馨人的乳香从高山草甸升起，又在碧云蓝天下飘散。说那是"香"，先要闻得惯，初来乍到，须经一些时日适应才会喜欢，才知乳香乃生命之香。此刻，那股乳香从书里散发开来，在身边飘绕萦回，比在藏民家烟熏火燎的火塘边，更多几分人文的浓郁。小说先发在刊物上，厚厚一本，用尽几乎全部页码，只登了一部分；真写进小说里的，怕也只是作家在那片山地上的部分经历——人生的酸甜苦辣浩如沧海，一本书能舀的，只是小小一瓢。

住在同一城市，经常见面，范稳从没说起他在写长篇。去年7月，"三江并流"申报世界自然遗产最紧张的时候，我在香格里拉碰到他，他也没说。但作为同行，我早闻到他那段奔波的滋味。不久就见到了这部长篇。这些年他跑滇川藏"大三角"跑得勤，说那里风光壮丽，人情淳厚，好玩；也真好玩，从九十年代中期起，凡有机会，我都不会放过；好玩的地方去多了，只为感官愉悦，也终会俗腻。我猜范稳三番五次往那里跑，必是要写东西——作家要写并非他生身之地的作品，先得对那个地方有兴趣，然后才去下苦功，调查，体验，考证，最后构思，动笔。范稳平时闹得很，写作却从不声张，某天突然拿出厚厚一本书，让人大吃一惊。其中甘苦，唯他自知。如今的写作，易也不易，明星陈芝麻烂谷子的，动辄一本书赚百把万的事，时有所闻；认真的写作，却是血肉与灵魂的历练。有一次范稳请假进滇川藏"大三角"采访，深山野岭公路塌方，手机没信号，打电话要跑上百里路，没法联系；等路通了出来，假期已过，单位有人竟给他打"旷工"，二十多天工资和当月"知识分子补贴"，都没了。他愤怒了几天，以后再没说起——真的艺术家，不耐烦跟俗物计较。大前年，单位要派人去藏区"扶贫"，没人去，范稳去了，交了许多藏族朋友，旧历大年也没回来，全家在藏区过。一次大"转经"，二十多天风餐露宿，他走破了两双鞋。后去迪庆州"三江并流"办公室挂职，至今该由单位给的生活补贴也没兑现。文学写作看似作家个人的事，其实不，也关乎到民族的未来。范稳就那样在滇川藏"大三角"泡了好多年，草甸青涩，藏房炊烟，漫天风雪，浓郁乳香，都飘进了他的魂魄，飘进了《水乳大地》的字里行间。

　　小说从来不是现实的纪录。对一个艺术家，好山好水激起的，从来都是丰盈的想象。何况多民族聚居的滇川藏"大三角"，近代的自然、历史与文化，都妙曼神奇。找到一个口子，钻进去，不会空手而归。于是先有阿来的《尘埃落定》，再有范稳的《水乳大地》。范稳编织的，是宗教和盐这两条彩绳，坚韧连绵，以之串起琳琅的生活念珠，祭奉给雪山大地。宗教是盐，盐也如宗教，同时作用于灵魂。范稳以生命去体验他民族的生命史、生存史和文化史，再按艺术家的思想脉络去讲述，不在乎时序。如此，想象才不是天马行空，无根无据的胡诌，处处可见灵魂神秘的飞翔。"中国文明的人世是人与神同在，即在这里是永生，是归宿，但西洋的社会无可归宿，凡是人所为的都不能算数，所以托尔斯泰晚年要离家出走，到神那里去。"有人这样说。诚是。好的文章，是写下来的神的言语，也是万物的言语。范稳似已深谙其中之妙。

站在脆弱的鸡蛋这一边

一

一个成熟的写作者的几乎每一次写作经历，都该是一次生命的探险，一次生命的修行与历练。而绝大部分写作者，则因轻松让他们失之浅薄。浅尝辄止让他们流于庸常。一挥而就让他们得到快感，也止于转瞬即逝的快感。历史真相与事理逻辑在他们轻松惬意的文字堆码中，只能惊惶地逃进历史更为隐秘的深处。

只有极少数写作者，不甘于写那些浮在世事表面的东西，那些浮在水面的油，甚至是泡沫。他苦苦思索、寻觅、挖掘，力图透过生活表象，看得更远更深更透。他已是个尽管富有相当程度的写作经验，却仍对写作抱有敬畏之心的写作者。他明白文字不可玩弄，不可亵渎。他从来都不甘心按照通常的，一条他驾轻就熟的路子，去展开他的这次新的写作。他总会苦心孤诣地避开那条他熟悉不过的，轻松、惬意的写作路子，另辟蹊径，独自深入，如西天取经之玄奘高僧，历经种种辛苦与磨难，最终取得真经。

我用两个晚上，一气读完张庆国的新著《百年拓东》。尔后我坐在那里，一时思绪万千。好像有很多事要重新想想，有很多话要跟人说说。

二

在当代中国，特别是当代中国中篇小说创作领域，张庆国是位有相当成就、相当影响的作家。此话的大背景，是整个"中国文学界"。他同时又是一个生长于云南、昆明的作家。云南几乎从来都不是中国主流文化的发端之地，却又是一个受到主流文化影响并与之互动，有着自己独特的文明传统和文化气质的地区。这种背景，看上去似乎是一个生活在相对中原较为偏远的云南、昆明的作家的不幸，反过来，却又是他们的"幸"。

《百年拓东》是我至今见到过的，第一部与一个企业历史紧密相关的口述史，一部由一个有担当、负责任的作家完成的企业口述史。

关于口述史，著名学者陈墨是这样表述的：

> 口述历史是人类历史记忆的源头，没有文字时，一切历史记忆都只能口口相传。古希腊的《荷马史诗》，彝族的《梅葛》和藏族的《格萨尔王》等，即从口传而来。现代口述历史1948年开始于美国哥伦比亚大学，信念是采访历史的创造者、亲历者和见证人，弥补正式档案文献的不足，为历史提供更多细节与质感。欧洲史学年鉴学派影响下的口述历史运动，将口述历史的范围扩大，既采访要人和名人及其社会生活公共记忆，也采访普通人及其日常生活的个人记忆，目的是让"无声的大多数"发出声音，把历史书写权交还给人民。我们想再进一步，提出人类个体记忆库概念，采集并收藏人类个体记忆，为人文与社会科学研究积累大数据。基于数字技术的迅猛发展，这梦想不仅可能，而且可行。当然它不能一蹴而就，只有做的人多了，假以时日，才能积涓滴小流，成浩瀚江海。

按此观念，很长时间以来的所谓历史，只是一个梗概，只是有些大人物的历史活动，偶尔涉及民众，也是粗略的、一带而过的。那样的表述往往不涉及民众的心灵，更别说某个个人的心灵。按照陈墨对口述历史研究的理解，要建成"人类个体记忆库"，是一个十分繁复、费事，需要很多人，甚至是几代人的努力才能完成的。甚至，它必须从一个具体的部门、行业入手，逐渐扩大，滚雪球一般地积累、丰富。显而易见，在这个意义上，记录一个行业、一个企业、一个工厂的历史，记录那个行业、那个企业，以及在那个行业、企业工作、生活的个体生命的真实感受，就是必需的了。最近这些年，他自己就在用他的全部精力，去做一件事：中国电影人的口述史。他已经做了五六年，可能还要做五六年，甚至更多年。他已经积累了数千万字的资料，至今也才整理了几百万字，任重而道远。

正是这种背景下，我读到了张庆国的《百年拓东》。

长期以来，通常意义上的所谓严肃作家，对于为企业、工厂等有着某种商业活动的部门写作，要么视为"钱途"，只是为了挣钱，要么视为畏途，认为那样的写作是低下的、流俗的。或者反过来，企业、工厂的负责人认为，为他们的企业写作，就是要写他们企业具体的发展过程，写他们的产品怎么生产、行销。当今，这样的写作像这个国家的许多事情一样，完全被扭曲、被误解了。

张庆国却在这样的时候，投入到了对一个酱油厂的写作。

灵芝孢子，要在破壁之后，才能变成能为人体吸收的营养。在文学素材的破壁这一方面，张庆国从来就是个高手。

面对一家百年酱油老厂，你可以将其过往写成厂史，也可沿着这样一条路线，去追溯纷繁复杂的、涉及历史本质、被某种意识的黑暗笼罩着的种种隐秘：酱油——酱油的来历与演变——食品味道与地域、民族的心理特质的关系——烹饪史——世界调味史——黄豆进化论——酱菜品制作亦即食品发酵性制作史——从业人员的人生与命运——个人生命生长的环境，即个人与时代与历史的融合与对抗。张庆国就这样做了，做得很漂亮！一部写一个酱油厂的作品，居然探秘发微，层层演进，涉及中外，诗意葱茏，让人拿起就不想放下。这不仅出于功力，更源于探索生活的渴望，源于对用文字这枚钻头所能达到的深度的自信。不仅于此，张庆国还在书写一个企业心灵的同时，在与此相关的层面上，完成了他自己、他个人的童年口述，还在某种程度上，片段地记录了昆明这座城市的局部心灵史。他采访了至少几十位曾在昆明酱油企业工作过的人，阅读了中国的和外国的大量有关酱油这种产品的历史档案与资料。

这样完成的一本书，就不再是一本简单的企业经营发展史，而是一个企业的心灵史，是这个企业众多从业人员的心灵史。

三

耶鲁大学哲学博士，加州大学伯克利分校修辞与比较文学系教授，当代最著名的后现代主义思想家之一朱迪斯·巴特勒引申弗洛伊德的观念，认为自我的疆界就是躯体的疆界，所谓身体的外缘划定了自我的存在，你只有在身体接触外界或受到伤害时，才会意识到"我"的真实概念。一个作家，写自己熟悉的东西，当然必要。但作为一个作家，他还有另一个层面的责任，那就是他必须对他身处的时代有清晰明确的认知，有尽可能准确的判断，必要时，还能拿出他自己的有价值的意见，跟民众一起，超越这个时代。张庆国的这部著作，让我们既感性又理性地认识了这样一段历史，这正是他的贡献所在——不仅是文学上的贡献，更是社会性的贡献。这就是一个作家理当具有的历史担当。

在云南，有不少作家，一直在进行这样的写作。这样的写作不是为了去得个什么奖，或赢得一点喝彩拿到一点奖金，而是按照我们自身所处地域的历史与生活提供的事实，回忆、联想与思考，按照我们自己的而不是外来的方式表述的我们对这个世界的看法。这是云南此类写作的最大特点。而这样的写作，这样艰苦的、负责任的写作，除了个别者外，并没有得到当下主导着中国写作界的那些人真正的认可与赞同，那些人只是一个劲儿地玩着他们自己的游戏。云南的自然、地理、历史环境，与其他地方肯定不一样，有时甚至很不一样。我们关注云南这样一个自然、历史与文化呈现出一种异常丰富的多样性的地区，自然就出现了人文地理随笔，出现了面对大自然的写作，出现了探讨不同民族文化的各类文学作品。这是云南写作的终极目标，当然不能按照别人制定的标准进行，而应该按照我们所理解的方式进行。云南既不是广袤的、金戈铁马的北方，也不是拥挤的、烟雨蒙蒙的江南；既不是自称"惟楚有才"的湘楚，也不是历来兵家必争的江淮。云南就是云南，一块被认为是边远、蛮荒，其实却身在前沿、有着自身悠久历史和诸多民族文化呈现的丰饶的土地。在这样一个地方写作，当然无法也不可能按照远在京津沪地区的人们制定的方式写作。何况当下中国的文学写作，大多未曾敢涉及有些所谓的敏感的事实。我们的文学，总是在有意无意地逃避历史的真相。云南这样的写作，至今也没得到中国文学话语霸权的真正认可。他们只是猎奇，只是为了装点。他们偶尔也给某个云南作家发个什么奖，与其说是某位作家需要那个奖，不如说是那个奖需要某位作家。他们可以长期不认可，但现在是我们该考虑是否还需要他们认可的时候了。

所以我想，云南应该有十部、百部像《百年拓东》这样的著作。再由这十部甚至百部这样的著作，辑成一套"云南心灵丛书"。

四

由此，我想起了张庆国的另一部作品，新近发表并赢得好评的中篇小说《马厩之夜》。不是评论，而是想说说小说表达的那种写作姿态。

那种姿态，即村上春树所说的："在大多数的情况下，我们几乎无法掌握真相，也无法精准的描绘真相。因此，必须把真相从藏匿处挖掘出来，转化到另一个虚构的时空，用虚构的形式来表达。

"以卵击石，在高大坚硬的墙和鸡蛋之间，我永远站在鸡蛋那方。

"无论高墙是多么正确，鸡蛋是多么的错误，我永远站在鸡蛋这边。

"谁是谁非，自有他人、时间、历史来定论。但若小说家无论何种原因，写出站在高墙这方的作品，这作品岂有任何价值可言？

"但是在此之前，我们必须先清楚地知道，真相就在我们心中的某处。这是小说家编造好谎言的必要条件。"

读《马厩之夜》后的那个夜晚，有过一场夏日的豪雨，时疾时缓，时疏时密，一直在窗外，通宵达旦，从入睡之前的午夜，直到醒来时的平明。没有雷声闪电，却潇洒执着。那场暗夜里的诉说，是大自然的一场湿润且酣畅淋漓的抒写。躺在床上，思绪朦胧，时而如夜色里看不见的乌云，时而如从窗缝里偶尔透进的路灯下晶亮的雨丝，在暗夜里变幻无穷，隐隐发酵。雨声，睡前听去如诗，如《雨巷》，如文人水墨小品；夜半惊闻，则如读惊悚小说，如《西游》《聊斋》；清晨再品，又像极了一部长卷散文，恣肆汪洋，跌宕起伏，洋洋洒洒，却娓娓道来。至于隐藏在那场豪雨中的夜晚，各色各样的故事，各色人等各样的人生，何止万千？听者的立场，决定了你对故事的取舍，书写者的表述，自然亦决定着不同的人对大自然不同的理解方式与角度。不同的表述因而无所谓对错。关键是你必需独特，深入，透彻！

——是的。我说的是那场豪雨，也是《马厩之夜》那部小说。

多年来我已很少读国内的小说。套路太老，语言太粗，新意阙如，人性缺失。张庆国的这部中篇虽也难说已臻完美，倒远在我预估之外。姑不论他的小说，文字已技术圆熟，结构亦自操控自如，值得一提的，一在对人性，特别是战争中被凌辱一方人性的扭曲、挣扎和复杂的人性，有新的揭示和展示，找到了一个鲜见的角度——当然，对此类题材，必定还有别的角度，比如，相对于现在的男性角度，也可换成一个女性角度；二是写战争而又避开对战场的直接描写，而着眼于处于战争边缘的一群普通百姓，写他们的惊恐、无奈和威逼之下的不义、自渎和狡黠。他甚至在有意无意间，对战时中国云南农村的乡绅文化，做了一次直接面对的展示，尽管这种展示远远超出了这部小说的范围，但故事进展中透露出的乡绅文化，仍值得深思。在中国，乡绅文化一直是乡村文化的一个极重要的组成部分。抗日战争中，这个阶层的权益与义务、承担与无奈，得到了相当程度的展示。小说中，张庆国似乎轻描淡写的一个细节：那道从门外投射到王老爷身上并把王老爷分成两半的光线，恰恰是他对云南偏远乡村的乡绅人士性格的一种绝妙暗示。

　　当然，我也感到了一点不满足，即如果能将故事放在对整个民族性的思考上，或更有意义。抗战期间中国人自身人性的应急性变化，它的复杂、扭曲和挣扎，古老的、传统的乡土民风面对外族入侵时，开头的张皇失措及后来的自激自遣，显示的正是这个民族在特殊情势下的一种内心状态。这一点，在当下历史可能重演的时候，尤其值得关注。

　　在我们的写作中，什么是鸡蛋？什么是高墙？在《百年拓东》中，鸡蛋就是那些在一个企业工作、生活的普通人，是他们在艰难中为了一个企业的发展所做的种种奉献。而在《马厩之夜》里，鸡蛋就是那些老百姓，是那些乡绅，是在日军铁蹄蹂躏下的那片土地。一个有担当的作家，应该永远记住这一点。

用往事下酒的玄妙

一

文人与酒自古便纠葛得紧缠绵得深。传世的诗文书画，都会隐隐飘出几缕陈年酒香，若浓若淡皆可醉人；即便真滴酒不沾，也在另一桌酒席间踟蹰流连过，似醒似醉皆为饮者——人生说到底是一场生命的宴饮聚散，不同饮者面对迥异的肴馔，心气有别，情态各异，品味高低也尽在其中了。"人生得意须尽欢，莫使金樽空对月"的李白，"小酌酒巡销永夜，大开口笑送残年"的白居易，"数斟已复醉"却道"酒中有深味"的陶渊明，硬是趁酒兴写下《兰亭序》的王羲之，千古诗书皆出自一流饮者，非酒徒或稍饮便烂醉者可比——无关酒量，唯在才情。

青涩年代我也好酒，如今再不敢贪杯。这些时夜深人静斜倚床头，恍惚中总有淡淡酒香飘来；惶惑间拧亮台灯，见两册书置于床头多时，是周勇的作品选，《岁月苍苍》不少篇什早就读过，至今记得，《与小人共舞》乃新编，信手翻读不禁会心一笑：老朋友相见，"自然免不了叙叙旧，用一些陈谷子烂芝麻的往事下酒"。此话真切精道，幸好是善饮的周勇说的，别人说或有装腔作势之嫌——饮姿最能见出饮者德行。多年间跟他无数次把盏对饮，知他不惟国窖茅台农家私酿都品过喝过，面对人生那桌大宴，浮浮沉沉间尽管或醉或醒，倒怎么都没忘了饮者该有的儒雅智慧。先是在滇西乡下历练多年，大山爬过大河蹚过，大苦吃过大喜也尝过，尔后学医教书办报，所行随缘，所言至性，总笑对人生心怀大乐，酒从来都少不得的；偶尔心有郁结，与朋友一起两杯酒下肚便悄然释怀，任它去，管它作甚？行事待人张弛有度，内审自省清醒明白，读书多多，倒从未疏离江湖。有件小事如魏晋小品风雅得很：早年其妻产后缺乳，他按找来的催奶方子配药，结果"把老婆补得食欲大增，奶水并不见长"，原来那方子尽皆补药；遂自开一方，以疏通经络调理气机为主，不日"乳汁居然如泉水般涌出"；妻戏言其"医生生涯中，最大的成就当属催奶"。此事传开，找他开催奶方子者与日俱增。"一个大男人最擅长的是为女人催奶，说出来真的有点不好意思，对不起那些教育过我的大学老师。"看似自嘲，实则静夜冥思中的淡淡心思，大义深藏：人生之事社稷之事，缺的往往不止营养或财富，倒在疏通调理有方——哈，倘以此下酒，笃定我会多饮两盅。

世间花花绿绿的宴饮百态令人感慨：暴富者钟鸣鼎食，山吃海喝，花钱越多越得意，实皆酒囊饭袋；平民百姓不玩那个格，粗茶淡饭小喝两盅，却是最本真的饮者；至于皇帝赐下的"御宴"，官场里奢华的宴请，怎么看都藏着"鸿门宴"里的阴森算计，寒气逼人。江湖上的"大块吃肉，大碗喝酒"，虽豪爽痛快却非文人能为——还是"用往事下酒"的好。

二

善饮者最讲究下酒菜。早年家父偶尔想喝两口，总叫我去买卤菜。饭都吃不太饱的人家，有时窘迫到隔夜无米下锅，父亲想奢侈也顶多花一毛钱，还叮嘱再三：卤得太粑太生的都不要，要挑有嚼劲的，最好是牛筋头或鸡脚爪，卤得恰到火候，既经嚼又滋味深厚，下酒正好。回来将卤牛筋头装盘码好浇上佐料，褐红的牛筋头晶莹剔透，任绿葱花红辣椒黄姜蒜点缀得滋润斑斓，看一眼我都淌口水。若是卤鸡脚爪，父亲索性用手拿着慢慢咂，边饮边讲古。有次讲起两个朋友想喝酒却没钱买酒菜，便用小石子放在锅里炒炒，加上油盐作料下酒。说话间杯中的酒已下去小半。偶尔想起父亲有关酒菜的民间哲学，居然两颊生香口涎汹涌。

往事还真可下酒。往事通常都有的朦胧飘忽、神秘诡异，注定能方便地成为谈资，堪可咀嚼品味。周勇后面的话倒让我诧异："酩酊之后一觉醒来便毫无印象。等到每年换日历的时候才知道自己又老了一岁，心里也会略微泛起点感慨的意思，又觉得人都是这样过来的，感慨如斯，不感慨不也如斯吗？于是心底蠢蠢欲动的感慨便烟云般散去。"可周勇的智慧或就在此,此话不定正是那盘"牛筋头",经得起慢嚼细咽。其实微醺或大醉后,往事何曾"如烟云般散去"?这些年他的文字,尽皆在往事中浸润多时,然后才信手拈出,或烹大菜或制小碟,都堪可下酒。即如我,无论是跟他在高黎贡山沧桑古道上歇脚小饮,还是夜宿荒村听雨对酌,在深山老林就着篝火喝"转转酒",在僻静小酒馆跟朋友小聚,真用来下酒的,总是那些说道不尽的,用文字记录的"往事"。

其实文人中的真饮者,追求气韵的雅静意味的深幽远甚过酒食的精粹,用来下酒的"陈芝麻烂谷子的往事",怎么都先自在心里或微火慢煨过或大火爆炒过,一成文字之宴,便有了无尽滋味。在往事中沉醉要多玄妙有多玄妙。《岁月苍苍》里从《庄房后面的故事》到《绵延的演义》,皆是他以小说法式烹制的"私房菜",拿手得很;最难得无论或密腻斑斓或单纯沉郁的往事,皆无不倾尽自己的生命液汁。以此自斟,要的正是独自品评世事的悠然自得;借此奉客,莫不让人惊叹乃独家秘制的天上滋味。轮到做随笔式的时令小碟,亦选材精准制作精细。如同政治家能"治大国如烹小鲜",文学家则应"烹小鲜如治大国",方堪称高手。《与小人共舞》千余字,看似清淡却滋味隽永:"小人是最出色的演员","只要有了小人就肯定有戏";"一部二十四史被小人弄得颠颠簸簸高低不平,当然也生动无比";"所以无论你我看来都得放弃让小人消失的不实际的想法,心平气和地与小人共舞"。那些被小人弄得生不如死者如以此文下酒,必定舒筋活血身心矫健,打起精神一辈子"与小人共舞"。

三

将自斟自饮演成痛饮畅饮,源自那本《从怒江峡谷到缅北丛林》。读此书恰时近元宵,高黎贡山的春阳让滇西大地通体透明,半个多世纪前的烽火硝烟却呼啸而来:枪炮声在耳,怒吼声在心。烈日与淫雨,泥泞与饥馑,瘴疠与虫豸,恐怖与血腥,死亡与腐烂,充盈那段岁月的分分秒秒。要用这样的历史往事下酒,除了勇气豪气,更靠定力和一双有穿透力的慧眼。历史记录或理性或感性千差万别。《纽约邮报》当初报道罗斯福去世,只在"每日伤亡"栏发一则简单消息:"华盛顿4月12日电:最近一批部队死伤名单及其近亲姓名:联军—海军阵亡 富兰克林·德·罗斯福,总司令。妻:安娜·埃利诺·罗斯福,地址:白宫。"普通人的祭奠倒感性十足。华尔街一女子在旅馆电梯间听到那消息,神经质地将手套捏来捏去,忽听身后有男人说:"喀,他总算是死了!可不是也到了该死的时候了!"女子当即转身,用手套狠狠抽了那人一嘴巴。昆明一高龄女士写书,记叙半生坎坷一世亲情,主角是她自己,配角倒是她参加过滇西抗战的夫君。曾在楚雄紫溪山偶遇一位滇西抗战军人之后,家里至今挂有其父写的条幅,字不见好,报国之心却力透纸背,让我震撼。

"誓扫匈奴不顾身,五千貂锦丧胡尘。"滇西抗战中丧于"胡尘"的"貂锦"何止万千?那段历史如烈酒万坛,多少浪得虚名者,惜乎功力修为不够,亦稍饮便烂醉,糟蹋了。面对以照片凝固的瞬间,周勇下笔时用心恭谨如对神明,既忠于史实背景深阔,又发自性灵情感率直,寥寥数语便给人以百科全书式的满足。"时间的流逝在无声地消解着我们曾经铭心刻骨的痛楚",但"每一次面对这些残破与泛黄的旧照片你都会感到一种遥远的震撼"。对那段历史的基本史实和概定,我都能从中找到答案,理性感性兼具。以那道历史大餐下酒,深沉的冷峻汹涌的激情弄得我呼吸紧迫,半个世纪前后国人面对那场战事的历史性幽默又搞得我血液沸腾。忽见前晚与周勇一起喝剩的半瓶酒还在桌上,抓起先祭过抗战英魂,仰头便喝,几近酩酊——周勇写那本书时,想必也曾止不住那样的冲动?

四

当对往事的痴迷让周勇越走越远,沿着南方陆上丝路一径行去,将身心深藏于自然与历史中时,对往事的追问更考量出他的智慧与坚韧,举杯痛饮也演成了开怀畅饮。如若《从怒江峡谷到缅北丛林》是对那场战事的祭奠,山川河流点滴透出的毕竟是刀光血影,在高黎贡山和南方丝路上的跋涉,便是要在苍茫无际的前朝往事中勘破那些《时间之痕》了。那是对自然更温润的亲近,对生命更精湛的烛照。"时间之痕"实是人类精神之痕,是在时间中蜿蜒的生命之痕;是先贤的魂魄之痕,亦是个人的思索之痕。山川胸襟天地情怀、人文意韵生命关切充盈其间,那种热切的悲悯清凉的触摸,怎么都让人唏嘘:偏远的极边之地,竟有过那样儒雅的繁华精致的温馨,让今人既艳羡又愧煞。周勇从此不再悲喜于色,不再只因于为自己做一道下酒菜,或取悦大众的流行菜,倒蕴藉内敛,更注重营养与品质,极力将它烹制成一道文化盛宴,布施四方,滋养我们的民族之魂。难怪几位来自京沪的饮者也惊呼:中国的酒巷太多太深,真没想到滇西极边会有这样的文字高手!

　　说到底,好文字都该经得起咀嚼。烹饪不仅是手艺更是艺术,吃喝也不光为果腹更应是享受。当今文章粗糙油滑成风,有的人一辈子烹饪文字,怎么看都要不疙疙瘩瘩枯燥生涩,要不就用火太猛糯软无骨,既无嚼劲也没深味,靠人工着色看似诱人,其味寡淡又岂堪下酒?真能下酒的,必是那种用往事精心烹制的有嚼劲的文字,让人微醺或大醉之后,想痛快淋漓地大声喊叫:用往事下酒,要多玄妙有多玄妙!

且任涛声做语声

戊戌岁末，梅初绽，花未繁，春消息倒已跫然而至。那天一早拿到的包裹，乃老友张焰铎打苍洱间寄来；打开，见是他的新著散文集《彩云不邀春也来》，扉页间夹着一封手书长信，字迹飘逸密麻，言及数十年间往事，顿觉山水云气扑面，堪可仿老杜吟一声"大理手札适复至，纸长要自三过读"了；另有老照片一幅，说是新近翻拍放大的，一看，乃几个上世纪的青涩面孔，睹之令人恍惚而又感慨。一想，哇，原来那时的一点稚拙的欢乐，离我也已如此遥远了吗?!

"当年洱海清如碧，且任涛声做语声"……

——一看着照片，心里突然就冒出了这么两句话。

照片上的四个人，靠着一艘游船甲板栏杆并排而坐，身后是幽蓝清碧云水苍茫的洱海。天空似乎是明亮的，云朵堆垒如絮，轻盈飘忽，又浓湿凝重，让人分明可以觉出那颇有些分量的潇洒。四个年轻男儿，表情虽各自有别，倒都经历过些风吹雨打，即便如今再看，眉额间隐隐透出的青春之气，亦都掩藏不住。中间是雷达和焰铎，黄尧与我则分坐两端。照片是什么时候拍的？约略是二十世纪八十年代中后期吧，焰铎信中说："年月无考，但在海上，无疑。"所谓"海"，自是洱海。眼下夜静，虽听不见苍洱风浪，想必那时我们说过的许多热得发昏却发自内心的话语，也尽皆叫涛声掩埋，或随山风散尽。但谁又能说，那些话语没深藏在心中呢？那就"且任涛声做语声"吧。

但终于还是想起许多事来。

先想起的是雷达，趁着那番兴致，欲给他打个电话，才想起那位实沉多思的西北汉子，已先自往生——通信发达的今天，天国仍是不通电话的，奈何？只好在心里问上一句：雷达兄，近来还好吗？多年前读过他那篇《重读云南》，文中引述一本民国十八年（1929）出版的老地图上的话说："'云南实有倒挈天下之势。何谓倒挈天下？潜行横断低谷可以北达羌陇，东趋湖南而据荆襄可以摇动中原，东北入川则据长江上游，更出栈道直取长安而走晋豫，故天下在其总挈。全国一大动脉之长江，唯云南扼其上游，所为纵横旁出，无不如志，然则云南省者，固中国一大要区也。'这番话不知出自哪位老学究之口，真是见解独具啊。"又说："云南就是这般奇妙：你在地球的任何角落都不会再找到类似云南的地方了，但你在云南却几乎可以找到外面许多地方和许多历史断层的生态模型，不管是关于气象的、动植物的，还是关于地缘的、风俗的。"还说到他曾登苍山游洱海，如此，那番"重读"后洋洋洒洒的思辨，与那次我们的同游洱海，或就多少有点关联了。其实，一个做评论搞研究的人，云南端的如何，关他何事？他不惟写了，还写得那般情深意浓。那时他怎么想的，我不清楚，记得的唯那次同往大理古城逛扎染街，回后他见到我手里的一件扎染小褂，样式、花色他都喜欢，遂再往古城，回来却说遍寻不见，叫我让给他，加钱都行。看他心急火燎的样子，我暗笑，戏言此物价格不菲，许以三倍原价让出，他竟立马掏钱。一时我差点笑晕了过去：看来你这"雷达"也不灵啊，傻不傻啊？！遂送给他，嘱将愿付的钱留下沽酒，择时再寻一醉。

那么，给黄尧打个电话？此刻，黄尧因亲情故，人正远在北方的风雪之中。行前我俩通过一次长话，无非是些家长里短人已老去多自保重的意思。况不久前得知了他在北京的一些消息，谁知他此刻又在哪里奔波呢？七十多岁的人了，早先为云南文事操心，如今为儿女操劳，就算只一声轻轻的问候，到底会叫他伤感还是温馨，我还真说不清了。就罢了。而照片中的那次洱海之游，正是经他之手策划推出了一套少数民族作家文学丛书之后举办的——每一次短聚背后，都隐藏着有心人做人的苦心。

此刻，唯我作为一个外省人，独守着边城这变幻莫测的冬日暖阳。凝望窗外，真当借用友人的半句慨叹，曰：惜青春为美却易逝也，唯江河与岁月留不住！

自然地，更多想到的，还是离我不算太远的焰铎。

黄尧当年主持做的那套丛书里，恰有焰铎的一本。此前，当年那个牧羊苍山俯瞰洱海的少年焰铎，人生际遇中，也不知吃过多少苦头。而他作为一个抗战中远征滇地的山东汉子的后人，既有山东汉子的那股豪爽，也有他白族母亲胸臆间的一份灵气，即便草鞋赤脚笠帽蓑衣糠菜代饭，性情心思倒是直迫云天。毕竟读过几年书，挥动牧羊鞭之余，又哪舍得把青春无偿地交付给晨风落日，虚度此生？人，总得做点什么吧？能超出一般人之上的思索与努力，总会将生命提升到一个新的高度。什么都可被夺去，唯心里的梦手里的笔是夺不走的。就那样他写起了小说散文，也写童话，写电影剧本——其实，那每一句每一篇每一部，都关涉亲情、友情、乡情、世情，是他跌宕起伏的人生，也自然都如苍洱间的松风流泉，洱海上的白云苍狗，人世间的酸甜苦辣，读来让人感慨唏嘘。记得二十世纪八十年代初，头一次读到他的文字，临别留言，我曾冒冒失失地随手写了两句话："空中还有无名的星座，请标明自己的方位。"理想主义高扬的年代，谁还没一点雄心呢？其实亦无非一点心情，说说而已。如今回头一看，他还真坐实了那个看似草率的约定。知悉其间他所经历的种种变故与奋发，方知那该是多么的不易了——

二十世纪八十年代，某年我公出滇西路经大理，事余便想去看望他。跟着他穿过其时尚不繁华的下关城区，越走越远，倏忽便已到城外山脚的一个村子。小门咿呀打开，见是个清寂得落寞而又温馨的白族小院，环顾土墙四合，一株大树葱茏，洒落下一大片绿荫。"春种绿荫留客扫，秋收红叶待郎归"，料想焰铎每日早出晚归，一应的心思里，都该铺着那片浓荫的。当晚，焰铎的母亲、妻子忙忙活活，端上的一桌地道的白族菜肴，浓香扑鼻；酒酣耳热之际，早忘了夜之深浓，索性就在他家正房二楼住了一晚。酒后原该好睡，那夜听着轻拂苍洱的风声，想着焰铎为那一大家人，在日复一日柴米油盐的家常日子里，还能有那些纯情文字，竟翻来覆去地有些无法入眠了……

再去大理，是应焰铎之邀，前往大理陪他邀请来参加大理"三月街"的王蒙。其时王蒙刚从文化部长任上下来，他大约也很难想到，一个他并不熟悉、只是仰慕他那些美好文字的陌生人，会在那时请他前往大理，散散心。看似轻松的谈笑之间，我清醒明白感到的，是周遭不时飘向焰铎的斜斜的目光。许久之后，我才明白，那时他顶着的压力究竟有多大。他期待的并非什么奖掖与提携，他用以招待那位他敬重的作家的，无非一个普通读者的心……时代的涛声之喧嚣起伏，常常会掩盖人的真实心声，但人偶尔发出的真实心声里，怎么都不会没有时代的涛声！

再再次去大理，是受焰铎之邀，前往出席大理崇圣寺南诏建极大钟复铸竣工大典。其时，焰铎已在大理文化局工作多时。为恢复重建与大理三塔匹配的崇圣寺建极大钟，他四处筹款，朝夕张罗，历尽千辛万苦，终得了此宿愿。当我和晓雪、黄尧一起，撞响大钟，听着那恍惚来自远古的钟声回荡在苍洱之间时，不禁感慨万端——能用文字记录下你的情感与思索，固然美好，但那岂是人生的唯一？不食人间烟火，只一味埋头于文字，说不上能有大出息。人要活成自己，但并非仅为自己活着。要紧的是，斯世你到底做没做过又做过多少有益于他人的事呢？你有否造福过一方山水？有否摆渡过几个路人？那样的功德，远胜万千文字，是真慈悲。在这个意义上，焰铎的做派，常常让我羞愧。他奉献给苍山洱海的，岂止那几本小书呢？而是以他的一生，全力奉献着他的智慧才情。作为一个土生土长的大理人，他是那个风花雪月之地最合适的书写者。可比起那些倚马万言，拧开水龙头让词语如污水狂泻者，他写得不算多，却都发自肺腑，足够真诚——"纪德不是总说，要怎样才能写得真诚，陶渊明就是最好的回答。……陶潜从来就不会想到'怎样才能写得真诚'"（木心语），因为他自己就是真诚。

焰铎在信中说，他这本《彩云不邀春也来》，除留了一些送朋友作为纪念，近半数都捐给了大理学院的年轻学子。这么一想，做几篇好文章，出几本好书，虽堪庆贺，倒绝不是为人生添秤加重的唯一砝码，真正的分量，只在他的骨头与魂魄。总活在"自拍"里的人，确是自恋得紧！古今中外蜚声文坛者，有几人是纯为文学活着的？早先或都有一份职业，有的甚至在某个领域有所创造。细斟，每个"人书俱老"的写作者，都绝不是为了体验、搜集写作素材来到这个世界的。他先得生存、度日，历经万般磨难，尝尽人生百味。待真有感悟，又有一支笔，才开始写作。于他，写作是生命的一种内生性需求。失败的写作者终其一生都不懂这个道理，死写硬写，钻营乞求，即便赢得一点薄幸，又何足道哉？说到底，他得之于天地父母的整个生命，却是失败的——这一点，焰铎比我更懂，更明白。如此，即便当年洱海清如碧，且任涛声做语声，未必就不是更好的选择吧？

顺告焰铎兄，那书、手札和照片，我都已收好。

2019年1月记于旧历戊戌岁末，2月改定

那年醉卧街头

　　自来诗酒一家。尚酒的唐朝，诗里也飘酒香，"酒"竟神出鬼没无所不在——种田要饮：开轩面场圃，把酒话桑麻；打仗要饮：葡萄美酒夜光杯，欲饮琵琶马上催；经商要饮：吴姬压酒唤客尝；送别要饮：劝君更尽一杯酒，西出阳关无故人；无事要饮：晚来天欲雪，能饮一杯无？欢乐要饮：欢言得所憩，美酒聊共挥；寂寞要饮：花间一壶酒，独酌无相亲；忧愁要饮：五花马，千金裘，呼儿将出换美酒，与尔同销万古愁……作诗当然更要饮，大诗人苏轼虽不擅饮，亦好置酒待客，称"天下之不能饮，无在予下者；天下之好饮，亦无在予上者"。读唐诗读到极致，恰如读一部大唐诗酒史，方知无论做人做事吟诗作文，饮酒都像基本功，少不得。想必那时酒的消耗与诗的产量成着正比，诗歌创作达到高峰，中国的诗从此都姓唐，酿酒业也到了鼎盛时期。

　　如今也是尚酒的年代，酒的产量比唐朝高得多，新酒老酒名酒假酒多了去了，诗文的产量尽管也高，却蔫瘪萎缩到早没了豪情。文人的诗心让位于世情，无论浅斟慢酌海喝豪饮，再也无关诗意。诗情画意尽在虚拟的酒广告中，现实中的饮者端起酒杯来只会傻喝狂醉，除了醉，没有诗。何似唐人诗酒一家的浪漫情怀，既有心神的澄明，复具人性的高扬，更兼诗艺的精湛，醉人的馨香流溢至今。就连酒量欠佳的苏东坡，也知酒、酿酒，著有《东坡酒经》及咏酒诗多首，几可视作酿酒史考。如今写诗为文既难，换钱又少，明智者弃之也属自然。诗情酒意的时代虽已远去，饮酒与饮者的文化却依然相关，文人当自省。酒文化说到底是人文化。忧国忧民者把酒临风，至情至性者举杯望月，与大贪儿又获巨款而豪饮，卑微者为升迁调动去请客，当然天上地下，两码事。

生活中总得要有那么一股诗情，虽说豪饮多是年轻时的事。年轻气盛，年少狂放，心口无遮拦，总以为天下者我的天下，敢拿生命与天地博弈，敢说也敢饮。其实说和饮一出一进，看似相去天壤，关乎的倒都是生命的吐纳。喝酒的感觉全在心态。不想醉时偏偏醉了，想醉时倒未必能醉。饮者百醉，留下的也就这么一点感觉。不想与想之间，于我一晃就是几十年。头一次醉是二十世纪六十年代末，二十啷当岁，压根儿不知酒为何物。刚到山里一个铁路工区，打牙祭，每人一碗红烧肉、一碗酒。工长端起酒碗说，来，喝了！我说不会，他瞪眼说，给我喝下去！"臭老九"要接受"再教育"，工长的话不敢不听。端起碗一扬脖子，喝了，顿时天旋地转，人事不省。第二天醒来，工长让再饮一小杯解酒，从此便不再惧酒。至今想念那位工长，让我晓得了男人该怎么喝酒。那次是身醉，心没醉。

多年后另一次醉，身没醉心倒醉了。平生没那样狂放过，不料那个冬天，居然和一些年轻朋友一起醉卧街头——都是我编一家报纸副刊时结识的。是1991年年初，在北京待了半年回来，利书告得了个小奖，欲邀约新雨旧知借机聚会。天冷，背街一家小馆子楼上就我们一桌。大家要我讲讲北京见闻，讲到高兴处碰杯，讲到痛楚时也碰杯。说话间酒从啤酒喝到葡萄酒，又从葡萄酒喝到白酒，喝着喝着就有了醉意。于我那是存心的，想醉，直觉清醒得痛苦。那晚好几个年轻文友醉卧街头，利书醉没醉我不知道，倒听说他奖金百元，那顿酒却花了好几百——图的就是诗酒一家的浪漫，做人第一，当不当作家倒在其次。

真善饮者从不在乎酒菜，诗文下酒，照样吃得风流。利书自称是喝酒的"草堂"的"草民"，还加了注，是昆明话"草里草气"的草，其实酒量了得，酒德亦佳。偶尔相遇虽好豪饮，终归收放有度，寻常举止间屡有惊人之处。不久前诗人蔡宗周从广州来，他出面设局款待，竟把顶头上司也请了来，叫我心里一愣。席间他突然说起要为云南铁路作家出文学丛书，也饮了点酒的上司笑言，你用小杯连喝十杯，我就签字。利书起身道，好说，我用大杯！拿一个大玻璃杯满斟满上，说：冲您这句话，我把这杯酒喝了！话毕一饮而尽。做人做事，难得他还有那样一股真情，心计用在这里就对了！那样的豪饮潇洒到有些"酷"，我虽担心他会醉，倒品出了那份诗情。其实偌大一杯酒何曾难得倒他？散席后走在星稀月明的夜风中，他依然清醒明白谈笑自如。到底是从江湖走来，早年

298

在底层工人堆里淬过火，在恶劣环境里练就一身豪爽侠义，"江湖"得很。

恶劣环境能让人学好，也能让人学坏，沾一身"匪气"，不伦不类。文人无羁，多少都有点"江湖"。此江湖却非彼江湖。利书既江湖也规矩，该江湖则江湖该规矩就规矩，该讲义气讲义气该讲品格讲品格，举手投足自有一把心尺，不似有的人会乱来胡搅。喝酒归喝酒，断不会忘了多少还要写点锦绣诗文，还要尽他在文联做事的职责，还要编他的《红峡谷》和《红峡谷》丛书。十年前费心费力地编过一套，不料如今的第二套，竟跟豪饮相关。那晚他人没醉，心想必醉了。我喜欢他这样的风格：山水寄情，诗酒养性，豪义开朗，亦庄亦谐，爱开个玩笑玩一把幽默——就像他写的小说散文，芝麻小事显功力，落花流水皆文章，格局不大却玄机深藏，好看。当然，多写点就更好了。

2021 年 3 月 27 日　于昆明湖光里

一个活成他自己的"异数"

科技与艺术、科技与人生，其实只隔着一层窗户纸，轻轻一捅就破。李政道请吴冠中诸大师名家画宇宙画核子画相对论，竟然妙趣横生。反过来，拿科技概念去阐释艺术解说人生，不惟精准，亦有趣好玩。譬如素数与约数，自皆数学概念：除了自己外不能被任何数整除者，是"素数"，或叫质数；能整除另一个数者，是约数。素数太"大"，心中似乎除了自己还是自己，看上去未免有些孤独落寞；约数又太"小"，一味去整除另一个数，心中只有它者没有自己，弄不好会把个性丧失殆尽。好像都有些不妙。数学中的数，不是素数就是非素数，至今尚未见有兼具二者特性者。

人就不一样了。

吾友马旷源，看上去既非"素数"，也非"非素数"，既不愿只做"被约数"，也不甘只做"约数"。有时他能痛痛快快地"整除"他人，被同事朋友包容认同，实足一个"约数"；有时他既能"整除"他人，又能被他人"整除"，像是个"非素数"，也有些时候，他是绝不愿也绝不能被他人"整除"的，那时当然就只是个"素数"了。旷源到底是个什么数，有时我还真说不清。想来想去，其实在文界，旷源天生是个异数：一大把络腮胡子，浓得如春山之林秋原之草，飘飘洒洒的，显出的自是一派学者风度文人姿采，旷达，儒雅，文静；真以为他只是那样就错了，闲常小聚，朋友侃谈，说着说着，他突然话锋一转，款几段市井故事，弄几句俗话俚语，又俨然一派江湖游侠民间智者模样，让我等莞尔；而一不小心，他以那样的姿态贸然步入政界，那些胡子也好江湖侠义也罢，尽管都成了另类，倒未必没给苍白沉闷的官场带去几缕血色三两生机。多年来他醉心的是做学问搞研究，专著迭出，屡有惊世之论，精辟之见；原以为他远赴上海，投在我景仰的钱谷融先生门下，多少会少些江湖行径，添些古雅文气，不意山野之气未除，倒学回来海派严谨的功底机智的思辨，学业精进，思索亦更博雅幽深。这才几时，他突然掉转枪口弄起诗文来，做小说做诗歌做散文，更让吾侪惊诧击节；何况人亦有浓浓个性，恨起来恨得山摇地动，爱起来爱得死去活来——说起来，我还真有些喜欢这个鲜活灵动的"异数"。

　　就说做散文吧。散文天生是静的文字，倒离不了动的意绪。回望与回想中那点以枯笔淡墨描摹的惊喜与发现，是静，当下那些"飞案桃花只浮砚水，八窗竹叶空拂琴弦"的反思与冥想，处处牵动着读者那根情感的神经，是动；要诀在无论是春柳拂心，还是暮云牵情，都必须是可摩挲的意绪可雕塑的气韵。董桥曾谓"散文须学、须识、须情，合之乃得深远如哲学之天地，高华如艺术之境界"，唯此方留得住那一缕文字的绿意，让人读来养眼也养心。初以为旷源好动如此，真不知他怎么能把文字做得那样虚静？无论沉实的轻愁料峭的温煦，到他笔下，竟都透出来几缕生命的血色，一股浓浓的人间味儿，亲切，深邃，而又可爱。《月吐青山》中那篇《元吉村纪事》，说的尽皆旧时故事儿时记忆，读过来倒一一都像眼前的活剧，或喜或忧，或恨或嗔，直让人掩卷许久，仍欲罢不能。而那些记人记游的篇什，写的都是当下，弄不好也易浮光掠影，流入泛泛之作。旷源不，总是以传统典雅的灯火烛光，把那些幽冥往事一一照亮，让其显出来一派文化与人性的光彩。想想，怪就怪在他怎么做都对：素材若是过去的，气韵必是现在的；或素材若是现在的，气韵必是过去的。选材亦近亦远，可实可虚，二者必居其一，要紧的倒是弥漫氤氲于文中的那股气韵，无论怎么都不可或缺，须得下细对待，小心侍候。有人弄了一辈子散文，号称大家，结构完整辞藻富丽，少的恰是那点儿气韵，正读倒读都没劲。

　　前些时去滇南小城蒙自，绕过曾经映照过大师身影的南湖，走进湖边当年西南联大文法学院闻一多、朱自清的旧居，仍禁不住阵阵心跳。其实两位先生的文章都早读过，算得是"熟人"了，不意还是心有忐忑。一一看过那些照片实物，从心里说，不吃美国救济粮、身轻体瘦文章也瘦的朱自清先生固然我也崇敬，也喜欢，更喜欢的，倒是会写文章会写诗会搞研究做学问会刻图章卖钱也会厉声训斥特务最终宁可躺在血泊中的闻一多先生。做人为文，都要有点豪气。尽管如今的生活早已多样多元，文章无须拘于一格，但若人人都只是通融旷达，圆润玲珑，失去了骨气血性，这世界也就没指望了。我喜欢旷源的做派：自有一腔热血在胸，该学究时学究，该江湖时江湖，都不离人生要义那个大谱；如此，无论写事、写情、写人、写物，皆不拘泥于到底是评论、是美文、是小说、是诗歌，只要选材与思路确定，文体与形式不妨随着运笔之际的情怀挥洒调动，真该苦心经营的，倒是那股怎么都少不得的气韵——做是做不出来的，源头只在他热烈的生命。

于是我读旷源的散文，也就读出了一个文章的"异数"，既不一味效仿古典名家的清流风雅，也不摹仿当代文学大师的潇洒纵情，更不是时下报章杂志上那类媚俗千字文的不知所云。他就是他，他的散文就是他的散文。一个人活在世上，总该活成他自己。一个人的文章要活在文坛，难道不也要活成它自己吗？

小书店的微温

总以为书店是坚硬的现代生活中最后的一点柔软，散发的虽只是一点微温，到底也能让人在风雪旅程中驻足小憩，打量打量来路去程，暖暖身子后重新上路。不料连书店也在悄悄变硬变冷了。至今还能秉持自己的兴趣爱好，开一间小小书店不全为赚钱的，还有几人？据说在域外，开间小书店怎么都是一种浪漫：无论城市角落还是偏远小镇，一间摆满书籍的小书店，一个戴深度近视眼镜、学究味十足的男老板，或一个风韵犹存热情开朗的女店主，加一只躺在书架下的狗或蜷卧在书堆上的猫，走进去会顿生平和喜乐之心，翻翻书聊聊天，喝杯咖啡，即或不买，也能为日后留下些许念想。如今我们的城市里，是难看到那样的书店了。能去的书店总是大得惊人，小而微温的小书店，早成了绝世风景。大书店动不动就叫"城"啊"海"的，走进去像超市，书成摞成山成海，让人呼吸急迫心存恐惧，缺的恰是亲近的欲望。也难怪，阔绰的大书店彰显的是企业家的霸气和魄力，唯小店才处处透露着主人的志趣心性。一大一小间，流散的何止是那点优雅的微温！

近日翻看杂志，得知外国电影里倒是常常出现书店的，当然是小书店。或作为故事背景，或情节都在书店里发生，无论人物多少，书才是那部电影的真正主角。国产电影里有的是深宫大院宾馆酒楼，倒很少见到书店。黄磊刘若英的《似水年华》算是有心了，清幽的小镇，老旧的乡村图书馆，虽不是书店，老少两代人默默照料着的，倒净是些线装书。深深庭院里间间屋子都是书，工作间不算宽敞，人也只能在书架间的窄巷里穿行。早晨，木门在古典的吱呀声里打开，阳光便急急地涌进去，温暖那些躺在书里的伟大灵魂——我就不明白，同是书山书海，现代大书店为什么总让人感到压迫，闻不到些许书香？另一部火过一阵的国产电影里也是有书店的，却沦落为一场激情戏的暧昧场景。如今有人声称影视无须思想，男女主人公在书店偷情这一幕，正是他们从域外学来的，好主意一到他们手里就变了味儿，人家中意的是书店的浪漫与温情，国人热心的倒是对书和书店的亵渎与糟蹋——你还千万别说他们没能耐。

中国一般的读书人，谁没进过一两家小书店呢？大书店老板是从不露面的，雇请的卖书人也不会跟你聊书——他们关心的是利润，不是书。小书店就不同了，店主多爱书成癖，喜欢跟读书人称兄道弟，交朋友。二十世纪八十年代末，省图书馆门口有间小书店，年轻的店主原就在图书馆工作，执意在那里开书店，图的大约是到图书馆来的人，都进他的书店看看。我去买过几本书，就算相识了，路过时都会进去坐坐。日子一长，有时将近午夜，他会突然来家造访，不经意间说起还没吃晚饭，好歹煮碗面条，卧俩鸡蛋，他狼吞虎咽连称好香。有晚他又来了，说急需两千块钱周转。我虽收入有限，还是借给了他。他怕我不放心，坚持留下借条，发誓还我，最终还是没还——也不知是忘了还是经营不好，囊中羞涩。小书店不久关门大吉，他也从此再没音信。不管是躲债逃亡，还是已另谋高就，发达了，想起来心里总有些惆怅，为他，也为他那间书店。另一间小书店开在图书馆斜对门，一来二去，跟店主也熟了。至今记得小伙子姓杨，人长得帅，怎么想起要开书店我没问过，只觉他温雅率性，开口就一脸的笑，和气。小店本来就窄，他还苦心挤出个角落，置上一几两椅，供爱书的人来了喝茶，看书，聊天。有时问起有什么书没有，他就到处去找。几年下来，也帮我找过好些书。这间小书店后来也歇业了，换了新店主，卖起了时装。问原来的店主哪儿去了，新店主说鬼晓得。从此再没见过他，倒怪想念的。

小书店就这样一个个消失，店主人也再不见踪影，就像书籍的命运。偶尔想起，尽管不知眼下他们境况如何，倒始终对他们心怀一点敬意，毕竟留给我的是一点温婉的记忆。前不久听说闹市又开了一间小书店，很有特色，我远远跑去，心想说不定能碰到老朋友呢，一看却不是。书倒真有品位，一气买了二百多元钱的书，像还了一笔拖欠多年的旧账，钱花得舒坦。店主也是个年轻人，矮矮胖胖，临走时说也没名片，手写了名字和电话给我，说要什么书尽管告诉他。我虽有些遗憾，倒也愿意权将新知当故交，惺惺而别。眼下市场风急浪大，有勇气开小书店的人，一如独自划一条小舢板跟狂风恶浪较量，毕竟越来越少了——书出得越来越多，书却眼见着正在现代浮华中悄悄退场。谁知这间小书店能撑多久呢？矮胖的店主人会不会是我见过的最后一间小书店的主人？不知道。突然想到，将这几个小书店店主的故事连起来，稍加编织，就是一部电影了——当然是有小书店的那种。

枕边的书

"枕边书"听上去是个时髦字眼，可惜我不是个喜欢把书放在枕边的人：书在我眼里一直金贵得很，读时从来恭谨小心，舍不得随处乱摆乱放，生怕弄坏了——而枕边恰恰是慵懒的，甚至是昏暗的、暧昧的。

想了想，习惯几乎打小养成——乍暖还寒的春夏之交，不知有多少人正从自己辽阔的往昔打马而过，或穿过茑萝，或穿过桃李，穿过人生那时隐时现的悲欣与无常——"反思一个人漫长的一生是一种伟大的感受。"（罗曼·罗兰语）从小到大，读书于我从来都是奢侈的，是件常常处于渴慕之中，想想都会快乐都会惬意的事，甚至多少有点儿神圣。我说的当然是指我自己想看也喜欢看的书，不包括那种作为任务下达须强制完成的规定性阅读，也不包括那些有意无意见到就想"逃课"甚至"逃命"的读物，而年轻的生命，居然曾经有过一段那样庄重的耗费。真拿到一本想看也好看的书时的兴奋、喜悦，往往无以言说。分分秒秒之中，你既想尽快了然书里的"后来"，想一口气读完它，甚至任何时候，即便短暂到只是一小段时间，如同有人说的，譬如"离约定的晚餐尚早，寒风把我逼进一家温暖但是生意冷清的咖啡馆"，你也想到要抓紧时间去多读上几行，往书的深处哪怕再多走上一步也好；或者是在出行去某处的路上，面对路途的遥远与无聊的无以打发，如果手里有一本好看的书，人便能轻松地撇开俗世的污浊与丑陋，熬过一段艰难的旅程。即便安安然然地待在家里，在做着某件琐碎又无法逃避的事情时，随手打开一本书，也会让人赢得短暂的愉悦——如孙甘露所谓，"我挺享受临时的阅读，在大块琐事的缝隙，于手边的读物中，瞬间抓住若干字词和含义，仿佛在某个陌生的街角，捕获从一扇打开的窗户飘出的旋律。仓促的一瞥似乎比长时间埋首书本更能令我领会言词背后闪烁的含义"。

但我好像一直不大适应，或说不大会读"枕边书"。

在我看来，除非万不得已，看似温馨柔软其实慵懒甚至昏暗暧昧的枕边，并非一本好书该待的地方。一本好书安身立命的最佳位置，它的理想归宿地，显然该是书房、书架、书桌，或是窗边；像古人那样正襟危坐也许太累，但至少该有一桌一椅，一杯茶，两只捧着书的手，一双盯着它的眼睛，一颗被它牵动着的抑扬起伏的心绪。如果有阳光斜斜地射过来，刚好落在离书本不远的地方，当然更好；或许还有无事清风有一搭无一搭缓缓地拂弄，把书页吹得哗哗哗响，你须得用手指轻轻地按住书角，不让它匆匆翻过你正在读的页面。即便天阴着，书的字里行间却也有阳光闪烁，并不扎眼，刚好能让人心得到温暖与明亮。面对一本好书，你轻易不会去折页、画线，更不会一不小心，把茶水汤汁什么的洒到了书上⋯⋯

偶尔，当你从阅读中抬起头来，仰头看看上方的无际苍穹，什么都没有空空荡荡的时候，你在深深的失望后也就放心了——多么美妙，"超心炼冶，绝爱缁磷。空潭泻春，古镜照神"；"载瞻星辰，载歌幽人，流水今日，明月前身"。现实的纷繁世像有时就像一场彻头彻尾的虚构，只存在于看见的刹那转眼即逝，一经抒写变成了文字，除尽了芜杂的一切，便都尽在书里，可慢慢地、反复地品咂回味。

几十年坎坎坷坷，读书这项几乎从没停止过的活动，一直让我有一种神圣感——是谁说过，打开一本书，无异于走进一个人的灵魂花园，可以跟他一起享受用精神打造的风光——鲜艳或幽暗，明朗或晦涩，粗硬或柔韧⋯⋯无论哪一种，面对那样的风光，你都会突然变得小心翼翼，生怕因举手投足的失误，破坏了那些风景。幼时对书最早的感觉，是在小书摊上，一个小学生，捧着以一分钱一本租来的小人书，听摊主再三叮嘱千万不能弄坏，弄坏了是要赔的，最好能像你拿到那本书时一样，完好无损地还回去；上初中时，到学校一间古老庙宇改做的图书室借来看的书，那位瘦瘦高高的先生，从深黑背景的书架上取来了书，隔着那张让我在上面登记签字的旧书桌的沧桑，也总要再三叮嘱别把书弄坏了，说看之前最好包个书皮，报纸都行；稍大些，常在课余躲进小城唯一的一家书店去，找书看——那自然更须小心，书店的书是用来卖的，不是让你在那里读的，瞧上几眼还行，捧着一本书站在那里一直看一直看，卖书人当然不乐意，走过来把你手里的书拿过去，还要看看你是不是已经把书弄坏了……

后来，当然也曾经历过无书可读、偶尔找到一本书后只能偷偷读的年代。那样的经历让我以为把一本好书放在枕边，必是一种过错——不是书的过错，而是人的过错。正是那次深夜偎在床头偷读一本"禁书"，让我在突然之间，对"枕边书"这一词语的优雅性生出了质疑。我固执地以为，枕边书看似是对书的热爱，其实未必，至少不少时候，是对书的事实上的轻慢与亵渎。枕边书看上去像是阅读的最大延续，但细想那同时也是阅读的戛然而止——那样一本书，你读着读着，就睡着了。"尽日后厅无一事，白头老监枕书眠。"白居易的诗句意境虽美，书最终显然已很不幸地成了一场朦胧瞌睡的靠垫。

——说到这些事情，眼看着春色已残。我相信，那些没唱会的歌，没读过的书，没寄出的信，到了也不甘潦潦草草地收场。执手相别是件奢侈的事，想想谁不是在用一生祭奠青春？

情形后来自然有些变化，年岁增长，见识开阔，凡事亦多了点包容。但很长一段时间里，我仍以为能放在枕边去看的书，多不是什么需要倾尽心智悉心思考的闲书，随便翻翻即可；甚至可能是十分生涩的怪书，可以用来催眠。加之长期睡眠不好，睡前多不敢太多想事，虽偶尔也会随手抓起一本书，陪我度过一段睡前时光，毕竟说不上什么枕边书。但仔细回想，毕竟也有例外。

记忆最清晰的一次枕边阅读，是念高中时，班主任兼教授语文的先生推荐的四大本《静静的顿河》。有天他在课堂上突然说起，他刚刚读到一篇介绍已译成中文不久的新书，叫《静静的顿河》。当先生感叹在小城不知要等到什么时候才能读到那本书时，谁也没有料到，班上竟有个同学说他家就有。那位同学家境甚好，不时总会有些好东西，比如翻毛皮鞋什么的让人羡慕，有几本好书一点都不奇怪。先生听了立即提议，请那位同学把他的书贡献出来，让全班愿意读的同学一起读，限定时间交换，每人每本最多给三天时间，保证爱护书籍，包上两层书皮……那个同学一向大度，爽快地答应了。一个高中学生，就在那样苛刻的规定下开始读《静静的顿河》。那正是一个年轻人追逐外部世界奥秘的年岁，对故事情节进展的紧张期盼，远胜过对小说艺术的探索领悟；何况时间紧张，四大本书，每本在我手里停留的时间不足三天，除了把白天上课之外的课余时间全部用上，晚上还要加班加点，就着昏黄的夜灯，不分日夜囫囵吞枣地读。认真想来，《静静的顿河》算得上是我第一次真正拥有过的枕边书。

其实，书被拿到枕边，急于阅读，只是你白日里某段阅读的延伸。固定的枕边书于我似乎是没有的，有的只是在某段时间被你挪到枕边的那本书。人还是那个人，书却不是那本书。它们有个统一的名字，就叫枕边书。所以，很可能，我前天的枕边书是一本《静静的顿河》，昨天的枕边书却是一本《野草》；又很可能，昨天的枕边书还是《荒原狼》，今天的枕边书却是一本写运河的《北上》。

但有一本书，倒是一直是放在我枕边的，称得上是本真正属于我的枕边书——每个人的枕边书，当然都不一样。真正的枕边书，该是可以反复读，读一辈子甚至几辈子的。除了专业研究者，没人会把一部长篇小说读上几十遍。我的枕边书是本《诗经选》，竖排，封面简洁，除了书名没有任何图案，从左往右翻，人民文学出版社二十世纪五十年代末出版，一个高中同学所赠，两角多钱。那年头，几角钱至少相当于现在的几元甚至十几元钱。那是我作为礼物得到的第一本书，里面或许夹杂着几缕透明到飘忽的青春时光。我自己买的第一本书，是本《四角号码字典》，布面精装，但字典没有也不可能一直放在枕边。后来我有过好些种《诗经》，装帧精美，甚至有彩色插图和详细注释。可真一直放在离床头不远处，算得上枕边书的，倒是看上去最简陋最不起眼的那一本。阅读有风险，读书须谨慎。笛子据说是吹给别人听的，箫只合吹给自己；如同文字，如今许多书，只有事件而阙失了真诚与悲悯，我分秒间就能辨认，哪个声音里真有灵魂的战栗。那本《诗经选》既让我在几十年岁月中慢慢熟悉了中国那些最质朴也最华丽、最古老也最青春的诗句，也在长年累月中，让一个中国的普通读书人一直保持着与中国文学最遥远的源头的最亲密的接触。开头我并没有意识到这一点。也不是每天都要读它，但它就在离枕边不远的地方，看见它，似乎就会想起些什么。究竟想起了些什么，大多数时候是说不清的，但有一天我突然就想起了诗歌的源头。其实那也是文明的源头。凝视着封面上那种晦旧的，仿佛落满世尘，随着时间流逝越来越深的淡黄色，恍然如对时间的丰厚沉积。有时一天将尽，别说拿起、打开，只要看见那本书，也会思越千载，去想象几千年前，是怎样的一些人，在一些怎样的地方，吟唱着那样原本日常如今却显得精粹典雅的诗句："关关雎鸠，在河之洲。窈窕淑女，君子好逑……"（《关雎》）"采采卷耳，不盈顷筐。嗟我怀人，寘彼周行。"（《卷耳》）"殷其雷，在南山之阳。何斯违斯，莫敢或遑？振振君子，归哉归哉！"（《殷其雷》）"知我者，谓我心忧；不知我者，谓我何求。"（《黍离》）……画面。音响。感叹。天地人神。春夏秋冬。风雨雷电。喜怒哀乐……那样的想象十分奇妙，让人骤然明白，世界并非文字的虚构，它曾那样真实地存在着，并在那些诗句里吟叹着，也诉说着，喧哗着，也寂静着；那样的存在，也刹那间就能让一个浪迹于世的凡俗之辈，突然想到要确认一下生命所在的位置；静夜沉思，谦卑与敬畏油然而生，不会因一点小小的喜悦妄自尊大，也不会因一点小小的失误而唉声叹气。那是一种高蛋白营养品，并不昂贵。它给你的，是一种辽阔博大的心绪，醇厚浓酽的背景和鲜活在目的灵动。所有的创作者都没有姓名。漫长的历史就是无数无名无姓的人创造的，你若能有幸成为其中的一员，便能做到不以物喜不以己悲。

——我听说有好几种云不妨终生怀念，我或许有那么一朵。我听见树林沉浸在黎明的寂静里，我知道也会有别人听见。我还知道，有几片生命的落叶已悄悄夹进某本书里了，不管它在或是不在枕边。

2020 年 5 月 5 日　于湖光里

我愿是你的"郊外"

中国文字奇妙得很：有时娴静出尘得须由仕女深闺凭栏以樱唇轻吟，有时豪壮磅礴到非让壮士执铁钹铜镲对山水放歌。可满腹心事有时倒硬是无从言说，令人徒生黔驴之叹，恰如手持一挂电光鞭却怎么都找不到引信和火种，生生无法炸响。我的办法：那时不妨到户外走走，放松放松；或随手找本书，也不必非是名家经典，即便无名新作，一阵瞎翻乱读后，或可寻得"引信"和"火种"，将心思轰然引爆，转眼漫天词语如焰火腾空，也煞是好看。据说幼儿学说话有个"词语爆炸"阶段，父母或没刻意教他，他将听来的零星词语连缀成句用以表意，让人吃惊。更别说耽于词语的写作者了，对文字敏感得如檐下风铃，读师友诗文常被撩拨得心痒难耐，一句一词便可骤然触动心机，让"词语爆炸"。说到底，文思如流感有传染性，找别人讨点"酒曲"，照样能把自己的五谷杂粮酿成美酒。原以为那是独家秘籍，不料早有人悟透此中禅机。

那天诗人雷平阳打电话来，说有件事我一直想向你致歉。惊问何事，他说对不起，我把你在那次研讨会上的发言写成了诗，题目叫《听汤世杰先生讲》。听后我还真是惊讶，一段俗常谈话也能变成诗句？便说这倒好玩，写就写了，何须致歉？那些话其实是我正在写的《在高黎贡在》一书中的一段，大意是古时候大地山河才是世界的中心，城镇什么的不过是山河大城的郊外，甚至是郊外的郊外。即便"孔子过泰山侧"，记叙伟大如孔子者走过曲阜古城，也只说他"过泰山侧"，足见先贤心中，城镇和人都算不得什么，伟大的只是泰山。至于中国许多省份地名，也尽皆秉承"以大地山河为中心"的理念而取。如此，说汉语伟大还真不为过：风靡当今的生态理念，早在几千年前就已在这片大地风行。

雷平阳那首诗倒蛮好读："一条河水从中间流过／河水是中心，北边是河北／南边是河南；一座山峰在中间矗立／山峰是中心，东面是山东／西面是山西；一个湖泊在中间／荡漾，湖泊是中心，南侧是湖南／北侧是湖北；云南在云的南端／海南在海之南，云是心，海是心……"大意没变，却"新翻杨柳枝"，到底该归入创作，何须道歉？他说事前没跟你打招呼，怕你"不得"，不高兴。我说不会，虽说不上有书香襟怀山川心胸，可读到最后几句，明知那是诗人谦恭，我倒有些感动："他讲话的时候／动了真情：'以前，大地才是中心／村庄和城市，一直都是／山河的郊外。'我当时就很冲动／很想站起身来，弯腰向他致敬／甘愿做他的郊外"。他说的"郊外"显然不是我说的那个"郊外"，不经意间，他将"郊外"一语从地理范畴引申进了人际关系，想想还真绝。

其实古今诗酬唱和蔚成传统，不惟与下作的抄袭、剽窃无涉，且据此演绎出新意新篇，遂成佳话。"用典"一说或由此而来。好诗名句一旦成"典"，遂成公共文化财富，在共享中千古流芳。倒从未听说有"出典"者向他人索取版权稿酬之事，要不孔孟、司马、李杜甚至《诗经》中的无名诗人，早就跃登作家财富榜，哪轮得到当今的某些畅销书作家？同样意蕴借不同文体表达当然不易，再创造也有人做得巧有人做得笨。诗人骆一禾当年主持一家刊物诗歌专栏，每期限发一位诗人作品，并加编者短评，一时投稿者众。一禾有次来信说：长篇小说写得像诗是功力，把诗写成长篇小说注定叫人反胃。雷平阳当属前者。他着眼于人际读出的"郊外"或如"边缘"。边缘尽管冷清寂寞，可真成事者无须热闹。日前又读一青年诗人短文《在一些诗的郊外》，是读雷平阳那首诗后写的："如同他甘愿做汤世杰先生的郊外一样，在这个诗歌备受冷落和非议的时代，我也甘愿做他诗歌的郊外，做所有具备这样品质的诗歌的郊外。我深信，只要有这样的郊外存在，就有我们文学基本价值和基本信念的存在。"意思不错，只是"郊外"的词义到此拐了个弯儿，成了"非主流"，价值与信念所在，无异是说"郊外"才是真正的"中心"。果如是，雷平阳岂不是在说他甘愿做"中心"？晕。

想想，我那些话如一粒石子投进湖水，涟漪一波波荡至遥远，地理的"郊外"被几度引申和演绎，好玩得很！沾沾自喜固然可笑，能得到同行认可与发挥，未尝不是雅事。然对"郊外"，我仍偏好原义。作家方方曾说，"对文学要抱有敬畏之心"，那当然是指的真正的文学，是"中心"。平常人偶尔做个文思引爆者虽说荣幸，可常在"中心"难免遇到漩涡激流，累得慌；而那种不靠写作而是靠经营，硬往"中心"里挤的人，不惟会身心交瘁，还会落下笑柄。想想还是做"郊外"好，那多自在？既能常从他人那里寻到"引信"和"火种"，也能远远躲在"郊外"，尽兴玩自己喜欢玩的东西，做自己喜欢做的事——"郊外"少有喧闹，不易拥堵，更少摩擦，怎么说都空气新鲜，自由自在。方方说，她就"愿意在文坛之外过一种纯粹的写作生活"，看来她也喜欢做"郊外"。我也一样，我愿是你的"郊外"——无论你是大师名家、师友同行还是无名新人，都愿意。

一本小书的远方

友人何真异国远行,那天在朋友圈,突然发出一条微信,还附有几幅埃及的风光照片,和两幅书影:

> 行非洲,手边书,一本是关于古埃及的,另一本是汤世杰的《青门引》。坐在红海边翻读《青门引》,打动人的,是透过纸墨,看到的汤世杰兄的那份与其风骨俱在的对人、事、友间有质感的点滴美好的敬与重,发现与开掘。远离了艺术的名利场,不趋炎附势不钻营获奖不自吹叫卖,人就自有一份干净的风流与阔大的包容自在,这才是真正优雅地慢慢变老!身后,法老们的神庙在撒哈拉的风沙中渐成残垣断壁,面前的海水重复而永恒地拍打着沙岸,沙漠的太阳照样升起,想想,一切该美好的照样美好着……

匆匆一读,颇觉意外,再读,心有所感,继而细想,竟为之动容。

《青门引》,无非我的一本小书也。去冬往深圳,参加著名画家郝平的一个名为《推门·境界》的版画大展,临行带了两本,原是想送给我那些在广深的老同学的。未想正好碰到曾为同事却久未谋面,也是去参加那个活动的何真,还忙里偷闲,有过一阵天南海北的神聊,便将书送给了她。记得当年,她每有新作问世,诸如她的长篇小说《要长翅膀的女人》《红帆不再来》《有一支关于蓝头巾的歌》,有的我曾细读,甚或写下一点感想,再不济,至少也要从头到尾地翻翻，寻寻她飘逸的思绪，又落在了哪方山川。而她的那本可能连她自己也不甚在意的，对极边和顺深刨细究且一往情深的《驿路商旅第一村》，简直就叫我读得倾倒，以至后来我写及高黎贡山时，面对和顺，竟有"眼前有景道不得，崔颢题诗在上头"之感，只好大段大段地引用！

远出旅行是件很辛苦的事，带不带书，带哪几本，都颇费斟酌——多次外出，我深有体会。所以此前，我哪想过，她竟会把我的那本小书，带去了埃及，一个那么遥远的地方？！

那时，我还没去过埃及。还没去看过开罗的埃及国家博物馆，纯金女王面具，木乃伊；还没去看过夕阳里的金字塔和狮身人面像；还没沿着尼罗河，从阿斯旺顺流而下，看尽波光潋滟的一路风景，那些神庙，那些划着小船往游轮上抛售货品的商贩；还没到卢克索去看过神庙森林般的廊柱；更没有在红海边小住几日，享用碧蓝红海的细密波浪。我只能想象，一个人，躺在红海边的一把太阳伞下，在海风轻拂和海浪絮语中，读一本随身带来的书……

于是当即拿起手机，私下给她回信说——

将一本小书，看似郑重，其实却非常随性地送给一位友人，无非怀着一个小如尘埃般的私念：分享分享曾经的日子里，那些零星的浮想，那些云一样缥缈的思绪。就如好久不见，偶尔相遇，便会找个僻静的去处，就着一杯香茗，胡乱地，天南海北地聊聊天。如此而已吧？而友人居然把那本书带到了埃及，或在浩瀚红海边，或是大沙漠旁，会心地读着那些粗粝的文字——于我，于那本小书，这已经足够奢侈了，还要再将你的思绪写了出来，这简直就让我觉着有些受宠了，如同一个孩子，多分得了一枚棒棒糖！甚至，我预期的那番聊天，好像也在瞬时间，被置放在一个拥有世界上最古老文明的大背景上，远处，是浩瀚的撒哈拉大沙漠，是狮身人面像，是巨大的金字塔……那样的场景，既让人兴奋，又叫人惶恐——我的那些文字，经得起那里的太阳吗？顶得住那里的风沙吗？与巨大的，一望无际的红海相比，那样菲薄的书页，那样孱弱的文气，会被随风卷得无影无踪，仿佛从就未有过吗？但无论怎样，我都已欣然领受这份高规格的礼遇了！

文人之间，其实也就这样，平时各有各忙；聚少离多，更多的，倒是应了"相濡以沫"那句老话，常常只能就着我们共同在心的文事，互通一点心气。不料第二天，何真便再次私信予我——

说老实话，走过冬宫、罗浮宫……但在埃及国家博物馆和撒哈拉沙漠中的许多神庙，我竟目瞪口呆，那是人类最久远文明的一种巨大的冲击。红海边，拿起《青门引》，真的像是在和你随意地聊天，聊我们一起在深圳见过的钱谷融先生，聊画家陈绕光先生……聊着聊着，突然意识到身后那些伟大的帝国和欲不朽的君王，在风沙大漠，太阳、时间中慢慢地变成废墟和木乃伊了，留下的只有文明的影子。领袖来复去，人民却永恒。而人却是渺小如一粒沙粒，一滴水滴，却又阔大永恒如沙漠大海的。使文明得以沿袭的是沙粒、水滴中，那些在这个时代看来并非打眼的微小的美好的种种。你心怀敬畏，在周围一点一粒一滴地发现、开掘、打捞着、传扬着，也许你从骨子里深知那是人类文明的大漠、海水与太阳。我觉得我透过《青门引》，看到了一种深藏的阔大的了悟与一种尚存于这个时代的微弱而美丽的远灯和星光，由此也敬而重之。不知我表述清楚没有？但也许很多人有共感，昨天在我的朋友圈里，竟有数十多人点评点赞，令我惊讶。

读至此，我真的不知道我还该说点什么了，直觉得心里暖暖的。都说生活不只眼前的苟且，还有诗和远方；原来，一本小书，也是有它的远方的。细忖，当我有时坐在书桌前，胡乱地写下一些什么时，是否也曾有过向远方的凝望呢？应该也是有的吧。一个写作者，总须有点敬畏，亦须有点自信。凡好书，凡得了作者心血浇灌的，端的会自己成长！长出明目。长出灵性。长出硬朗手足。长出壮实身子。然后自己行去远方，直至天涯海角！无须喋喋不休地、嘴干舌燥地叫卖，满世界扯着嗓子唾沫横飞地营销！只需干干净净地、清清白白地、大大方方地出行，然后被有心的读书人披沙沥金般地发现、赏读、推广，这才是一本书的正道、大道！也是一个真好作家的看家本领！便回复说——

谢谢你为我分享你的感悟！其实，那不是，至少不仅仅是对一本小书的，倒是对这个人世间那些一直在追寻"远灯"和"星光"者的鼓励了。如今，我尽可能地远离潮流与喧嚣，也无非想看得更远更深一点，就像只有在没有人工光源的地方，才能真正地面对宇宙间那道灿烂的星河！

何真竟再次来信，且加了微笑和握手的表情符号——

为了远灯和星光，为了能真正更接近宇宙间那道灿烂的星河！

2016 年 5 月　记于昆明

在远方听那番书斋长谈

"喜欢略萨名著《酒吧长谈》的人,没准也喜欢这本'书斋长谈'吧?抱歉的是,这部书恐怕没有《酒吧长谈》那么好看,因为那是小说,这是口述历史。"

——陈墨说,带着那么一点学者式的幽默,一点友人间的调侃。

其实也未必吧——我这样说,绝对正经,没开玩笑——也很好看,或说,很好听。尤其是在远方,听着两个灵魂的窃窃私语,更至为奇妙。在这世上,唯两个人的窃窃私语,最好听。

何况,在远方,我们似乎曾聊起过这个时刻,这种奇妙,这种"看"或"听"。

时光总是倏忽得叫人惊叹。一晃,仿佛历历在目的昨日,便已然是没于时光深处的往事。那年,陈墨应作家周勇之邀,到云南讲学;我则因有事在身,未能到场,幸在之后有过长至一周的同游。挑挑拣拣,处心积虑地避开那些时髦的旅游景区,我们走的,尽皆清雅幽僻游人罕至的古旧小镇。远离喧嚣的悠悠时光,晨昏之间,分分秒秒尽如珠玑,皆有浅酌深谈的机缘。话题绕来绕去,终至绕出来一个名为"口述历史"的美丽线团。其时,我正与两个年轻朋友一起,做着一套人文随笔;灵机一动,就在那长长短短的旅途闲聊中,请陈墨为那套书作序。他先是坚辞不允,禁不住我缠,和我说的人文随笔与口述历史间那一点关联,终于应承下来。孰料陈墨做事端的认真,一桩小事亦尽心尽力,写得深入浅出,生生将那套人文随笔提升了一个档次。转眼到了次年,禁不住那套人文随笔所在地方的再三邀请,陈墨又应约由我陪同,去到那个小县,做了一次口述历史与社区文化为题的讲座。当其时也,偌大一个讲堂座无虚席,陈墨手无讲稿心有腹笥,侃侃而谈两三个钟头,在场者竟无一人离席。事后,县上朋友告诉我:真让人大开眼界!

两次与陈墨同行,时间或长或短,记得闲谈之间,都曾听他说起,要为他读研时的老师、著名文学评论家陈骏涛先生,做一个纯属个人的口述史,然后出书。此前,我已粗粗翻读过陈墨的三本书,《口述历史门径实务手册》《口述历史杂谈》和《口述史学研究:多学科视角》,做口述历史的理论准备,在他,已然充分。而他的学养、见识与文字,在他研究金庸作品的系列著述中,在他为几代中国电影人所作的诸如《张艺谋电影论》《陈凯歌电影论》等著作中,已早见端倪。然,那都是他独自一人对于某些艺术作品的评说,他怎么看,怎么想,就怎么说。而要做的那本陈骏涛先生的口述史,便无法由陈墨一个人唱独角戏了。

陈墨断言:"谁也不知道天才的配方。"这话,是他对陈骏涛先生关于在复旦大学八年学习生活某些感叹的回应。其时我会心一笑,怀疑至少陈墨已然找到了那个配方里的几味药——其中,至少有一种东西,叫勇气,叫胆识。追索真情、真理的勇气与胆识。

常见的有关个人、个体生命的史传,大体可分为两类。或为传主本人的自述,或由他者对传主生平的记录。二者的共同之处,在于都是一个方面的言说。由此,无论传主本人的自述,还是他者相对"客观"的记述,或都难逃某种有意无意的遗忘、遗漏,或有那么些为尊者讳的躲闪与避让,从而在某种程度上失之偏颇。这样的个人生平史,大体可信,又不可全信。

而相对于传统的个人史传,口述历史学派要做的,已是另一种更深层面的工作。出于对人之记忆的深入研究,他们发现,记忆,以及存在于记忆中的往事,并非绝对准确,有时甚至很不准确,因而那样的史传,很难有绝对的真实。一个人的真实史传,不仅应有口述者本人所述的一切,还该包括他人对口述者本人所述历史的补充、核对、指谬和纠正。唯如此,一个真实的生命,方才达臻至真正可信,成为一个全息、多维的个人生命史。

对此,陈墨早已做足了功课。在与陈骏涛先生的对谈中,他几有不断的插话、提问、提醒,或者干脆直截了当地紧追不舍,直至将所忆历史事件完全捋顺、厘清、看透。这原是一份真正的口述历史的本分,能做到已属不易。而陈墨还创造性地,在陈骏涛先生口述的各个段落后面,加上了一段"采编人杂记"。

这些文字，或为陈墨对陈骏涛先生那段口述事实，事实背后更深层次的社会背景，以及个人际遇与那段社会背景对应关系的解读与探秘，有时，甚至是陈墨对他的老师陈骏涛先生个人在一段历史中的表现的评说。看得出来，由于年龄、阅历、学养的不同，书中的"口述者"与"采编人"，在知识体系、认知结构等方面，事实上存在着不小的差异。当不同的目光同时照亮同一个人、同一件事时，他们看到的生活影像便大大廓开了它的纵深，呈现出非同寻常的奇异景象。这就如同摄影棚中，立体的、来自不同方向的光源，让一个人、一件事的真相几乎再无阴影可以躲藏，呈现出的是一个近乎全息的形象。于是我们看到的，是一个更加真实可信、有血有肉、悲喜共存、可知可感可触的传主。

——那当然是略萨的《酒吧长谈》无以企及的。《酒吧长谈》纯属文学虚构，《陈骏涛口述历史》则是真实的口述历史，容不得半点虚构。《酒吧长谈》虽有它的好看之处，《陈骏涛口述历史》却有它的另一种好看。不同读者或会各有喜好，但在当下不少文学写作已然是胡编乱造充斥泛滥的年代，我倒宁可去读一本真实的历史，而不愿去为那些无聊的呻吟花费时间了。

我是先读了全书，又回过头来，再次细读陈墨写在陈骏涛先生各段口述后面的，那些或长或短的"采编人杂记"的。我谓《陈骏涛口述历史》好看好听，绝非信口之言。这厚厚的一本书，近五十万字；从 2013 年 9 月 11 日开始的全部采访，总时长超过五十小时，而整理、成文，则从 2013 年 12 月，一直干到 2014 年 5 月；初期编纂于 2014 年 3 月到 6 月；当年 6 月到 12 月，为陈骏涛先生审稿、订正阶段；从 2014 年 10 月底到 12 月，则是陈墨的复审、精编阶段；最后，才由陈骏涛先生和陈墨一起定稿。

一部小说，与一部这样的书，不好比，也没法比。

陈墨的本意，或是借用口述历史的方式，做好这本书，作为送给陈骏涛先生八十寿辰的一份厚礼。事实是，这岂止是送给他的老师陈骏涛先生的一份礼物？同时也是送给千万个读书人的礼物。

陈骏涛先生比我年长，但大体还属同一时代人。他的许多经历，年轻时的许多折腾、蹉跎，多为在时代之重压下，一代读书人的不得已；或为在时代的裹挟下，一代读书人的顺应之举。其中的许多不堪，有的确已为陈骏涛先生本人，即大时代中生命飘摇的个体自知，有的则直至那场书斋长谈时，仍深陷于意识的混沌与泥泞之中，而无法自拔与自辨。日常生活中，陈墨是个温和、理智亦可亲的人——至少我的印象如此。而作为口述历史采编者的陈墨，作为陈骏涛先生的学生，则早已将他的老师去魅，成了一个纯粹的口述历史对象，往往穷追猛打，大有不捣黄龙誓不罢休之慨。这时，作为一个学者出现的陈墨，与他作为一个自然人的状态，已判若两人。当其时也，那番书斋长谈，既是两个灵魂的窃窃私语，更是两种观念间的较量与博弈。这样的较量发生在关系亲密的师生之间，猛然看去，简直有些不可思议！

至少从孔子时代起，中国社会即有尊师传统。孔子的弟子们称赞孔子"仰之弥高，钻之弥坚"（《论语·子罕》），"仲尼，日月也，无得而逾焉"（《论语·子张》），"自生民以来，未有盛于孔子也"（《孟子·公孙丑上》），等等，表现的，尽皆孔子的弟子对老师发自内心的崇敬。经由《管子》《吕氏春秋》《白虎通》等书的阐述、宣传，尊师的传统得以进一步发扬。但是，古人又认为，师生关系有时又近乎朋友关系。从《论语》《孟子》以及以《朱子语类》《传习录》为代表的宋明语录可知，在古代，师生之间交流思想、探讨学术问题是相当自由的。学生质疑老师的看法，提出反问，师生间反复争论是常有的事。许多大思想家、大学问家并没有摆大师的架子，更没有霸气，对于学生的正确意见都能虚心接受。

但这样理想的师生之道，多限于学问本身，而很少触及学生对师长身世、灵魂中某些隐微的披露与评点。以此考量，像陈墨那样，与他的老师陈骏涛先生进行一番那样的书斋长谈，尚不足为怪，但在长谈中他不断地刨根究底追击碰硬，力图在一场日常化的交谈中，挖出隐藏在陈骏涛先生本人的经历之中，以及隐藏在他人生际遇中的种种历史幽影与荒诞，则无论怎样都有些惊世骇俗！由是我便能想象，在那场书斋长谈中，不时会出现的那些沉寂，那些紧张，那些相对无言，那些痛苦的沉思！

如是，陈墨送给他的老师陈骏涛先生的礼物，便不是花上几个小钱，从市场上顺手买来的鲜花或蛋糕，而是他极力让他的老师从自身或惨痛或辉煌的经历中彻底地走出来，成为一个清醒的、能让生命独立思考的良苦用心，是一些味道很苦很苦的药，是一次次挖疽去根的微创手术——归根结底，是一场灵魂的打捞与疗治。好在陈骏涛先生亦确有先生之风君子之度，虽从一开始就不无犹豫，却坚决地报出了他自觉的症状，服下了那些药，接受了他学生陈墨的那些"手术"。陈骏涛先生不但没有因为透露了他既往生命中的某些"自卑"与"不争"，而被读者如我者抛别，反倒更加挺直更加亲切地站在了我们面前，让人刮目相看，欲顶礼致意。在当下言及知识分子灵魂状态时普遍以"堕落"

一言以概之之时，这样的一对师生，在我即将合上《陈骏涛口述历史》这本书时，已然活生生地站立在我面前，成了我思索自身生命状态时可资参照的一面镜子。

——至此，我才听出那番书斋里的窃窃私语，实则为天地间锵锵作响的金石之声！而我，亦非在远方，或就在那个书斋里。好听！

2016 年 4 月 14 日　于昆明湖光里

时光的履痕

　　万物皆在时光中经受无声的蚀刻，留下道道履痕，包括人自身。时光的流逝，如流殇无情，又如百花盛放。大千世界，无论是历史的还是现世的，无生命的还是有灵魂的，尽皆时光的雕塑。于此有人在意，有人不屑；有人恐惧，有人奋而参与其中。时光或将这样的人叫作雕塑家。生于台湾的于湧，正是个那样的人：曾飞天渡海，旅居加拿大，又经数载盘桓寻觅，降落丽江，一住近二十年。丽江既老且古一如长夜，却可铁瓮栽荷，铜彝种菊，于湧喜欢。恰如美国诗人罗伯特·弗罗斯特《熟悉黑夜》（李晖译）一诗所言：

　　　　我是一个与黑夜相熟的人。
　　　　我出来在雨中——再走回去。
　　　　我走出最远的城市灯光。

　　据说雕塑无非将多余的部分砍去，于湧却是将有用的部分拾回。大自然经时光的淘洗与蚀刻，早已将万物塑造成形。作为艺术家，于湧的巧思在于将大自然已塑造成形的各类物件，以它的慧眼诗心加以选择与过滤，尔后再度组接，让其呈现出别一种姿彩。都说时光也有颜色，玄黄秦汉，金粉六朝，七彩隋唐，黑白有宋，以至山居棕绿的元，金瓶酡颜的明，花落红楼的清，于湧的巧绝，便在敷于旧日时光以自己的生命之色，黯然旧物一经他手，顿时润泽沉着，光可鉴人，有司空图所谓"神出古异，淡不可收。如月之曙，如气之秋"之慨。

驻足面对，细细揣摩，于会心处，便会思若潮生，感慨唏嘘。我的惊异在于，一块无言顽石，一枝怪异枯藤，一截被丢弃的朽木，以至一套旧式桌椅，一方无名花窗，一副在整个丽江随处可见的晒粮架，甚或年代不明的匾额、对联，甚至"丽江雅集"整整一座土坯墙小院，都有幸成了他艺术创作的素材。时光自然流逝的沧桑履痕，加上艺术家生命的沧桑经历，便如此巧妙地汇集于他的作品之中，既具盎然天成之意，又富温润的人性之美，成为看似眼熟，又别开生面的奇妙艺术。

这个以新为美的时代，现代化、全球化的浪潮正以其不可一世的凶猛之姿，覆盖人类已然居住了数千年甚至上万年的这个星球，无情地擦抹去历史、文化与艺术的踪迹，让其变成一片真正的"黑夜"。于湧的奋争，作为个体与这股狂潮对抗的方式，看起来似乎对那样的改变无能为力。他曾戏言，"我是一只跋涉在沙漠里的小狗"。而"浓厚的感情，安排得恰到好处时，即一块顽石，一把线，一片淡墨，一些竹头木屑的拼合，也见出生命洋溢。这点创造的心，就正是民族品德优美伟大的另一面"。沈从文如是说。由是我知道，有了这份努力，这个世界已悄然有变。

  而更远处，在那脱离尘世的高度，
  一架明亮的大钟映照于天空

  宣示着时间——既不错误，也不正确。
  我是一个与黑夜相熟的人。

一个极力在过往的"黑夜"中寻找灵感的艺术家，其生命履痕所至之处，山川花木之生机，却经由艺术的润泽，已然诗意葱茏，苍翠欲滴。

2013年2月3日　于昆明

在或不在红尘中

躲在门外悄然读"书"看字，总觉着书艺里怎么都该有些诗意。我说的，还不是用毛笔书写的那些唐诗宋词或对联啊什么的，那些字句间或苍劲或温润的情境；也不是顺着笔墨丝丝缕缕的勾连，追寻所走过的从前，那种清淡如茶、浓烈似酒，偶尔竟也露出点梅消息的斑驳记忆与苍茫留恋。我说的是那些字本身。是那些或连或断的笔意，那些或疏或密的章法，那些游动的飞白，那些凝沉的焦墨，那些横竖撇捺点提钩，那些篆隶行草。世上没有一种文字，有着这样的千变万化，形异而义同，体拙而神秀。于是读字有时就像读诗，能让人从一个字、一句话里，豁然便悟出生命中原先被掩盖、被淹没、被忽略、被误解的意义。

记得拿到何再林君的《砚池乍趣》，便慌慌地读。相识于二十世纪八十年代，其时他或刚开始习书。然士别三日，当刮目相看，何况三十年时光虽晃眼即去，快得如眨眼之间，但毕竟是三十年，几近半个人生，不说深谙，再林怎么也该是甚得书艺之妙了。一心揣摩他这些年到底是师承了哪方神圣、袭得了何家真传，看来看去竟不得要领。是缥缈先秦还是古拙汉晋？是恢宏唐宋还是江湖元明？似像，又都不像。无论条屏斗方、横幅中堂，好像只是他自己，倒都有点儿"似兰斯馨，如松之盛"之貌。就算了，不想也罢——尽管傅山早有"字一笔不似古人即不成字"之说，但所谓书法，说到底，不就是拿古人用过的纸笔，写古人创造的汉字吗？如是终算松了口气。

一念刚落，一念又起，蓦然间竟想起一个词来："红尘"。心想，当再林挥毫作书时，到底是在还是不在红尘之中呢？那一问，倒把自己给问倒了。往往，在红尘中者，说自己已不在红尘之中；不在红尘中者，反说自己尚未真离了红尘。再林呢，在，或是不在红尘中？

"红尘"一语，自古有之，造得真好！常可入诗。无论是班固《西都赋》的"红尘四合，烟云相连"，还是杜牧《过华清宫》的"一骑红尘妃子笑，无人知是荔枝来"；也无论是秦观《金明池》的"纵宝马嘶风，红尘拂面，也只寻芳归去"，还是王建《从军后寄山中友人》中的"夜半听鸡梳白发，天明走马入红尘"，道不尽的都是"红尘"。

古人聪明。汉语多义。明明说的是"红"，后面跟着的倒是个灰头土脑的"尘"。"尘"者，埃也，何以为"红"？不解。

其实，一个人，既生于俗世，又怎能真离了"红尘"？佛家眼里，"红尘"不过是"人世"之谓。红，乃国人最爱，年节间张红挂彩，已是习俗。红，既是喜庆，又是诱惑，而"尘"，则既是尘埃，又是佛家所谓的烦恼。如此说来，所谓看破红尘，无非知道、明了、体悟真实的世相，了然婆娑世界的本质是不圆满，是苦；世间一切都是无常，有情无情，终逃不掉生老病死、成住坏空的命运。人，不可能在世间满足自己所有的追求与欲望。

我不知道再林到底是怎么写字作书的，是否要先"沐手"，再祭酒，然后嘴里念念有词，才提笔运气，蘸墨运笔？倒是巴西现代诗人卡洛斯·特鲁蒙多·安德拉德曾在《诗艺I》中，说过他怎样写诗：

> 我用一个小时琢磨一首诗
> 笔却无法写出。
> 不过，它就在笔端
> 骚动，生猛。
> 它就在那里，
> 不肯跃然纸上。
> 但此刻，诗意
> 已溢满我的整个生命。

再林写字时，是否也是那样：我用一个小时琢磨一幅字／笔却无法写出？我知道再林的住所，离红尘怎么都不能说远，附近有超市、银行、影院、酒吧、歌厅，说他就在红尘之中，定然不错。红尘万丈，就在他窗外翻滚。那时，他是否已然跳出红尘，行于空山之清寂深林之幽静？

倒是安德拉德的另一首诗《诗艺II》说得好：

> 用时间的眼泪
> 掺和白昼的石灰
> 我混合成
> 我诗歌的水泥
> 我站在未来生活
> 的角度
> 并在鲜活的肉体上
> 建起一座建筑物
> 我不知它是住房
> 还是高塔，抑或庙宇
> （没有神的庙宇）
> 但是它宽敞而明亮
> 属于自己的时代：
> "兄弟们，进来吧！"

果真如此，那便既是诗，也是幸——幸在超越，在创造。据说乾隆年间，大学问家伊秉绶有咏梅旧句曰："生性禁寒又占春，小桥流水悟前因。一枝乍放雪初霁，不负明月能几人。"诗写在一扇面上，为张学良旧藏。我参悟不出再林书法之所宗，也解不开再林在或不在红尘中之谜，然我略略知晓一点小桥流水间的前因，那些辛苦与劳顿，也稍稍明白一点禁寒又占春的后续，那些孤寂与奋发，留下这或有淡淡心香的琐屑文字，也算不负三十年间的那些淡茶浓酒了。

目下春之将至，且喜君来，欢喜。

博物者的闲情

丙申春末夏初，一干友人相约澄江，午后主客相见，一杯清茶叙谈家常。一眼瞥去，见置有"陈泰敏"座位牌处，竟空不见人。我心略略一沉，虽知泰敏或许太忙，而他没来，会不会少了些意趣？没人觉察我未形于色的心思：人到澄江，欲去寻访澄江那一座城、抚仙湖那一湖水、帽天山那一座山，而缺了博物者泰敏君，到底会有怎样的遗憾。

三年前春节应作家杨杨之邀，曾往通海做客。近些年我不时往滇南跑，或旅行访友，或随性闲逛，通海总是必去之地。我说的滇南，乃比云之南更南的玉溪、红河两地诸多小城，皆为古滇文明重地，屡有惊人考古发现。小城之间，有看得见的一小时道路相通，亦有许多秘密的艺术小径相连，不明就里，弄不好就会迷路。说来我还真喜欢那些滇南小城：多如珠串，小若玉雕；看来看去个个都像花园，八分深邃笼一派简静，百世清雅绽几缕馨香。何况幽曲的街巷莫辨南北，温润的季候不分春夏；方言清婉如歌，无论男女；小调亢亮若云，兼容忧乐；走上一遭，那种绮丽的寂寥清醒的迷茫，让人怎么都像一头闯进了万花筒。街巷两边，民居宅院看似不起眼，往深处去，倒有的是令人称奇叫绝的去处，飘逸的古雅温润的清幽，直让人惊喜莫名：斜逸山墙外的栀子花，手虽够它不着，暗香倒早已盈满衣袖；蟠龙歇凤的木雕格子门，教人直想穿过那道艺术门禁，披一身绝世风尘，灌两眼历史沧桑。待灯火阑珊，约上亲朋好友溜进小巷深处，往烧烤小摊前那么一坐，就着幽深夜色昏黄油灯要几样小吃，品尝的竟是原味的市井风情，那种烟熏火燎的辛辣，让人透心地舒服。那样的小城离山近，离水也近。田畴就在城边，算不得坦阔，倒不时就有葱郁扑眼阡陌蜿蜒，四野剑麻灰绿三角梅殷红；再往外走，大抵都有一汪湖水清亮如镜，把座座小城映照得钟灵毓秀。然以为那样的小城无非生长些方言小调剑麻三角梅之类，就错了，也生长神话巫术异人美女魔幻传奇古今逸事——林林总总像一张大网，信手拎起一缕线头，便能瓜瓜蔓蔓地带起一大片，网尽天下。

而我的疑惑却在，那个真能"信手拎起一缕线头，便能瓜瓜蔓蔓地带起一大片，网尽天下"者，会是谁呢？孰知就在通海，某晚杨杨约往一朋友家小聚，一屋子通海人，就中便有学成于厦门大学考古学系，如今在玉溪市博物馆做事的陈泰敏君。人略清癯，而愈显干练，话语不多，倒言必见性，正应了他的名字，旷泰豁达，亦智性明敏。一个人，能将事业与喜好联在一起做，已是大幸。而一个学考古的人，能在屡有惊世考古发现的玉溪做事，自属有福了。

惜乎那天他竟没来澄江。我即发微信询问，他回说人在外地，翌日便能回玉，一定赶来。不日，泰敏果然如言而至。恰那天下午，一行人去朝拜了帽天山寒武纪生命大爆发化石地回来，我仍沉浸于面对帽天山化石群首发地时的浩茫心绪，连干了三杯老酒。微醺中，与泰敏聊及澄江及帽天山，他竟如数家珍——原来，他已受命为澄江化石地世界自然遗产管委会常务副主任，正寻思如何寻到一条将玉溪诸多震惊世界的考古大发现，化为俗世大众文化营养的方便门径；并告正在做一本小书，方知他不惟有思，倒是已在路上。这样一册《集玉》，虽非为他之《中国古陶瓷标本玉溪窑》《云南华宁陶》《云南玉溪窑》那样的学术专著，却是一位博物者的学术性随笔，是他在繁杂琐细的日常事务之余，专意为俗世民众了然玉溪的种种秘密与神奇，以细密心思简洁文字，所编织的一道顶礼之门，亦是引人由此登堂入室，领略玉溪的文化奥妙，所筑的一道方便之路。前者若是精于一点的细究深探，后者便是着眼阔大的放眼扫描了。

自古一切学问的初心，都应为丰润人的灵魂，使之明了人之所来所往，除此而无他。考古须面对历史的苛严，博物却犹需闲情。在微信上，泰敏偶尔晒出的一两本孤绝的古版书影，满满都是些悠远的心思润黄的闲情，总叫我看得心痒。而学者或专业人士写随笔，尝被讥为"自降身价"，其实哪有想象的那样不堪？至少也不比让文字穿上学术规范的隐身衣，躲在小众圈子里自说自话容易。真做过学术随笔者，方会愈觉将性情、感受融入随笔的不易。一个优秀学者，岂会只顾埋头学问，因有专门知识而自恋，鄙薄写通俗文章呢？当下中国，急需的既是专门家的真学问，亦是专家与民众交流对话的好文字。从来的优秀学者，也从来都是好文人。近代以来几乎所有大学者，胡适、鲁迅、陈寅恪、钱锺书，社会学家费孝通，植物学家吴征镒，不惟皆学有专攻成就斐然，也都有一手漂亮文字，奉献于大众。

  人生在世，"疾忙今日，转盼已是明日；才到明朝，今日已成陈迹。算阎浮之寿，谁登百年，呼吸之间，勿作久计"（屠隆《续娑罗馆清言》）。而"万壑疏风清，两耳闻世语，急须敲玉磬三声；九天凉月净，初心诵真经，胜似撞金钟百下"（李鼎《偶谈》）。年轻的博物者泰敏，似已深谙于此。而那晚，作家朱霄华与泰敏商定书名，诗人于坚为之题写封面，惺惺相惜之意，算来都是对泰敏那番闲情的认可了，蛮好！

2016 年 6 月 19 日　于昆明

灼热只是瞬间的事

那个秋日，正消遣般读着一小组诗，读着读着，一句话，突然冒了出来：灼热只是瞬间的事。

滇地写诗者众。山水壮阔，草木葳蕤，处处有触发诗情的机关，一不小心，便诗情勃发。年轻时亦着迷过诗，结识过一众写诗的人，稍长，倒读得少了，却一直喜欢。偶尔读读，受益亦丰。一次受邀去参加一颁奖会，临时叫发言，我正埋头读着本地一本新刊上一些年轻诗人的诗，慌乱间不知该说什么好，边走边想了几句应景的话，又随手从刚读的诗里挑了几句，缝缝补补，缀成了那个发言。末了，主持人说，哦，这倒新鲜，是好法子。我唯暗笑，这是在偷懒哩，要说好，全是那些好诗的功劳。

其实，好的文字，好的诗，无论分行与否，站在哪里，都是好的，与是否发在某名刊、经过某名编手，尽皆无关。吾国乃诗国，写诗不稀奇，稀奇只在写得好与不好。

那天读到的一小组诗，是赵丽兰的。这名字我知道，只从没读过她的文字。后来想起，那算是个在乡村长大的女孩——说是女孩，其实也已为人母，那就是曾经的女孩了。有次去抚仙湖，众人想去梁王山，亦顺便先去了阳宗，一个邻近阳宗海的村子。闻听那里有个古雅的傩戏戏班，一帮傩戏传人，做完农活便聚到一座庙里，戴上面具咿里哇啦地唱念做打，看得人刹那如在梦中。末了，又说要去赵丽兰家看看，便去了。一个典型的农家。一桌地道的农家饭，吃得人稀里哗啦，许久都在回味。

便边读边想,原来她的家乡,那个村子,竟是两面临"海"的——家在阳宗海边,做事倒在抚仙湖边——滇人把湖也叫海。长在那样的山水之间,聪慧怎么都会有些特异的萌发。这么一想,便觉着,她就该有那样的诗了,那样的诗自然也只能出自她之手。——这些,当然都是闲话。

发自于心的感觉,倒是世界太纷繁了!江湖浊流滚滚,人间需要空明。

那是些干净通透甚或玲珑的小诗,非常见那种或名头大到张牙舞爪或功夫全在诗外者可为,无玄秘,无诘屈,乃至无机巧无铺排,却大有堂奥。我是见过她本人的了,即使没见过,也能想见一个清清瘦瘦的女孩,如何在乡间小道上自在地行走着,任海风或是山风,把一头长发吹乱,却把一些诗意,似有若无地留在她的唇边,张口即成诗篇。我喜欢她诗里那样的吟唱,仿若浊世里倚门而吟的清新的沉着,或说沉着的清新。看似寻常,寻常到如家常言语,倒那样有滋有味。有时,分明是如蓝天白云般明快着的调子,读着读着,会突然就有一些心跳,或心酸,心慌,甚至心痛,骤然袭来;有时,又会在她侃聊般洒脱的闲适里,骤然一惊,感到日子沉甸甸的分量,酸甜苦辣的滋味。再往深里一想,哦,生活、日子,到底是怎样的呢?

> 寺门前躲雨。荒草,刚刚够淹没我的小白鞋
> 靠着寺墙,说一些人间事。说某个恸哭的男人
> 或女人。我们还说起庄子,吾将曳尾于涂中
>
> 刚说到寺门上的一把锁,母亲喊我们回家吃饭了
> 母亲烧涨了水,等我们挖回野菜下锅。寺坎上的篮子
> 空着。雨后的天空,剩一道彩虹
> ——赵丽兰《清明·飞来寺躲雨》

预想中扑面而来的轻松,突然转换成苍茫的惆怅。拎着没有野菜的空竹篮回去,母亲空着的锅会不会烧干,甚至烧红呢?我不知道。只"剩一道彩虹"的天空,或也不知道。真不知该怎么好:此时,一切都空着,空得寺门上的那把锁,咔嚓一声锁上,便让我茫然无措,束手无策了!

> 每次去飞来寺上香,她都要数一数

寺门前的石坎。她想,最高的那一磴
她爬不上去

站在石坎上,她往下,看了看山下的村庄
有几家的烟囱里,冒着好看的青烟
人间的烟火,飘着飘着,就和天空一样蓝
飞来寺最高的那台石坎,抬头望的时候
也是蓝的

——赵丽兰《蓝》

  幼时,那样蹦蹦跳跳数台阶的快乐,谁没有过哇?倒从没注意,炊烟里的台阶,竟和天空一样,和炊烟一样,是蓝的。攀上去,就该能以手触天了。可那最后一级台阶,就那么蓝着,一直地蓝着,蓝到虚无吗?

早年,她睡工厂的硬板床,听追魂鸟
整夜整夜叫唤。她怕,有人提酒而来
将她灌醉,和她争那张,小小的
硬板床

后来,她学会了和自家男人,挤一张床。学会了
拥抱、亲嘴、抚摸、尖叫。学会了生孩子,学会了
一个人去医院做人流。再后来,她学会了冷,学会了
左手抱着右手

现在,她学会了,一个人睡在
荒野里

——赵丽兰《她睡在荒野里》

  我不知道,那个睡在荒野里的女人,究竟是在什么时候,学会了在野地里御风而眠?从硬板床,到那片野地,路又有多长,多远?只知道,一个女人的一生,在一些玩家手里,可以写一部长篇小说,香艳卖座,但如今,她只是静

静地待在赵丽兰这首小诗里，仅止十行。

很想，我很想由此再往里走，往深里走，往命里走，去探个究竟，但一时间，我视线模糊了，迷路了，四顾茫茫，找不到方向……回头一望，世界似乎变得更远了，也更近更蓝了。

灼热，从来都只是瞬间的事，一俟燃烧殆尽，便会化成灰，化为无。温和倒更接近我们的体温，属于常态。书画怪杰八大山人，似乎也深谙于此，在一瞬的燃烧之后，慢慢滋养那颗心的，只是一些残花怪鸟石鱼；恍惚间，他树一样枯瘦简净短的身影，穿过人世的光怪陆离，于虚空处着落，且以那种永恒的姿势，立于淡淡天际，与山色共消长。可毕竟，那虚空而又"永恒的姿势"，关乎的只是他太过个人化的荣辱与隐忍。

我诧异，怎么会在读赵丽兰的诗时，想到八大山人。但那样一些话，说的其实又何止于"八大"呢？赵丽兰不是"八大"，但亦深谙"灼热只是瞬间的事"一语，每天每日每时每刻都迎面相撞的，倒是温和的寻常，一山一水，一寺一阶，都叫她浮想联翩。她的寻常里，那常有的叫人惊心动魄的一瞬，总如雷声电闪，让人于深悟中兀自惊心。那样地惊心并不让人颓唐，甚或凛冽，只是叫你明白，日子并不像所见那样地鲜亮，也不像厌世者那样地晦暗，内里依然有着它的不寻常之处。诗意，其实就在这样的发现中，隐藏着，她一开口，便盎然四溢。

赵丽兰的诗里，有"野生的美好"一语，读来端的叫人欢喜：有野生的美好，自也有野生的伤痛！那些对野生的美好与伤痛的小小发现，带着人生荒野里露珠的晶莹与清新，方叫人欢喜，或是惆怅。爱诗人喜欢那些从日常中拾回的珠串，是极自然的事，生命也时时就让某处的光亮打动，或因某些异样的幽深困惑。我料定，一个年轻如许的诗人，倘在大背景上，或说与人世相关的母题上，有更多的关联与追索，必能更深地触及不仅是爱诗的，还有更多亦曾霜眉布衣远山行的世人的内心了。

——入秋，眼见山里的秋果都一筐筐地摘下来，又一车车地运走了，尔后便光鲜靓丽地蹲在城镇街头，售卖着历经过初春炎夏的所谓成熟，只有不多的几个，或早已落在地上，或仍挂在枝头，正思忖着如何把果核藏进即将到来的凌厉风雪，拼着以一生的代价，偷渡到春天……

——灼热，亦非只是瞬间的事啊。

有碑或无碑的爨陶

"清恐人知，奇足自赏。"在记忆中闪光的，往往都是些碎片。回头一望，我对滇东曲靖的原初记忆，竟始于一碗，一碑。

日常起居，朝夕相对，对美事美物，常因审美疲劳而渐显迟钝，遑论深究。譬若每日一羹一饭不可或缺的碗盘罐盏之类，一件件或置于餐桌，或端在手中，谁会去深究其前世今生呢？好用好看即可，无须多嘴饶舌。而一旦下意追寻，便会根根绊绊地牵扯出一串庞大根柢，让人意外甚或惊喜。

二十世纪六十年代末，我初到云南，生命飘蓬如一粒旋风中的草籽，茫茫然落脚之处，先是小城曲靖，继而是所属马龙县，最终竟是马龙的一个小镇马过河。人在铁路道班，每天干的尽皆重体力活。头个周末，工区打牙祭，一众人围着一张方桌，每人一碗红烧肉，一碗苞谷酒。当年习俗，饭碗自备，而菜碗、酒碗，却是当地产的地道土碗，白底蓝花，白至粗粝透青，蓝到飘逸泛黑，跟打小用过的碗亦相差无多。多年后，方听说云南也出过青花瓷，且是国内至少位列前三的青花瓷产地，心想莫非我初到云南所用的碗，竟是如今声名大振的云南青花瓷碗？早先，青花瓷离我恐足有十万八千里，原来也无甚了得，在一个偏僻到外人一无所知的地方，我早已用过，只是那时，我竟不知其鼎鼎大名罢了。

——想起那事，是在某日得有机缘，随友人王启国君，去他戏称为有"秦砖汉瓦"的曲靖潦湖走了一趟之后。绕过那些以废瓷弃陶砌成的曲折村巷，穿行于那些或已凋敝或仍在使用的古老龙窑，偶尔从村民的夯土墙上抠出一方古老瓷片，尔后再踅进某个正在制作陶器的作坊，犹如行走于一个古老的陶瓷王国。虽也惊讶，倒没想得更多。殊不知，打小长于曲靖、陆良一带的启国君，对专意烧陶做瓷的潦浒，耳濡目染间，已渐生兴致，下过一些踏访勘察的功夫。学问真是到处可做的。这样的心缘，正如明人屠隆所谓："修净土者，自净其心，方寸居然莲界；学禅坐者，达禅之理，大地尽作蒲团。"启国君一头钻了进去，便有了一本小小的《曲靖陶瓷史》。

寻常的陶罐瓷碗，不过日常生活用品。而作为一门器物总称的"陶瓷"，便是一门庄严的学问了，牵涉到长长的历史。《庄子·逍遥游》中那句"是其尘垢秕糠，将以陶铸尧舜者也，孰肯以物为本"，便已说到了陶。其实，史前出现的陶器，标志着先民与自然之关系的一大历史转折。形形色色凝结着中华民族智慧的陶瓷器物，不惟王侯将相引车卖浆者流的生活必须，更是泥与火几经生死相搏而成就的艺术品，璀璨夺目。历经漫漫时日，陶瓷甚至成了中国的一张名片——瓷器最初的称呼"China"，即源于景德镇（古称昌南，欧洲音译 china）所产之青花瓷在欧洲的盛行，青花瓷由此成了遥远东方在西方熟知的代指。

万事万物都有自己的历史。偌大中国，各方各地，到底有多少制作、生产陶器瓷器的地方？想想，该是无以计数。幼时在家乡念书，学校旁就有个陶瓷厂，偶尔无心功课，便跑去看那些靠牛踩匀的泥，以棍旋转的盘，用手成形的坯，以及厂边路旁散见的废陶弃瓷，无不鲜活好玩。在香格里拉的汤堆，我曾在黑陶艺人孙诺七林家里，整整待了半天，家里至今还放着一个黑陶火盆和几个黑陶烤茶罐……无数名不见经传的艺人、工匠，说是以此谋生，其实他们创造的，不惟是具体的物，更是历史的细节。而当今对历史的认知，除了尚存的古籍，多有赖于考古发现。有已被有心人发掘、梳理而见诸文章者，大多则至今仍湮没于时光之长河中，难见天日。不久前读陈泰敏君新著《玉溪窑》，透过洋洋洒洒而缜密细腻的文字，方知倘不是因为隐于必然之中的些许偶然，有专家前往勘察了玉溪窑，谁会了然天之边云之南的云南，会是国内如今已闻名遐迩的第三大青花瓷产地呢？

滇东的曲靖，似无玉溪、建水那么幸运——至少，至今还没有专家，去考察过"曲靖窑"，或曰"爨窑"，是为至憾！

位于滇东的曲靖，知者不多。而说到爨碑，爨宝子碑，爨龙颜碑，喜习书法者，少有没听说过的。我在马过河待的那两年，偶尔听说曲靖一中校园里有块古碑，乃两晋时期留下的宝贝，便坐着马车一路烟尘地进城去朝圣。其时虽还不大懂那碑在中国书法史上的崇高地位，但一想起系源出两晋，眼前便俨然一派苍茫的历史云烟。要认知曲靖，其实还另有几法，比如，记住这是爨乡。对于云南，一般知道的多是古滇国、南昭国、大理国。实则滇东一带，早在一千五百多年前的汉末，就出现过一个长达五百多年的爨氏地方王朝，其势力范围包括今云南全境、四川南部、贵州东部及越南北方部分地区。爨氏王朝修德修文，创造出了灿烂的爨文化。我真不信有过辉煌爨碑的曲靖一带，会没有辉煌的陶瓷。

"陶瓷史"，作为一种物质文化记录，从来都是一个民族的艺术与科学漫长发展史之缩影。但凡稍懂陶瓷者，必知真正造就青花瓷的，乃名为"碗花"的神物，即钴料。当其时也，最好的钴料多从国外进口，但价格昂贵，滇产钴料，便成了景德镇等地陶瓷业的上佳选择。如此便不妨说，在某些传世的青花瓷名品上，都留下了云南的印记。近世的中国大地如洪水漫过，早被洗劫一空，历史的证据，大多藏于千载厚土之下，需得考古发掘。而为求一部信史，也断然不可将整个大地翻掘一遍吧？只好随机而行。爨碑的发现，不正是一位读书人，见家人买回的豆腐上有些奇异文字，追寻到一个豆腐坊才发现的吗？湖北随县、四川金沙，早年的地下发掘曾震惊世人，孰知近来江西海昏侯墓出土的宝贝之丰润富丽，会更其了得？据有据可查的史籍记载与启国君的考证，云南各地虽都出"碗花"，倒以曲靖一带所产为优。一个出产"碗花"且早有陶瓷工艺之地，怎会没有产于本地的青花瓷？况曲靖是中原前往滇地的必经之路，亦是中原移民和制陶工艺传播的重要节点，我笃信，尽管直到如今，尚无一位专家为此著书立说，终有一日，"爨窑"或会跟"玉溪窑"一样，从历史的幽夜中灿然升起，惊艳世人。只是直到如今，都还没找到或说确认那口震惊世人的"曲靖窑"，当然也就还没人为曲靖一带的"爨窑""爨陶""碗花"，立一块如同爨宝子碑、爨龙颜碑那样的文字丰碑罢了！

如说爨碑乃历史刻在青石上的辉煌见证，爨陶，则必是爨文化以土与火凝就的灿烂诗篇。从第一次见到"爨碑""爨陶"至今，晃眼半个世纪。启国君以业余时间著成的《曲靖陶瓷史》，所以珍贵，在于他既为如我一般对爨文化有些片段记忆者找到了历史的宏大依托，也为"爨陶"立起了一方虽小却不可或缺的碑铭——尽管更高大更雄浑的"爨窑"大碑，仍在世人的期待之中。

乙未岁末　于昆明湖光里

打开一枚诗的果子

头一次去屏边时,想象中的山路并不算远,午后便到,当即沿盘山公路直上大围山。那山虽非名山,却乃国家级自然保护区,国家森林公园。匆匆半日,我看到的虽止于一角,倒一路如入蓬瀛仙界,风光或绮丽,或壮美,端的叫人惊叹。便想,滇南一带地方,土地富足,阳光炫目,雨水充沛,云雾柔情,是该出水果的,该出各种各样的水果,也该出诗甚至出好诗的。惜乎已是初冬,并非水果上市季节。那时我想起过蒙自的石榴、开远的蜜桃。但那不是水果上市的季节。禁不住诱惑,咽一下口水,作为旅行记录,也游戏般随性地写过几句,权充果子,差可自己品尝。或一片《云海》——

云之上,峰之巅,阿谁泼墨,情染素笺
茫茫天地作画卷!看云聚散,辨峰浓淡
树独立,人无言,深情一派,吾心浩然

或满天《落霞》——

一直期待,一直守候,期待着那个时候
最美的总在最后,落霞灿烂如金涌如潮
刹那间悟得的,远非景色更是人生春秋

但于那样的大山而言,更不必说于那片居住着几十上百万各民族百姓的县域而言,一个旅人的匆匆一瞥,随兴感叹,何能道出那方土地和世代居住于斯的百姓日子甘苦的万一?我相信,一个果农跟一个偶尔吃几个果子的人,感觉肯定不一样。游览与居住的区别,也在于此,犹如打开一枚果子,游览者无非浮光掠影地撷取一点光影,尝几口鲜而已;真要打开它,了然那果子里蕴含的诗意,非有切身经历,懂得一株果树的育苗、栽种、生长直到挂果的全过程不可。

　　就是那次,我碰到了屏边的年轻诗人陆永奎。原来,他竟是我在开远结识的陆永开的弟弟。听永开说过,他们的家,就在我作为一个学建筑的人一直心仪的"人字桥"下,幼时,经越"人字桥"开来开去的列车笛鸣,几已成了指引他们日常生活的报时钟声。住在滇越铁路边的人,那些隐秘的情感,不惟是诗的产床,甚至足可写上几本大书。便想,屏边或说是大围山的那些诗文的果子,自当该由他和他的朋友们去种植,去打开了。

　　没想我还真等到了这一天——永奎奉送给我们的,正是一筐以《择河而居》命名的诗的果子。

　　世上的果子各式各样,打开一个果子的方式却大同小异。那是一个看似寻常又并不寻常的过程,你无非先要用一把小刀,或是比小刀更灵巧的手指,小心翼翼地,先去其皮,见其瓤,露其实,尔后才能分其瓣,吮其汁,品其味……那是一个环环相扣、看似简单其实复杂的完整过程。复杂在你要打开的,不仅是那枚果子,不仅是那枚果子的皮、瓤、果肉和果核,更是你的嘴,你的舌头,你的喉咙,你的胃,你的心——是你的"眼耳鼻舌身意",你的全部感官。否则,即便你把那个果子完全打开,甚至切成碎片,它依然没被打开,依然还是那个果子,完整如初。那样的"打开",与一枚果子的生长过程刚好相反。打开一枚果子,正是长成一枚果子的逆过程。那些挂在果树上的果子看似一动不动,其实从开花、结实、成长到成熟,同样经历过那样的过程:从吸取大地营养,接纳雨露滋润,到抵御鸟虫侵扰,抗击烈日酷寒……它全身心地,铆足了一生精力,眼见多少果子半途而废落荒而逃,唯有它成就出了那样一枚果子。所有的生长都是疼痛的。可惜,当我们轻松惬意地品尝一枚果子时,常常难以想到果子里包藏着的疼痛。果子把所有那些曾经的不堪、苦涩、伤痛,都化成了酸酸甜甜。它是天地的产物,是心血的凝结,是时间的集结,生命的精华。每枚果子都秉持着先祖的原初,并不想长成另一种形状,以耀人耳目。它恪守着祖训,坚持着生长,在乎的是内在品质。它不想把自己弄得花里胡哨怪模怪样时尚时髦。而"时尚"的意思通常便是，再过两三个月就不再流行了。它又是独立的、独特的，只有它自己的，纯属它才有的特别的滋味。它以此把自己和别的果子区别开来。它是寻常的，又是不寻常的。而我们品尝的，正是那种独立、独特，寻常与不寻常。

诗也一样。一首诗写了出来，须经由读者打开过咀嚼过品味过，才算真正完成。如波兰诗人辛波斯卡——其诗作被称为"具有不同寻常和坚韧不拔的纯洁性和力量"——所说，"在诗歌语言中，每一个词语都被权衡，绝无寻常或正常之物。没有一块石头或一朵石头之上的云是寻常的。没有一个白昼和白昼之后的夜晚是寻常的。总之，没有一个存在，没有任何人的存在是寻常的"。任何一枚诗的果子，都是不寻常的，它们没有标签，更无须叫卖。诗的果子只提供真正的诗意，而非有意无意地添加一些花几元钱就可以买到的廉价甜蜜素。一枚真好的诗的果子，自然天成，因而伟大。我们读《诗经》读唐诗宋词时，正是那样的感觉，伟大。一个优秀的诗人，就像一枚好果子一样，就像一首好诗一样，只在试图探究、弄清和表达自己内心真实的时候，是聪慧的，自由而灵动的，一旦想额外说明些什么的时候，一旦想把某些不属于诗的东西硬塞进打着诗的旗号实则非诗的时候，便会坠落成愚不可及的傀儡。

永奎努力地这样做着——

> 看一眼云海，就天上人间；
> 走一截山路，就碰见亲人；
> 睹一枚叶子，就没入森林。

永奎这样写他的大围山时，是寻常又不寻常的，通透，纯净。我也在山顶欣赏过大围山的云海，走过大围山的山路，抚摸过大围山的树叶，但我写不出这样的诗。诗就是诗人刹那间的思绪飞扬，得意忘形。而他的《阿碑大寨》，则既更加寻常，也更加不寻常了——

> 我们早已搬过一次家
> 可他（她）们多年长睡不起
> 那些搬不走的家
> 一半是石块，一半是泥土

骨头习惯了沉默我们
每年要去唤醒一次
山路泥泞，艳阳高照
我们尚且可以有汗水流淌
在家乡的小路上
风吹雾起，树林沙沙作响
肉菜、米饭，水果点心
摆放在熟悉的家门口
竹香、坟飘、纸钱、金元宝
点燃鞭炮碎了一地的声响
又一年。我们就此别过

  你说说看，那是一种怎样的滋味？我不大清楚，"阿碑大寨"是不是就在"人字桥"下，但无论怎样，那都是诗人一直惦记着的，先人世世代代居住过的古老家园。隐藏在那样一首诗里的诗意的"核"，就那样被他发现，并表达了出来——优雅，简洁，无须喊叫，无须刻意。末了那句"我们就此别过"，让我回味再三。它的不寻常就在它并没有特意明晰地标明它的指向，每个品尝者，都可依据自己的人生经验，去丰富和补充它，尔后成为一首真正的，经由读者一起参与完成的诗。于是，当我手捧着那枚果子，小心翼翼把它打开时，那种醇厚的，内在于字里行间的味道，便让像我这样至今仍然惦记着家乡的人，怦然心动……

  细细地，我品味着永奎奉献给我们的一枚又一枚果子，那些生长于大围山的诗的果子。他还年轻，还难说已是一个经验丰富的"果农"，但他奉献给我们的诗的果子，有些已滋味纯正，回味甘美，余韵悠长。须知那还只是他种下的果树的初果，还不是那么整齐，每一枚都有上佳品质。他还在继续打枝、修叶、施肥，精心料理，历经时日，赢得诗的果子的大面积丰收，不会太过遥远。或许到下一次再去屏边，再去大围山，那些果子就已真正成熟了。

  ——打开一枚果子，品尝一枚果子，各人的口感注定不同，欲得真味，不妨往陆永奎"择河而居"处，亲自一试。

2019 年 7 月 2 日 于昆明

为一袭老筒裙作序

　　金沙江弯弯拐拐千曲百回,有个湾,不大亦不小,叫湾碧——这名字,晶莹得似乎稍一触碰便会发出叮咚之声,好听。以我所知,"湾"有三解,其一乃使船停住,如"把船湾住"。"湾碧"湾的却不只是船,还有"碧"、有"绿",有几处古老傣寨,有一派古老生机,有一种让人惊艳的美。

　　马淑吉出生时,穿着一条老火草筒裙的湾碧,已然走过千百年。在那里,她长到七岁,便外出读书,走出了湾碧。她以为,家乡会永远在那里等她归来。七岁的人儿,虽然小得像一粒豆,记忆却亲昵、悠长,如一罐黏黏的蜜。就像美国诗人玛丽·奥利弗在《桌上的蜂蜜》(倪志娟译)一诗中写道的,湾碧——

　　　　它用柔软无形的
　　　　花的精魂,填满你,它滴下
　　　　一根头发似的细线,你跟随它
　　　　从蜂蜜罐到桌子

　　那根"头发似的细线",黏稠,香甜,一直牵引着那个叫马淑吉的女孩儿的心。每有假期,那个纯朴的女孩儿,都会回到金沙江边的那个村庄,享用她熟稔的、蜜一般的、越来越浓的乡情与亲情——

　　　　到门外,到地上,

它不断变稠，

　　变深，变宽，经过
　　松树枝，潮湿的大石头，
　　山猫和熊的爪印，进入了

　　森林深处，你
　　匆匆放倒一些树，剥掉树皮

不久前，我刚去过一次金沙江边的白马河村。那里离湾碧已不太远，仿佛一处彼岸，崖岸黝黑坚实，沙滩灰白松软，静谧无声，可安心做梦，睡到地老天荒。却哪知不远处的湾碧有那么多艰辛，艰辛到如马淑吉所说，带一捧土进去，都是扶贫，更不知在那般艰辛中，她的乡亲依然在以织绣火草筒裙那样一类的古老方式，追求着美，追求着艺术——或许她们只说那是生活之需，是手艺；而艺术之美，却可以抗御生活的严酷——要不，在那样艰辛的日子里，我们能拿什么去告诉自己，人生还值得活下去？

是的，美的是一袭火草筒裙，也是火草筒裙包裹的那些村庄，那些傣族乡亲。筒裙我见过，火草筒裙倒没见过。穿筒裙的女人，袅娜如风，轻俏如云。而在湾碧，那些穿火草筒裙的女人是怎样的？我无法描述，只能听马淑吉的娓娓讲述。有日常的：

　　在窄狭的屋巷，在简朴的厨房，在火塘边，那些走路的、做事的、煮饭的妇女，穿着优雅的火草筒裙，回头凝望间，惊为天外尤物，仿佛已不属于这个尘世。

也有在演出中的：

　　沉沉夜色中，在千万支手电筒的弱光汇聚成的灯光照耀下，那些古老的傣族服饰依然那样鲜亮，淡淡散发着一种靛青色的美丽。

听说，做一条火草筒裙，按最古老的织法，更是工序繁复，织进去的不惟有麻、有火草，更有心、有爱，也更美，美到让人惊艳——

  纺麻线的傣族妇女姿态最是优美。那天我见到的，是一群傣族妇女，摇着九架纺车，一起纺线。她们以右手轻摇纺车，仿佛转动着时光，左手接着纺线，一会儿平伸开去，把线拉直，一会儿慢慢举起，然后放低；随着左手的起起落落，身子也在吱吱呀呀的纺车声中，忽而前倾，忽而后仰，酷似一场舞蹈。我知道，我看到的是一场金沙江傣族人忙碌的劳作，更是一场傣族传统文化的美丽展演，一场民族艺术的盛宴。

忽一日，有消息说，湾碧将因新建的一个电站被淹没，火草筒裙和那段金沙江那些村庄一起，都将沉落水底。那女孩便星夜兼程，赶了回去，在湾碧、在巴拉寨寻访，在月色里聆听，在温存中触摸——

  你飘浮着，吞下淌着蜂蜜的蜂巢，
  树屑，被压碎的蜜蜂……一种味道
  由失去的一切所构成，在其中，失去的一切又被找回。

故园沦落，从今以后，没了那根"千年藤，万年藤"，她或将失去她的生命之根，只能在人世间"飘浮着"。于是心一横，既为私，也为公，将那先是"失去"后"又被找回"的一切，都收聚在一本书里。书不大，掂量掂量，却很重，里面存放的，是一方山水、一种传统、一种优雅、一条条火草筒裙、一首首民谣，和千万颗心。

书里，还有她"淌着蜂蜜的蜂巢"，有拆迁后剩下的如同"树屑"的一切，以及像"被压碎的蜜蜂"一样的，愿意或不愿意搬迁的亲人，当然，还有火草筒裙。

我跟马淑吉只见过两三面，交谈亦少，知她只在工作之余，才弄弄文字。但她清新的朴实，或说朴实的清新，一如她心里她笔下那些古老村庄，时有盛开如火的攀枝花，时有轻盈如缕的纺车声，也时有夜色中那种靛青色的美丽。那次碰到我，她说，我正在写本书，您能为这本小书写几句话吗？几句都行！

我没有问她，为了她的火草筒裙，为了她梦中的那些村庄，为什么恰恰选择了我。

我先是默然。心想这何止是一本书的事？至少我由此想起的，是那一片山川、那些乡亲，还有那一袭古董般老旧，却依然活在当下的火草筒裙。"现代化"洪流滔滔，又一处古老家园行将沦陷，又一种传统文化即将消失，想想还真让人揪心：我连带一捧土去湾碧都成了奢望。

继而一想，那或也是我的缘分，甚至宿命——谁叫我那么喜欢老东西呢？为一袭老筒裙作序，乐意不乐意，我都应承。何况粗粗读过书中几篇短文，里面总有"一种味道"，"由失去的一切所构成"，尝一口，既苦又甜，弄不好就醉，我喜欢。